GELO E FOGO

Também de Sara Raasch

NEVE E CINZAS

GELO E FOGO

SARA RAASCH

Tradução de
Mariana Kohnert

Rio de Janeiro, 2017

Título original: Ice like fire
Copyright © 2015 by Sara Raasch
Arte da capa © 2015 by Jeff Huang
Ilustração do mapa © 2014 by Jordan Saia

Direitos de edição da obra em língua portuguesa no Brasil adquiridos pela HarperCollins Brasil, um selo da Casa dos Livros Editora LTDA. Todos os direitos reservados. Nenhuma parte desta obra pode ser apropriada e estocada em sistema de banco de dados ou processo similar, em qualquer forma ou meio, seja eletrônico, de fotocópia, gravação etc., sem a permissão do detentor do copirraite.

Rua Nova Jerusalém, 345 – Bonsucesso – 21042-235
Rio de Janeiro – RJ – Brasil
Tel.: (21) 3882-8200 – Fax: (21) 3882-8212/831

CIP-BRASIL. CATALOGAÇÃO NA PUBLICAÇÃO
SINDICATO NACIONAL DOS EDITORES DE LIVROS, RJ

R11g

Raasch, Sara
    Gelo e fogo / Sara Raasch ; tradução Mariana Kohnert. - 1. ed. - Rio de Janeiro : HarperCollins Brasil, 2017.
352 p.

Tradução de: Ice like fire
Sequência de: Neve e Cinzas
ISBN 978.85.6951.472-5

1. Ficção americana. I.Kohnert, Mariana. II. Título.

16-38128   CDD: 813
                                   CDU: 821.111(73)-3

Para Kelson, que personifica o melhor de Mather e Theron,
mesmo quando eu sou o pior de Meira.

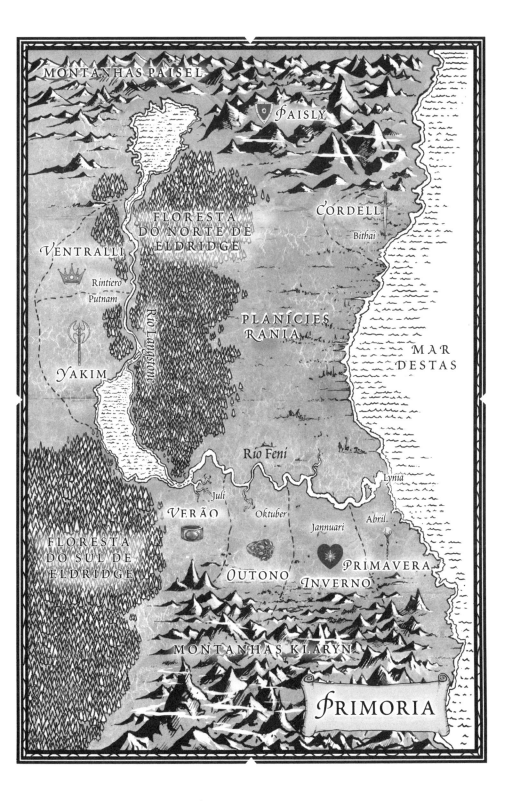

Meira

Cinco inimigos.

Cinco capacetes amassados repousam, tortos, sobre cinco armaduras peitorais igualmente amassadas; cinco sóis negros brilham, arranhados, mas discerníveis, no metal prateado. Mais soldados do que eu conseguiria enfrentar sozinha, mas, de pé no centro do ringue deles, com as botas enterradas na neve, ergo uma sobrancelha para o mais próximo, e a calmaria que precede uma luta recai sobre mim.

Meu chakram já está em minha mão, mas parte de mim não quer atirá-lo ainda, aproveitando a sensação do cabo liso na palma. Dendera achou que foi tão inteligente ao esconder o chakram onde o escondeu — mas, sinceramente, entregá-lo aos soldados cordellianos foi quase fácil demais. Onde mais eu procuraria uma arma se não na tenda de armas?

— Atire! — diz um gritinho esganiçado.

— Shh, ela vai ouvir você!

Uma enxurrada de pedidos por silêncio se segue quando viro a cabeça na direção da fileira de pedras do lado de fora do meu ringue de inimigos de mentirinha. Um aglomerado de pequenas cabeças se abaixa atrás da maior das rochas.

— Ela nos viu!

— Você está pisando no meu pé!

— Cale a boca!

Um sorriso surge em meus lábios. Quando encaro o mais próximo dos soldados de novo, o monte de neve dentro do capacete amassado e da armadura peitoral diminui um pouco, deslocado pela mesma lufada gélida que balança minha saia. A ilusão está falhando.

Não estou usando equipamento de batalha — uso um vestido plissado sem mangas de tecido marfim, meu cabelo está penteado em tranças elaboradas. Meus "inimigos" são pilhas de neve que eu amontoei apressadamente com os pés e vesti com as armaduras descartadas de Primavera que poluem meu reino. Meu público não é um exército, mas um grupo de crianças invernianas curiosas que me seguiram para fora da cidade. O chakram é real, no entanto, e o modo como meu corpo reage a ele torna tudo aquilo quase crível.

Sou uma soldada. Os homens de Angra me cercam. E vou matar cada um deles.

Meus joelhos se flexionam, o quadril gira, os ombros se viram e os músculos ficam tensos. Inspiro, expiro, viro, solto — busco os movimentos na memória, tão intrínsecos a meu corpo quanto o ato de caminhar, apesar de fazer três meses desde que atirei o chakram pela última vez.

A lâmina se liberta da palma de minha mão com um chiado que corta o ar frio. Ela rodopia até o inimigo mais próximo, ricocheteia em uma rocha e atinge o soldado seguinte, então volta para minha mão com um ruído melódico.

Cada nervo tenso relaxa e solto um suspiro longo, profundo, puro. Pela neve nos céus, isso é *bom*.

Deixo que o chakram voe de novo e de novo, derrubando os soldados restantes. *Vivas* irrompem atrás de mim, vozes finas rindo conforme flocos de neve repousam sobre os corpos caídos de minhas vítimas. Permaneço na posição em que segurei o chakram por último, com o quadril flexionado e o chakram firme na mão, mas a ilusão está completamente destruída agora — da melhor forma.

Um sorriso curva meus lábios. Não consigo me lembrar da última vez em que alguém riu em Inverno. Os últimos três meses deveriam ter sido cheios de muita alegria, mas os únicos sons que ouvi foram as pancadas nas construções, planos murmurados para plantações e minas, aplausos baixinhos em eventos públicos.

— Posso atirar? — pede uma das garotas, e a súplica dela encoraja o restante a exigir o mesmo.

— Melhor começar com algo menos afiado. — Sorrio e me abaixo para recolher neve em uma pequena bola que deixo deslizar pelos dedos. — E menos mortal.

A garota que primeiro pediu para atirar meu chakram entende antes das demais. Ela se ajoelha e amontoa neve em uma bola, então atira em um garoto atrás dela.

— Te peguei! — grita a menina, e dispara, atravessando o campo em busca de um esconderijo.

O restante das crianças irrompe em um frenesi, transformando neve em projéteis e atirando umas nas outras conforme correm pelos campos adiante.

— Você morreu! Acertei você! — exclama um menino.

Deixo escapulir um sorriso.

Não precisamos mais lutar. Elas jamais precisarão atirar mais do que bolas de neve, digo a mim mesma.

— Isso não é um pouco... mórbido?

Eu me viro, firmando os dedos em volta do chakram. Mas nem mesmo consigo erguer a lâmina antes de ver quem está entrando na pequena clareira criada pelas encostas das montanhas Klaryn, de um lado, e pelos campos ondulantes de neve do outro.

Theron inclina a cabeça, parte dos cabelos dele balança atrás das orelhas em uma cortina castanho-clara. Uma pergunta permanece naquele olhar, as linhas em volta dos olhos de Theron mostrando preocupação.

— Mórbido? — Consigo dar um meio sorriso. — Ou catártico?

— A maioria das coisas catárticas é mórbida — corrige ele. — A cura pela melancolia.

Reviro os olhos.

— Só você para encontrar algo poético a respeito de cortar as cabeças de bonecos de neve.

Theron gargalha e o ar fica um pouco mais frio, um arrepio delicioso que se dissipa em meu coração. As cores de Theron contrastam contra o fundo eternamente marfim de Inverno — os músculos esguios do corpo dele são delineados pelo uniforme verde e dourado de

Cordell, o material é mais espesso para dar conta do frio de Inverno e do fato de que o sangue cordelliano de Theron não o protege do clima de meu reino.

Theron indica o caminho por onde chegou, na direção da cidade de Gaos. Se as montanhas Klaryn fossem um mar, Gaos seria o maior porto de Inverno — a maior cidade com acesso à maioria das minas.

É o lugar no qual passei tempo demais durante os últimos três meses.

— Estamos prontos para abrir a mina Tadil — diz ele, tremendo com o que poderia ser um arrepio de frio ou um calafrio de ansiedade.

— Acabamos de abrir uma mina ontem. E duas na semana passada — replico.

Odeio como minha voz se altera. Theron não deveria ser o destinatário de minha raiva.

O maxilar dele se retesa.

— Eu sei.

— Seu pai vem a Jannuari para a cerimônia no fim da semana, não vem? Theron entende o que quero dizer.

— A realeza outoniana também estará aqui. Você não deveria confrontar meu pai com ela presente.

— Cordell está tão envolvida com Outono quanto com Inverno. O rei deles provavelmente quer forçar Noam a sair tanto quanto eu.

Theron se encolhe, e percebo, tarde demais, como minhas palavras são ásperas. Noam ainda é o pai de Theron, e rei dele, e não importa o quanto meu peito se aperte quando Noam promulga uma nova ordem... Precisamos de Cordell. Sem a ajuda de Noam, não teríamos exército — e o físico dos invernianos acaba de passar de esquelético para saudável, e, assim, apenas recentemente se tornaram aptos a treinar. Sem Cordell, não teríamos mantimentos, pois Inverno não tem comércio restabelecido, e as plantações que *conseguimos* cultivar em nosso reino congelado — graças à minha magia — ainda estão recém--semeadas e levarão meses para brotar, mesmo com a força a mais do condutor de Inverno.

Então, não tenho escolha a não ser obedecer às exigências de Noam, porque devemos tanto a ele que às vezes não acredito que também não estou usando as cores de Cordell.

— Tudo bem — consinto. — Vou abrir essa mina. Levarei a Noam e a Outono o pagamento devido pela parte deles na salvação de inverno, mas assim que a cerimônia terminar...

O que planejo fazer depois da cerimônia? Porque não passa disso, uma cerimônia — uma apresentação bonitinha para agradecer a Outono e Cordell pela ajuda na libertação de Inverno da tirania de Primavera. Pagaremos com os bens que mineramos, mas não será sequer uma fração do que devemos. Depois da cerimônia, estaremos na mesma situação que estamos no momento: nas mãos de Cordell.

Por isso passei tanto dos últimos três meses tentando convencer Dendera de que rainhas podem carregar armas. Por isso encontrei meu chakram e encenei esse momento de normalidade — porque mesmo tendo Inverno de volta, sinto exatamente o mesmo que sentia quando Primavera era dona de nosso reino. Escravizada, à mercê de outrem, embora com uma ameaça menos imediata, e esse é o único motivo pelo qual tolerei Noam por tanto tempo. Meu povo não vê a presença de Cordell como opressora: eles veem ajuda.

Theron estende a mão para mim, mas ainda estou segurando o chakram, então ele se contenta com apenas uma de minhas mãos, me afastando das preocupações. Theron não é apenas um representante de Cordell; não é apenas filho do pai dele. É também um menino que me olha com desejo; o mesmo olhar que me lançou nos corredores escuros do palácio de Angra antes de me beijar — um olhar que senti dezenas de vezes nos últimos três meses.

Perco o fôlego. Theron não me beija no momento, no entanto, e não consigo decidir se quero que me beije — e, se quero, é porque quero conforto, distração ou ele mesmo.

— Desculpe — diz ele, baixinho. — Mas precisamos continuar tentando, e o trabalho é bom para Inverno. Na verdade, seu reino também vai se beneficiar desses recursos. Odeio que ele esteja certo, mas precisamos...

— Noam não *precisa* de Inverno — interrompo. — Ele *quer* Inverno, quer acesso ao abismo de magia. Por que diria que ele está certo? — Hesito. — Concorda com ele?

Theron se aproxima, uma nuvem de lavanda do seu sabonete cheiroso emana do corpo dele. O príncipe leva as mãos para os meus braços, as mangas do casaco dele sobem, revelando os pulsos e as cicatrizes rosadas e irregulares. Culpa deixa um sabor acre em minha boca.

Theron conseguiu aquelas cicatrizes tentando me resgatar.

Ele acompanha meu olhar até os pulsos expostos. Então se afasta, puxando as mangas.

Engulo em seco. Deveria dizer algo a respeito daquilo: das cicatrizes dele, da reação. Mas Theron sempre muda de assunto antes que eu...

— Não acho que ele esteja totalmente certo — gagueja Theron, desviando a conversa de volta para o curso, embora eu não deixe de perceber como ele mantém uma das mãos na manga, apertando o tecido no punho. — Não na forma como está agindo em relação a isso, pelo menos. Inverno precisa de apoio, o que Cordell pode dar. E se encontrarmos o abismo de magia, *todos* estaremos em um lugar melhor.

O olhar de Theron se detém no meu e, sem palavras, ele suplica para que eu prossiga como se estivesse normal.

Concedo. Por enquanto.

— E como Noam deveria ser recompensado pela ajuda dele?

Mas assim que faço a pergunta, sei a resposta, e meu corpo se incendeia com uma onda de desejo que me faz oscilar na direção de Theron.

Ele se inclina para a frente.

— Quero que meu pai restabeleça nosso noivado. — As palavras não saem mais altas do que os flocos de neve que caem ao nosso redor. — Se nossos reinos forem unidos, não seria um dominando o outro, um em dívida com o outro. Seríamos um só, poderosos. — Theron para, exalando uma nuvem de condensação. — Protegidos.

Um formigamento gelado dispara por meu corpo, em conflito com a parte de mim que sabe que Theron e eu não somos destinados para o que um dia fomos. Noam dissolveu nosso noivado porque viu a dívida de Inverno com Cordell como um elo suficiente entre nossos dois reinos — e talvez por ter se sentido traído por Sir, que arranjou um casamento entre o filho dele, o herdeiro de um reino Ritmo, e uma garota que deveria ter sido uma aldeã inverniana, não uma rainha por direito.

Noam quer nossas minas; ele quer acesso ao abismo perdido de magia. Sabe que os terá, graças a nossa dependência dele. Assim, pode tratar Inverno como a coisa inferior e destruída que somos — não um igual político. E, sinceramente, estou um pouco aliviada por não precisar me preocupar com estar casada agora.

Mas Theron deixou bem claro, muitas vezes, que não está feliz com a decisão de Noam.

Como se para confirmar meus pensamentos, as feições dele mudam, e Theron se vira para mim.

— Sempre lutarei por você. Sempre a manterei segura — acrescenta ele.

A forma como Theron fala é uma promessa, uma declaração e uma súplica, tudo de uma vez. As palavras alimentam tremores que descem até os punhos dele, ressaltando os medos que Theron não ousa sussurrar.

Protegida. Manter você segura.

Ele também tem medo de nossos passados. Tem medo de que tudo aconteça de novo, pesadelos repetidos.

— Não precisa me manter segura — sussurro.

— Mas eu posso. Eu *vou*.

A declaração de Theron é tão séria que a sinto como um corte em minha carne.

Mas não quero precisar dele — ou de seu pai, ou de Cordell. Não quero que meu reino precise de ninguém. Na maior parte dos dias, não quero sequer que precise de *mim*.

Toco o medalhão, a joia vazia que serve como símbolo da magia de Inverno para todos. Acreditam que depois que as metades foram reunidas, o medalhão recuperou o status de uma das oito fontes de magia neste mundo: os Condutores Reais. Acham que qualquer magia que usei antes — curar Sir e o menino no campo de Abril, enviar força para os invernianos escravizados — foi um acidente, um milagre, porque todos os outros Condutores Reais são objetos como uma adaga, um anel, um escudo. Jamais ocorreu a eles, ou a mim, antes disso, que a magia pudesse encontrar como hospedeiro uma *pessoa*.

Não fazem ideia de onde a verdadeira magia está. E, sinceramente, Cordell é a menor de minhas preocupações, pois há outra coisa dentro de mim, algo que pode ser muito mais perigosa.

Levo a mão livre ao peito de Theron. Sozinhos ali, com a neve caindo, o vento frio rodopiando e a sensação da pulsação dele latejando sob meus dedos, permito que tenhamos esse momento. A despeito do que somos agora, momentos como esse, quando podemos esquecer a política, os títulos e nosso passado, evitam que desabemos sob o estresse de nossas vidas.

Encosto o corpo ao de Theron e me ergo, tocando os lábios dele com os meus. Theron geme e me abraça, curvando o corpo para acompanhar o arco do meu, devolvendo meu beijo com uma paixão que me desmancha.

Theron passa a mão pela minha têmpora, até minha orelha, e desce para minha bochecha; os dedos dele afastam os fios de cabelo que se soltam dos grampos. Inclino a cabeça para o lado para encostar na palma da mão dele, meus dedos envolvem o pulso de Theron.

As cicatrizes dele parecem calosas e deformadas ao toque. Meu coração, já batendo desenfreadamente pelo modo como os lábios de Theron são firmes apesar do toque suave, e pela pontada de desejo em meu estômago quando ele geme daquela forma, perde o controle.

Eu me afasto devagar, nossas respirações se condensam.

— Theron, o que aconteceu com você em Abril?

As palavras mal saem, mas finalmente estão ali, dançando em meio aos flocos de neve.

Theron hesita, sem me ouvir por um segundo. Então se encolhe, o rosto lívido com um horror que ele suaviza até se tornar confusão.

— Você estava lá...

— Não... Quero dizer... Antes. — Ele respira fundo. — Você estava em Abril antes que eu soubesse que estava lá. E... pode me contar. Se algum dia precisar. Quero dizer, eu sei que é difícil, mas eu... — Emito um gemido, abaixando a cabeça entre nós. — Não sou boa nisso.

Apesar de tudo, Theron ri.

— Boa em quê?

Olho de volta para Theron e começo a rir antes de perceber como ele ignorou tudo o que eu disse.

— Boa em... nós dois.

Os lábios de Theron se abrem em um sorriso que serve apenas para me lembrar de tudo que ele encobre.

— Você é melhor em "nós dois" do que pensa — sussurra ele, libertando a mão de meu toque para terminar de descer os dedos por meu rosto, pelo pescoço, até segurar meu ombro com a mão em concha.

Dou um sorriso fraco e sacudo a cabeça.

— Os mineiros. Eu deveria ir até eles.

Theron assente.

— Sim — concorda. Um rompante de esperança ilumina o rosto de Theron. — Talvez essa seja a mina.

Improvável, quase digo. Começamos a escavar mais da metade das minas de Inverno, e nenhuma delas revelou qualquer coisa além dos recursos habituais. O fato de Noam acreditar que encontraremos o local no qual se originaram os Condutores Reais me enfurece. O abismo de magia está perdido sob os reinos Estação há séculos, e só porque um reino Ritmo é agora aquele que o procura, Noam espera desenterrá-lo?

Essas são as minas de Inverno, e ele está forçando *meu* povo a usar o pouco de força que tem para escavá-las. Passaram 16 anos nos campos de trabalhos forçados de Angra; deveriam estar se recuperando, não caçando poder para um homem que já tem demais.

Meu ódio irrompe de novo e me viro, deixando para trás as carcaças dos inimigos de mentira.

Theron caminha ao meu lado em silêncio e, conforme desviamos de algumas rochas, Gaos surge à nossa frente como se as montanhas Klaryn a estivessem escondendo até meu retorno. É muito parecido com como Jannuari estava quando chegamos lá, mas pelo menos partes do lugar foram consertadas desde então. Tão poucas pessoas optaram por repovoar Gaos que só conseguimos consertar as áreas mais próximas das minas, o que deixou a maior parte da cidade em ruínas. Chalés destruídos pela falta de uso ladeiam as ruas; escombros entulham os becos em pilhas feitas apressadamente. Neve cobre tudo, escondendo parte da destruição sob puro marfim.

Hesito por um instante quando Gaos surge à vista, mas é o bastante para fazer Theron envolver minha cintura, puxando meu corpo para o dele.

— Vai melhorar com o tempo — assegura Theron.

Ergo o olhar para ele, ainda agarrando desesperadamente o chakram. A mão de Theron repousa em meu quadril, quente no frio eterno de Inverno.

— Obrigada.

Theron sorri, mas antes que possa responder, outra voz o interrompe.

— Minha rainha!

O som de neve estalando sob os seus pés segue o chamado de Nessa, o qual é imediatamente seguido pelos berros sobressaltados de seu irmão. Quando me viro para olhar para ela, Nessa está na metade do caminho de neve entre mim e Gaos, o vestido oscilando ao redor das pernas.

Ela para subitamente, ofegante entre sorrisos. Meses de liberdade finalmente começam a surtir efeito — os braços e o rosto dela estão rechonchudos, de forma saudável, e há um leve brilho nas bochechas.

— Estamos procurando você por toda parte! Está pronta?

A expressão de meu rosto se torna algo entre uma careta e um sorriso.

— Dendera está muito irritada?

Nessa dá de ombros.

— Vai se acalmar depois que a mina for aberta. — Ela faz uma reverência desconfortável para Theron e segura minha mão. — Posso roubá-la, príncipe Theron?

Ele roça o polegar em meu quadril com um movimento que lança um calafrio por minha pele.

— É claro...

Mas Nessa já está me puxando pela neve.

Conall e Garrigan nos encontram na primeira rua da cidade; Conall com uma expressão de raiva, Garrigan com um sorriso interessado.

— Deveria ter nos levado junto — repreende Conall. Repentinamente se dá conta de quem está repreendendo e pigarreia. — Minha rainha.

— Ela é perfeitamente capaz de se cuidar. — Garrigan me defende. Mas diante da expressão de raiva de Conall, ele tenta esconder o sorrisinho por trás de uma tosse bem violenta.

— Essa não é a questão. — Conall se volta para mim. — Henn não tem nos treinado sem um motivo.

Quase repito as palavras de Garrigan, quase ergo o chakram para dar ênfase. Mas as rugas de exaustão em volta dos olhos de Conall me fazem guardar o chakram às costas.

— Desculpe-me por ter preocupado você — digo. — Não tive a intenção...

— Onde esteve?

Um gritinho trêmulo fica preso em minha garganta conforme Dendera sobe a rua em disparada.

— Deixo você sozinha por *um minuto* e você some como... — Ela para subitamente. Tento esconder ainda mais o chakram às costas, mas é tarde demais.

O olhar que Dendera me lança não é de fúria, como eu esperava. É de cansaço, exaustão, e conforme ela se aproxima, os quarenta e tantos anos parecem pesar ainda mais no rosto.

— Meira — censura Dendera.

Não ouço Dendera, Nessa, ou mais ninguém me chamar assim, à exceção de Theron, há... meses. É sempre "minha rainha" ou "minha senhora". Ouvir meu nome é como uma lufada de ar frio em uma sala abafada, e me delicio com isso.

— Eu disse a você — fala Dendera, ao tirar o chakram de minha mão e entregar a Garrigan. — Não precisa mais disso. É rainha. Você nos protege de outras formas.

— Eu sei. — Mantenho o maxilar tenso, a voz contida. — Mas por que não posso ser os dois?

Dendera suspira, o mesmo suspiro triste e de pena que ela me deu muitas e muitas vezes nos últimos três meses.

— A guerra acabou — diz Dendera, não pela primeira vez, e provavelmente não pela última. — Nosso povo viveu por tempo demais em guerra, precisam de uma governante mais serena, não de uma rainha guerreira.

Faz sentido em minha cabeça. Mas não faz sentido em meu coração.

— Está certa, duquesa — minto. Se insistir demais, verei a mesma expressão que vi no rosto dela centenas de vezes enquanto crescia, o medo de fracassar. Exatamente como com Theron e suas cicatrizes, e com Nessa também, se eu a vir quando acha que ninguém está observando, seus olhos ficam vazios, vítreos. E quando o sono traz pesadelos, ela chora tanto que meu coração dói.

Contanto que ninguém mencione o passado ou nada ruim, estamos bem.

— Venha. — Dendera bate as palmas uma vez, de volta aos afazeres. — Já estamos bem atrasadas.

Meira

Dendera nos leva até uma praça que se estende a poucos passos da mina Tadil. As construções ali estão inteiras e limpas, escombros foram retirados de trilhas, chalés foram reparados. As famílias dos mineradores que já estão nas profundezas da Tadil lotam a praça, junto com soldados cordellianos, a maioria deles quicando de um pé para outro, esforçando-se para se manterem aquecidos. Uma tenda cobre a entrada da praça, nossa primeira parada quando entramos em fila, ao lado de mesas cheias de mapas e cálculos.

Sir e Alysson fazem reverências em meio a uma discussão silenciosa dentro da tenda. A atenção deles se volta para mim; um sorriso sincero estampa o rosto de Alysson, um lampejo de escrutínio percorre o de Sir. Estão tão elegantes quanto Nessa e Dendera, ambas de vestido — enquanto roupas tradicionais invernianas para mulheres consistem em vestidos longos plissados da cor marfim, a maioria dos homens usa túnicas azuis e calça por baixo de camadas de tecido branco, que os envolve formando um "X" na altura do tronco. Para mim, ainda é estranho ver Sir vestido em qualquer coisa que não seja o traje de batalha, mas ele nem ao menos tem uma adaga ao quadril. A ameaça se foi, nosso inimigo está morto.

— Minha rainha. — Sir faz uma reverência com a cabeça. Eu me arrepio ao ouvir o título sair dos lábios dele, mais uma coisa com a qual preciso me acostumar. Sir me chamando de "minha rainha". Sir, meu general. Sir, pai de Mather.

Pensar em Mather me arrebata.

Não conversei com ele de verdade desde que subimos nos cavalos, lado a lado, fora de Jannuari, antes de eu assumir totalmente as responsabilidades de ser rainha, e de Mather abrir mão completamente de tudo que um dia achou que fosse.

Eu esperava que ele apenas precisasse de tempo para se ajustar, mas faz três meses desde que Mather disse algo mais do que "Sim, minha rainha" para mim. Não tenho ideia de como diminuir a distância entre nós — apenas continuo dizendo a mim mesma, talvez tolamente, que quando ele estiver pronto, vai falar comigo de novo.

Ou talvez tenha menos a ver com Mather não ser mais rei e mais a ver com Theron, que ainda é uma peça central na minha vida, embora nosso noivado tenha sido dissolvido. Por enquanto, é mais fácil não pensar em Mather. Usar a máscara, forçar o sorriso e encobrir as coisas terríveis por baixo.

Eu gostaria que não fosse necessário me obrigar a afastar tudo isso — queria que nenhum de nós precisasse, e que todos fôssemos fortes o bastante para lidar com aquilo que aconteceu conosco.

Uma dormência fria floresce em meu peito. Acendendo-se, selvagem, gélida e viva, e contenho um suspiro diante do que aquilo significa.

Quando Angra conquistou meu reino, há 16 anos, ele fez isso depois de quebrar nosso Condutor Real. E quando um condutor é quebrado em defesa de um reino, o governante daquele reino então se torna o condutor. O corpo dele, a força vital — tudo isso se une à magia. Ninguém sabe disso exceto eu, Angra, e a mulher cuja morte me transformou no condutor de Inverno: minha mãe.

Você pode ajudá-los a lidar com o que aconteceu, intromete-se Hannah. Como eu *sou* a magia, como ela é ilimitada dentro de meu corpo, Hannah consegue falar comigo, mesmo depois da morte.

Não vou forçar a cura para dentro deles, digo, me desanimando ao pensar nisso. Sei que a magia poderia curar os ferimentos físicos deles, mas e os emocionais? Não posso...

Não quis dizer isso, fala Hannah. *Pode mostrar a eles que têm um futuro. Que Inverno é capaz de sobreviver.*

Minha tensão relaxa. *Tudo bem*, consigo responder.

A multidão fica imóvel quando Sir me leva para fora da tenda. Vinte trabalhadores já estão nas profundezas da mina, pois toda inauguração acontece da mesma forma: eles entram; eu fico no alto e uso a magia para preenchê-los com agilidade e resistência sobre-humanas. A magia só funciona a distâncias curtas; não poderia usá-la nos mineradores se estivessem em Jannuari. Mas eles estão ali nos túneis logo adiante.

— Quando estiver pronta, minha rainha — diz Sir.

Se ele sente o quanto odeio aquelas inaugurações de minas, não diz nada, apenas se afasta com os braços às costas.

Trinco os dentes e tento ignorar todo o resto — Hannah, Sir, todos os olhos sobre mim, o silêncio pesado que se segue.

Minha magia era gloriosa. Quando estávamos presos em Primavera e ela irrompeu e nos salvou; quando voltamos para Inverno e não tive certeza de como ajudar a todos, e a magia fluiu para fora de mim para trazer a neve e encher meu povo com vitalidade. Quando eu não tinha ideia do que queria ou de como fazer qualquer coisa, fiquei grata pela forma como a magia sempre *sabia*.

Mas agora percebo que se eu quisesse impedir que ela vazasse de mim, que irrompesse pela terra, e preenchesse os mineiros com força e resistência, não conseguiria. É isso que mais me assusta nesses momentos — a magia se acende e sobe em redemoinhos, e eu sei, bem no fundo do poço pulsante que é meu coração, que meu corpo pereceria muito antes de a magia ao menos considerar parar.

Puxadas por algum sinal não dito, correntes de gelo espiralam por meu peito e transformam cada veia em neve cristalizada. Meu instinto reage com um rompante sufocante de necessidade de impedir aquilo, de dominá-lo, mas a razão suprime minha determinação, pois sei que o povo precisa daquela magia que estou tentando conter, e antes que eu consiga respirar, a magia se despeja sobre os mineradores. Permaneço de pé conforme ela sai, trêmula; abro os olhos para ver as expressões esperançosas da multidão. Não conseguem ver ou sentir, a não ser que eu canalize a magia para eles. Ninguém sabe o quanto eu me sinto vazia, como uma aljava de flechas, existo apenas para conter uma arma maior.

Tentei contar a Sir a respeito, mas imediatamente me contive quando Noam entrou na sala. Se Noam descobrir que só precisa que um inimigo quebre o Condutor Real para que ele *se torne* o próprio condutor, não precisará encontrar o abismo. Será todo-poderoso, cheio de magia.

E não precisaria mais fingir se importar com Inverno.

Eu me viro, sedenta por alguma distração. A multidão interpreta isso como minha dispensa e aplaude baixinho.

— Fale com eles — insiste Sir, quando sigo para a tenda.

Envolvo o corpo com os braços.

— Dei o mesmo discurso todas as vezes que inaugurei uma mina. Eles ouviram tudo isso antes: renascimento, progresso, esperança.

— Estão esperando. — Sir não cede, e quando dou mais um passo na direção da tenda, ele segura meu braço. — Minha rainha. Está esquecendo qual é sua posição.

Se ao menos fosse isso, penso, então imediatamente me arrependo. Não quero esquecer quem eu sou agora.

Só queria ser tanto aquilo *quanto* eu mesma.

Alysson e Dendera estão silenciosas atrás de Sir; Conall e Garrigan esperam alguns passos ao lado; Theron chegou e conversa com alguns dos homens dele. Essa normalidade torna mais fácil ver o quanto Nessa subitamente parece deslocada ao lado dos irmãos. Os ombros dela se inclinam para a frente, mas a atenção está fixa em um beco à minha direita.

Eu me desvencilho da mão de Sir e aceno com a cabeça na direção de Nessa quando caminho para a frente.

— Eles voltaram — sussurra ela quando a alcanço. Os olhos de Nessa vão para o beco, e posso ver daquele ângulo que Finn e Greer estão no limite da luz, imóveis, até que minha atenção se fixe neles.

Finn agita a cabeça e os dois seguem para a tenda principal como se estivessem em Gaos esse tempo todo. Deixaram Jannuari conosco, mas se separaram logo depois, saindo de fininho antes que qualquer cordelliano percebesse que o conselho inverniano da rainha tinha passado de cinco membros para três.

Sir me guia até a tenda como se temesse que eu me recusasse a fazer isso também. Mas sigo à frente dele, juntando-me ao redor da mesa do centro a Alysson e Dendera. Todos tentamos manter um clima relaxado, nada fora do comum, nada que chame atenção. Mas minha ansiedade se desfaz em fios que parecem dar um nó em volta de meus pulmões a cada segundo que passa.

— O que encontraram? — Sir é o primeiro a falar, com o tom de voz grave.

Finn e Greer se afastam da mesa, suor escorre em borrões de terra nos rostos deles. Cruzo os braços. Uma coisa tão rotineira — os conselheiros da rainha voltando de uma missão. Mas não consigo fazer com que a inquietude em minha mente concorde.

Eu deveria ter saído nessa viagem para reunir informações para a monarca — eu não deveria ser a monarca.

Finn abre a sacola e tira de dentro um amontoado, enquanto Greer puxa outro da cintura.

— Paramos em Primavera primeiro — diz Finn, concentrado na mesa. Apenas Conall, Garrigan e Nessa olham para fora da tenda, observando os cordellianos em busca de sinais de movimento em nossa direção. — Os relatórios iniciais que os cordellianos receberam estavam certos: nenhum sinal de Angra. Primavera se tornou um estado militar, governado por um punhado dos generais restantes dele. Nenhuma magia, no entanto, e sem hostilidade.

Alívio se esforça em percorrer meu corpo inteiro, mas eu o contenho. Só porque Primavera está silenciosa não quer dizer que as coisas estão bem — se Angra sobreviveu à batalha em Abril e quis manter a sua sobrevivência em segredo, seria um tolo caso permanecesse em Primavera.

E como não tivemos notícias dele desde a batalha, se estiver vivo... definitivamente não quer que alguém saiba.

— Passamos por Outono a caminho de Verão, ambos estão intocados — continua Finn. — Outono foi cortês, e Verão nem mesmo se deu conta de que estávamos lá, o que facilitou a busca por rumores sobre Angra. Yakim e Ventralli, por outro lado...

Eu me sobressalto em direção à mesa.

— Encontraram vocês?

Greer assente.

— Os boatos se espalharam sobre dois invernianos no reino. Por sorte, quando dissemos que estávamos lá em nome de nossa rainha, ficaram mais confortáveis conosco, mas não tiraram os olhos da gente até deixarmos as fronteiras. Tanto Yakim quanto Ventralli mandaram presentes para você.

Greer empurra os amontoados na minha direção. Pego o primeiro e abro o tecido desbotado e revelo um livro, um volume espesso encapado em couro e com letras pretas gravadas na capa.

— *A implementação eficiente de leis fiscais no reinado da rainha Giselle?* — leio em voz alta. A rainha yakimiana me mandou um livro sobre leis fiscais que ela implementou?

Finn dá de ombros.

— Ela queria nos dar mais, mas dissemos que não tínhamos recursos para carregar tudo. E convidou você para o reino dela. As duas convidaram, na verdade.

Isso me faz pegar o outro pacote. Esse se desenrola, espalhando-se sobre a mesa para revelar uma tapeçaria, fios multicoloridos que se entrelaçam e formam uma paisagem dos campos nevados de Inverno tomando conta da floresta verde e floral de Primavera.

— A rainha ventralliana mandou criarem isso — observa Finn — para parabenizar você pela vitória.

Passo um dedo pelo redemoinho formado por um fio de prata que separa Inverno de Primavera.

— Estivemos em Ventralli e Yakim antes de Angra cair, reunindo mantimentos e outras coisas do tipo, e as pessoas nos viram, e nenhuma vez as famílias reais se importaram. Por que agora?

Greer parece ainda mais velho com suas rugas fundas, seu corpo curvado.

— Cordell tem as mãos em dois reinos Estação agora, Outono e Inverno. Com uma presença tão forte aqui, seria capaz de tomar Primavera facilmente também, se Noam escolhesse fazê-lo. Verão tem acordos de comércio com Yakim, mas nenhuma aliança formal. Os outros reinos Ritmo sabem que Noam está procurando o abismo de magia e temem as ambições dele. Estão testando a lealdade de Inverno a Cordell para ver se podem destronar Noam.

— Ambas insistiram bastante para que você as visitasse — acrescenta Finn. — A rainha Giselle nos disse que você é sempre bem-vinda. A rainha Raelyn disse o mesmo de Ventralli; parece ser ela quem fala pelo rei, embora ele também estivesse bastante ansioso para conhecer você.

Sacudo a cabeça.

— Algum desses reinos mostrou sinais de... Dele?

Não consigo dizer o nome dele. Não consigo me obrigar a pronunciá-lo.

— Não, minha rainha — responde Greer. — Não havia sinal de Angra. Não fomos a Paisly. A viagem pelas montanhas deles é traiçoeira, e depois das atitudes que observamos em Ventralli e Yakim, não achamos necessário.

— Por quê?

— Porque Paisly também é um reino Ritmo, não abrigariam o rei destronado de um reino Estação. Yakim e Ventralli mal estavam dispostos a *nos* abrigar. Não acho... — Greer para. — Minha rainha, não acho que Angra esteja em Primoria.

O modo como ele fala me faz fechar os olhos. Quando sugeri pela primeira vez que alguém vasculhasse o mundo em busca de Angra, todos acharam que eu estava sendo excessivamente cautelosa. Ele desapareceu depois da batalha em Abril, mas a maioria acredita que a magia o desintegrou, não que ele tenha escapado.

— Ele está morto — diz Sir. — Não é mais uma ameaça com a qual devamos nos preocupar.

Eu o encaro, exausta. Ele — e o restante de meu conselho inverniano — ainda acredita que Angra foi derrotado, mesmo depois de eu ter dito a eles que o Condutor Real de Angra tinha sido tomado por uma magia sombria criada há milhares de anos, antes de os Condutores Reais serem feitos. Na época, todos tinham pequenos condutores, mas quando, aos poucos, passaram a usar a magia para o mal, esse uso negativo deu vida à Ruína, uma magia poderosa que infectou a todos com a força e a necessidade de realizar os desejos mais terríveis. Com a criação dos Condutores Reais, e o expurgo de todos os condutores menores, a Ruína se enfraqueceu, mas não morreu. Ela se alimentou do poder de Angra até que Mather quebrou o cetro de Primavera.

Se Angra estiver vivo, pode ser como eu, um condutor em pessoa, sem o fardo das limitações de um condutor-objeto. E a Ruína pode ser... infinita.

Mas se Angra estivesse vivo, por que estaria se escondendo? Por que não teria percorrido o mundo, escravizado todos nós? Talvez seja isso que faça Sir ter tanta certeza de que Angra está morto.

Todos me observam, até mesmo Conall, Garrigan e Nessa. Meus olhos passam por eles e então se arregalam. Um segundo, ninguém observou os cordellianos por um segundo...

— Problemas?

Um soldado cordelliano se abaixa para entrar na tenda, seguido por mais três. Assim que as silhuetas vestidas em armaduras ocupam o espaço, meu conselho entra em alerta, afastando qualquer pretensão de tranquilidade.

Solto um murmúrio grave quando Theron entra na tenda também.

— Tenho certeza de que estão discutindo como melhor proceder em relação aos espólios de Tadil — sugere Theron, passando para meu lado. Ele inclina a cabeça para os homens. — Nenhum problema aqui.

Os soldados hesitam, obviamente não convencidos, mas Theron é o príncipe deles. Os homens recuam e saem da tenda quando Theron passa a mão por minha cintura. O calafrio da magia pulsa por mim, mas agora maculado — eu não deveria precisar que alguém de outro território viesse ao meu resgate. Principalmente para afastar os mesmos homens que deveriam estar nos protegendo.

— Obrigado por interceder, príncipe Theron — diz Sir.

Theron inclina a cabeça.

— Não precisa me agradecer. Deveriam poder se reunir no próprio reino sem interferência cordelliana.

Ergo uma sobrancelha para ele.

— Não deixe que seu pai ouça isso.

A frase faz com que Theron me segure com mais força, me puxando para perto.

— Meu pai ouve o que quer — diz ele. — Mas o que estavam discutindo?

Sir se aproxima. Meus olhos se voltam para o lado, reparando em Finn e Greer descendo a rua, provavelmente seguindo para se lavarem do cansaço da viagem.

— Só estávamos discutindo...

Mas qualquer que fosse a mentira que Sir estivesse prestes a contar se comprova desnecessária. Theron se afasta de mim e pega a tapeçaria da mesa.

— Ventralli? — pergunta ele. — Por que tem isto?

É claro que saberia de onde vem a tapeçaria. A mãe dele era tia do atual rei de Ventralli; o quarto de Theron em Bithai está cheio de pinturas, máscaras e outros tesouros do lado ventralliano da família.

Olho para Sir, que me encara de volta. A mesma emoção toma conta de todos. Dendera me observa, Alysson se agarra à beira da mesa. Todos esperam minha resposta.

Todos esperam que eu minta.

A viagem de Finn e de Greer deveria ser um segredo, um ato frágil de Inverno diante da ocupação de Cordell. Prova de que *nós* podemos fazer algo, *ser* algo, sozinhos.

Mas mentir para Theron...

O maxilar de Sir se contrai quando permaneço em silêncio por um segundo a mais.

— Nas ruínas de Gaos — diz ele. — Encontramos nos prédios.

Não percebo até que as palavras deixem os lábios de Sir que Theron pode descobrir a verdade de qualquer forma; se Giselle e Raelyn receberam Finn e Greer, a notícia vai se espalhar. Noam vai, em algum momento, saber que seus pares dos reinos Ritmo receberam visitantes invernianos.

Engasgo, mas a mentira foi contada. Recuar agora só pareceria pior — não? Não posso simplesmente pedir a opinião de Sir a respeito disso. Além do mais, foi ele quem mentiu. Talvez... não tenha problema.

Não. Tem problema. Mas não sei como uma rainha consertaria isso.

— É lindo. — Theron passa os dedos pelos fios. — Uma batalha entre Inverno e Primavera?

Ele me olha, ansioso. Consigo até dar um risinho.

— Está perguntando para mim? É você quem tem sangue ventralliano.

Theron dá um meio sorriso.

— Ah, mas eu esperava que parte de mim tivesse passado para você a esta altura.

Minhas bochechas ficam quentes, inflamadas pelo grupo de conselheiros que ainda nos observa, pela forma como Theron estica o corpo, inclinando a cabeça para mim. Não sei se ele sabe que Sir mentiu — só consigo ver aquele olhar que surge sempre que algo artístico está por perto, as feições suavizadas. Ver Theron assim é tão bom, tão diferente de seu estado recente de constante tensão, alternando entre temor e memórias, que quase não consigo lembrar quando vi aquele olhar antes.

Sinto um sobressalto ao me dar conta. É exatamente como ele me olhou nos campos do lado de fora de Gaos, e sempre que quer me beijar, como se eu fosse uma obra de arte que está tentando interpretar.

Meu coração bate tão alto que tenho certeza de que ele ouve. Se estivéssemos no quarto de Theron, ele, o príncipe de Cordell, eu, uma soldada inverniana, teria flutuado até ele sem pensar duas vezes.

Mas olho em volta da tenda, para Sir, Dendera, Alysson. Até mesmo Conall, Garrigan e Nessa. Todos me olham de forma semelhante: como se apenas tivessem me conhecido como a rainha de Inverno, uma figura a quem devem reverência e adoração.

Mas não sou nenhuma dessas coisas. Sou alguém que acabou de ajudar a mentir para um dos amigos mais próximos.

É disso que Inverno precisa. É isso que Inverno precisa que eu seja.

Odeio quem sou agora.

Um estrondo grave estremece a terra. A vibração me pega desprevenida, a dormência me percorre enquanto o mundo chacoalha com uma cacofonia violenta de tremores e estampidos como gases sendo expelidos. Alguns segundos de agitação e tudo fica quieto e silencioso, como se nada tivesse acontecido.

Mas algo aconteceu. Algo que faz as famílias dos mineradores, ainda na praça, gritarem de terror:

Um desabamento.

A percepção tensiona cada nervo meu, e disparo para longe da mesa. Minha saia se enrosca nas minhas pernas até que eu a puxe em um emaranhado e siga mais rápido, mas assim que me viro para a praça, alguém me agarra.

— Minha rainha! — A voz de Sir tem o tom familiar de comando dele. — Não pode...

— Há mineradores lá embaixo — grito de volta. As pessoas ao meu redor disparam na direção da entrada da mina, agrupando-se contra soldados cordellianos que lutam para mantê-las na praça até que decisões possam ser tomadas. — *Meu* povo. Sou a única que pode curá-los, e não deixarei que fiquem lá embaixo!

Eu sabia que não deveríamos ter aberto aquela mina. E agora, parte de meu povo morreu por causa da insistência de Noam em procurar algo que jamais encontraremos. Vou matá-lo.

Sir me segura com mais força.

— Você é a rainha, você não corre até minas desabadas!

Quase grito com Sir, mas nenhum som sai. Porque no cume da montanha corre um dos soldados cordellianos encarregados de vigiar a entrada da mina.

— Um minerador! — anuncia ele para a praça, recebido por gritos pedindo detalhes. — Subindo pela abertura!

Alívio percorre meu estômago. A magia, foi ela que deu a eles resistência e força. Talvez tenha deixado que um escapasse para correr desesperada e rapidamente para cima da entrada da mina.

Sir abre caminho pela multidão, me deixando seguir um pouco atrás.

Quando chegamos ao topo, a montanha do outro lado se curva para baixo antes de se dividir em uma trilha demarcada por pedregulhos. A trilha dá para uma caverna que parece qualquer outra — escura e interminável. Sir e eu corremos para a caverna, e uma fila de pessoas — Conall e Garrigan, Theron, alguns soldados cordellianos — se reúne atrás de nós. Quando me concentro na entrada, imploro à escuridão que deixe em paz o minerador, imploro por notícias de que o desabamento não foi um desabamento, mas outra coisa...

Assim que chegamos à entrada, o minerador sai aos tropeços e cai de joelhos. Está tão coberto de terra que a pele marfim e os cabelos estão cinza, e o homem forma um redemoinho de poeira contra a luz do sol. Eu me abaixo diante dele, com as mãos nos ombros do minerador. Sem pensar, sem chance de reconsiderar — a magia se acumula em meu peito, um rompante de gelo que percorre meus braços e se choca ao corpo do minerador, limpando os pulmões dele, curando os ferimentos nos braços e nas pernas.

Todo o ar é drenado de mim, me deixando ofegante devido ao uso inesperado de magia quando a tensão no rosto do homem se alivia. Será que percebeu que usei magia nele?

— Uma parede desabou, minha rainha — conta o minerador, em meio à tosse. — Não estávamos esperando, não ali, mas...

Theron se abaixa ao meu lado, a atenção fixa no minerador, assustado, temeroso, tenso.

— Nós... encontramos — diz o minerador, como se não pudesse acreditar na própria notícia. Ele pisca para mim, e tento, com tudo que me resta, respirar, apenas respirar, *continue respirando*.

— Encontramos, minha rainha. O abismo de magia.

Meira

Hannah?, digo, hesitante, e minha magia acende uma faísca ínfima de frio. *Diga que ele está errado.*

Mas a emoção que irradia dela é o oposto do que eu esperava: ela está admirada. Maravilhada. O mesmo choque desnorteado que recai sobre todos.

Estávamos tão perto, diz Hannah, arquejando. *A Tadil, esse tempo todo — estávamos tão perto...*

As palavras dela se dissipam, mas sei o que quer dizer.

Antes de Angra tomar Inverno.

O minerador se coloca de pé, me guiando, sem palavras. Sir me deixa sair aos tropeços atrás dele sem protestar, arrastando os pés atrás de mim como se estivesse sendo arrastado contra a vontade até a mina. Somos seguidos por Theron, Garrigan, Conall e alguns soldados cordellianos.

O sol da manhã ilumina os primeiros passos para dentro da abertura da mina, mas mais para dentro, quando a terra começa a serpentear em torno de paredes de pedra serrilhadas, tudo está coberto em escuridão. O minerador pega uma única lanterna acesa, muito provavelmente aquela que ele carregava enquanto correu para fora da mina, e o restante de nós pega outras, as acende e o segue.

A caverna se torna visível, ferramentas entulham um corredor com a largura de dois braços e pouco mais do que a altura de um homem adulto. Silêncio nos envolve assim que entramos no túnel, o único barulho é o arrastar abafado de nossos pés conforme damos passos cautelosos para as sombras.

Dedos roçam minha cintura, um toque delicado que fica mais forte quando dou um sorriso fraco para Theron. Ele não diz nada, mas consigo ver, pela forma como a boca do príncipe se abre, que ele quer dizer algo. O que há para dizer, no entanto, além de murmúrios de incredulidade?

Aperto os dedos de Theron e o empurro adiante, guiando-o para a escuridão.

Mais entradas surgem pelo caminho, mas o minerador à frente de nosso grupo nos leva além de todas elas, mergulhando no túnel mais profundo das montanhas Klaryn. O ar tem cheiro de sujeira antiga e almiscarada e cobre minha pele com camadas finas que parecem, de alguma forma, tão invernianas quanto a neve. Isso não ajuda muito a apaziguar a tensão que revira meu estômago quando o túnel diante de nós termina em uma abertura.

As lanternas dos outros mineradores iluminam a parede irregular, obviamente uma expansão inesperada pela forma como as pedras estão empilhadas em aglomerados desordenados de escombros pelo chão. O resto dos mineradores invernianos parecem ilesos, o que alivia parte de minha preocupação. Todos estão de pé no túnel, olhando, boquiabertos, para a rachadura na parede, com medo demais para entrarem, assombrados demais para se afastarem.

Quando nos veem, recuam, todos os olhos se voltam para mim. Mas estou com tanto medo, tão espantada quanto eles, que a lanterna treme em minha mão, a luz pulsa desnorteadamente.

Alguém *fez* aquele lugar. Além da abertura, cortes perfeitos em formato de diamante transformam a terra preto-acinzentada em um piso parecido com mármore. As paredes em volta da sala são feitas das mesmas rochas irregulares que o restante da mina, mas mesmo isso parece intencional, pois chama toda a atenção para os fundos da câmara, onde a pedra foi polida até se tornar uma parede lisa.

Naquela parede está algo que me faz arquejar em choque.

Eu me adianto, além das pilhas jogadas de rochas, apoiando a lanterna no portal, pois as que estão atrás de mim iluminam aquele novo espaço. Assim que entro na sala, o ar estala na minha pele, uma descarga como a eletricidade de uma tempestade que se prepara para liberar cascatas de relâmpagos. Estremeço, os pelos em meus braços se arrepiam.

O ar está pesado e úmido com magia.

E acho... Acho que estou olhando para a porta do abismo.

Theron toca meu cotovelo e me assusto. Não sabia que tinha me seguido até a câmara, mas parece ser o único corajoso o bastante — ou burro o bastante — para fazê-lo. Todos permanecem presos à entrada, encaram boquiabertos, com horror espantado, a mesma coisa que chama minha atenção como um mosquito para uma chama.

Uma porta se ergue diante de nós, imensa e espessa, feita da mesma pedra cinza que o restante da sala. Quatro imagens estão entalhadas no centro da porta — uma, um emaranhado de videiras em chamas; outra, livros empilhados; outra, uma simples máscara; e a última, a maior, centralizada acima das três menores, é o topo de uma montanha banhada em um raio de luz com palavras estampadas em arco acima dela, A ORDEM DOS ILUSTRES.

Dou um passo adiante, minhas botas estalando no piso de pedra.

Um raio de luz projetado sobre o topo de uma montanha. *Onde vi isso antes?*

E quem é a Ordem dos Ilustres?

Theron sussurra.

— Pelas folhas douradas. — Ele dá um passo adiante. — Isso são... fechaduras?

Seguro o braço de Theron, evitando que nós dois entremos demais na sala. Aquele lugar parece perigoso, como se estivesse à espera de algo, e não quero descobrir o que é.

Mas ele está certo — no centro dos três pequenos entalhes há uma fechadura.

— Acha que é isso? — sussurro a uma altura que mal agita o ar.

A mão de Theron se fecha sobre a minha, no ponto onde seguro o braço dele, e o príncipe assente, confuso.

— Sim — diz Theron, sorrindo como se parte de si estivesse se erguendo acima das muralhas de medo dentro dele. — Encontramos. Vamos ficar bem agora. — Theron me olha, então para a porta. — Vamos ficar bem...

Por cima do ombro, olho para todos ainda amontoados à entrada. Os olhos de Sir encaram os meus, e ofego diante da compreensão do que aquilo significa exatamente.

Da última vez que nosso mundo teve mais do que apenas os oito Condutores Reais, a Ruína foi criada. As pessoas começaram a usar os condutores individuais para coisas que feriam umas às outras, assassinato e roubo e maldade, e isso deu à luz uma magia sombria que se infiltrou nas mentes das pessoas, encorajando-as a usar a magia para o mal, o que deu início a um ciclo de desespero.

E quando abrirmos aquela porta, se ela realmente abrigar o abismo de magia...

Poderíamos estar errados. Poderia ser apenas... Uma sala. Em uma montanha?

O que mais poderia ser?

Minha garganta se fecha. É realmente isso, não é? Eu deveria ter impedido Noam há muito tempo. Não deveria ter deixado que fizesse isso com meu reino — como encontramos aquilo?

Theron arregala os olhos com espanto. Ele está satisfeito com o achado, vai querer abrir a porta, e ver essa expressão em Theron me deixa mais desnorteada. Não pensei. Saí entrando sem me lembrar quem Theron é, quem ele é *de verdade* — não apenas uma fonte de conforto, não apenas meu amigo. Ele *quer* isso. Cordell quer isso.

Recuo para mais longe dele.

Theron estende a mão para mim.

— Meira?

Cortante e afiada, uma sensação fria percorre meu corpo em um rompante de magia. *Minha* magia, não a faísca no ar. Paro subitamente.

Meira!, grita a voz de Hannah. Ela está chateada. Com medo. Do quê?

Theron me segue. O pé dele se engancha e o príncipe tropeça para a frente, com os braços se agitando, e colide comigo, lançando nós dois ao chão, mais perto da porta entalhada.

Meira, saia daqui!

Tão frio, tão frio...

MEIRA!, grita Hannah. *Mei...*

Silêncio. Um silêncio profundo e doloroso, como se uma porta tivesse batido, interrompendo todos os ruídos além dela.

Um calor selvagem e determinado devora meu corpo com mordidas ensandecidas de uma dor insuportável. Uma quentura tão escaldante quanto o gelo da minha magia, espalhando-se como dedos em brasa por meus braços e minhas pernas e meu peito e meu pescoço. Ele cauteriza minha garganta, formando um nó inchado e impenetrável, intensificando-se e agredindo cada nervo, de forma que quando grito, ninguém ouve.

O corpo de Theron está pressionado ao meu, e só tenho consciência, além dos turbilhões de dor que devoram minhas entranhas e permanecem presos atrás do nó na garganta, de que nós estamos causando isso. Ou *eu* — eu estou causando isso, porque Theron não sente dor. A testa dele se enruga apenas em confusão.

— Meira, o que...

Uma força invisível nos atira ao ar, empurrando-nos de volta para a entrada da sala. Nossos corpos estalam com uma saraivada de golpes contra a parede de pedra antes de desabarmos, empilhados no chão. Todos à porta gritam, alarmados, e correm até nós, mas de alguma forma o nó em minha garganta se desfaz e a dor sai em disparada pela minha boca com um grito que nem mesmo parece humano. Meu corpo lateja e eu me encolho, com a cabeça nos joelhos, os braços sobre as orelhas, me balançando para a frente e para trás, tentando encontrar alguma posição que não me dê a sensação de ser queimada viva.

HANNAH!, grito para ela, para a magia, para qualquer coisa que possa fazer isso parar...

Silêncio, ainda. Apenas silêncio, é tudo que recebo dela. Pesar toma meu corpo antes que a escuridão espessa deslize sobre minha visão e pela garganta e me preencha da cabeça aos pés em uma prisão que conheço muito bem.

— Meira! — Os dedos de Theron se enterram em meus cabelos, os braços dele me envolvem. — Meira, aguente...

Pisco e estou sozinha na escuridão, no fogo e no gelo.

A escuridão se dissipa, se dissolve no brilho amarelado das tochas. Quase agradeço pela luz — estou acordada; sobrevivi; estou bem —, até que meus olhos se ajustam ao quarto.

Uma cela se revela à luz tremeluzente, pedras pretas sujas reluzem com manchas pútridas. No canto está Theron, encarando a porta com uma concentração alimentada pelo medo intenso.

Porque à porta está Angra.

— *O herdeiro de Cordell* — *anuncia Angra ao dar um passo adiante e se agachar diante de Theron, apoiando-se no cetro.* — *Você dá um significado novo à palavra valente. Qual era o plano? Entrar às escondidas em minha cidade e libertar minha mais recente escrava inverniana?* — *Angra estende a mão, segura o queixo de Theron e chama a atenção dele.* — *Ou espera que seu pai invada e salve os dois?*

O estoicismo de Theron se desfaz com um arquejo igual ao que emito.

Foi isso que aconteceu com ele enquanto estava preso em Abril.

Angra inclina a cabeça como se estivesse ouvindo um eco. A expressão dele se ilumina com um olhar que jamais achei que o rosto de Angra fosse capaz de estampar. Olhos relaxados, lábios entreabertos: maravilhado e espantado.

Angra se recupera, acariciando o maxilar de Theron com o polegar.

— *Acha mesmo que ele virá?*

As sobrancelhas de Theron se erguem, um espasmo de dúvida do qual ele nem mesmo deve estar ciente.

Angra reage a essa dúvida.

— *Você e eu não somos tão diferentes. Devo mostrar o quanto somos realmente semelhantes?* — *Ele coloca a mão na cabeça de Theron.*

Theron grita. Não me importa se isso já aconteceu, não posso deixar que ele grite assim — *disparo quando Angra recolhe a mão, deixando que Theron caia para a frente.*

Os ombros do príncipe se erguem e se curvam conforme ele quase vomita.

— *Não.* — *É tudo que Theron diz, a primeira palavra abafada dele. Então, com mais terror:* — *Não! Ele não a matou como a sua fez...*

Matou? Quem? O que Angra mostrou a ele?

Angra emite um estalo com língua.

— *Ele matou, principezinho.* — *Angra se afasta e observa Theron se encolher.* — *Somos iguais.*

— Meira!

Eu me levanto sobressaltada em uma névoa amarelada tremeluzente, agarrada a punhados de tecido que se repuxam ao meu toque. Estou em meu chalé, em Gaos, as paredes marrons tão irregulares e rachadas que o ar frio entra. O pequeno quarto não tem mais do que uma cama e algumas mesas, mas em cada uma delas, velas queimam. Dezenas delas. Pisco diante da luz, meus olhos disparam de uma chama irregular para a seguinte, mais rápidos do que meu cérebro consegue processar um motivo.

O tecido em meus punhos se repuxa de novo e me assusto.

Sir está aqui, com as mãos apoiadas ao lado de cada uma de minhas pernas, e seguro o colarinho dele como se pudesse arrastá-lo para uma briga. Theron também está aqui, de pé à ponta da cama, com uma vela apagada em uma das mãos e um fósforo na outra.

Angra. A lembrança. Curvo o corpo adiante, com a cabeça nos joelhos, quando solto Sir. Por que vi aquilo? *Como* eu...

— O abismo de magia — digo, ofegante, e me levanto. — A porta... Havia uma barreira...

Tudo retorna em disparada à minha mente: a porta de pedra, as fechaduras nos entalhes, a sensação de ser queimada de dentro para fora. Uma barreira nos impediu de chegar perto da porta. Uma salvaguarda mágica que atirou Theron e eu para longe, mas afetou apenas a mim.

Talvez o abismo tenha reagido assim porque *sou* magia. Talvez tenha colidido com a pessoa mais próxima e trazido à tona lembranças, puxando minha magia para fora em um frenesi. Mas Theron não é inverniano — como ela o afetou? Ou será que não fui eu, mas a magia da barreira reagindo à minha? O que quer que tenha sido, qual fosse o motivo, é apenas uma faísca na chama desse horror.

— Qualquer que seja a magia lá embaixo, não podemos tocá-la — declaro.

Theron me olha boquiaberto, como se fosse a última coisa que esperasse que eu fosse dizer.

— Aqui, minha rainha. Beba isto. — Sir tenta me dar uma taça com água, mas eu a empurro.

— Encontramos o abismo de magia — digo, me obrigando a ouvir, a sentir. — Algo o está bloqueando, uma barreira de algum tipo. Não podemos derrubar essa barreira. Se acessarmos a magia, se ela se espalhar para todos...

Theron dispara para mais perto da minha cama.

— É exatamente o que precisa acontecer.

Hesito. A visão de Theron diante de mim se choca com a lembrança dele no chão do calabouço de Angra. Mas será que o que vi foi real?

Hannah. Busco minha magia com pensamentos hesitantes, incertos. *Foi...*

Frio dispara por meu peito. Uma reação normal à busca da magia, mas embora geralmente ela dispare e se dissipe, dessa vez... não se acalma.

A magia se eleva ainda mais, então mergulha para braços e pernas, tomando velocidade e força conforme dispara para se lançar para fora de meu corpo. Recuo, me choco na parede ao lado da cama.

Não, imploro, gritando, na mente. *PARE!*

A magia não ouve. Pelo menos não a tempo — deixa meu corpo um segundo antes de eu concentrar minha força de vontade nela, sai de mim espiralando e se choca contra... quem? Onde?

Sir.

Ele fica de pé, cambaleante, abre a boca com um arquejo abafado, como se alguém tivesse golpeando os pulmões dele com um cabo de espada.

— O que... — Sir gagueja. — O que você...

Ele cambaleia para trás, as botas escorregam no piso de madeira, então Sir se choca contra a porta fechada que dá para o restante do chalé. A mão dele desce até a maçaneta e Sir a puxa, mas em vez de ela girar sob os dedos dele, a coisa toda se quebra e cai no chão com um ruído.

Salto para fora da cama, com as mãos estendidas.

Sir arrancou a porta das dobradiças.

Não — *eu* fiz isso com ele.

Desabo de volta na cama. Já vi a magia dar força às pessoas antes, mas o bastante para que suportassem um dia de trabalho, não destruíssem tábuas de madeira. E sempre reagia da forma como deveria — incontrolável, mas fazia o que meu povo precisava que ela fizesse.

O que *aconteceu?*

Sir flexiona a mão e dispara um olhar inquisidor para mim.

— Minha rainha. Por que fez isso?

Sacudo a cabeça.

— Não tive a intenção. A magia lá embaixo... Aquela barreira... Ela fez algo. Não me sinto... normal.

Meu peito está tão frio. Meu coração é como gelo, braços e pernas como neve, minha própria respiração deveria ser uma nuvem condensada. A magia parecia desperta antes, mas agora parece... descontrolada.

Sir se aproxima devagar.

— Vamos entender o que é, minha rainha. Mandaremos outra pessoa para lá, alguém que não esteja conectado a um Condutor Real.

Fico de pé de novo.

— Não, é perigoso demais. *Ninguém* pode descer lá.

— Nós encontramos, Meira. — Theron se intromete, a voz dele está rouca. — O abismo de magia, depois de todo esse tempo, e não quer ao menos investigar? O mundo não vê poder assim há séculos. Imagine o bem que poderíamos fazer com isso!

— E imagine o mal! — grito, incapaz de conter a preocupação. — Viu o que acabei de fazer? Minha magia poderia ter ferido Sir! E você quer *mais*? Mesmo que conseguíssemos chegar até ela, o mundo não receberá magia da forma como você quer. Acredita que seu pai usaria mais magia para o bem? Talvez aos olhos de Cordell, mas como isso vai afetar meu reino?

Theron solta a vela apagada e o fósforo que ainda segurava e se aproxima de mim.

— O mundo precisa disso — declara ele. — Meu pai não é o único com planos, poderíamos nos certificar de que a magia beneficie a todos. Seu povo teria, todo, a própria magia. Teriam a força necessária para evitar que qualquer coisa como a conquista de Angra acontecesse de novo.

— Não pode contar a seu pai que encontramos — imploro. — Sei por que teme Angra, mas somos mais fortes do que ele. *Você não é nada como ele.*

Os olhos de Theron se semicerram com confusão, percorrendo meu rosto. Paro, espero que a compreensão desanuvie suas memórias, mas Theron apenas inclina a cabeça, perplexo.

Não se lembra do que Angra fez com ele? Aquilo não foi real?

Uma porta se abre mais longe no chalé e vozes chegam até nós.

— Ela está acordada? — pergunta Nessa.

Dendera assobia quando entram no quarto aos tropeços.

— O que aconteceu com a porta?

Enquanto Sir, Nessa e Dendera começam uma discussão em voz baixa, eu me aproximo de Theron, abaixando o tom.

— Por favor, não conte a Noam.

— Meus homens também viram. Seu povo sabe que o encontramos. Ele vai descobrir em algum momento.

— Apenas alguns de seus homens estavam lá embaixo, e meu povo vai manter segredo. Por favor, Theron. Apenas me dê tempo para descobrir o que fazer.

Meu coração pesa durante a pausa que se segue.

— Quando você estava dormindo... — diz Theron, por fim. — Parecia assustada.

Ele não concordou com nada. Mudou de assunto.

— Sonhei com Angra. E você. — Hesito, sem querer feri-lo. Minhas palavras são como martelos e Theron, um vaso de porcelana. — Em Abril.

Theron se afasta de mim sobressaltado.

Tento fazer parecer banal.

— Foi apenas um sonho...

Theron agarra minha mão no ar e a segura, cada músculo de seu corpo está rígido.

— Não me lembro muito de lá — sussurra ele, cada palavra com o peso dos três meses em que ficaram abafadas. — Dias inteiros apenas... sumiram. Mas lembro de Angra me contar o que planejava fazer com você. O que planejava deixar que Herod... — A voz de Theron falha. — Angra usou magia contra mim em Abril, isso eu sei. Ele não deveria ter conseguido, Condutores Reais não conseguem afetar pessoas que não são do reino deles. E se uma magia mais poderosa existe, precisamos de proteção.

Meus braços formigam para se estenderem e envolverem Theron. Mas, apesar da dor dele, apesar das memórias da tortura de Angra que latejam em minha mente, não posso concordar com o que ele quer.

— Então é mais importante ainda que a porta fique fechada. Se for usada de forma errada, poderia ajudar essa mesma magia que você teme.

Theron faz uma careta. Não está convencido, mas Nessa corre até mim.

— Minha rainha, como está se sentindo?

Ela não pergunta o que aconteceu, ou qualquer coisa sobre o poço da mina, e presumo que Sir a inteirou o suficiente. Conall e Garrigan assumem os lugares deles vigiando meu quarto quando Sir diz algo sobre verificar Finn e Greer. Ele não fica para conferir se estou bem; simplesmente diz a Dendera para se certificar "de que a rainha descanse".

Nenhuma ajuda de Sir — e nenhuma ajuda de Theron, o qual também vai embora. Tento ir atrás dele, mas Dendera me empurra na cama, brigando para que eu me deite. Theron não repara, some sem dizer mais uma palavra. O que eu esperava que dissesse? O que ele poderia fazer?

Poderia me ajudar com aquilo. Poderia ficar, me ajudar a lidar com... tudo.

Não. Theron está arrasado por minha culpa. Porque foi *me* salvar. Vi o que ele passou — pelo menos o que pode ter passado. Mesmo que não se lembre do que aconteceu, não tem como saber se o que eu vi *não* aconteceu. Theron não precisa me ajudar; eu preciso ajudar *Theron*. Tenho outras pessoas que podem...

Uma compreensão repentina abafa todos os pensamentos.

Hannah jamais respondeu. Assim que a busquei, minha magia irrompeu.

Quase a grito de novo, mas minha respiração é interrompida e não consigo tirar os olhos das farpas da porta que Nessa empurra para um canto. Nossa conexão sempre foi misteriosa — talvez a barreira a tenha partido. O frio dentro de mim lateja, como se sentisse meu dilema, soubesse que estou a poucos momentos de tentar reacender minha magia.

Tenho medo dela. Mas não posso ter medo de minha magia. Agora que o abismo foi encontrado...

Não posso ter medo de nada.

Mather

— Bloqueie!

A espada de Mather cortou o ar um segundo depois do comando dele, mas assim que as palavras saíram, Mather soube como aquela briga terminaria. O oponente tropeçaria no piso irregular do celeiro quando a incerteza lampejasse nos olhos dele; então perceberia o erro, corrigiria o movimento com exagero e acabaria de costas no chão com a lâmina de madeira de Mather pressionada na clavícula.

Segundos depois, o homem piscou, olhando para Mather do chão.

— Desculpe, meu senhor — murmurou o homem, e fez um rolamento para ficar de pé, entregando a espada de treino para o próximo da fila.

Mather expirou, observando o hálito se condensar em nuvens brancas no ar da tarde. Pelo menos o oponente seguinte, um menino chamado Philip, era da mesma idade de Mather. Uma boa mudança em relação aos homens mais velhos, que encaravam Mather com uma mistura de medo e vontade desesperada.

De todos os invernianos resgatados dos campos de trabalhos forçados de Primavera, apenas seiscentos tinham vivido em Jannuari. Duzentos vinham do oeste de Inverno, setecentos das florestas centrais e meros cento e cinquenta da encosta sul das montanhas Klaryn. Entre aqueles que tinham vivido na capital inverniana, pouco mais de três quartos tinham optado por repovoar Jannuari. O restante não suportou a visão dos lares devastados pela guerra e se dispersou três meses antes para a natureza agora indomada de um reino de Inverno novo e desconhecido.

Pelo doce gelo no céu, Mather não acreditava que tanto tempo tinha se passado. Que fazia três meses desde a batalha em Abril, na qual ele quebrou o condutor de Angra e o rei de Primavera morreu. Três meses de liberdade.

E menos de um mês desde que William e Meira e um contingente tinham partido para as minas do sul. Em horas — momentos, segundos — eles voltariam, junto com Noam, o qual viria de um dos descansos curtos demais em Bithai. O rei cordelliano trotaria de volta para a capital inverniana como o canalha empertigado e arrogante que era, e levaria embora as riquezas que os invernianos tinham conseguido extrair.

O chacoalhar de armaduras chamou a atenção de Mather para a porta do celeiro. Dois soldados cordellianos passaram durante o patrulhamento do quarteirão inabitado de Jannuari, sorrisos de deboche estampados no rosto quando olharam para a cena do lado de dentro.

Mather segurou a espada de treino com mais força. Mas descobriu que não conseguia odiar os soldados emprestados por rirem — o que os invernianos estavam fazendo *era* risível, treinar pessoas por tão pouco tempo depois de anos de escravidão, esperando que tudo se curasse e se encaixasse imediatamente. A maioria dos invernianos começara apenas recentemente a se parecer com pessoas de novo em vez de escravos famintos. Fazer com que lutassem quando os olhos deles transmitiam terror e lembranças ainda vivos...

Mather se virou para Henn.

— É cedo demais.

Henn inclinou o corpo para a frente de onde estava, encostado na parede, observando o treinamento no lugar de William.

— Só estamos fazendo isso há algumas semanas. — Ele indicou com a cabeça para que Mather prosseguisse. — Lutem.

Uma ordem. Mather grunhiu, o som gorgolejou na garganta dele. Ordens eram tudo o que recebia agora. Ordens de William, ordens de Henn. Ordens da rainha dele.

Uma agitação perto da porta chamou a atenção de Mather de novo, mas não foram armaduras cordellianas. Botas, o farfalhar de tecido e uma voz que Mather conhecia bem.

— Voltamos.

William.

Ninguém pareceu notar a forma como Mather ficou mais sombrio à chegada de William, um evento que deveria ter feito com que ele fingisse um sorriso, no mínimo.

Henn se afastou da parede, percorrendo a distância até William como um homem inebriado.

— Estão todos de volta?

Mather viu as perguntas não ditas percorrerem o rosto de Henn — *Dendera está segura? Ela está bem?* — pois perguntas semelhantes tomavam conta dele.

Se você voltou, William, significa que Meira também voltou — ela está segura? Está bem?

Ao menos sente minha falta?

Borrões vermelhos cobriam as bochechas de William, um sinal dos ventos frios que acompanharam o grupo desde as minas. Ele sorriu para Henn, limpando neve das mangas. Parecia errado para Mather sempre que William exibia aquela expressão. Depois de 16 anos em que William fora estoico e rigoroso e impiedoso, a felicidade parecia esquisita nele.

— Sim — começou William, com uma sobrancelha erguida. Depois de uma pausa, ele gesticulou para a porta atrás de si. — Dispensado. Vá até Dendera. Ela está igualmente ansiosa para ver você.

Henn deu um tapa no ombro de William e disparou para fora. Isso fez de Mather a única pessoa para relatar o progresso dos homens em treinamento, e quando William se virou para ele, Mather percebeu que sua boca tinha secado mais violentamente do que as planícies Rania ao meio-dia.

— Relatório — ordenou William, observando os invernianos que estavam atrás deles.

O que Mather tinha a relatar? A coisa mais notável que os invernianos em treinamento tinham feito desde que haviam começado tinha sido comer um café da manhã completo e mantê-lo no estômago.

— Não estão fisicamente prontos para isso — afirmou Mather, com a voz equilibrada.

O sorriso de William não se alterou.

— Estarão. O treinamento vai ajudar.

— Precisam se curar primeiro. — Mather inclinou os ombros para a frente, completamente ciente de como os sujeitos da discussão estavam logo atrás deles, observando, ouvindo. — Precisam trabalhar o que aconteceu. Precisam *entender* o que aconteceu...

Mather se interrompeu. A máscara de William falhou, uma rachadura que aparecia sempre que o rapaz insistia demais. Como quando William tentara explicar o motivo para manter a paternidade de Mather em segredo como um "sacrifício necessário para Inverno", e em vez de aceitar essa explicação, Mather exigira saber por quê. Porque fazia sentido, mas não fazia, e embora Mather tivesse chorado no chão do chalé que a família Loren tinha reivindicado, William simplesmente ficara de pé, dissera a Mather que aquilo já estava no passado, e então se fora.

Mas tudo o que William dizia agora era: "Não, eles precisam disso. Precisam entrar em uma rotina".

O que parecia exatamente com: *Está no passado, Mather. Olhe apenas para o futuro.*

Mather ficou ofegante. Não conseguia respirar, maldição...

Ele deu um grito de aviso e disparou para Philip. O menino se atirou para trás com um grito de susto e bloqueou alguns dos golpes ágeis de Mather, antes de tropeçar em um monte de palha e bater no chão em uma explosão de poeira.

Mather envolveu o cabo da espada com as duas mãos. Com um único impulso vigoroso, ele saltou, caiu sobre o menino e enfiou a espada no chão à distância de um dedo da cabeça de Philip.

Todos no celeiro ficaram em silêncio. Nenhum arquejo, nenhum grito de preocupação. Apenas dezenas de olhos observando Mather e Philip e a espada de madeira oscilando verticalmente no piso do celeiro.

Os olhos de Philip se detiveram na espada de Mather, na rachadura no piso, então de volta.

— Então. — Os lábios dele relaxaram em um sorriso. — Isso significa que perdi, certo?

Mather soltou uma gargalhada. O som aliviou a tensão, e alguns dos homens esperando na fila riram quando ele ajudou Philip a se levantar.

Mas os olhos de Philip se voltaram para cima do ombro de Mather e a risada se dissipou, uma ausência de som que alertou todos os sentidos de Mather.

Ele só teve tempo de pegar a espada do chão antes que William o golpeasse. Mather ficou de joelhos, bloqueou o ataque, e driblou para desviar até se levantar. William girou a lâmina e mergulhou de novo.

Ao redor dos dois, vozes invernianas se elevavam com encorajamentos, comemorações do povo preenchiam o ar, tão incrivelmente diferentes da vida que Mather estava vivendo meses antes que preencheram cada músculo dele, fizeram com que se desse conta de algumas coisas.

Se estão todos felizes, talvez ignorar o passado valha a pena.

Mather concentrou cada gota de frustração na luta, deixando que os vivas se dissolvessem sob a necessidade repentina de derrotar William. Ele inspirou o ar frio. O ar de Inverno. O reino que deveria liderar, proteger, defender.

E estava tudo sobre os ombros de Meira agora.

Mather não queria precisar dela. Mas amá-la era fácil, algo que se desenvolvera ao longo do tempo, como lutar com espadas ou atirar flechas — uma habilidade que Mather aperfeiçoou metodicamente até que um dia a praticasse sem pensar. Mas precisar de uma família? Nem em um milênio precisaria de uma.

Jamais conseguiria perdoar William por deixá-lo pensar que era órfão.

Mather parou subitamente. A lâmina de William continuou pelo ar e atingiu o ombro dele, derrubando Mather de barriga no chão. Ele fez uma expressão de raiva e se levantou, a espada caiu em algum lugar atrás de Mather conforme ele se atirou contra William. O ombro de Mather se chocou contra o estômago de William, o que lançou os dois em um emaranhado de grunhidos e braços e pernas e socos. Não durou muito — em poucas torções firmes, William prendeu os braços do jovem atrás das costas, a bochecha de Mather memorizava a sensação do piso de madeira áspera.

William se curvou, levou a boca à orelha de Mather.

— Não importa se eles fracassem cem vezes — falou William, quase sem ofegar. — Só importa que estamos aqui. Este é nosso futuro.

Mather grunhiu, inspirando ar empoeirado.

— Sim, *Sir*.

Ele sabia que William odiava quando Meira o chamava daquela forma — não que William jamais fosse dizer a ela que parasse. Mather apenas queria ver a inquietude em outra pessoa, para que soubesse que não era o único que a sentia.

A mão de William sobre Mather ficou tensa. Ele segurou o rapaz no chão por mais um segundo antes de recuar, e quando Mather se colocou de pé, com as mãos fechadas, ele não conseguiu encarar o grupo de invernianos, que estavam mudos.

— Por hoje basta — disse William a todos, como se nada tivesse acontecido.

Mather se virou para a porta primeiro. William segurou o braço dele, puxando o jovem conforme todos atrás dos dois se agitavam para guardar as espadas de treino.

— Trouxemos um novo carregamento de mercadorias. Separe-as e esteja na cerimônia esta noite.

Ordens. Mais joias para que separasse, contando pilhas de pagamento para um reino que exigiria ainda mais. Mather não sabia por que Noam insistia em armazenar os bens ali e encenar uma cerimônia em vez de mandar tudo para Bithai. Talvez quisesse provocar ainda mais os invernianos, forçar Meira a entregar cada joia a ele, uma a uma.

Mather lançou um aceno de cabeça curto a William e se deteve quando percebeu que William também pretendia sair. Retornar para Meira e Noam, sem dúvida.

Mather permaneceu até que o celeiro esvaziasse, e somente então ele se permitiu sair pela porta. Estava tão distraído que não reparou a figura de pé do lado de fora até que a atingisse, o ombro doendo no local onde se chocou com a armadura.

— Olhe por... — começou Mather, com um punhado de xingamentos a postos. Escória cordelliana atrapalhada...

Mas não era um cordelliano qualquer. Era o capitão Brennan Crewe, o homem que Noam colocara no comando dos soldados baseados em

Jannuari. O número dois na lista de cordellianos que Mather odiava, atrás de Theron e de Noam, que empatavam em primeiro.

Mather se virou, saiu batendo os pés antes que pudesse registrar qualquer reação no rosto de Brennan. Só conseguiu dar poucos passos antes de ouvir neve estalar, passos que trotavam atrás dele.

— Espere um momento! — gritou Brennan. — Como vai o treinamento? Pela sua careta, estou vendo que vai tão bem quanto eu imaginava. Meu rei ainda não entende por que se dão ao trabalho de treinar um exército quando recebem toda a proteção de que podem precisar de Cordell.

Mather parou, as botas abrindo buracos na neve. O celeiro de treinamento estava a leste do palácio, conectado por uma extensão de neve e uma trilha irregular que era coberta por flocos de neve mais rápido do que se podia limpar. Mas estavam sozinhos, nenhum soldado patrulhando por perto. E depois da interação com William, Mather não tinha forças para ficar de boca fechada.

— Vai tão bem que você deveria dizer a seu rei para não ficar confortável demais aqui — disparou ele, ao se virar.

As sobrancelhas de Brennan se ergueram.

— Você se esquece de seu lugar, *lorde* Mather.

Mather fervilhou de ódio, mas trincou o maxilar para se acalmar. Ser rebaixado de rei para lorde não o incomodava, não mesmo — o que o incomodava era quem tinha todas as responsabilidades nos ombros agora.

— Peço desculpas, capitão. Esqueci mesmo meu lugar em relação ao seu. Tenho muita dificuldade em me lembrar de que você não é um soldado de verdade, mas um presente destinado a proteger um investimento. Tornaria as coisas muito mais fáceis se todos os soldados cordellianos caminhassem por aí usando laços nos capacetes.

Brennan avançou para Mather. O rapaz se esticou quando o capitão se aproximou, mas antes que sentisse o doce vazio dos instintos tomarem conta de seus movimentos, Brennan sorriu.

— Podemos ser presentes — disse ele —, mas pelo menos somos desejados. Sua rainha voltou, não soube? Mas convocou você? Não, suponho. Você provavelmente está a caminho de continuar a tarefa de contar a riqueza de Cordell. Age com tanta certeza de sua importância para Inverno, mas nós dois sabemos que seu papel neste reino mal passa daquele designado a um camponês.

Quando Brennan terminou de falar, Mather não conseguia ver nada além de estrelas no campo visual, o corpo estava tão quente de ódio que ele esperou que os flocos de neve que caíam chiassem na pele. Mather se moveu, mas não se lembrava de ter feito isso — só viu, repentinamente, um punhado do colarinho de Brennan, o tecido esticado para fora da armadura peitoral quando Mather puxou o homem para a frente.

— Não faz ideia do que está falando — rosnou Mather.

A atenção de Brennan se voltou para além do ombro de Mather. Os olhos dele se arregalaram.

— Rainha Meira.

Ela estava ali, agora?

Mather soltou Brennan e se virou, as botas dele giraram nas pedras escorregadias devido ao gelo. Mather desabou na neve, o pânico se dissipou tão rapidamente quanto tinha se instaurado.

A trilha atrás dele estava vazia.

Brennan gargalhou.

— Mas está certo, lorde Mather. Não tenho ideia do que estou falando.

Mather saltou e ficou de pé, disparando pela trilha como se pudesse escapar de sua humilhação.

Todos sabiam dos fracassos dele, de como não somente não era mais rei, mas não era mais alguém a quem a verdadeira governante de Inverno ao menos recorria? Será que todos reconheciam o quão profundamente Mather tinha caído?

Ninguém mais via quanto estresse e dificuldade recaíam sobre Meira agora?

E naquela noite, Mather precisaria ver Meira rodopiar pelo salão de baile nos braços de Theron, e fingir que observá-la bastava para ele. Embora cada parte de Mather gritasse para que ele lutasse por ela... Ele não conseguia. Meira não o procurara nos últimos três meses desde que tinham retornado. Mather a vira brevemente, em reuniões — mas somente isso.

Não queria precisar lutar por ela. Queria que Meira o *quisesse*, e ela não o queria.

Ela queria Theron.

Por mais que doesse a Mather admitir, Theron merecia Meira. Fora Theron quem a salvara de Primavera; Theron quem arriscara a vida para levar o exército de Cordell para combater Angra.

E fora Mather quem fizera *nada* enquanto Meira caía, inconsciente, aos pés de Herod durante a batalha. Mather quem caminhara pelos corredores do palácio de Noam até que o piso estivesse quase gasto enquanto Meira passava meses no campo de prisioneiros de Angra. Era ele quem não fazia nada agora, de novo, porque não sabia o que podia fazer por ela, e não suportava ficar perto de Meira quando a rainha tinha... Theron.

Ele não era mais rei. Não era mais um órfão. Não estava mais na vida de Meira.

Nada daquilo era a liberdade que Mather achou que queria.

Meira

A CAVALGADA DE dois dias de volta de Gaos foi curta demais. Mesmo esses últimos momentos, escondida atrás de meu cavalo no ar gélido da tarde enquanto todo mundo segue para o palácio, são curtos demais, e inspiro o cheiro de couro curtido da sela. Minha montaria relincha para afastar os flocos de neve que repousam em seu nariz, mas, à exceção disso, permanece inabalada pela cacofonia ao redor.

— Meu rei, bem-vindo de volta a Jannuari — grita um cordelliano, um daqueles que tinha nos acompanhado até Gaos.

Outro comemora.

— Esta noite haverá uma festança!

Encolho o corpo. As vozes parecem rastejar por meus braços e pernas como trepadeiras ágeis. Theron jamais prometeu que manteria os homens dele de boca fechada — e apesar de toda minha certeza de que posso lidar com essa situação sozinha, não consigo pensar em *como*. Não faço ideia de quem seja a Ordem dos Ilustres, ou qual é a melhor forma de manter fechada a porta do abismo.

— Pode alegar exaustão.

Começo a me virar para Nessa, que está ao meu lado. Conall está a poucos passos de distância, observando os cordellianos com uma expressão tolerável de desprezo, enquanto Garrigan nos vigia.

— Ele já me viu cavalgar para cá — digo.

Nessa faz um gesto de ombros.

— Foi uma longa viagem. Alegue exaustão e venha com a gente até o palácio.

— Exaustão não seria uma mentira — acrescenta Garrigan, atento a meu rosto. Sem dúvida reparando nas bolsas sob meus olhos, a cor pálida de minhas bochechas.

Um ruído me distrai de Nessa e de Garrigan, o farfalhar constante de um trenó ziguezagueando pela estrada irregular e coberta de gelo. Observo-o passar por nós, os detalhes prateados e marfim maculados por rachaduras e lascas na pintura. Foi uma descoberta nos escombros de Jannuari, um de nossas poucas posses que é inteiramente inverniana, não influenciada pela assistência cordelliana. Esse é fechado como um vagão de carga, feito para transportar mercadorias, não pessoas.

E são mercadorias o que o trenó carrega. Joias, pedras, todas mineradas de Gaos, para serem acrescentadas às outras riquezas que adquirimos para pagar Cordell e Outono.

Dou um sorriso fraco para Nessa e Garrigan e saio de trás do meu cavalo quando o trenó passa.

Noam está de pé em meio a um grupo dos homens dele, conversando em voz baixa com Theron, que parece ainda mais exausto do que eu me sinto. Ele me vê aparecer e se vira com um suspiro perceptível de alívio, o que chama a atenção de Noam.

Noam se parece com Theron, mas vinte anos mais velho, inegavelmente parentes e inegavelmente cordellianos — cabelos castanho-dourados na altura dos ombros, grisalhos nas raízes, olhos castanhos emoldurados por rugas, mas ainda brilhantes sob o céu nublado. O quadril de Noam, como sempre, leva a bainha que abriga o condutor de Cordell, a joia no cabo da adaga emite uma névoa lavanda de magia.

— Senhora rainha — diz Noam, percorrendo os poucos passos entre nós.

Os soldados cordellianos se agitam enquanto conversam, observando com interesse. Há invernianos ali também, consertando, atribulados, as construções que cercam a praça, arrastando madeira e suprimentos. Atrás de tudo isso, o palácio de Jannuari se ergue. As alas restantes formam um U, envolvendo um amplo pátio com salgueiros, as paredes exteriores são adornadas com molduras de marfim e mármore branco, marcas de queimadura e buracos de canhão abertos.

Endireito os ombros.

— Rei Noam — começo a dizer. Já proferi tanta amabilidade a esta altura que deveria ter uma pronta para ser disparada: *Que bom ver que retornou a Jannuari* ou *Espero que a viagem não tenha sido muito exaustiva*. Mas estou cansada demais para fingir que não o odeio nesse momento.

— Alguma novidade sobre o progresso? — pergunta o rei. — Fico esperando pelo dia em que Inverno se mostrará um investimento melhor do que eu esperava.

Minha máscara de neutralidade política se desfaz.

— Não somos um investimento — disparo.

Theron se aproxima de mim.

— Outono chegará em poucas horas. Deveríamos começar a nos preparar para a cerimônia desta noite...

Mas Noam ignora o filho, o interesse do rei se transforma em escárnio.

— Não se engane quanto ao motivo de minha presença. — O condutor de Noam dispara luz roxa. — Está tão ciente quanto eu de que a única coisa que vale a pena em seu reino reside naquelas montanhas. Vocês não têm recursos ou apoio para aproveitar a utilidade delas. Precisa de mim, senhora rainha.

— Algum dia não precisaremos — digo, murmurando. — Eu temeria esse dia se fosse você.

O rosto de Noam se contorce.

— Uma ameaça? E eu estava aqui pensando que você estava finalmente acima dessas coisas.

Eu me seguro. Ele está certo. *Odeio que esteja certo...*

Um cobertor de gelo me tira o fôlego.

Respiro com dificuldade sob a ansiedade que envolve meu ódio, uma mistura mortal que deixa minha magia mais agitada. Ela se incendeia em meu peito, alimentada por cada palavra que Noam diz, cada lampejo de terror por eu estar perdendo o controle. De novo.

Mas deveria estar bem agora — encontrei a barreira de magia há dias. *Minha magia deveria ter voltado ao normal, não deveria?*

Quase chamo Hannah. Mas apenas considerar essa opção faz a magia se elevar, cobrindo minha língua com gelo e deixando meus dedos dormentes até se tornarem tubos sólidos congelados. Preciso me acalmar — há invernianos ao meu redor. *Muitos* invernianos, e estou tão fria que sinto que se expirar forte, lançarei magia espiralando para fora do corpo.

Ainda bem que Theron segura o braço do pai. O movimento me distrai, um segundo de alívio.

Até que ouço o que ele diz.

— Encontramos — exala Theron, massageando a nuca como se precisasse persuadir cada palavra a sair pela garganta. — O abismo de magia. Precisamos de sua ajuda para...

— Theron! — O nome dele parte meu coração.

A magia deve ter entorpecido meu cérebro, porque Theron certamente não disse *aquilo*.

Mas ele jamais, de fato, prometeu que não contaria ao pai sobre o abismo de magia. Theron sabe como me sinto em relação a isso, e sei como *ele* se sente em relação a isso — mas jamais achei que Theron o faria.

Não percebi o quanto estava realmente desesperado pelo abismo, como aquela faísca de esperança nos olhos de Theron está tão ancorada à descoberta. Porque agora, de pé ali, esperando a reação de Noam, Theron se parece mais consigo mesmo do que há meses.

Ele precisa daquilo.

Noam se volta para mim. Semicerra os olhos. E sorri. Um sorriso que envergonha todos os outros, abrindo-se pelo rosto do rei como se ele o estivesse guardando para aquele dia.

— Encontrou mesmo? — pergunta Noam para mim, apenas para mim, como se não tivesse sido Theron quem contou a ele.

Não, quero responder. *Não, Theron está mentindo, não encontramos nada...*

Noam dá um passo para o lado e gesticula para que eu vá para o palácio, os olhos dele jamais deixam meu rosto.

— Acredito que temos algumas coisas a discutir, senhora rainha. — O sorriso de Noam fica mais ríspido. — Em particular.

Sir vai até meu lado. Tarde demais para fazer qualquer coisa, mas ele percebe o olhar de choque em meu rosto e se vira para Noam.

— Algum problema?

Noam sorri.

— Meu filho acaba de me contar sobre sua descoberta. É bem-vindo para se juntar à conversa, general Loren.

Noam assente para os homens dele, e os sinto, mais do que os vejo, nos cercarem. Não são excessivamente ameaçadores, e os ruídos na praça continuam: martelos batendo, vozes murmurando em conversa. Mesmo Conall, Garrigan e Nessa permanecem perto dos cavalos, completamente alheios à forma como Noam nos chama para segui-lo para o palácio, como se fosse dele.

Sir lança um olhar de raiva a Theron quando Noam se afasta alguns passos.

— Você contou a ele?

O tom ríspido na voz de Sir é como o mesmo grunhido que ele lançava para mim tão frequentemente quando eu era nova. Mas dessa vez, está distorcido com um ínfimo lampejo de remorso. Não por si, percebo, quando meus olhos se voltam para os de Sir. Por mim.

Ele sabe o que aconteceu. Entende mais do que eu mesma consigo entender a esta altura.

Theron me traiu.

Meus pulmões inflam.

Os soldados cordellianos nos impulsionam para a frente, e começamos a caminhar na direção do palácio.

— Precisei contar — diz Theron, em tom de súplica, mas quando não o encaro, ele pigarreia e fica com a voz mais áspera. — Precisamos abrir aquela porta. Precisamos dos recursos de Cordell para descobrir uma forma de fazer isso, e tenho um plano que fará com que meu pai precise de minha ajuda para abrir a porta também. — Theron se inclina na minha direção. — Confie em mim, Meira.

— Mas eu pedi que não contasse a ele. — Finalmente encaro Theron. — Eu precisava de tempo, Theron. Precisava descobrir...

— Quanto tempo acha que temos? — A testa de Theron se enruga, e sei que ele está tentando não mostrar frustração. — Quanto tempo acha que Angra nos dará antes...

— Angra está *morto* — interrompe Sir. — Você fez isso para nos fortalecer contra um mal que nem mesmo está aqui?

O rosto de Theron fica sério.

— Fiz isso para que, independentemente dos males que surjam, jamais sejamos derrotados de novo.

As portas do palácio se abrem e Noam nos leva pela entrada, por um corredor, e para dentro de um escritório. Quando a porta se fecha atrás de nós, Noam para no meio da sala e entrelaça os braços às costas, sem se incomodar em nos encarar ainda. Theron dá um passo adiante enquanto Sir força os punhos no encosto de um dos sofás, contendo-se enquanto tenta avaliar a situação. Então vou até a janela, o vidro está embaçado e sujo, mas ainda mostra uma vista do pátio do palácio e de Jannuari além dele.

— Encontramos uma porta — começa Theron, quando o silêncio permanece. — Na mina Tadil. Estava entalhada com cenas, videiras em chamas, uma pilha de livros, uma máscara e luz projetada sobre uma montanha com as palavras "A Ordem dos Ilustres" ao redor. As três primeiras imagens tinham fechaduras no centro, mas não conseguimos nos aproximar para estudá-las. Há uma barreira que bloqueia qualquer um que tente.

Conheço esse tom de voz. O leve ar de distração, como se a mente de Theron percorresse as coisas mais rápido do que a boca conseguisse pronunciá-las. Eu me viro e, de fato, Theron olha distraidamente para o ar enquanto fala. Tinha o mesmo olhar em Gaos, enquanto encarava a tapeçaria — e a mim.

Recuo junto à parede.

Foi lá que vi o selo da Ordem dos Ilustres antes. Em Bithai, Theron tinha o mesmo olhar no rosto quando me ajudou a decifrar aquele livro insano, *Magia de Primoria*.

O raio de luz atingindo o topo da montanha — estava na capa.

Eu me vejo prestes a perguntar a Hannah a respeito daquilo, mas esse instinto se estilhaça contra a percepção abrupta de que ela ainda não está aqui. Minha mente é apenas minha.

Eu me preparo para um turbilhão de saudade de Hannah, mas só sinto uma pequena e egoísta pontada de alívio. Fico feliz por ser a única em minha cabeça de novo.

Mas eu não deveria sentir falta de Hannah?

Noam se vira.

— É tudo?

— Sim. Voltei uma vez, depois que a encontramos. — Theron esfrega o ombro, encolhendo o corpo, como se doesse. — A barreira é... persistente. Sempre que alguém tenta passar, ela atira a pessoa contra a parede. E não há mais nada lá embaixo.

Não tenho forças para me sentir magoada por Theron ter ido estudar a porta sem me contar.

A Ordem dos Ilustres escreveu o livro que li em Bithai meses antes. A maior parte dele eram rabiscos crípticos ou charadas, mas talvez haja algo ali que possa ser útil agora.

Imediatamente resmungo. De maneira alguma eu conseguiria o livro, não sem alertar Noam da importância dele. Poderia enviar alguém para roubá-lo de Bithai, mas mesmo quando o tinha, precisava da ajuda de Theron para decifrar qualquer das passagens. Talvez Sir ou Dendera estivessem melhor preparados para decifrar charadas centenárias.

— Os entalhes — diz Theron a Noam, dando a volta pelos sofás para ficar diante do pai. — Não conseguimos abrir a porta agora, mas acho... Acho que os entalhes poderiam nos levar até uma forma.

Endireito o corpo, com os olhos fixos em Theron.

— Como assim? — pergunta Noam.

Theron expira.

— O lugar todo parece um segredo, mas acho que seja lá quem o tenha feito, queria que fosse aberto. Mas não facilmente. Algo assim *deveria* ser difícil de abrir, e se eu o tivesse montado, teria feito de forma que apenas os dignos pudessem acessar tanto poder assim.

Noam fica calado, de braços cruzados.

— Acho que os entalhes têm pistas. — Theron puxa um papel do bolso e o desdobra, mostrando a Noam enquanto fala. — Eu os desenhei o melhor possível. Videiras em chamas, livros empilhados, uma máscara. Superficialmente não parecem relacionados, mas têm uma coisa em comum.

Noam finalmente perde a paciência.

— Não respondo por mim se você...

— Cada um simboliza um reino de Primoria. Videiras em chamas, Verão, com as vinícolas e o clima deles. Livros empilhados, Yakim, o conhecimento do reino. Uma máscara, Ventralli, com as máscaras e a arte deles. O que mais poderia ser? Acho que esses símbolos servem para nos levar até uma forma de abrir o abismo. Proponho formarmos uma caravana para visitar esses três reinos e ver se minhas suspeitas estão corretas — termina Theron.

Verão, Yakim e Ventralli? Mantenho o rosto o mais inexpressivo possível, mas, por dentro, a inquietude se enraíza em meu estômago. Um reino Estação e dois Ritmo? Por que a Ordem esconderia as chaves nesses três reinos? Seria tão fácil assim?

Theron obviamente acredita que sim. E ele *se provou* bastante habilidoso em decifrar coisas enigmáticas.

— Mas *onde*? — Noam gesticula com a mão para oeste, na direção geral de Verão, Yakim e Ventralli. — Por onde propõe que comecemos? O que sequer estamos buscando?

— As chaves para cada fechadura, acho. Parece certo, pelo menos, três fechaduras e três símbolos. Depois que as conseguirmos, espero que a barreira caia, é uma barreira de magia, então as chaves também devem ser mágicas...

— Então propõe que busquemos em todos os três malditos reinos? — A irritação de Noam se transforma em ódio.

— Sim... Bem, em parte. — Theron abaixa o rosto para os desenhos dos símbolos da porta do abismo. — Poderíamos começar explorando as áreas em cada reino que têm mais probabilidade de ter o que buscamos. Áreas de valor, talvez, que teriam sobrevivido às provações do tempo. Pelo menos é um começo. Poderíamos perguntar...

Noam se inclina para a frente, uma das mãos se agitando de forma ameaçadora.

— Você não deve dizer uma palavra dessa empreitada a ninguém. Nada de *perguntar*. Nenhuma pergunta sobre chave ou barreiras místicas ou a Ordem dos Ilustres. Se alguém souber de qualquer coisa a respeito e ouvir você falar delas, não será difícil perceber o que encontramos. — Noam trinca o maxilar. — Até mesmo partir é arriscado. Se a notícia sair destas fronteiras... Não. Deve haver outra forma de abrir aquela porta.

As sobrancelhas de Theron se erguem. Ele parece prestes a discutir com Noam, os olhos percorrem a expressão do rosto do pai.

Dou um passo adiante antes que Theron precise dizer qualquer coisa.

— Tem uma ideia melhor? — disparo para Noam.

A Ordem dos Ilustres está lá fora. Ela existe; escreveu aquele livro, fez a entrada do abismo. Ainda deve estar lá fora, ou, no mínimo, deve haver alguém em Primoria que a conheça ou que lembre de seus ensinamentos, e falar com alguém seria infinitamente mais útil do que aquele livro misterioso.

Talvez possam selar a porta ou me dizer o que a barreira fez com minha magia, para que eu a controle, ou mesmo apenas reconectar minha ligação com Hannah, para que ela possa me ajudar. Por mais que fosse estranho ter minha mãe morta na cabeça, ela era útil às vezes.

— Quer tanto assim que a porta seja aberta? — continuo. — Essa é a única pista que temos. A não ser que queira ir até Gaos tentar se atirar na barreira você mesmo. Sei que *eu* preferiria essa opção.

Noam faz uma careta.

— Cuidado, senhora rainha.

— Não. — Fecho a mão em punho. — Era isso o que você queria desde sempre, e encontramos. Então vamos a esses reinos, e vamos encontrar as chaves, ou a própria Ordem, ou o que quer que precisemos encontrar. — Olho para Theron, me odiando pelas meias-verdades que estou contando.

Mas ele é o motivo pelo qual estamos aqui.

— Precisamos ao menos tentar — digo. E não é completamente mentira, quero tentar. Mas tentar obter respostas, não abrir a porta.

Eles não precisam saber disso, no entanto. Theron irá até esses reinos, a paixão dele não permitirá que fique sentado sem fazer nada, mesmo que o pai discorde. E se Theron for, eu também vou. Estarei lá a jornada inteira, buscando com tanta determinação quanto ele, e *encontrarei* respostas. Encontrarei a Ordem ou as chaves antes de Theron, e ao fazer isso, ganharei a tão necessária vantagem sobre Cordell.

Theron parece satisfeito com minha concordância. Ele me olha com uma expressão parecida com assombro, e estremeço. Theron acha que mudei de ideia com relação a querer manter o abismo trancado.

Os olhos de Noam percorrem meu rosto. Os lábios dele se erguem em um sorriso lento novamente, maculado por um interesse condescendente, como se tivesse se lembrado de algo que o coloca de volta no controle.

— Você propõe visitar Verão, Yakim e Ventralli — diz Noam. — Alguns invernianos não voltaram recentemente de tal visita?

Contenho o pânico.

— E daí?

— Soube que Yakim e Ventralli estenderam convites a você. Já mantém relações com Cordell e Outono, espera-se que procure ser apresentada ao mundo, e isso nos dará desculpa para procurar as chaves. E se nada for encontrado em Verão, Ventralli e Yakim, você prosseguirá para Paisly. Não deixaremos sequer um reino neste mundo sem ser revirado.

Noam é o rei da oportunidade. Enquanto Inverno usa magia para força e resistência para tornar os cidadãos os melhores mineradores do mundo, Cordell usa a magia para tornar os cidadãos os melhores em analisar uma situação e saírem vencendo. É exatamente o que Noam fez: virou aquilo em algo vantajoso para ele.

Meu coração acelera, enojado, com a mesma sensação de exaustão de quando minha magia é usada. Como se eu não fosse humana, não fosse relevante, apenas algum brinquedo com que se brinca, à disposição de coisas mais fortes.

Posso não ser cordelliana, mas também consigo manipular uma situação.

— Parece que Cordell precisa de Inverno tanto quanto Inverno precisa de Cordell — digo a Noam.

Vou entrar no jogo, seu porco arrogante. Vou fingir ser uma rainhazinha obediente até poder esmagar você.

Mas com quê? Achei que teria mais tempo de arrumar um jeito de acabar com o domínio de Cordell sobre nós. Achei que pelo menos teríamos um exército inverniano, um pequeno grupo de lutadores. Mas mesmo que tudo funcione perfeitamente — que eu consiga as chaves antes deles e encontre informações da Ordem a respeito de controlar minha magia, não tenho como forçar Cordell a deixar Inverno.

Ou tenho?

Porque Noam sorri assim que termino de falar.

— Está certíssima, senhora rainha. Cordell ainda precisa de Inverno, e precisará até que o pagamento tenha terminado. E por falar nisso, não temos uma cerimônia a preparar?

Encaro Sir, cujo rosto permanece com a inexpressividade que ele veste tão bem. Poderia estar apavorado ou curioso ou diversas coisas, e eu jamais saberia.

O que sei é que Sir não me ajudou em nada. Seja porque achou que eu daria conta sozinha, ou porque está chocado demais para interceder, não sei dizer.

— Vou me arrumar para a cerimônia enquanto você e os cordellianos fazem os planejamentos de viagem necessários — digo a Sir, com o olhar fixo nele de uma forma que espero que compreenda.

Mantenha-os aqui. Distraia-os.

Sir se estica.

— É claro. Rei Noam, por favor — diz Sir, gesticulando para que Noam se sente.

Expiro, aliviada, e me volto para a porta antes que Noam possa dizer mais alguma coisa, antes que Theron possa me alcançar e tentar remendar os rasgos em nosso relacionamento. Tenho planos de viagem próprios para fazer, envolvendo nossa única outra esperança: as minas.

Yakim e Ventralli não sabem que encontramos o abismo de magia — e se Noam conseguir o que deseja, o que muito provavelmente conseguirá, não descobrirão até que ele consiga abri-lo. O que significa que ainda querem as minas de Inverno para buscarem por conta própria — e talvez Verão esteja disposto a oferecer apoio em troca de pagamento, mesmo que tenham acesso próprio às montanhas Klaryn. Enquanto vasculhamos os reinos deles atrás das chaves, eu poderia forjar uma aliança com base em um comércio claramente definido, não esse jogo sem limites e mortal que Noam está fazendo.

Não tenho controle sobre encontrar ou não as chaves antes de Cordell, ou se as chaves *ao menos* serão encontradas, ou se conseguirei respostas sobre como consertar minha magia. Mas mesmo que a busca se revele inútil, pelo menos Inverno sairá disso com *algo*.

Não voltarei dessa viagem sem uma forma de manter meu reino seguro.

Meira

OS SOLDADOS CORDELLIANOS que nos escoltaram até o palácio mal se movem quando disparo para fora da sala; apenas duas pessoas se importam, e a presença delas acrescenta uma fria segurança à minha mente acelerada.

Conall não diz nada, apenas me segue quando viro à direita, mais para dentro do palácio. Garrigan o segue de perto, tão silencioso quanto, com uma expressão rigorosa e inquisidora, em vez da impassível e determinada de Conall. Os dois provavelmente estão curiosos para saber o que aconteceu, mas pelo menos dessa vez a posição que ocupam os impede de perguntar.

Seguro a saia na mão fechada e continuo andando, com as costas eretas. Sou a rainha, e estou me comportando exatamente como uma rainha se comportaria — orquestrando manobras políticas.

Por sorte, o Palácio de Jannuari salienta minha ilusão de ser rainha com mais força do que qualquer outra coisa. O lugar inteiro parece majestoso — se eu me concentrar no que poderia ser, não na ruína que é.

Antes mesmo de saber que eu era rainha, Hannah me mostrou suas lembranças do palácio através da conexão que mantemos pela magia. Vi o salão de baile, a grande praça se estendendo da escadaria de mármore como uma nuvem ondulante de um branco tão puro que o salão inteiro reluzia. Ela me mostrou os corredores, cada um mais alto do que o anterior, iluminados por candelabros que projetavam luz na perfeição de marfim. Tudo era branco — entalhes nas paredes, esculturas em nichos, molduras que dançavam em círculos e quadrados pelo teto. Tudo era lindo e inteiro e perfeito.

Todas essas imagens se misturam com o que vejo agora, criando uma colagem do velho e do novo, inteiro e quebrado. As lembranças de estátuas brancas em cada nicho, e velas tremeluzindo sobre mesas, e as paredes de painéis brancos se mesclam com o palácio semidestruído que existe agora; buracos rasgando as paredes e escombros formando pilhas.

Uma faísca de anseio se acende. Hannah me mostrando como era Inverno é uma das poucas boas memórias que tenho dela. Lembrar disso agora...

Encontrarei uma forma de trazer Hannah de volta. Pelo menos acho que quero fazê-lo.

Escancaro uma porta que dá para o porão. Garrigan e Conall me seguem para dentro do ar ainda mais gélido, as paredes cinzentas formam um contraste chocante com os corredores de marfim acima. Continuamos até chegar a um corredor, mais pedras formam o piso e paredes que abrigam portas pesadas de ferro.

Como as minas que se estendem sob as montanhas Klaryn, um labirinto de quartos serpenteia para as profundezas do Palácio de Jannuari, os pisos de pedra lisos pelo desgaste devido aos anos de passadas, candelabros cobertos de poeira, mas que ainda apoiam esferas tremeluzentes de fogo. Aqueles corredores certa vez abrigaram escritórios ou armazéns ou mesmo calabouços, mas a maioria das salas agora está fechada e em desuso.

Exceto por algumas no final.

Eu corro, meus passos gentilmente tocando as pedras. Direita, esquerda, direita de novo, até chegar a um corredor pequeno com três portas, todas bem trancadas.

Ou... *deveriam* estar trancadas.

Uma está aberta à direita, o que me causa um breve rompante de preocupação antes de eu me recompor. Acabamos de voltar de Gaos — os soldados ainda não terminaram de armazenar nossos novos recursos ainda. São apenas eles.

Mas quando dou um passo até a porta, sinto como se fosse drenada por dentro.

— Mather?

Ele não se levanta de onde está, sentado no chão, diante de uma caixa de madeira, com papel em uma das mãos, pena na outra. As pedras, ainda pedaços irregulares de rocha cobertos de terra, não foram polidas até se tornarem os pedaços multifacetados e brilhantes que devem ser. Os candelabros atrás de mim projetam uma luz laranja e amarela nos espólios: sinistra e ondulante, dançando pela sala e tocando cada peça.

Ver Mather faz com que ondulações vibrem por meu corpo, porque, exceto por Conall e Garrigan, que permanecem no fim do corredor, a alguns passos, estamos sozinhos.

Mather ergue o rosto para mim, a expressão dele está rígida, como se esperasse que eu fosse alguém aguardando ordens. Mas quando me reconhece, o rosto se contrai.

— Você não é cordelliana.

Franzo a testa.

— Deveria ser?

Mather se recompõe, os olhos vão de minha cabeça até meus pés tão rapidamente que eu poderia ter piscado e não notado.

— Eu... Por que está aqui embaixo, minha rainha?

É o mais próximo que estivemos um do outro em meses, e é *isso* que Mather diz?

— Por que *você* está aqui embaixo? — disparo de volta.

— Ajudando. Você não deveria estar aqui, é perigoso.

— Perigoso?

— Poderia ser esmagada. — Mather indica as pilhas de caixas ao redor.

Nenhuma delas passa da altura do meu quadril.

A concentração de Mather retorna ao papel e ele faz anotações, a mão tremendo levemente conforme escreve.

— Perigoso — repito. Meu maxilar se contrai. Mather permanece quieto, fingindo distração, e a quietude permite que a última hora, a última semana, os últimos meses percorram meu corpo.

— Está preocupado comigo? — disparo. — Precisa me perdoar, pois as únicas interações que tivemos nos últimos três meses foram em reuniões com uma dúzia de outras pessoas. Então pode imaginar por que eu ficaria confusa por você pensar em proteger a rainha de Inverno, já que durante os últimos meses agiu como se não desse a mínima para ela. Mas não se preocupe, tenho muitas outras pessoas na vida que aperfeiçoaram a habilidade de fingir se importar. Não me deve nenhum favor.

Isso atrai a atenção de Mather de volta para mim.

— Eu não... E... *O quê?* — Mather abre a boca, olha ao redor da sala como se estivesse tentando encontrar uma explicação nas caixas. — Eu estava apenas sentado aqui, fazendo inventário para seu reino, quando você entrou de repente. O que eu deveria ter dito? Pelo gelo, só precisa de alguém com quem gritar?

— Sim!

Mather se encolhe; minha boca se escancara e todo meu ódio recua sob uma enxurrada de emoções muito mais fortes.

Sinto falta dele. Tanta que meu peito dói, e não acredito que a dor ainda não me matou. Só quero dizer a coisa certa, ouvi-lo rir e fazer piadas sobre brincar com Sir. Preciso falar com ele, preciso que sejamos como éramos, duas crianças juntas contra uma guerra. É assim que me sinto agora, mas dessa vez... Não sou criança. E não estou com ele... Estou sozinha.

Cambaleio.

— Eu não deveria...

Mas os olhos de Mather se fecham formando uma expressão irritada antes de ele soltar a pena e ficar de pé. Algo a respeito do comportamento de Mather se suaviza um pouco, e ele afasta as pernas, como se estivesse se preparando para uma luta.

— Tudo bem — diz Mather, de braços cruzados, e o papel se amassa no punho dele. — Grite comigo.

Semicerro os olhos.

— Gritar com você?

Mather assente.

— Sim. Grite. Eu... — Mather para, fechando a boca com um estalo audível. Ele se afasta de mim, recua de novo, contraindo os lábios com frustração nervosa. — O mínimo que posso fazer é deixar você gritar comigo. Nós dois sabemos que mereço. Então — Mather gesticula para que eu continue —, grite comigo.

Estico os ombros, abro a boca, mas nada sai. Sim, ele merece. Mas gritar com Mather não vai desfazer todas as vezes que procurei por ele em reuniões e o encontrei jogado em um canto, participando tanto quanto seria esperado para um lorde de Inverno que acabou de receber o título, mas não tanto quanto seria esperado de meu amigo. Nem mesmo acho que me faria sentir melhor, porque Mather acabaria se sentindo tão exausto e miserável quanto Theron.

Mather ergue uma sobrancelha branca.

— Não precisa gritar de verdade, se não quiser. Sussurros levemente altos servem.

Suspiro.

— Não é com você que eu deveria gritar.

— Alguém merece mais do que eu?

Mather tenta ser engraçado, mas isso não funciona em face às minhas preocupações.

— Como você fazia aquilo? — sussurro, os lábios secos racham com a frieza da sala.

Mather enrijece o corpo. Ele não parece nada confuso pelo que perguntei.

— Eu me concentrava em meu dever. Colocava Inverno em primeiro lugar, acima de tudo. — O peso repentino nos olhos de Mather nega qualquer conselho que ele acaba de dar. — Mas acho que estraguei tudo. Ser rei. Faria diferente agora, se pudesse.

— O quê? Como?

Mather dá de ombros, as palavras saem mais rápido.

— Não me concentraria tanto em Inverno. Eu me permitiria me concentrar em... outras coisas também. Inverno não é tudo.

— É, sim — discordo. — Estava certo em se concentrar em seu dever. É o que estou tentando fazer, mas sinto como se mal conseguisse equilibrar tudo.

— Aconteceu alguma coisa?

A expressão de Mather é familiar, mas não é a que espero.

Não há medo. Não há ruptura. Apenas força.

Estive esperando que Mather se curasse sozinho. Torcendo e precisando e *querendo* que ele, de alguma forma, resolvesse os conflitos de nossas vidas para que eu pudesse ter meu amigo de volta.

Será que Mather resolveu essas coisas? Será que aceitou nossas novas vidas?

Ou está apenas escondendo a dor, como todo mundo?

— Encontramos o abismo de magia — conto, pronunciando cada palavra devagar, como se testasse a força de Mather. — E Noam vai nos mandar em busca de uma forma de abri-lo. Vamos para Verão, Yakim e Ventralli, e achei que eu...

— O quê? — exclama Mather. — Encontraram? Quando? Onde?

— Na mina Tadil. Há alguns dias.

Mather recua, os olhos distantes enquanto pensa.

— Noam não estava em Inverno quando você encontrou.

Faço que não com a cabeça.

— Então por que, em nome de tudo que é frio, contou a ele?

— Eu não queria contar — disparo. — Theron...

Ah, não.

— Não — sussurra Mather. — Theron contou a Noam?

Não digo nada, e meu silêncio confirma. Depois de uma pausa, Mather resmunga, e me preparo para um sermão. Esse será o momento em que saberei em que pé está nosso relacionamento agora, como ele reagirá a Theron.

Mas Mather apenas força o resmungo a virar um suspiro.

— Isso foi um erro dele.

Perco o fôlego e minha garganta se fecha diante do conforto inesperado que Mather oferece.

Tusso, me desvencilhando do espanto.

— Não foi por isso que desci aqui. Preciso de mercadorias. Não aquelas que daremos a Outono e Cordell.

Mather semicerra os olhos.

— Quer mercadorias? Por quê?

— Ventralli e Yakim me convidaram para os reinos deles antes de essa viagem ser planejada, e quero tirar vantagem do interesse deles em nós enquanto estiver lá. Dar algumas joias como uma oferta de boa-fé, para simbolizar poder comercial sobre algumas de nossas minas em troca de... apoio.

O rosto de Mather se suaviza, as sobrancelhas se erguem quando ele sorri. Aquele sorriso de rosto inteiro, de fazer tremerem os joelhos, que sempre me atingia quando eu era criança.

— Quer pegar algumas dos estoques que devemos a Cordell — esclarece Mather.

Assinto.

— Mais do que você imagina.

Mather solta uma gargalhada.

— Acho que imagino muito bem. — Ele se aproxima e ergue o papel no qual estava escrevendo, agora amassado pela forma que Mather o segurou. — Sou um dos invernianos ajudando a separar os recursos das minas. E o que recebemos deve ir direto para Cordell e Outono esta noite, mas... — Mather para, a malícia brilha nos olhos. — Dar *tudo* a eles não pareceu o melhor investimento para o futuro de Inverno.

Inclino a cabeça.

— O que quer dizer?

— Estive separando recursos de todos os carregamentos para ajudar a reconstituir nosso tesouro.

Choque percorre meu corpo.

— Quan... Quanto?

Mather olha para o papel.

— Cinco caixas. O que não é muito, eu sei, mas não queria que os cordellianos percebessem que parte do precioso pagamento deles se foi.

Mather esteve me ajudando, ajudando Inverno, de formas que eu nem sabia que precisava.

Avanço e seguro o braço dele.

— Obrig...

O olhar de Mather se abaixa para minha mão, cada parte do corpo dele congela ao meu toque. Não recuo, e o olhar de Mather sobe mais, percorrendo meu braço. Meu outro braço está coberto por uma manga justa de cor marfim, mas o que o segura está exposto até a clavícula. Não tinha percebido o quanto isso é mais revelador do que o que costumo vestir, ou costumava vestir, perto de Mather. Camisa, calça e botas.

E quando os olhos de Mather encontram os meus, as bochechas dele coram com um escarlate tão intenso que nem mesmo a escuridão daquela sala consegue ofuscar. Um frio percorre meu corpo, a sensação lancinante de cair em um monte de neve, cada parte de meu corpo formigando e alerta. Sou tomada pela sensação de estar ao mesmo tempo exposta e vestida demais, e quanto mais tempo Mather passa me encarando, mais frio sinto.

Afasto o corpo dele e fecho os dedos na palma da mão.

Mather engole em seco, a garganta agitada.

— Fico feliz por poder ajudar. Mas... — Mather para. — Você já é uma governante melhor do que eu jamais fui.

Balanço a cabeça para lutar contra a forma como Mather me olha, como se me estudasse, reparando no quanto estamos próximos, quanto poderíamos estar mais próximos. Eu o queria de volta em minha vida para ter apoio, alguém para me ajudar a salvar nosso reino, não mais uma complicação.

Mas meu coração diz outra coisa, batendo junto às minhas costelas com pulsações deliberadas e persistentes.

Ele ajudou Inverno. Não está se desfazendo à menção de problemas ou tentando evitar complicações.

— Cinco caixas — repito. — Pergunto-me se será o suficiente.

Mather retorna para nossa conversa.

— Em quanto está pensando?

Sorrio. O rubor remanescente nas bochechas de Mather se aprofunda.

— Mais — digo a ele. — Muito mais. O bastante para mandar uma última mensagem a Noam.

Mather assente.

— Sou a favor de qualquer plano que o desagrade.

Eu rio. O som me sobressalta, alto e retumbante, e fecho a boca com a palma da mão.

— Você pode gargalhar. — Mather ri de minha surpresa.

A parte de mim que passou tanto tempo sentindo falta dele suspira, contente.

O som de passadas ecoa pelo corredor, ricocheteia pela rocha como pedras caindo pela encosta de uma montanha. Eu me viro quando Sir se coloca de pé ao meu lado.

— Minha rainha. — Sir olha para além de mim, para Mather, que fica de pé, costas esticadas, ombros para trás, em uma pose súbita de alerta. Mas Sir não lança mais de um olhar para Mather, a atenção dele se volta para mim. — Precisamos conversar sobre a viagem.

— Eu sei... Mas ainda não. — Eu me viro para Mather de novo. A ideia que ele plantou brota raízes e desenvolve folhas largas, abrigando uma inconsequência semelhante àquela da garota selvagem que eu costumava ser.

Mas embora aquela garota tenha cometido erros, ela é o motivo pelo qual eu tenho um reino para governar. Devo a mim mesma pelo menos tentar ser aquela garota de novo, de alguma forma, ainda que pequena.

— Onde colocou aquelas caixas? — pergunto a Mather.

A pose dele relaxa e Mather aponta para fora para que eu o siga.

Por mais um corredor, passando por duas salas, Mather para, liderando o grupo formado por Sir, Conall, Garrigan e eu. Ele tira uma chave do bolso e destranca uma porta, escancarando-a e revelando um espaço coberto de poeira ainda menor do que as salas pelas quais acabamos de passar.

Mas no fundo estão cinco caixas, cada uma abarrotada com pedaços brutos do futuro de Inverno.

Eu me volto para Sir.

— Na cerimônia de hoje à noite, traga apenas essas cinco caixas.

Sir pisca.

— Minha rainha, Cordell está esperando muito mais do que isso.

— Eles receberão o que merecem com o tempo. Mas por enquanto... Temos uma necessidade maior.

O véu de formalidade de Sir se ergue, mostrando um lampejo da preocupação dele.

— Cordell é nosso único aliado, minha rainha. Não é sábio irritá-los.

Eu sei, e quase digo isso a ele, quase desfaço minha frágil certeza. O que estou fazendo é puramente a velha eu, algo intempestivo e inconsequente, a parte de mim que saiu às escondidas para encontrar o chakram. A parte de mim que lamenta, furiosa, sempre que preciso usar minha magia ou que Noam aprisiona ainda mais Inverno. A parte de mim que quer *fazer diferença*.

— Por isso vou conquistar mais aliados — digo a Sir.

É perigoso, mas precisamos desses recursos para ganhar aliados e então ter alguma vantagem.

Noam ficará *furioso*.

E no momento, isso parece maravilhoso.

Meira

Dendera faz um último ajuste em meu cabelo.

— Você está pronta.

Nessa dá um gritinho e leva as mãos à boca. Meus olhos se voltam para o reflexo de Dendera, meu coração palpitando quase na garganta. O entusiasmo dela é quase tão palpável quanto o de Nessa, ainda que não tão verbal.

Fecho os olhos, endireito as costas, mantenho a expressão impassível. Quando olhar, verei alguém capaz e composta, uma guerreira e uma líder ao mesmo tempo. Posso ser tanto a rainha de Inverno quanto a garota-soldada órfã, como meu ato desafiador contra Noam esta noite mostrará.

Abro os olhos.

Meu cabelo, com metade presa para trás em uma fileira de tranças, e metade em cachos em volta dos ombros, brilha com um branco radiante. Meu vestido tem presilhas prateadas nos ombros que deixam os braços expostos e um cinto se curva, justo, na cintura. No pescoço, aninhado junto ao tom marfim de minha clavícula, está o condutor real de Inverno, o medalhão prateado em formato de coração com o floco de neve solitário gravado no centro.

Sorrio, experimentando uma expressão, da mesma forma que Dendera me fez experimentar vestidos diferentes. O fingimento falha e meu estômago se aperta com um nó sempre presente de preocupação de que aquilo seja um erro. De que eu esteja errada no que planejei, de que precise não ser inconsequente ou impulsiva ou fazer coisas que *sei* que são perigosas.

Mas mantenho aquele sorriso no rosto até doer.

Aliso a saia plissada e sigo Dendera e Nessa para fora do quarto.

Conall e Garrigan aparecem atrás de nós, junto com Henn, que pega a mão de Dendera. Dou um sorriso furtivo para ela, mas Dendera está absorta demais em Henn para ver.

Meu séquito e eu seguimos pelo palácio, dando a volta para entrar no salão de baile pela porta mais próxima dos fundos. Sei o que nos espera além dela — um altar, junto com soldados cordellianos, Noam, Theron, os outonianos e meu povo, todos ansiosos pela cerimônia.

Eu também deveria estar ansiosa. Mas um rompante súbito de música faz todos ao meu redor enrijecerem, como se ninguém tivesse certeza de que estão ouvindo o que acham que estão ouvindo. Digo a mim mesma para passar pela porta que une o corredor ao salão de baile, mas não consigo.

Essa música. É alegre e delicada, ecoa pelas paredes ao meu redor com progressão de perfeição despretensiosa. Se eu pudesse colocar notas no som de flocos caindo, de água se cristalizando em gelo, de neve soprando ao vento, seriam essas.

É esse o som de Inverno.

Dendera aperta meu braço, com um sorriso sonhador no rosto.

— Os instrumentos são liras, uma descoberta resgatada no palácio. Parece que Angra não destruiu todos os nossos tesouros.

Ainda, diz minha reação instintiva, partindo o transe da música. Mas não — ele está morto. Finn e Greer não trouxeram notícias de Angra. E mesmo que volte de alguma forma, terei aliados unidos para enfrentá-lo. Angra não pode mais nos ferir.

Uma porta se abre à esquerda, deixando uma lufada do ar almiscarado subir dos corredores de pedra abaixo. Sir aparece, seguido por Greer e Finn, cada um com pelo menos uma caixa nos braços. Os bens que designei para Cordell e Outono.

Sir semicerra os olhos para mim.

— Minha rainha, tem certeza de que deseja ir em frente com isso?

Estou prestes a mudar de ideia.

— Sim.

Ele move a caixa que carrega, a insegurança estampada no rosto.

— Confio em você, minha rainha. Todos confiamos em você para tomar as melhores decisões para nosso futuro, mas eu...

Coloco a mão no braço de Sir.

— Por favor, William. Me deixe fazer isso. Me deixe ao menos tentar.

Isso o silencia, e Sir me encara na quietude, como se estivesse procurando algo em meus olhos. Mas não diz mais nada, e Nessa pega minha mão para me levar para o fim do corredor marfim. Sou arrastada de volta a todas aquelas vezes em Abril quando ela se agarrou a mim em busca de força ou por alguma necessidade sombria de se certificar de que eu estava ali.

Meus dedos se fecham em volta dos dela, e Dendera abre a porta.

A comemoração se revela ao nosso redor, abrigada dentro de um salão de baile semidestruído. O lado sul do teto sumiu completamente, apenas uma fração da parede restou, o que permite que flocos de neve e o céu cinzento da noite entrem. Uma escada de mármore junto à parede mais afastada leva à ala que abriga meu quarto e mais algumas dúzias de outros. As outras paredes se erguem por três andares no ar, decoradas com as mesmas molduras de marfim e detalhes prateados que o restante do palácio. Rachaduras percorrem as paredes como serpentes pontiagudas; pedaços de argamassa caem do teto quebrado como se fossem rompantes de chuva de cacos.

Mas ao entrar, não poderia imaginar que o salão de baile estivesse de outra forma que não inteiro.

Todos estão ali. Os residentes de Jannuari, os visitantes outonianos, alguns soldados cordellianos, todos se entrosando ao som da música de liras e ao céu nublado pela neve. E os invernianos conseguiram encontrar ao menos uma pequena peça de roupa branca para usar em honra de nosso reino — uma camisa ou um lenço ou um vestido com branco estampado sobre cinza. Centenas de cabeças de cabelos brancos com roupas brancas, girando e se movendo como muitos flocos de neve. A nevasca de Inverno.

O altar está à direita do corredor do qual acabei de sair, adornado com pompons de seda branca e buquês de plantas invernianas, galhos de sempre-verdes e galanthus leitosas. O cheiro de pinho fresco e o aroma floral adocicado como o mel se misturam com o ar frio que entra pelo teto, criando uma atmosfera que satura todos os meus nervos com pensamentos sobre Inverno.

A atmosfera é levemente interrompida quando vejo quem espera no altar: Noam, Theron e dois membros da realeza outoniana.

Consegui evitar Theron desde nossa reunião mais cedo, mantendo-me em meu quarto ou no porão. Agora que o encaro, vejo nos olhos dele uma pergunta atada à preocupação e envolta em anseio.

Minha atenção passa de Theron para o pai dele, ambos de costas eretas e vestindo os uniformes cordellianos verdes e dourados. Totalmente normal, como se não tivéssemos encontrado a entrada para o abismo de magia.

Concentração. Respire.

Diferentemente de Noam, os outonianos tiveram a decência de permanecer no próprio reino desde o renascimento de Inverno, para nos dar tempo de nos recompormos — o que significa que não os conheci ainda. O rei Caspar Abu Shazi Akbari, cuja linhagem tem a conexão com o condutor de sangue feminino de Outono, está ao lado da rainha dele, Nikoletta Umm Shazi Akbari, irmã de Noam, cujo casamento produziu a herdeira do sexo feminino da qual Outono precisava depois de duas gerações sem uma filha.

Caspar me observa tão atentamente que tenho medo de cair para trás. Ele tem os cabelos pretos na altura dos ombros, pele quente, cor de terra e os olhos pretos intensos, característicos de Outono. A túnica de dourado reluzente sobre calça vermelho-rubi parece simples demais para um rei, mas a fina fileira de folhas douradas entrelaçadas no cabelo dele declaram a posição de Caspar.

Nikoletta, em contraste, sorri para mim. Ondas suaves de cabelos loiro-escuros caem sobre os ombros dela, muito mais claras do que os cabelos pretos como a noite dos súditos outonianos. Na cabeça de Nikoletta está uma coroa de rubis que abriga uma variedade de contas penduradas. Tecido vermelho desce por trás da coroa, misturando-se ao vestido vermelho-sangue dela, o qual está sobreposto com flores douradas e mais rubis.

— É com a mais profunda honra que apresento...

Dou um salto. Dendera foi até o altar, a voz dela pede silêncio por cima da música e das conversas. Todos se viram para nos olhar.

— ...a salvadora de Inverno...

Nessa puxa minha mão, saltitando de animação, mas não consigo me unir a ela. No canto da multidão, do outro lado do altar, Alysson sorri para Dendera, com um braço entrelaçado ao de Mather. Mas ele me encara diretamente, sem piscar. A boca de Mather se abre como se ele quisesse dizer algo, mas então se interrompe no silêncio pesado do salão de baile e hesita. Preso entre aqueles três meses em que não nos falamos e nossa interação de mais cedo.

Antes que qualquer coisa possa acontecer, a voz de Dendera irrompe pelo salão de baile com tal força que espero que o restante do teto desabe.

— ...Rainha Meira Dynam!

A multidão passa de cautelosa a exaltada, uma explosão frenética que sobrecarrega as liras quando elas recomeçam. Nessa solta minha mão e eu me movo para o altar com passos cuidadosos, os vivas da multidão ecoam em meus ouvidos. Meu povo, *aplaudindo*.

Não importa o que aconteça, essa cerimônia valeu a pena, ao menos para ouvir meu povo tão feliz.

Levo as vozes deles para meu coração, tranco-as bem no fundo, e subo no altar, deixando Noam, Theron e Nikoletta e Caspar à direita. Estão tão perto que sei que me veem tremendo, provavelmente me ouvem puxando ar.

A animação da multidão se dissipa até que o silêncio parece mais intenso do que qualquer comemoração. Todos os olhos me encaram.

— Estamos aqui hoje... — Com a boca seca, pronuncio com dificuldade palavras altas. — Estamos aqui hoje para agradecer aos bravos atos de Cordell e de Outono.

Aceno para que Sir, Greer e Finn se aproximem, cada um ainda carregando as caixas.

— Os últimos meses nos permitiram reabrir nossas minas, o que significa que Inverno é um reino viável e vivo de novo.

A última parte digo a Noam, encarando-o, embora minha voz se projete pelo salão. Os olhos de Noam brilham quando meus homens me acompanham no altar.

Indico para que Finn se adiante com as duas caixas dele.

— À Outono, a primeira parte de muito que é devido.

A multidão irrompe em aplausos reverentes quando Finn dispõe os bens aos pés de Caspar. Caspar inclina a cabeça em um agradecimento silencioso e Nikoletta aplaude baixinho. Nenhum dos dois parece confuso com a pequena oferta; na verdade, simplesmente parecem gratos por apenas estarem ali.

Indico para que Sir e Greer se adiantem.

— E para Cordell. O primeiro de muitos pagamentos.

Noam olha para as três caixas que os homens dispõem aos pés dele antes de olhar para mim, para Sir e para ainda mais longe, para a porta do corredor. Ninguém mais se move para trazer o restante do pagamento.

O rosto de Noam se contrai. O brilho em volta da adaga no quadril dele passa de um delicado tom de lavanda para um índigo pesado.

— Deve estar enganada. — As palavras de Noam soam baixas, apenas para aqueles no altar.

Sir e Greer recuam, juntando-se a Finn no canto do altar. Sorrio o mais serenamente possível, ignorando a forma como Theron me observa, silencioso, observador.

— Inverno deve muito a Outono e Cordell — digo, mantendo a voz elevada. — E continuaremos a pagar aos dois reinos até que nossas dívidas sejam quitadas. Agradecemos a esses reinos pelo serviço e o sacrifício deles. — Dou início a uma salva de palmas pesadas que é imitada e propagada, sinalizando o fim da cerimônia.

O ruído dos vivas e dos aplausos aumenta de novo, assim como a música das liras, agitando-se em uma comemoração pós-cerimônia. Os convidados são contagiados por ela, dançando e conversando em pequenos grupos, todos agradavelmente distraídos quando Noam segura meu braço antes que eu consiga descer do altar.

— Isso está longe do fim — rosna Noam, e os dedos dele marcam minha pele exposta.

Ergo o rosto para Noam, mas não o vejo. A atração mais forte de magia de condutor que reside em meu corpo se conecta com a magia de Noam pelo contato pele a pele, e memórias escoam da mente dele para a minha, as mesmas que vi antes: Noam, ao leito de morte da esposa, mas algo a respeito do remorso dele parece... errado.

Uma torrente de emoções violentas me atinge, sobrepujando qualquer outra coisa.

Vou destruí-la, pensa Noam. *O que é meu não será negado por uma criança.*

Sir empurra Noam para trás.

— Nada disso aqui — murmura ele, com os dentes trincados.

Um movimento no canto do altar avisa que os soldados cordellianos se prepararam, esperando que Noam dê a ordem. Além deles, as risadas e a música da festa não diminuem, ninguém além de nós repara na tensão.

Eu me aproximo de Noam.

— Pagaremos o que lhe devemos, mas Inverno jamais concordou com as coisas que você exige.

Noam se aproxima devagar, o hálito quente dele sopra meu rosto.

— Não pode me vencer, rainha-criança. Devastarei este reino com a brutalidade da Sombra das Estações se precisar.

Theron agarra o braço do pai.

— Não está falando sério.

Noam não tira o rosto de mim.

— Estou. — Ele inclina a cabeça, o ódio lampeja uma nova expressão: desprezo. — O que pretende fazer com os recursos que guardou? Vá em frente. Use essa viagem para negociar ajuda para sua terra patética. Mas saiba disto — Noam aponta o dedo para mim e eu recuo, o choque me faz ceder. Ele sabe o que pretendo fazer? — Nenhuma quantidade de aliados vai salvá-la de minha ira. Acha que tenho medo dos reinos Ritmo? Não, senhora rainha, este é o último ato de imprudência que tolerarei. Vou permanecer em Inverno enquanto você vasculha o mundo, e se voltar sem uma forma de abrir aquela porta, vou tomar seu reino à força. Chega de jogos, chega de enrolar; Inverno será *meu*. Prove para mim que é útil. Faça com que eu me sinta feliz por ter permitido que vivesse.

Theron empurra o pai para trás, lançando-o cambaleante até a beira do altar.

— Pare.

Mas Noam já foi longe demais para intervenções. O lábio superior dele estremece com um grunhido e o rei segura o braço de Theron com força.

— Não pense que não sei onde está seu coração, garoto. Esta viagem não é apenas um teste para Inverno, prove para mim que é digno de ser meu herdeiro. Não vou mais tolerar jogos de *qualquer* um de vocês.

Minha boca se fecha, os músculos se retesam e só o que enxergo, sinto e penso é um pânico ressoante que tem início no estômago e se espalha pelo corpo. A magia se ergue como um rompante espiralado, ameaçador, empurrando mais e mais, até a superfície.

Engulo em seco, engasgo. *Não, agora não...*

Antes que eu consiga acrescentar mais provas de minha fraqueza à cruzada de Noam, saio correndo do altar com a mão no peito, tentando e fracassando e implorando à magia que se suprima de volta dentro de mim.

Minha culpa. É claro que Noam descobriria meu plano... Foi burrice pensar que não descobriria. E temos um prazo agora.

Deveria ter permitido que ele drenasse meu reino até secar? Não deveria ter revidado? Não, é claro que não. Mas não assim. Não como... eu.

A magia dispara, tirando ar dos meus pulmões. Cambaleio pela porta e me atiro de volta ao corredor, o barulho da comemoração se abafa entre as paredes altas e estreitas. Alguém me diz algo, distante e enevoado, e meus joelhos estalam quando caio no chão. Mas não usarei a magia — não sou fraca, não tenho medo. *Eu sou a rainha.*

— Minha rainha! — Sir se ajoelha diante de mim.

Eu me apoio no chão, trincando os dentes.

— Eu... Eu fiz aquilo...

O rosto de Sir se suaviza. *Suaviza.*

— Você tentou, minha rainha. Mas entende agora.

Pisco para ele. As palavras de Sir entram em minha mente como pedras afundando em uma piscina.

Ele permitiu que eu fizesse isso. E não está com raiva — está ansioso. Como se tivesse me permitido esse único lampejo de quem eu costumava ser como um teste de meu crescimento. Hannah teria feito o mesmo — me deixaria mergulhar fundo, sabendo que eu perceberia minha tolice e voltaria mancando para o que era certo.

Entendo. Sempre entendi, mas achei — esperei — que pudesse lidar com aquilo como *eu*.

Mas apenas uma rainha pode dar conta de governar um reino, não uma garota-soldada órfã. Ninguém mais consegue lidar com o próprio passado; por que achei que o meu nos ajudaria?

Ao meu redor, Nessa, Conall e Garrigan estão de pé, com as expressões contraídas de preocupação.

Sir permanece ajoelhado ao meu lado, inexpressivo.

— Está bem, minha rainha?

— Não — resmungo. Odeio Sir por não ter acreditado em mim; odeio a mim mesma por *ter* acreditado em mim. — Mas juro que ficarei.

Mather

Quando Meira apareceu ao lado do altar, com as bochechas pintadas do mais atraente tom de rosa, o tecido do vestido oscilando às pernas — Mather entendeu mais violentamente do que jamais tinha entendido o significado da palavra *perfeição*.

E teria se odiado por pensar isso não fosse pela conversa persistente deles de horas antes. Aquela em que pareciam ser eles mesmos de novo — Mather, capaz de ajudá-la, e ela, uma garota indomável com ideias mortais nos olhos.

Agora Mather não conseguia desviar os olhos enquanto Meira se colocava perante a multidão, proferindo frivolidades sobre gratidão e dever muito a Cordell e Outono. Ela estava ali, em algum lugar. A garota com quem Mather tinha crescido. Ela estava ali, e ele também ainda estava ali, e talvez, apenas talvez...

A realidade o atingiu.

Não eram eles mesmos. Mather era um lorde e Meira era uma rainha e Theron era... dela. Theron, que sorria para Meira no momento. Mather desejou poder encontrar ao menos um lampejo de desonestidade naquele sorriso — mas era puro e sincero, e Mather odiava Theron por isso.

Esse era o motivo pelo qual ele evitara Meira por tanto tempo. Para que não precisasse ver Theron também e ser lembrado de como Meira tinha encontrado alguém melhor do que ele.

Mather desviou para a esquerda, afastando-se de Alysson e entrando na multidão que permanecia fascinada pelo discurso de Meira. Mather acabara de formar um plano para sair de fininho do salão de baile quando um rapaz do treinamento do exército entrou no caminho dele.

— Lorde Mather?

Mather recuou, os pensamentos se dissiparam. Aplausos e música de lira soaram — Meira devia ter terminado o discurso.

— Apenas Mather — corrigiu ele. — Philip, certo?

— Apenas Phil — respondeu Phil, com um sorriso, e indicou a cidade. — Alguns amigos fizeram uma troca com os cordellianos por cerveja. Você parece que precisa de um copo.

Uma risada saiu rouca pela garganta de Mather.

— É tão óbvio assim?

Phil acenou com a cabeça sem determinação.

— Bem, imagino que há dois tipos de pessoas aqui esta noite. — Ele olhou para trás de Mather, observando a multidão que agora dançava e conversava. — A maioria está comemorando. O restante está tentando esquecer que Jannuari não tem uma comemoração como essa há 16 anos. — Os olhos de Phil retornaram para Mather. — E você está definitivamente no último grupo.

Mather deu de ombros.

— Não quero esquecer — disse ele, e olhou por cima do ombro, até o outro lado do salão, até Meira, que ainda estava sobre o altar conversando com Noam, William e Theron. Mesmo de longe, Mather podia ver que a confiança dela tinha se tornado ansiedade, as mãos estavam apertando o estômago, mordendo o lábio inferior com um gesto que o fez querer passar o braço pela cintura de Meira, levar os lábios ao ouvido dela e prometer que tudo ficaria bem.

— Ah — murmurou Phil.

Mather se voltou para ele.

— Ah, o quê?

— Ah, você não é diferente de todos os outros rapazes invernianos. — Phil indicou Meira. — Tem uma quedinha pela garota que nos salvou. É natural, acho, perder a cabeça pela pessoa que tornou nossas vidas menos terríveis. Não se preocupe, a cerveja também cura isso.

Mather piscou. É claro que ele não estava sozinho no amor que sentia por Meira. Mas perceber isso o fazia se sentir ainda mais patético.

— Me leve até essa cerveja que cura tantos males — falou Mather, e Phil gargalhou.

Deixar o salão de baile não foi tão difícil quanto Mather pensou — ninguém os olhou duas vezes quando dispararam pelas portas, noite adentro. Os muros do palácio silenciaram a comemoração e a música, tornando imediata a transição do salão lotado para a noite tranquila. Mather inspirou os flocos de neve que caíam, mas Phil já estava no meio do pátio, caminhando rapidamente para a cidade escura.

Embora todo o material de construção tivesse sido guardado para a noite, o ar fedia a madeira serrada e suor, flocos de neve se agarrando a tudo que estava à vista. Mather enterrou as mãos nos bolsos e tentou não inspecionar os chalés conforme passavam. William iria querer que aquele tivesse um novo telhado — o outro ainda precisava de uma porta mais firme — as janelas daquele eram utilizáveis.

Phil cutucou o ombro de Mather.

— Vai se sentir menos miserável quando estiver cercado por pessoas que sentem o mesmo.

— Sério?

— Não. Mas todos ficarão animados por conhecer o espadachim que os pulveriza diariamente.

Mather riu.

Algumas ruas depois, Phil correu até um chalé e bateu à porta. Risadas podiam ser ouvidas do lado de dentro, parecendo deslocadas na casa em ruínas. Os reparos ainda não tinham chegado àquela área — madeira cinza empenada formava uma porta antiga, as janelas de cada lado se escondiam atrás de jutas irregulares. Cada construção naquela rua estava vazia, apenas a risada que saía de dentro daquele chalé solitário servia de barreira para a tristeza.

A porta se abriu e revelou um rapaz, um pouco mais jovem do que os dois, que abriu um sorriso e socou o ombro de Phil.

— Está atrasado! Começamos sem você.

Phil segurou o ombro como se o soco tivesse machucado de verdade.

— Contanto que vocês Sóis não tenham enxugado os barris ainda. Eli, Mather. Mather, Eli.

Eli semicerrou os olhos.

— Ex-rei Mather?

As sobrancelhas de Mather se ergueram. Ele jamais tinha sido chamado daquela forma, mas provavelmente era assim que pensavam a respeito dele. Não conseguia acreditar que não o magoava.

— Apenas Mather.

Eli não pareceu convencido, mas sumiu para dentro do chalé, gritando que tinham mais dois para a mesa. Phil fez menção de seguir quando Mather inclinou a cabeça.

— Sóis?

Phil olhou de volta. A felicidade no rosto dele hesitou, o sorriso se desfez pela primeira vez.

— Acho que você nunca ouviu isso, não é?

Quando Mather gesticulou com a mão para que esquecessem, Phil falou.

— Sabe como os soldados de Primavera têm sóis pretos nas armaduras peitorais? Era assim que os chamávamos no campo de Bikendi, pelo menos. "Sóis estão vindo, melhor calar a boca!" Agora é uma piada entre o pessoal de Bikendi. — Phil encolhia o corpo sempre que mencionava o nome do campo. Ele fez um gesto de ombros para a direção das pessoas do lado de dentro. — São todos "Sóis". Como imprestáveis, sabe? Indesejados. Parece ridículo explicar, mas é isso.

Uma mão invisível envolveu o pescoço de Mather com seus dedos frios. Phil entrou no chalé como se não tivesse acabado de apontar a maior diferença entre Mather e todos ali.

Mather fora livre enquanto todos tinham sido separados em quatro campos invernianos de trabalhos forçados em Primavera — Abril, Bikendi, Zoreon e Edurne. Será que o odiariam por isso? Será que a presença de Mather serviria para lembrar a todos de como tinham passado a infância acovardados diante dos homens de Angra enquanto Mather passara a infância com a família?

Mather entrou no chalé batendo os pés e fechou com força a porta atrás de si. A sala estava quase um breu, iluminada apenas por algumas velas, e buracos no teto deixavam entrar torrentes de flocos de neve que caíam sobre a única mesa no centro do chalé de um cômodo. Cinco dos garotos mais jovens das sessões de treinamento, inclusive Phil, se reuniam ao redor da mesa, com taças nas mãos fechadas, poças de cerveja tingindo a madeira de marrom escuro. Outra pessoa estava sentada longe da mesa, encolhida em um canto nos fundos, em um banquinho. Uma garota, com os joelhos dobrados até a altura da testa, as mãos trabalhando furiosamente em algo conforme lascas de madeira voavam ao redor dela. Entalhando?

A batida da porta reverberou pela sala. Os rapazes pararam as risadas alimentadas a álcool para observar o recém-chegado.

— Mather. — Phil gesticulou com a mão como uma apresentação, de onde estava à mesa, apontando para as pessoas conforme dizia os nomes delas.

— Trace, Kiefer, Hollis, e você já conhece Eli. Kiefer e Eli são irmãos. O fantasma ao fundo da sala é Feige, irmã mais nova de Hollis.

Feige lançou a Phil um olhar de raiva que teria abalado o soldado mais sério.

— *Não* sou um fantasma.

Phil revirou os olhos.

— Continue dizendo isso a si mesma, pequena.

— Deixe ela em paz — disse Hollis, com uma voz que, embora baixa, ressoara entre todos como uma ordem de um general. Ele era um garoto imenso, de ombros largos, o mais velho do grupo, provavelmente com vinte ou 21 anos. Posicionara a cadeira de modo a poder ver todos na sala, e continuava olhando para a irmã, como se para se certificar de que ela não tivesse sumido.

Phil gesticulou com os ombros para Mather.

— Estão todos em negação. Mas acho que essa é a questão, não é? Negação líquida. — Phil tomou um gole.

Trace riu com os lábios na própria taça. Era mais velho do que Mather, mas não muito, com os músculos esguios de alguém que poderia ser moldado em um fantástico soldado de combate corpo a corpo. Facas talvez, algo fácil de carregar, uma arma que vítimas só veriam quando ele quisesse.

— Não seja tão certinho. — Trace olhou para Mather ao falar, embora as palavras ainda fossem direcionadas a Phil. — Está negando tanto quanto o resto de nós.

Mather se sentou em uma cadeira entre Phil e Eli e pegou o copo mais próximo.

— Não se trata de negação. Não existe um jeito de lidar com isso.

Não era verdade. William lidara, e Alysson e todo mundo que se agarrava à alegria de "Pelo menos estamos em Inverno de novo". De alguma forma, todos tinham conseguido aceitar estar de volta a Inverno como o suficiente para curar o passado. Mather desejava que pudesse ser fácil assim para ele, mas não era. Por isso não se importava com as represálias que William pudesse impor a ele por beber para afastar os problemas — e pior, por aceitar que outros invernianos bebessem para afastar os problemas também.

Kiefer fez uma expressão de raiva do outro lado da mesa.

— O que você sabe sobre isso? — sibilou ele. A pergunta desfez o manto de ignorância ao qual os demais se agarravam, e todos se agitaram diante do lampejo repentino de desconforto.

Mather agitou a cerveja na taça.

— Nada — confessou ele.

Kiefer ficou imóvel. Não esperava aquela resposta e, depois de um momento, ele abaixou os olhos.

Feige deu um salto no silêncio que se seguiu. Ela caminhou pelo piso de tábua, a madeira velha nem mesmo rangeu sob a pequena silhueta, e parou ao lado de Hollis.

— Volte para seu banquinho — disparou o irmão.

Feige o ignorou, manteve os olhos em Mather, uma certeza calma estampou uma expressão de desafio em seu rosto jovem. Feige era tão pequena, mas Mather viu nela a ferocidade que se adquire quando se assiste a anos de derramamento de sangue e batalha. Aquela garota não devia ter mais do que 13 ou 14 anos, mas era... vivida. Era a única palavra em que Mather conseguia pensar para descrever Feige, mas nem isso se adequava muito bem. Uma combinação esquisita de exaurida e severa.

— Por quê? — perguntou Feige. — *Eu* não estou em negação. — Ela olhou com raiva para Phil, que imediatamente se encolheu. Quando a garota teve certeza de que ele havia se rendido, se virou para Mather. — O que você tem para negar, ex-rei?

Mather segurou a taça com mais força. Hollis se recostou na cadeira, com os músculos tensos, preparando-se. Todos se prepararam, tomando goladas da cerveja e evitando contato visual e prendendo a respiração. Por quê? Por Feige?

Mather deu a única resposta que podia dar.

— Fracassar com vocês.

Feige riu, os cabelos brancos dela oscilavam em mechas que provavelmente jamais tinham sido escovadas.

— Pelo menos consegue admitir. Ninguém mais governando este reino consegue.

— Ele não está mais governando este reino — murmurou Kiefer, para o próprio colo. Os olhos dele dispararam para cima, desafiadores. — Pode ser um lorde, mas é apenas um de nós agora. Está aqui em vez de dançando a noite toda com a realeza. Eles expulsaram você, ex-rei?

Mather desviou o olhar de Kiefer. Nenhum desafio ali.

— Mas talvez seja por isso que não o deixam fazer mais do que treinar o exército agora. — Feige procurou algo no bolso, um objeto de madeira que ela fechou na palma da mão. — Porque ele não é o rei, mas os mais velhos sabem que ele é capaz de admitir o que aconteceu.

Mather queria concordar com Kiefer. Ele queria dizer que não estava liderando o reino, não mais. Mas aquela noite deveria ter sido uma chance de esquecer, então Mather permaneceu em silêncio, com os dedos apertando ainda mais a taça.

Depois de uma longa pausa, o interesse de Feige sumiu. Ela atirou ao ar o objeto que segurava, um pedaço de madeira que bateu no tampo da mesa com um barulho surdo.

— Acho que você sabe que não somos invernianos de verdade. Somos diferentes deles, não podemos esquecer nossos passados porque é tudo o que conhecemos. E acho que os mais velhos percebem que você sabe disso, e é esse o motivo pelo qual não o querem por perto. Porque as pessoas que governam este reino não suportam ter por perto alguém que possa lembrá-las do grande fracasso.

Todo o sangue no corpo de Mather se esvaiu, deixando-o zonzo e boquiaberto por causa daquela garota. Era por isso que Phil a chamara de fantasma; era difícil demais acreditar que fosse real, aquela criança atirando insultos e verdades com mais precisão do que qualquer adulto.

Todos à mesa permaneceram em silêncio, imóveis. Mather virou a taça, a cerveja desceu pela garganta em uma onda amarga quando Feige voltou para o canto dela, enroscada no banquinho como se nada tivesse acontecido.

— Não há cerveja que baste no mundo — murmurou Phil. — Sua irmã será nossa ruína, Hollis.

Mather estendeu a mão para o entalhe no meio da mesa e o fechou na palma da mão.

— Não.

— Meu lorde? — Hollis ergueu o olhar.

Phil revirou os olhos.

— Sóis, Hollis. Ele é um de nós agora.

O álcool atingiu o estômago vazio de Mather e o aqueceu um pouco, o deixou mais leve, como se o corpo pudesse flutuar pelos buracos no teto. Phil começou a beber de novo, incitando todos a começarem antes que Mather pudesse elaborar a discordância. De volta à noite deles, como se o interlúdio de Feige jamais tivesse acontecido. Eram tão bons quanto os invernianos mais velhos em fingir que não estavam feridos.

Mather se juntou ao grupo. Ele queria aquilo, ou achava que queria, e se obrigou a rir da imitação de Phil de um soldado cordelliano. Queria se concentrar em piadas e estar perto de garotos da idade dele; a única pessoa da própria idade com quem tinha interagido era... Meira.

Ela precisava saber que havia outros que se sentiam como ela, além de Mather. Que as coisas estavam erradas, que não se encaixavam ali tão perfeitamente quanto deveriam. Mather deveria disparar de volta para o salão de baile e pegar Meira nos braços e deixar que tudo desabasse.

Mather esvaziou outra taça.

Feige se dissipou em nada além de uma sombra no canto, entalhando e se balançando. Mather guardou o entalhe no colo, e embora flertasse com a ideia de fingir, se certificou de que ainda teria aquele pequeno lembrete de que aquilo não era felicidade verdadeira.

Trace recontou a tentativa fracassada de Phil de lutar com a espada mais cedo naquele dia. Mather gargalhou e forneceu detalhes, mas manteve a mão no entalhe. Não era maior do que a palma da mão dele, metade flor selvagem, metade floco de neve, com três palavras gravadas no verso.

Filho do Degelo.

Mather não tinha certeza de por que se importava tanto. Mas quanto mais bebia, mais podia fingir que as palavras de Feige não tinham atingido um espaço oco dentro dele. Mais podia fingir que não via como os garotos olhavam para o ar quando achavam que ninguém estava olhando, os olhos distantes, como se vissem o horror do passado avançando na direção deles.

Mais e mais ele podia fingir que não eram todos Filhos do Degelo.

Meira

Tento sair aos tropeços da comemoração, mas Nessa suplica a Sir que me deixe descansar, e nem consigo expressar o quanto sou grata pela insistência dela. Nessa corre para acender velas em meu quarto, e Sir se fixa ao portal, entre Conall e Garrigan, que retomam os postos como se nada tivesse mudado. Como se eu não tivesse tido outro ataque de pânico e basicamente nos condenado a uma invasão cordelliana.

Sir cruza os braços.

— Vou com você.

Desabo na cama, com um braço sobre os olhos enquanto ouço o sussurrar constante de velas se acendendo.

— Não. Precisa ficar aqui, caso Cordell... — Paro.

Noam vai ficar para se plantar mais firmemente em Inverno durante minha ausência.

Fui uma tola.

— Minha rainha, imploro a você que...

— Você *implora*? — Eu me sento. — Mas acho que é apropriado, um general implorando à rainha dele. Estou cansada demais para discutir isso, Sir, então considere sua súplica ouvida. Mas vai ficar aqui mesmo assim.

Quando comecei a falar, o comportamento de Sir estava severo, defensivo, mas agora ele se recosta junto ao portal, os olhos brilham com uma emoção que jamais vi nele: orgulho.

Sir tem orgulho de mim.

A garotinha em meu interior, aquela sempre tão ansiosa pela aprovação de Sir, se desfaz. Mas será que ele ainda teria orgulho se soubesse o quanto estou lutando para permanecer calma assim? Se soubesse da batalha tempestuosa em minha mente, da luta entre Meira, a órfã soldada, e a rainha Meira?

Sir tem orgulho de alguém que não existe.

— Tudo bem — diz ele. — Mas Henn irá com você. E Conall e Garrigan, obviamente.

— E eu — acrescenta Nessa, segurando uma vela acesa. — E Dendera vai querer ir com Henn.

Assinto.

— Tudo bem, mas chega, quero que as pessoas fiquem em Inverno caso Noam tente alguma coisa. Planejo encontrar aliados para nós, independentemente do fato de ele saber disso, mas precisamos de uma presença firme aqui enquanto eu estiver fora.

— Não deixaremos que meu pai saia impune disso.

A voz invade o quarto, junto com um súbito "Alto!" de Conall.

Fico de pé subitamente quando Theron entra às pressas, os cabelos se soltando do coque. Sir estica o corpo, tão pronto quanto Conall e Garrigan para tirar Theron do quarto.

Mas ergo as mãos.

— Não, tudo bem. — Olho para todos os demais. — Podem nos dar licença?

Sir estaca, o olhar dele dispara de Theron para mim. Eu me preparo para discutir com Sir, declarar meus motivos, quando ele assente.

— Conall e Garrigan estarão do lado de fora — diz ele, mais para Theron do que para mim. — Eu preciso voltar para a comemoração.

Meus ombros se curvam para a frente. Ainda parece errado quando ele não discute comigo.

Mas Sir vai embora, Nessa o segue, e Conall fecha a porta com um último e breve franzir de testa para Theron. Quando a porta se fecha, Theron relaxa, a tensão nos ombros dele se dissipa.

— Eu sabia que você estava planejando algo — começa Theron. — Mas jamais achei que seria *aquilo*.

Toda a mágoa que tenho contido faz força para inundar o ar entre nós, mas mantenho a expressão estoica.

— Como sabia?

— Porque quando entrou no salão de baile — Theron sorri —, estava com o mesmo olhar que tinha logo antes de se trancar no escritório de meu pai em Bithai.

Não consigo sorrir de volta para ele, embora sinta o quanto Theron quer desesperadamente que eu o faça.

— Estava errada — digo. — Não deveria ter escondido o que é devido a seu reino. Nós *pagaremos* a dívida com Cordell. — *Em algum momento.*

Theron dá um passo adiante, perto o bastante para que eu consiga sentir o calor emanar do corpo dele.

— Não precisa falar comigo assim. Estou do seu lado.

— Não está, não — disparo, com o maxilar tenso. — Você é Cordell, tanto quanto eu sou Inverno. Sempre precisará escolher seu reino a mim.

— Não chegará a esse ponto. — A força das palavras de Theron me cala. — Sei que está com raiva de mim por ter contado a meu pai sobre o abismo de magia, mas defendo o que fiz. Sabe por que ele me deixou ficar tanto tempo aqui? Porque espera que eu relate seu *progresso* sempre que retorna, como se você fosse uma propriedade dele que eu devo supervisionar. Não continuarei vivendo dessa forma quando uma solução está tão próxima. Precisamos dessa magia, Meira, e precisamos do apoio de Cordell para procurar pelo mundo. Depois que tivermos as chaves, *nós* conseguiremos controlar a abertura daquele abismo. Não meu pai. Poderemos dar magia a todos.

Ele está muito determinado, a confiança irredutível e cega. Seguro um suspiro na garganta, mordo a língua enquanto luto contra contar a verdade a Theron. Mas se esse é o objetivo dele... Precisa saber o que poderia acontecer.

— Se todos no mundo tiverem magia, ela será usada para coisas negativas também — começo. — *Isso* deu força a Angra, uma Ruína que foi criada pelo uso negativo de magia. Ela retornará e deixará o mundo sombrio. Não posso permitir que aconteça.

— O quê? — Theron hesita. — Como sabe disso?

Como, de fato? *Minha mãe morta me contou por meio de nossa conexão com magia de condutor porque, aliás, Theron, eu sou o condutor de Inverno. Inteiramente.*

— Enquanto eu estava em Abril, eu... Ele me contou. Tentou me destruir. Funcionou.

Mentiras, mentiras, mentiras.

Theron semicerra os olhos. A princípio, parece incrédulo, mas quanto mais o silêncio se prolonga, mais percebo que está me avaliando.

— Por que não acha que somos fortes o bastante? — pergunta Theron. — Angra pode ter sido alimentado por esse uso negativo de magia, mas e quanto à bondade em Primoria? As pessoas boas não merecem ser poderosas?

— A questão não é quem merece o quê... Alguém *vai* usar a magia negativamente. Você não acredita de verdade que todos no mundo são confiáveis?

— Não, mas preciso acreditar que somos fortes o bastante como um todo para enfrentar qualquer mal que surja. E se estivermos cientes do que vai acontecer, e todos tivermos magia para combater esse mal, podemos superar qualquer coisa.

A ferocidade da fé de Theron na bondade do mundo parte meu coração. Nessa tem a mesma inocência, vê apenas o bem, ignora o mal.

Reconhecer isso em Theron extingue minha certeza. Quero que ele acredite na bondade do mundo. *Preciso* que acredite nisso, pelo garoto apavorado que se encolheu na cela de Angra e reprime tais lembranças. Como a felicidade de meu povo, a de Theron parece um punhado de neve aninhado na jaula que são minhas mãos. Mas em vez de estar em um lugar frio e maravilhoso onde isso pode prosperar, estou em algum lugar quente e sufocante, o calor lambe meus dedos e tenta, com toda força, derreter a neve ali dentro.

Encontrarei uma forma de manter o mundo a salvo do mal uso da magia. Não preciso da ajuda de Theron para fazer isso — preciso que ele permaneça como é.

— A bondade precisa ser preservada — digo, em concordância que não é exatamente concordância. — Mas vou encontrar aliados que fiquem ao meu lado contra seu pai, se chegarmos a esse ponto. Isso pode levar à guerra com Cordell, e não vou pedir que você...

Uma das mãos de Theron segura minha bochecha, a outra se apoia em meu ombro, fazendo uma carícia suave. Mas a distância criada quando Theron contou ao pai sobre o abismo aumenta entre nós, e não inclino o corpo junto ao dele como costumava fazer.

— Não precisa me pedir que apoie você — diz Theron. — Conheço os riscos e eles superam, sempre superarão, as consequências. Vamos partir para encontrar as chaves. Buscaremos nos monumentos e nos arquivos de cada reino e, pelas folhas douradas, até nos cofres se precisarmos, mas a magia não cura tudo. Este mundo está dividido há muito tempo.

Franzo a testa.

— O que está dizendo?

Theron desliza a mão para trás de minha cabeça, me segurando.

— E se essa viagem não fosse apenas um disfarce para apresentar Inverno ao mundo? E se realmente fosse o que você planeja para ela, uma forma de encontrar aliados, porém *mais*? Podemos partir com outra intenção além de encontrar as chaves: unir os reinos de Primoria em paz perpétua e duradoura. Se eu fizer um tratado, podemos apresentar aos reinos do mundo. Pela primeira vez em séculos, não há guerra entre qualquer um dos reinos de Primoria. Podemos aproveitar essa oportunidade, e quando o abismo se abrir, traremos magia para um mundo já a caminho de se curar.

Ouvi um discurso como esse antes, mas proferido de lábios bem diferentes.

Mather sonhava com tais coisas, quando era rei e eu, apenas uma soldada. Só que seu desejo era que as pessoas fossem julgadas pelo seu caráter, não por gênero e linhagem, e daí viria a paz e a igualdade. Naquela época, eu era inexperiente o bastante para acreditar que poderíamos alcançar tal equilíbrio, mas já vi muito agora. Paz permanente e equilíbrio são metas impossíveis. Muito melhor seria almejar um estado geral de igualdade, para que, não importa o mal que um reino conjure, jamais fosse imbatível.

E se a magia se espalhar entre todos, males como esse preencherão o mundo.

Meu corpo fica tenso sob as mãos de Theron.

— Estamos sem guerra há apenas *três meses*, e Inverno já está à beira do conflito com Cordell. Paz é... impraticável.

Theron faz que não com a cabeça.

— Não se o mundo assinar um tratado que una uns aos outros. Quando problemas surgirem, intercederemos; quando males surgirem, nos uniremos. E quando levarmos isso a eles, Ritmo e Estação juntos, mostraremos como esse futuro pode ser.

Ele curva o pescoço para baixo e toca os lábios nos meus em um beijo faminto, poderoso, como se tentasse me transmitir a certeza que sente. Não consigo processar o que acontece rápido o suficiente para decidir se deveria ou não me afastar.

Theron quer usar a viagem para procurar uma forma de abrir o abismo de magia sob o pretexto, que não é um pretexto, de unir o mundo. O que parece uma meta linda e admirável, não fosse pela mera impossibilidade dela. Mal tenho certeza se encontrarei aliados subornando-os, quem dirá fazer com que reinos Ritmo concordem com um estado de paz e unificação com *todos* os reinos Estação.

A compreensão me atinge como um soco.

Theron encontrou um motivo legítimo para ir até Verão, Yakim e Ventralli. Um que não envolve Inverno — ou, pelo menos, Noam seria capaz de argumentar que não envolve.

Cordell não precisa de mim nessa viagem. E encontramos o abismo de magia — Cordell também não precisa mais de Inverno.

Eu me afasto, tocando a testa de Theron com a minha.

— Já contou a seu pai sobre isso?

Theron fecha os olhos, os braços dele se abaixam e envolvem minha cintura.

— Não. Pode ser melhor esperar até depois que Yakim e Ventralli assinem. Posso assinar por Cordell no lugar dele.

Expiro. Noam não sabe.

Theron se move para me beijar de novo, e me vejo à beira de um precipício que jamais imaginei: se discordar do plano de Theron para a paz, será que ele vai correr para o pai em busca de apoio como fez com o abismo de magia, independentemente dos próprios motivos?

Os lábios de Theron se movem até meu maxilar, descem devagar por meu pescoço com toques suaves. Ele geme, um som baixo que dias antes teria derretido cada nervo em meu corpo. Mas agora não consigo sentir nada além dos pensamentos que obstruem minha mente.

Isso é política. Essa é a vida de uma rainha — esconder coisas, fazer sacrifícios, guardar segredos, tudo pelo bem de meu reino. É para isso que Dendera e Sir e todo mundo parecem me empurrar, pelo menos — uma vida de fingimento e de ocultar a verdade.

Theron desliza a mão por minha coluna, os lábios dele pairam sobre minha orelha em uma pausa que me deixa consciente.

Afasto o corpo dele.

— Deveríamos... Deveríamos dormir um pouco. Foi um longo dia.

Ele para. A percepção se estampa em seu rosto e Theron faz que não com a cabeça, o tom de pele se intensifica com um rubor escarlate.

— Sim. Não deveríamos... — Ele se recompõe um pouco e coloca o espaço de um braço entre nós. — Não vou forçá-la a fazer nada que não esteja pronta para fazer.

Meu próprio rubor aquece cada superfície da pele. Não tinha sequer pensado *naquilo*. Mas quando olho para Theron agora, percebo que provavelmente deveria, ao menos para decidir o que espero de nosso relacionamento.

— Eu sei — digo. — Só... Não quero que fiquemos juntos porque queremos que o conforto afaste nossos pesadelos ou porque sinto...

Que tenho uma dívida com você.

Theron me salva de precisar explicar ao tomar minha mão. Ele está tremendo, um tremor que passa para meus músculos e ricocheteia por meu corpo.

— Não precisa explicar — sussurra ele, com a voz grave e inebriante. — Sei que as coisas andam caóticas, mas realmente acredito que essa viagem será o início de um fim para esse caos. Em breve, só teremos que pensar em nós.

Parte de mim quer rir disso, da ideia de ser tão despreocupada que meu único pensamento é em um garoto. Não consigo prever que isso algum dia aconteça.

Theron aperta minha mão e recua, o momento passa.

— Partiremos em alguns dias — diz ele para mim. Theron faz uma reverência na altura da cintura, sem tirar os olhos de mim. — Lady Meira.

Forço um sorriso fraco.

— Príncipe Theron.

Ele oferece um último sorriso e sai.

Esse dia se esforçou para me destruir, uma avalanche de emoções após a outra. E quando Theron fecha a porta do quarto atrás de si, a porta que dá para minha varanda range e sou atingida pelo pensamento entorpecedor de que ainda não acabou.

Uma figura cambaleia para dentro do quarto, oscilante como se movida pelo vento.

Não, não, *não*.

Apenas um olhar para Mather basta para arruinar o controle que ergui essa noite. Tudo o que sou agora é a verdade por baixo: trêmula e sofrendo e desesperadamente apavorada. Foi há apenas algumas horas que fiquei feliz pela forma como a presença dele me desmanchava?

— O que está fazendo aqui? — resmungo, mas franzo a testa quando os olhos vermelhos de Mather têm dificuldade em se fixar na minha direção. — Está *bêbado*?

Mather belisca a pele acima do nariz e gargalha, como se estivesse chocado por ter conseguido.

— Espere, espere... — Mather ergue dois dedos para mim. Levo um momento para perceber que está imitando o que costumava fazer na época que me surpreendia quando criança, dois dedos no meu pescoço no lugar de uma arma. — Está morta — declara Mather. — E eu posso beber.

Afasto a nostalgia.

— Escalou bêbado até minha varanda?

— Eu estava perfeitamente equilibrado — diz Mather, arrastado, e cambaleia um passo para a frente, dando uma trombada no pé da minha cama. A gargalhada na expressão de Mather se dissipa quando ele se lembra de algo sério, sombrio. — Mas por que você deveria se importar? Sou apenas um de seus suplicantes, deleitando-me com sua presença.

— Mather... pare! Por que está aqui?

Há quanto tempo está aqui? O que viu?

Um calafrio percorre meu corpo, e ele parece leve e pesado, preso e flutuante.

Mather gesticula com o braço em uma reverência.

— Desculpe, minha rainha. Minha bela senhora. Minha serena governante. Desculpe se lhe causei dor. Não é nada que não tenha feito comigo, se serve de consolo.

— Do que está falando? Eu não...

— Ah, você *não*? — Mather caminha até mim, um ódio poderoso dançando com a bebedeira para criar aquele animal ferido e cruel dian-

te de mim. — Philip... Phil... E aqueles garotos do campo de Bikendi, estão todos ignorando o passado, e não quero mais fazer isso. Achei que queria apenas entorpecer tudo, mas não quero isso, Meira, quero *você*. E achei que você também queria... Maldição, hoje achei que nós...
— Mather para, dá uma gargalhada interrompida. — Pelo gelo, sou um idiota, porque venho até aqui e mesmo depois do que Theron fez, você ainda quer a *ele*.

Contenho o gemido que devora minha garganta, mal consigo me conter conforme fragmentos dolorosos se enterram fundo.

— Não sei o que viu com Theron, mas não foi...
— Eu estraguei tudo — interrompe Mather, com o rosto sério. — Sei que estraguei tudo. Perdi minha chance e, droga, Meira, não tinha problema com engolir isso, e lamber minhas feridas, e *esquecer* você. Mas Noam, o abismo da magia, todas essas ameaças, deveriam ser problemas meus. Odeio que agora sejam os seus, mas não posso tomar tudo de volta para que você fique segura. *Não posso fazer nada*, Meira. Há um motivo pelo qual ficamos três meses sem conversar, e preciso me obrigar a ver esse motivo. Ainda faço o que posso por Inverno, mas não posso viver assim. Preciso que saiba que para mim, chega. Não vou esperar que você volte para minha vida.

Toda a dor e a surpresa de Mather estar ali explode dentro de mim, lançando estilhaços para braços e pernas. Mas não estilhaços de dor ou pesar — estilhaços de ódio.

Ele *não faz ideia* do que está acontecendo. E a pior parte é que... eu poderia ter contado, se Mather não entrasse gritando comigo, bêbado, abrindo buracos no meu semblante já frágil de compostura.

— Sinto muito por você estar tão triste — disparo. — Sinto muito porque o magoei. Achei que poderia falar com você porque eu *precisava* falar com você, e não pensei duas vezes nisso. Mas foi o que nos meteu nessa confusão, eu não pensar nas coisas direito, e eu deveria ter sido mais esperta. Então, não...

A testa de Mather se enruga.

— Como assim *você* nos meteu nessa confusão?

Minha cabeça está zunindo, o corpo estremece em ondas incontroláveis.

— Não, você não tem o direito de entrar de fininho em *meu quarto*, gritar comigo e merecer qualquer explicação.

Eu me viro para a porta, prestes a gritar Garrigan e Conall para que arranquem Mather para fora de minha vida. Não deveria ter conversado com ele mais cedo. Apesar de tudo pelo que passou, todas as coisas que sofreu, é a única pessoa que sei que ainda é *ele mesmo*, que não deixou que o passado o modificasse. É o Mather com quem cresci, o Mather por quem me apaixonei, e isso me faz esquecer minhas próprias máscaras e querer parar de tentar me conter tanto.

O mundo embaça, se dobra, e caio para a frente, apoiando-me na porta.

Não posso ficar perto de Mather. Não tenho condições de ficar perto de ninguém que me faça sentir como Meira, a garota-soldada órfã — por isso é muito melhor para mim estar perto de pessoas como Theron e Sir. Quem eles são torna mais fácil para mim ser rainha.

Tudo a que tenho me agarrado com tanta força se liberta em disparada e me volto para Mather, procurando os olhos dele em meio à névoa de minhas lágrimas. Ele se curva para a frente como se esperasse uma discussão. Por que não esperaria? Sempre estamos errados; ele em um lugar e eu em outro, e nós dois gritando porque só daríamos certo de voltássemos para o modo como as coisas eram antes.

Mas as coisas não dariam certo de qualquer forma, não é? Mather era o rei e eu era uma camponesa. Agora, sou a rainha e ele é um lorde, mas ainda é...

Completamente, irritantemente, magnificamente descomplicado.

Contenho um arquejo.

— Eu escolheria você se isso não desfizesse quem eu preciso ser.

O corpo de Mather relaxa. Todo o impulso de brigar se esvai e ele me olha boquiaberto, encarando-me por alguns segundos de total quietude antes de inclinar a cabeça para o lado, os músculos do rosto se contraem. O vazio que Mather deixa em mim aumenta quando percebo que ele segura as lágrimas, que talvez uma parte ínfima de Mather quisesse que eu lutasse por ele e por como deveria ter sido. Meira e Mather, sem títulos ou responsabilidades.

O peito de Mather se esvazia.

— Acho que se quiséssemos... Acho que poderíamos ter sobrevivido a sermos desfeitos.

Arquejo, minhas lágrimas queimam as bochechas.

Os olhos de Mather, vermelhos por causa do álcool, encontram os meus por tempo o bastante para que eu veja a tristeza ali, a realidade recaindo sobre ele.

— Minha rainha — diz Mather.

Busco, às costas, a maçaneta e abro a porta, revelando os rostos confusos de Conall e Garrigan, que apenas ficam mais confusos quando Mather passa por mim e sai para o corredor.

Ele se vai. Simples assim. Sem último adeus ou um olhar final.

Como se jamais tivéssemos nos amado.

Meira

Gritos abafados me tiram do sono. Antes que eu consiga fazer qualquer coisa para ajudar, a porta principal de meu quarto se abre, e, em meio ao cinza enevoado da noite, vejo Garrigan entrar. Ele me olha, mas gesticulo para que saia.

— Nessa precisa mais de você — digo, e Garrigan vai devagar até a porta que conecta o meu quarto àquele que Nessa reivindicou como os "aposentos apropriados a uma dama de companhia". Quando Garrigan abre apenas o bastante para entrar, os gritos desesperados da irmã dele disparam ao meu encontro.

— Shhh, Nessa, shh. — A voz apaziguadora de Garrigan tenta.

Rolo para o lado, fecho os olhos, envolvo a cabeça com as mãos. Por cima do choro intermitente de Nessa, Garrigan fala. Mas não são mais palavras de conforto, é uma música que me prende ao colchão.

— *Deite a cabeça na neve* — canta Garrigan, hesitante a princípio, mas com mais confiança conforme se deixa levar pela letra. — *Deixe a tristeza no gelo. Pois tudo que um dia foi calmo, doce criança, será seu esta noite. Deite o coração na neve. Deixe as lágrimas no gelo. Pois tudo que um dia foi quieto, doce criança, será seu esta noite.*

Arquejo quando o silêncio se instaura. Silêncio puro — nem mesmo um soluço de Nessa. Depois de alguns longos momentos dessa paz delicada, a porta se abre de novo e me sento para encarar Garrigan.

Ele para ao me ver, o corpo enrijece.

— Minha rainha?

A preocupação de Garrigan me deixa desconfortável, antes que eu sinta o calor descendo por minhas bochechas. Estou chorando.

— Onde aprendeu isso?

Garrigan se aproxima, os ombros relaxam um pouco.

— Deborah encontrou a partitura nos escombros do palácio e tocou um dia e... — Garrigan ri, um som baixo e sussurrado, para não acordar Nessa de novo. — Eu me lembrei dela. Acho que nossa mãe costumava cantar.

Uma imagem me atinge. Algo invocado pelos resquícios da música de Garrigan no ar; algo que vejo sempre que olho para ele ou Conall ou Nessa, mas jamais posso admitir.

A vida de Garrigan, como deveria ter sido. Ele cantando essa música para o próprio filho, criando uma família junto com a de Conall e de Nessa. E os pais deles vivos e felizes.

— Você... — Minha pergunta hesita. — Você se arrepende da pessoa em quem guerra o transformou?

O rosto de Garrigan revela primeiro espanto, depois mágoa.

— Não, minha rainha. E você?

— Eu... Deixa pra lá. — Sacudo a cabeça. — Boa noite.

Garrigan hesita, mas não insiste.

— Boa noite, minha rainha. Se... Nessa tiver mais pesadelos, estarei do lado de fora.

Ouço as palavras que ele não diz:

Se você tiver pesadelos, vou protegê-la do mesmo jeito.

Sorrio, algo sincero e simples, e Garrigan sai fazendo uma reverência. Fico sozinha em um silêncio completo, imperturbado, mesmo a magia em meu peito está maravilhosamente calma.

Garrigan não se arrepende de quem é agora. Sir não se arrepende. Dendera não se arrepende. Nessa, Conall, Alysson, Theron — todos estão feridos pelo que aconteceu conosco, mas nenhum deles parece ansioso para fazer algo que não seja seguir em frente. Encontrar as chaves, abrir o abismo, criar um novo mundo.

Dou um cutucão na magia. Ela não se acende diante de minha curiosidade suave, talvez porque eu esteja tão exausta.

Certa vez, isso teria sido algo sobre o qual eu falaria com Hannah. Ela teria me ajudado — ou me dado conselhos enigmáticos e irritantes que eu só desvendaria à beira de nossa destruição. Mas ela ainda era alguém com quem eu podia contar, alguém resiliente e forte.

Como Mather.

Deito de volta devagar, me aninhando confortavelmente.

Não. Sou forte sozinha, digo a mim mesma. Encontrarei a Ordem e conquistarei aliados para Inverno — tudo isso como rainha Meira. Esta sou eu agora. E se continuar tentando, algum dia não precisarei lutar tanto para ser rainha. Simplesmente será parte de mim. Não vai me ferir.

Algum dia.

Quatro dias depois, o palácio está em polvorosa com as partidas.

Os outonianos se organizam para voltar ao reino deles enquanto Noam supervisiona os preparativos de uma caravana para levar o filho, eu e uma combinação de acompanhantes cordellianos e invernianos pelo mundo. Noam já mandou notícias para Verão, Yakim e Ventralli para que nos esperem, ainda sustentando nosso pretexto de conhecer o mundo para benefício de Inverno. Noam não mencionou o novo plano de Theron, o que apazigua apenas uma pequena parte de minha ansiedade conforme desço as escadas nesta manhã clara, usando um vestido de viagem branco de lã com saia em camadas. Ideia de Dendera.

Pessoas lotam a área diante do palácio, uma mistura de trabalhadores o reconstruindo e os grupos que vão embora no fundo do pátio. Invernianos também se reúnem, aqueles que ficarão durante minha ausência: Sir, Alysson, Deborah, Finn e Greer. Cavalos e carruagens estão diante deles na estrada de terra, a neve foi afastada em pilhas enquanto mais flocos caem das nuvens. Apresso os passos até a trilha estreita.

Theron desce do cavalo quando me aproximo.

— Tenho...

Um grito de satisfação dispara pelo ar. Olho por cima do ombro a tempo de ver alguns trabalhadores invernianos grunhirem, chocados, conforme saem da frente de uma força invisível que abre caminho desde os fundos do pátio até nós.

A fonte do grito passa por debaixo das pernas de um trabalhador sem sorte, momentos antes de chegar a uma jovem muito agitada. O redemoinho não para e nem vê contra quem se chocará a seguir. Ela salta pela neve e se atira na minha direção, e depois que os bracinhos curtos se fecham em torno de minhas pernas, ergue o rosto, boquiaberta, com grandes olhos castanhos e roupa verde volumosa e um sorriso grande, só gengivas.

— ME-ILA! — grita ela, e me abraça tão entusiasmada que é espantoso meu vestido não ter rasgado.

Abro os braços, incapaz de segurar o sorriso que se abre em meu rosto.

— Oi, Shazi.

Theron também ri.

— Acho que fez uma amiga.

— Não tenho certeza se deixei uma boa impressão quando arrastei ela e os pais em passeios bem longos por Jannuari, mas Shazi não parece me odiar muito — digo, e Shazi dá um gritinho do fundo da garganta.

A agitação dela chama a atenção dos membros da corte outoniana, e uma delas se afasta da multidão. Nikoletta se agacha e abre os braços, o que faz Shazi me soltar e saltar até ela, o que faz com que as duas caiam na neve. Mas Nikoletta ri tanto quanto ou talvez mais do que a filha.

Nikoletta se compõe levemente e fica de pé enquanto Shazi pisa na neve, rindo das próprias pegadas. Theron sorri para a prima, uma adoração que reflete aquela dos membros da corte outoniana, ainda preparando os cavalos deles. As esperanças de toda essa gente se apoia naquela minúscula cabecinha, com o sorriso contagiante e a pequena mancha de molho no vestido. Outono não tem uma herdeira do sexo feminino há duas gerações, e sem um condutor de sangue feminino, estavam quase tão mal quanto Inverno. Shazi não poderá usar o condutor por pelo menos mais dez anos, no entanto — não até ser capaz de entendê-lo e conscientemente impulsionar o poder do objeto para o reino.

Shazi sente que estou encarando e segura algo no pescoço.

— Meila — declara a menina, e caminha de volta até mim, tentando me entregar o que quer que esteja no pulso dela, mas a corrente que o prende ao pescoço de Shazi não permite que vá muito longe.

Eu me ajoelho e Shazi coloca um anel na palma de minha mão, um círculo dourado sustentando uma pirâmide de joias em gota e um pequeno diamante. O conjunto de joias emite um brilho avermelhado — o condutor de Outono.

Um arquejo se segura em minha garganta assim que o objeto toca minha pele. Imagens preenchem minha mente, fragmentos de coisas que saem da memória de Shazi para a minha, exatamente como o que acontece quando Noam me toca.

Caspar perseguindo uma Shazi risonha em volta de uma tenda amarelo-pálido. Acordando para ver o rosto coberto de lágrimas de Nikoletta enquanto explosões de canhão ecoam ao fundo, e pessoas gritando, suplicando para que se apressem. Caspar beijando a cabeça de Shazi e se afastando com os olhos cheios de lágrimas, e algum leve rompante de terror percorrendo o corpo dela, sabendo que se ele partir, pode jamais retornar.

Fico de pé, o condutor cai da palma de minha mão e recai sobre Shazi. Mas ela sorri e fecha o punho sobre o anel.

— Folti, Meila!

Meus olhos percorrem o rosto de Shazi. *Forte*. Ela quer que o condutor dela me torne forte — provavelmente ouviu desde que nasceu que aquilo a fará forte um dia.

Sorrio para Shazi.

— Obrigada, princesa Shazi.

Ela sorri de novo, satisfeita com minha resposta, apesar da falta de emoção que torna minhas palavras ásperas. Parte de mim tem vontade de rir — uma criança está tentando me reconfortar. Meu pânico é tão óbvio assim, ou Shazi já é tão observadora?

— Obrigada por virem — digo a Nikoletta, porque preciso falar para desatar o nó na garganta. — Sinto muito pela visita não poder ter sido mais longa.

O sorriso dela é cansado, como se entendesse. E como cresceu com Noam como irmão mais velho, talvez entenda.

— Soubemos que vai para Verão. — Nikoletta olha para a multidão antes de se aproximar de mim. — Meu sobrinho me mostrou um tratado muito intrigante. É uma meta ambiciosa, mas saiba que Outono ajudará como puder.

Meus olhos se arregalam e viro para Theron quando a mão dele desce até minha lombar.

— Outono assinou — explica Theron. — Logo depois de mim. Estão cientes da natureza delicada do tratado.

Reviro os olhos. Odeio precisar traduzir conversa política.

Caspar assinou o tratado depois de Theron — secretamente, ainda por cima. Theron tentou mostrar para mim no dia anterior, mas eu... Bem. Mentir para ele sobre o que penso de suas metas me magoa mais e mais, e não queria precisar fingir mais apoio a isso.

Mas é apenas o começo.

— Sim — consigo dizer, com a voz fraca. Viro para Nikoletta. — Eu... espero que dê frutos.

Nikoletta assente, refletindo, antes de suavizar a atitude dela.

— Sei como é difícil ser uma jovem governante. Fica mais fácil com o tempo, eu juro.

Meu peito se esfria um pouco. Queria poder contar a ela o quanto me sinto grata por Nikoletta não ser como o irmão.

— Obrigada — digo, de novo.

Eles partem logo depois, serpenteando para fora de Jannuari e de volta ao próprio reino, a primeira de muitas partidas do dia. A ausência da corte de Outono me coloca em ação — quero sair antes de perder a coragem, e quando verifico os suprimentos no cavalo, uma tarefa que Dendera declara ser "inapropriada para uma rainha", dois trenós avançam.

Eu me viro e seguro um punhado da saia na mão quando vejo Noam analisando os trenós, uma careta deixa o rosto dele ríspido. Mas não discute sobre a presença deles; não exige que os espólios ali dentro sejam movidos para seu cofre.

— Não acredito que está aceitando isso agora — murmuro.

Theron verifica duas vezes as faixas da sela e me lança um olhar de empatia.

— Não está... Só está tirando vantagem da situação.

— Tão cordelliano.

Theron encolhe o corpo, mas não replica, e não peço desculpas.

Noam caminha até nós, como se ouvisse a deixa, com os braços às costas.

— Um de meus navios estará à espera no rio Feni.

— Que bondade sua — disparo, com os dentes trincados.

Noam inclina a cabeça.

— Não se esqueça do que discutimos, senhora rainha. As condições de seu retorno não são negociáveis.

Traga as chaves ou a farsa de que Cordell se importa com Inverno chega ao fim.

Ódio queima subindo do meu estômago até a garganta, mas não digo nada. Uma rainha não diria.

Noam se vira para ir embora, seguindo para a própria caravana, uma destinada a Gaos, para que possa inspecionar a entrada para o abismo de magia por conta própria. Espero que tente chegar até a porta. Pelo menos uma vez.

Subo no cavalo quando Sir se aproxima.

— Cuidaremos de tudo e você será informada de qualquer mudança — diz ele.

Pisco para Sir. Apenas ordens agora, ordens e dever e *orgulho*, é tudo que ele é.

O vento sopra na direção contrária, fazendo flocos de neve rodopiarem por meus cachos brancos soltos. Luto para manter o sorriso no rosto, mas quanto mais Sir fica de pé ali, disparando informações sobre minha ausência, menos consigo me ater à determinação. Um único momento de sinceridade e voltarei a ser uma rainhazinha obediente. Serei perfeita e calma e inexpressiva — alguém de quem Sir continuará a sentir orgulho.

— Entendo por que o fez — sussurro, interrompendo a explicação dele sobre quais novas minas serão abertas enquanto eu estiver fora. — Entendo por que escondeu tudo de mim e de Mather e por que está tudo invertido agora. Mas o que não entendo é por que odiava tanto quem eu era. Por que sabia o quanto eu precisava que você me amasse, mas se recusou a me dar isso. Me culpava por tudo? — Arquejo, o ar parece rarefeito. — Talvez fosse culpa minha. Causei muitos dos nossos problemas, eu sei que sim, mas juro... Serei uma rainha melhor.

A testa de Sir se desenruga, o rosto dele fica inexpressivo, uma estátua de pedra que tomou vida.

— Isso não é culpa sua.

Espero que ele diga mais. Que me diga que não me odeia, jamais odiou.

— Esperaremos seu retorno ansiosamente, minha rainha — diz Sir, com uma reverência.

Não me dou ao trabalho de ver quem mais deseja me dar adeus. Com um gesto das rédeas, o cavalo avança, ziguezagueando até a frente da caravana.

Conforme cavalgo, alguém leva o próprio cavalo até meu lado. Ele se inclina sobre o espaço entre nós e coloca a mão na minha, um pequeno gesto que me faz olhar para ele, para o sorriso suave e para a forma como os cabelos dourados oscilam ao ar nevado.

— Vai ficar tudo bem — promete Theron.

— Duvido.

Ele faz um gesto de ombros.

— Somos as pessoas mais capazes que conheço. Encontraremos as chaves, venceremos meu pai, e o mundo ficará em paz.

Lanço um olhar de exasperação para Theron.

— Seu otimismo é irritante.

— Isso não me impede de estar certo — diz ele, sorrindo.

Olho por cima do ombro, percorro a multidão com os olhos até ver os invernianos perto do palácio se dispersarem. Alysson segue para os chalés e Sir vai embora... e Mather.

Ele está com um grupo de rapazes, em parte ouvindo-os, em parte me observando.

Eu me viro, de olhos fechados, e deixo que a mão de Theron guie nossos cavalos pelas ruas.

Mather

O ESCRITÓRIO DE William era, de longe, o cômodo mais sombrio do palácio, com acesso por uma passarela a céu aberto. Qualquer um que passasse por ela veria o que um dia fora um jardim nos fundos do palácio, com fontes de pedras cinza cobertas de gelo, plantas mortas congeladas sob camadas de flocos gélidos, e os prédios cobertos de neve da parte sul de Jannuari. Uma linda vista, completamente de acordo com uma sala escura e sem janelas, cercada por prateleiras de livros vazias e dois candelabros tristes sobre os quais se apoiavam cotocos irregulares de vela. Uma escrivaninha cercada por três cadeiras, toda superfície livre coberta por papéis e pergaminhos. Estava igualmente bagunçado sempre que Mather ia até lá.

As outras pessoas na sala — Brennan Crewe e uma idosa chamada Deborah, que era a mestra da cidade de Jannuari antes da invasão e que retomara o papel sem qualquer objeção de ninguém —, pareciam dispostas a ficar longe dele, algo pelo qual Mather não poderia se sentir mais grato. Phil tinha conseguido mais algumas caixas de cerveja com os cordellianos, permitindo que todos que tinham evitado a comemoração de algumas noites atrás a revivessem no chalé todas as noites desde então. O que era muito divertido durante a bebedeira, mas quando a manhã chegava...

Mather pressionava o punho sobre uma veia latejante que percorria o meio de sua testa. A cerveja o deixara se sentindo como se tivesse sido arrastado para uma batalha sem armadura, os olhos lancinando de dor, o corpo inerte devido à dor de cabeça devastadora. Mather se apoiou em uma das prateleiras e encolheu o corpo para manter no estômago o pão que engolira no café da manhã. Graças ao gelo no céu que a partida de Meira tinha atrasado o treinamento habitual do exército inverniano — Mather não tinha certeza se conseguiria esconder de William mais uma manhã de ressaca.

Alysson entrou na sala, as mãos pálidas em concha em volta de uma taça. Ela foi até Mather sem qualquer das amabilidades que ele esperava, e antes que ele conseguisse dissipar a confusão da ressaca, Alysson empurrou a taça para ele.

— Beba isso — ordenou ela.

Mather semicerrou os olhos para Alysson, então para a taça nas mãos.

— Eu... O quê?

Alysson colocou a palma da mão no rosto dele, a pele estava fria na bochecha suada de Mather.

— Beba isso — disse ela, de novo, dessa vez com o tom de voz paciente e cuidadoso com o qual Mather estava acostumado. A mulher que cuidou dos ferimentos deles e lhes devolveu a saúde e os enviou em missões com aquele mesmo tapinha carinhoso na bochecha.

Odiar William era fácil. Odiar Alysson exigia mais esforço de que Mather era capaz.

Mather ergueu a taça aos lábios e entornou um gole antes de o gosto horrível o atingir. Como ovos deixados por tempo demais ao sol, como carne rançosa. Ele arquejou e dobrou o corpo, prestes a colocar para fora tudo que tinha consumido na noite anterior.

Mather teve ânsia de vômito.

— O que é isso?

Alysson apertou o ombro de Mather.

— Um remédio para sua doença. Vai acabar com sua dor de cabeça e sua náusea, mas lembre-se desse sabor delicioso caso insista em beber tanto de novo. O que não será tão cedo, não é? — O tom de voz de Alysson estava ríspido de uma forma que deixava claro que ela não aceitaria qualquer coisa que não uma concordância. Alysson deu mais um tapinha na bochecha de Mather enquanto ele permanecia com o corpo curvado diante dela, braços envolvendo a barriga, o estômago revirado como um mar revolto. — Beba, querido. Cada gota.

Mather desabou no tapete franjado com uma explosão de poeira. Ele ergueu o olhar para Alysson com os olhos entreabertos enquanto ela tirava papéis de uma cadeira para se sentar ao lado de Deborah, que sacudiu a cabeça em reprovação. Brennan, por outro lado, se apoiou nas prateleiras e conteve um sorriso, sem dúvida deliciando-se com o tormento de Mather.

Quando encarou Alysson de novo, Mather soube que aquela bebida deveria ser mais uma punição do que uma cura. Sinceramente, Mather estava surpreso por ter saído impune de quatro noites daquele comportamento — embora tivesse esperado que o castigo viesse de William.

Por sorte, a porta do escritório se abriu de novo e William entrou. Toda a atenção se voltou para ele, todos se esticaram, mas Mather apenas curvou mais o corpo em direção ao chão e bebeu da mistura repulsiva na mão. Suas bochechas se inflaram com uma ânsia de vômito incontrolável. Aquilo era terrível mesmo em pequenas quantidades.

William foi para trás da escrivaninha, puxou a cadeira restante e parou, como se não conseguisse decidir se sentava ou corria de volta para fora. Sua testa enrugada e sua palidez pesarosa, tão parecido com o William que Mather costumava conhecer.

Mather apoiou a taça no chão e ficou de pé, dando um único passo adiante no silêncio. Antes que pudesse fazer qualquer pergunta, William se virou para o grupo.

— O capitão Crewe solicitou esta reunião — começou William. — Embora eu esteja surpreso por rei Noam não ter atrasado a viagem dele para se juntar a nós.

Brennan contraiu os ombros.

— Como pode esperar, meu rei está ansioso para fortificar a mina Tadil, e já está a caminho de Gaos. Ele me deixou com instruções explícitas a serem seguidas com relação ao futuro de Inverno diante dessa tão feliz mudança.

Mather resmungou. Uma coisa de que ele não sentia falta com relação a ser rei eram manobras políticas inúteis. Como todos naquela sala sabiam exatamente o que significava a descoberta do abismo de magia

— mais um nó para Inverno na arapuca de Cordell —, mas ninguém podia enfrentar Brennan sem desafiar Noam.

Brennan insistiu.

— Meu rei decidiu que não é do interesse de Inverno a esta altura da reconstrução do reino treinar um exército. Cordell continuará defendendo Inverno, e vocês concentrarão tudo em construção ou mineração, para beneficiar sua economia e estabilidade como um reino. Devem cessar os treinamentos imediatamente.

William enterrou os dedos no encosto da cadeira, o único sinal externo do ódio que sentia.

— Essa não é uma mudança com a qual podemos concordar sem aprovação de nossa rainha.

Mather quase gargalhou.

— Essa não é uma mudança com a qual podemos concordar e *ponto*!

Tanto Brennan quanto William olharam para ele: Brennan com divertimento e desdém; William com uma súplica nos olhos semicerrados para que Mather ficasse calado.

Mather franziu a testa. Certamente William o apoiaria naquilo. Certamente não deixaria que Noam os engessasse ainda mais.

Brennan limpou um grão de poeira invisível da manga.

— A aprovação de sua rainha não importa. Nessa questão meu rei é inflexível. — Brennan ergueu o olhar para William. — E depois do incidente da cerimônia, seria de fato do interesse de Inverno obedecer. Devo voltar para meus homens. — Brennan seguiu para a porta. — Obrigado por seu tempo.

Silêncio envolveu o ar depois que Brennan se foi. Mather hesitou na entrada da sala, com os olhos fixos em William, aguardando, esperançoso, *precisando* que ele disparasse atrás de Brennan e refutasse as ordens.

Mas William apenas afundou na cadeira, com o corpo rígido.

Mather não aguentou mais.

— Sabe que essa é a forma de Noam de nos manter fracos.

William saiu do estupor.

— É claro que sei — disparou ele. — Por que acha que esperou até que ele e a rainha tivessem partido para dar a ordem? Não queria enfrentar qualquer possibilidade de nosso condutor rejeitá-lo.

Mather recuou.

— Nosso condutor? Está falando de *Meira*?

William franziu a testa para Mather.

— É assim que devemos vê-la, como nossa conexão com o medalhão. É assim que os reinos do mundo operam; os monarcas são eles com a magia, enquanto um grupo seleto realmente governa. Somos um reino do mundo agora.

— Quando Meira descobrir a ordem de Noam, vai matá-lo — replicou Mather. — Nunca permitirá isso. Deveríamos continuar treinando. Maldito Noam.

William sacudiu a cabeça.

— Agir contra uma ordem explícita só vai nos ferir depois... — Ele parou, encolhendo o corpo ao se lembrar da cerimônia, quatro dias antes. Mather se odiara ainda mais por ter ido embora depois que soube como Noam reagira à mudança de pagamento de Meira, ele deveria ter ficado, deveria ter ido até ela, dado mais apoio.

Mas Mather queria aquilo. O que tinha dito a ela naquele quarto — que estava cheio de ser parte da vida dela.

— Obedeceremos esse pedido até podermos nos recompor de uma forma a não desafiar Cordell abertamente — continuou William. — Divida os recrutas para ajudar com a reconstrução ou a mineração, mas nenhum inverniano deve erguer uma lâmina até eu dar a ordem.

Mather grunhiu.

— Quer dizer até Noam dar a ordem?

Os nós dos dedos de William se contraíram no braço da cadeira.

— Você não vai falar comigo assim. Sou o governante deste reino na ausência de nossa rainha, e como tal, você me obedecerá.

Alysson e Deborah permaneceram em silêncio, e qualquer réplica de Mather foi sufocada sob os anos de obediência cega a William. Ele se perguntava agora se talvez não devesse ter obedecido àquele homem tão às cegas. Se deveria ter sido mais como Meira.

— Foi por isso que a deixou partir? — Mather sentiu a insubordinação como um soco na cabeça. Percebeu, no silêncio que pairou, o quanto *queria* que William o agredisse, que ficasse com raiva e colocasse Mather no lugar, para que fosse ele mesmo de novo.

Mas William não disse nada, e conforme os olhos de Mather percorreram a pele enrugada dele, Mather sentiu tudo que Feige tinha dito se encaixar na mente. Ela estava certa, aquela garota doente. Estava certa sobre William carregar uma culpa tão pesada que se recusava a ver qualquer coisa que o magoasse. Estava certa sobre todos em volta de Mather estarem presos em uma rede de remorso.

Essa rede faria com que todos fossem mortos.

— É claro que não — respondeu William, por fim. — Nossa rainha se foi porque é o que precisa fazer agora, forjar alianças. Você, de todas as pessoas, deveria entender melhor de política.

Mather fez uma careta. Sim, ele deveria. Mas só entendia a própria culpa no momento, os próprios fracassos, a própria dor, e o quanto queria se livrar de tudo aquilo.

Cada parte de Mather tremia.

— Você tem vergonha de ter fracassado com Inverno há 16 anos, mas deveria ter mais vergonha ainda de não ter coragem de encarar isso. Não vou ignorar. *Não* vou acabar como você.

Ele empurrou Deborah, que levou as mãos à boca, passou por Alysson, que observou Mather, sem nada dizer. Deixaram que ele fosse, todos eles. Exatamente como tinham deixado Meira partir, porque doía demais se concentrar nos próprios problemas.

Os ruídos da construção soavam do lado de fora, martelos e serras criando uma melodia constante. Mather correu na direção do celeiro de treinamento, disparou por homens carregando baldes de pregos, mulheres empurrando carrinhos de mão com madeira recolhida. Pois por mais que o ar estivesse tenso no escritório de William, estava leve demais na cidade. As pessoas conversavam, seguiam com o dia como se sempre tivessem sido normais daquele jeito. Quando Mather chegou à porta do celeiro, parou, com um pensamento triste na mente.

Será que a maioria dos invernianos era como William? Será que tudo que faziam apenas cobria cicatrizes?

Meira não deveria ter partido. Se Mather estivesse com a mente mais clara, não teria saído do quarto dela quatro noites antes. Não teria evitado Meira todos os dias desde então, arrastando-se de volta para Phil e os garotos toda noite. Teria procurado Meira, ficado com ela por quanto tempo fosse necessário, exigindo que permanecesse em Inverno — pelo reino deles. Não por ele.

A mente de Mather retornou para uma das últimas vezes em que Meira tinha partido. Ele observou com um terror entorpecente conforme o general de Angra erguia o corpo dela, olhando-a com desprezo, com uma expressão que dizia mais do que qualquer ameaça poderia dizer. E Mather não tinha feito nada além de gritar por Meira enquanto soldados cordellianos o arrastavam de volta a Bithai.

Ele não falharia com Meira de novo.

Mather interrompeu os pensamentos e murmurou. *Inverno*. Não falharia com *Inverno* de novo. Meira não era mais dele para que se preocupasse, além da posição dela como rainha.

Mather disparou para o celeiro. O treinamento deveria ter começado há uma hora; a maioria dos homens estava caminhando de um lado para outro, cansados de esperar tanto tempo. Exceto Phil, Hollis, Trace, Kiefer e Eli — eles pareciam perfeitamente felizes com os momentos a mais de descanso. Ódio tinha expulsado a ressaca de Mather — bem, isso, ou possivelmente a maldita bebida que Alysson dera a ele —, mas o grupo ainda parecia arrasado e exausto.

Mather enfiou as mãos nos bolsos.

— Cordell ordenou que o treinamento cesse imediatamente.

Um murmúrio percorreu o celeiro, alguns resmungos de insatisfação. Mather abriu a boca para dividir o grupo em mineradores e construtores, ou mesmo para explicar por que, para pensar em um motivo que fizesse sentido. Mas, ao encarar as rachaduras no piso de madeira desgastado, não conseguiu pensar em nada, e quanto mais ficava de pé, em silêncio, mais os recrutas se entreolhavam, até que alguns começaram a ir embora, deixando uma névoa de resmungos confusos.

— O que causou isso? — perguntou Phil, quando estavam sozinhos.

Mather desviou o olhar do chão.

— Negação.

— Estranho, não é? — exclamou Kiefer, com a atenção em um grupo de cordellianos que passou olhando para o celeiro e rindo porque sabiam o quanto Inverno era fraco. O quanto estava aos cacos.

Trace deitou o rosto nos joelhos onde estava sentado, em um barril.

— O que é estranho?

Kiefer fez um gesto de ombros, apoiado na parede do celeiro.

— Estamos em casa, mas não parece muito diferente de Bikendi. Sobrevivendo, governados por outro reino.

Phil encolheu o corpo, erguendo a cabeça de onde ela pendia, inerte, junto ao peito.

— Isso não é... — Ele engasgou, a boca se escancarando. — É melhor aqui. Estamos livres.

— Não deveríamos ter esperado que a rainha fosse melhor do que Angra. Exatamente como a realeza, acho — continuou Kiefer. — Se importam mais com suas vidas confortáveis do que com os súditos inferiores.

— Ela não é assim. — Mather se arrependeu de falar logo que as palavras lhe deixaram os lábios, mas Kiefer se empertigou, obviamente esperando que Mather respondesse. Mesmo à noite, quando a cerveja deixava a maioria deles relaxados, Kiefer estampava uma expressão de ódio sempre que Mather o olhava.

Mather não podia culpar o rapaz por ter raiva. Todos queriam alguém para odiar.

— Bem, parece que ela é — disparou Kiefer de volta. — Onde está agora? Saiu para ser mimada pelos imprestáveis dos outros reinos de Primoria enquanto passamos os dias banqueteando, certo? — Kiefer fez uma reverência. — Ex-rei Mather, por favor, me indique as mesas do banquete. Quero muito um prato da generosidade de nossa rainha.

O sangue esquentou na cabeça de Mather, os resquícios do ódio dele contra William alimentando-o.

— Pare.

Kiefer gargalhou.

— Diga que ao menos recebeu um pouco da *generosidade de nossa rainha* em algum momento.

Trace ergueu o rosto dos joelhos, Phil se levantou de onde estava agachado no chão, até mesmo Eli piscou na direção do irmão, chocado. Os ombros de Hollis se ergueram e um movimento do corpo dele indicou a Mather que teria apoio caso decidisse derrubar Kiefer.

Mather inspirou profundamente. Era apenas um sinal externo e fraco da batalha interna de Kiefer. Estavam todos cansados, todos sentindo dor, e lutar com Kiefer não ajudaria em nada.

Mas seria tão, *tão* bom.

— Deixe Meira em paz — tentou Mather. — Você deve sua vida a ela.

— *Meira* — repetiu Kiefer. — Usando o primeiro nome dela. Ela nem mesmo sabia que era a rainha quando você estava com ela, sabia? Achou que você fosse o rei. Poderoso rei Mather. Provavelmente fazia qualquer coisa que você pedisse.

— Calado!

— Admita. Ajudaria saber que alguém a colocou em seu lugar enquanto nós éramos colocados nos nossos.

Mather não se lembrava de, conscientemente, se mover; só sabia que sentiu uma ínfima pontada de alívio quando Kiefer se arriscou daquela forma. Baterem uns nos outros com espadas de treino só dissipava parte da frustração — brigar de verdade, golpear de verdade, liberava muito mais, e quando o punho de Mather acertou o maxilar de Kiefer, todas as preocupações que sentia evaporaram, mesmo que por um momento.

Kiefer disparou pelo ar, a força do soco de Mather o atirou na parede do celeiro e Kiefer caiu de barriga no chão. Mather deixou que o garoto tivesse dois segundos para se endireitar antes de prender o pescoço de Kiefer com o joelho. Não com força o bastante para quebrar nada, e então golpeou com o cotovelo as costas de Kiefer, que foi empurrado para o chão emitindo um ruído, o ar foi sugado de seus pulmões, e Mather se virou para travar os braços do garoto às costas.

— Pare! — gritou Eli. Alguns socos fracos saltitaram pelos ombros de Mather antes que outra força arrancasse Eli do caminho. O garoto mais novo desabou no chão e ficou ali, encarando com um olhar apavorado o irmão e Mather, e agora Hollis.

— Fique longe — rosnou Hollis, e o garoto mais novo se acovardou.

Hollis pegou os cabelos de Kiefer e puxou a cabeça dele para cima, torcendo-a com tanta força que ele gritou, o primeiro sinal de dor que ousou soltar. Mather o admirou por conseguir se segurar por tanto tempo, mas então Hollis falou, e ódio preencheu o corpo de Mather.

— Você viu aqueles Sóis atacarem sua mãe — grunhiu Hollis, cada palavra era sombria e terrível e tão cheia de dor que Mather temeu pela vida de Kiefer, mesmo enquanto segurava os braços do garoto às costas dele. — Você os viu fazerem aquilo com mais do que apenas ela, sei que viu. Como ousa desejar isso para a pessoa que salvou sua vida patética?

Kiefer gemeu, se contorcendo contra os garotos que o seguravam, e quando o fez, Hollis bateu com a cabeça de Kiefer no chão, antes de se levantar. Mather se colocou de pé em um salto, soltando os braços de Kiefer e dando quatro passos para trás para dar espaço entre si e o garoto prostrado.

Eli tentou cambalear até o irmão, mas recuou quando Kiefer rosnou para ele. Trace e Phil olhavam de Kiefer para Hollis e então Mather, um brilho de orgulho nos olhos.

Mather passou a mão no rosto. Os demais ex-recrutas podiam ter, cedo ou tarde, se tornado bons soldados, mas aqueles garotos sem dúvida seriam bem-sucedidos. E agora, quem sabia quando Noam revogaria a ordem? Ou será que se certificaria de que Inverno permanecesse um reino inválido para sempre?

Os olhos de Mather se semicerraram enquanto ele observou cada um dos garotos. Havia apenas seis deles, incluindo Mather. Já tinham conseguido por quatro noites sair de fininho e aparecer de ressaca todas as manhãs — poderiam facilmente passar despercebidos durante a confusão ainda maior que eram construção e mineração agora que o treinamento estava cancelado.

— Novas ordens — disse Mather, e os garotos diante dele se puseram em atenção, atraídos pela severidade na voz de Mather, ou pelo brilho nos olhos dele, ou pela forma como sorriu, sorriu *de verdade*. — Não vamos obedecer àquelas. Vamos fazer as nossas.

Meira

DE JANNUARI, SÃO dois dias velejando pelo rio Feni até Juli, a capital de Verão.

O Feni se estende o suficiente para fornecer um meio fácil de transporte entre o rio Langstone, a oeste, e o mar Destas, a leste. E Cordell, como o único reino Ritmo que faz fronteira com o Destas, tem uma bela marinha; Noam viaja de e para Inverno na própria fragata bem equipada. Mas crescer fugindo de Angra não me deu muitas oportunidades para velejar — o mais perto que já cheguei de um barco foi ficar de pé em um cais de Ventralli, alguns anos antes, enquanto Finn pechinchava um barril de peixe salgado.

O navio que Noam conseguiu para nós é uma pequena escuna com uma tripulação de apenas oito, e acrescentar nossos números deixa o navio lotado. Mas a falta de espaço permite uma patrulha fácil de nossas caixas de pedras das montanhas Klaryn, carga que todos os soldados cordellianos observam maravilhados. Sabem exatamente por que as caixas estão aqui, sabem que são minha frágil tentativa de minar a autoridade de Noam enquanto procuramos as chaves, e sempre que vejo as expressões de desprezo dos soldados, meu estômago se revira.

Embora isso também possa se dever ao fedor pútrido do rio e do movimento oscilante da maré baixando que deixa Dendera com um tom de verde vibrante. Cada partícula do ar parece pesada com o cheiro de peixe e com o fedor mais bolorento ainda de água parada presa na margem do rio. A ação do vento soprando as velas joga com a forma com que o rio profundo lambe o barco estreito na medida em que as ondas se quebram, nos levando para trás e para a frente, trás e frente.

Quando meu estômago — e o de Dendera — não aguenta mais, o navio aporta na ponta nordeste de Verão, a cerca de meio dia de viagem de Juli, nos deixando no maior porto veranino do rio Feni para podermos comprar suprimentos antes de caminharmos pelo reino.

A mudança abrupta da escuna oscilante para o cais sólido me faz cambalear. Theron me segura pelas costas, os dedos se curvam em direção ao meu quadril de uma forma que poderia ser apenas para me equilibrar, mas também poderia ser algo mais.

Impulsiono o corpo adiante, me desvencilhando dos braços de Theron, mesmo ao ver o pequeno lampejo de dor no rosto dele.

— Estou bem — digo, gaguejando, mas Theron dá um sorriso compreensivo.

— Vai ficar um tempo sem equilíbrio — diz ele. — Velejar causa coisas estranhas.

O ritmo do navio é apenas uma pequena fração de meu problema, no entanto, e enquanto observo Nessa, Dendera e o restante dos invernianos desembarcarem, vejo o mesmo sofrimento recair neles.

Nunca estive em Verão, mas as planícies Rania, onde passamos tanto de minha infância, costumavam ser abafadas e deprimentes, tanto que presumi que conseguiria lidar com calor intenso se algum dia fosse a Verão.

Percebo agora como estava completamente errada.

O calor emerge, ondulante, da própria terra. Estruturas arenosas adornadas com portas de madeira seca constituem a cidade portuária, mas, além delas, a paisagem severa se estende como as mãos enrugadas e rachadas de um pedinte, estendendo-se até o céu azul em busca da menor gota d'água. Quando quatro das duas dúzias de homens de Theron retornam da cidade com duas carruagens fechadas para as mercadorias das Klaryn e cavalos para nós, quase choro de alívio. Meu sangue inverniano não aguentaria caminhar por aquele reino — meu corpo dói pela falta do frio, como se cada lufada de calor drenasse minha vida. Qualquer coisa que viva aqui só pode ser tão severa e determinada quanto o sol, nascida de uma teimosia ardente que é extremamente corajosa ou extremamente burra.

Só sei algumas coisas sobre Verão além do clima. O condutor de sangue masculino é uma pedra turquesa encrustada em um bracelete de ouro, herdado pelo atual rei, Simon Preben, depois que o pai dele morreu, há quatro anos. Produto de maior exportação: vinho. Maior importação: pessoas.

A economia de Verão é parecida demais com os campos de trabalhos forçados de Angra, mas Verão usa alguns dos próprios cidadãos além de pessoas de outros reinos. Vi alguns coletores veranianos em viagens por Primoria, caçadores humanos irrefreáveis que coletavam mercadorias vivas. Apenas Yakim e Primavera vendem para Verão — o restante dos reinos de Primoria acha a prática da escravidão repulsiva.

A ansiedade faz minha garganta fechar. Por que o abismo de magia tinha de nos trazer até aqui? Não conseguirei ver o que Verão faz com seu povo, com sua *propriedade*, sem me afogar em ódio... e em lembranças do meu passado de escravidão. Pior ainda o fato de que Verão comprar pessoas de Primavera indiretamente sustentava Angra.

Talvez eu encontre a chave ou a Ordem rapidamente, e não precise ficar aqui por muito tempo. Mas o que exatamente estou buscando? A pista do abismo era de apenas vinhas em chamas. Estou buscando uma vinha de verdade em chamas? Isso parece literal demais. Então seria apenas uma vinha? Ou apenas uma chama?

É algo sobre o qual eu normalmente falaria com Theron. Pediria a ajuda dele com relação à interpretação.

Mas não consigo voltar a confiar em Theron, ainda não.

Trancamos a carga em carruagens fechadas e rumamos para o sul, seguindo para Juli mais devagar do que eu gostaria. Cada avanço do cavalo faz com que eu me mexa desconfortavelmente e me depare com um novo lugar em que o vestido marfim plissado se agarra à pele. Ainda bem que Dendera me deixou tirar a monstruosidade engomada de colarinho alto que usei em nossa partida de Inverno — só de pensar em estar confinada à lã e às mangas longas naquele calor faz com que pontos pretos dancem em meu campo visual. Mas meus braços expostos são apenas um alívio durante os poucos primeiros minutos antes que o sol a pino encontre minha pele branca, e juro que consigo ouvir os raios gargalharem de prazer diante de uma refeição tão saborosa.

O calor seria ruim o bastante, mas depois de cerca de uma hora cavalgando, os soldados de Theron se agitam nas selas e começam a distribuir mantos espessos. Curvo o corpo quando um deles cai em meu colo.

— Não vou gostar de para que serve isso, não é? — pergunto a Theron, que coloca o manto nos ombros.

Um soldado desenrola uma corda extensa e a passa para trás, conectando todos em nossa caravana ao passá-la pelos pitos das selas.

— Não — responde Theron, e o tom de voz dele me faz puxar o manto para o lugar.

Momentos depois, uma lufada de vento nos atinge, dando um breve rompante de alívio do calor antes que uma ameaça maior avance — areia. Nuvens oscilantes, revoltas de grãos se agitam e rodopiam ao nosso redor, minúsculas partículas que se transformam em adagas e me fazem me enterrar ainda mais no manto. Os cavalos parecem tão acostumados com a tempestade de areia quanto qualquer veraniano estaria, trotando com a ajuda da corda conectada. Envolvo o manto no nariz, mantenho os olhos fechados e a cabeça curvada contra a tempestade violenta que grita com uma fúria de vento em meus ouvidos.

Quando ela cessa, sei como seria para um veraniano passar por uma nevasca. O total e horrível oposto de tudo para que o corpo de uma pessoa é feito, e conforme abro o manto, areia caindo em cascata do tecido formando córregos, semicerro os olhos para Theron.

Theron tem marcas laranja de areia no rosto, e aceita meu olhar de raiva com um gesto de ombros.

— Supus que soubesse sobre as tempestades de areia de Verão.

— Eu sabia... Mas não achei que precisaríamos nos preocupar com uma em nossa breve viagem. Algum aviso teria sido bom.

Theron limpa a areia da bochecha e agita o manto quando um soldado passa, enrolando de novo a corda.

— Nenhuma visita a Verão está completa sem uma, é o que dizem — responde Theron, com o sorriso lutando para anular minha irritação.

Funciona, e reviro os olhos, resignada.

— Contanto que não haja mais surpresas...

Mas mal consigo exprimir o desejo antes que todos os meus instintos gritem.

A tempestade recua e revela a sombra franzina de uma floresta ao nosso redor. Árvores finas e afiadas cortam o céu como cicatrizes, arbustos retorcidos revelam espinhos tão longos quanto meu dedo... E saqueadores estão empoleirados no alto das árvores, esperando que viajantes desavisados fiquem desorientados pela tempestade.

No momento em que dou o grito de alarme, os saqueadores avançam como as partículas de areia, esparsos, mas deliberados. Facas reluzem ao sol, projetando raios fortes nas roupas cor de areia dos saqueadores — lenços laranja amarrados nas cabeças, camisas vermelhas empoeiradas, calças da mesma cor oscilando, fofas na altura dos joelhos, mas bem apertadas na altura dos tornozelos. Em alguns segundos, estamos cercados, nossos homens seguram as armas a postos, os saqueadores os encaram, faca a faca.

Meus dedos se movem em busca de uma arma, mas permaneço firme, me mantendo calma e rígida. Uma rainha não lutaria — enfrentaria aquela ameaça logicamente, diplomaticamente.

— Alto! — grita um dos saqueadores. De onde estou sentada, no alto do cavalo, consigo ver por cima dos homens cordellianos que me cercam ombro a ombro, todos encarando os saqueadores. Aquela que falou está perto de mim, sua voz parece um estalo com um comando afiado e ríspido. Os olhos castanhos da mulher nos inspecionam, a única parte dela que é visível sob o lenço de cabeça bege.

Os olhos da mulher recaem em mim e se arregalam.

— Quem... — A surpresa dela agita o ar, e quando abaixa a arma, todos os saqueadores também abaixam as deles. — Invernianos — murmura a mulher, depois de um segundo.

Ela olha pela estrada, franzindo a testa.

Uma caravana se estende atrás de nós, fazendo a curva ao vir de uma estrada que segue para o sul. Três carruagens puxadas por bois, os corpanzis lentos deles chutando areia e lama para a pelagem longa. As carruagens são completamente fechadas, como as nossas, caixas sobre rodas com dois condutores cada, cercados por uma dúzia de guardas veranianos montados a cavalo, trotando determinadamente pela estrada na nossa direção.

A garota xinga. Quando ela atrai novamente minha atenção, os saqueadores desapareceram. Franzo a testa, mas a garota não reage à ausência do bando, apenas estende a mão e tira o lenço da cabeça, revelando grossos cachos ruivos que quicam ao redor do rosto. Como o dos invernianos, o cabelo veraniano é vibrante, para dizer o mínimo — é como se tivessem mergulhando cada mecha no próprio sol poente e tivessem saído com o escarlate mais ofuscante que já vi.

Depois que o lenço é retirado, a garota sorri para mim. O comportamento dela muda completamente, qualquer resquício de ódio enterrado sob aquele sorriso suave.

— Rainha Meira, não?

— O que está acontecendo? — dispara Henn, de onde está, ao meu lado. — Quem é você...

— Perdoe-me — interrompe a garota. — Bandidos estão à solta nestas partes, e tomei como um de meus deveres livrar meu reino deles. Sou Ceridwen Preben, irmã de Simon. — A garota faz uma reverência curta, erguendo-se de volta tão rapidamente que os cachos dançam ao redor da cabeça.

Os olhos dela passam para a caravana que ainda se aproxima, quase audível. O rosto da garota exibe a mais breve preocupação, mas desaparece tão rapidamente que não tenho tempo de pensar a respeito.

Theron se vira na sela ao meu lado.

— Sou príncipe Theron, de Cordell. Venho como acompanhante de Inverno, que está ansioso para tornar o reino conhecido pelo mundo. Seu irmão já deve estar ciente de nossa visita.

Boquiaberta, olho para Theron.

Será que eu soo tão confiante assim quando minto?

Theron insiste.

— Creio que já tenhamos nos conhecido em Ventralli? Você era embaixadora lá, sob comando do rei Jesse, há alguns anos, não era?

Agora *vejo* a expressão de Ceridwen se desfazer. Ela se vira para longe de Theron no momento em que a caravana nos alcança, os lábios se abrindo em um sorriso rígido.

— Ah, aqui estamos — diz Ceridwen, indicando com a mão o soldado veraniano mais próximo. — Tenente, acompanhe nossos convidados para Juli.

O soldado pisca para Ceridwen, claramente surpreso ao vê-la, ou diante da ordem, ou de nossa presença em Verão. Mas o homem assente, nos observando com precisão cuidadosa. Ele para diante de mim e os olhos se arregalam, mas não com confusão — com prazer.

— Sim, princesa — diz ele, ainda me observando. — Nosso rei vai querer falar com eles.

Ceridwen acena em agradecimento e começa a desaparecer em meio ao emaranhado de árvores finas, mas o tenente volta o sorriso satisfeito demais para Ceridwen e minha pele se arrepia.

— Princesa — chama o soldado —, seu irmão nos deu ordens para que, caso a víssemos na viagem, você nos acompanhasse até Juli. Pode nos ajudar a ficar de olho em bandidos, não pode?

Ceridwen para antes de se virar, e quando vira, está com a expressão plácida.

— É claro, tenente — diz Ceridwen a ele, e avança. — Mas creio que precisarei de sua montaria.

O sorriso do tenente se desfaz. Mas ele cede, desce do cavalo segundos antes de Ceridwen montar e avançar com o novo cavalo.

— Juli fica a uma viagem de quatro horas, mas terão cama e comida quando chegarmos — grita ela para nós.

Nossa caravana se move de novo, com Ceridwen à frente e o grupo veraniano atrás. Desvio o olhar para Theron.

— Você a conhece?

Ele emite um resmungo distraído.

— Não bem. Fui a Ventralli há alguns anos para visitar minha prima. Ela estava lá como embaixadora, e me lembro de ficar fascinado ao ver um reino Estação ser aceito em uma corte Ritmo. Não tive chance de falar com ela... Queria ter tido, pelo menos para saber como Ceridwen convenceu Ventralli a recebê-la.

— Talvez possa perguntar agora — digo. Sir jamais mencionou que Verão tivesse enviado embaixadores a outros reinos. Reinos Ritmo enviavam embaixadores a outros reinos Ritmo de vez em quando, mas a guerra costumava dificultar que os reinos Estação fizessem tal coisa. No entanto, de alguma forma, Ceridwen de Verão convenceu um reino Ritmo a recebê-la como igual politicamente.

Ceridwen não pode ser muito mais velha do que eu — 18 ou 19 no máximo —, mas encontrou uma forma de superar os estereótipos e os preconceitos do próprio reino. Até mesmo encontrou um modo de liderar grupos de saque contra bandidos, apesar de ser a irmã do rei. É de um reino Estação e embaixadora, uma princesa e uma soldada ao mesmo tempo.

Semicerro os olhos para o horizonte, tentando distinguir qual das silhuetas em movimento é dela.

Talvez Verão possa me ajudar mais do que pensei.

Quando a noite envolve o reino por completo, estamos passando pelos densos aglomerados de cidades periféricas que cercam Juli. Tavernas fervilham com música e risadas, mas ninguém perambula entre as construções, todos permanecem fechados em halos de luz. A princípio, parece que simplesmente se recolheram pela noite, mas conforme Ceridwen gradualmente recua da posição de liderança, seus olhos castanhos buscam com frequência os soldados veranianos atrás de nós, me pergunto se não é da noite que os cidadãos de Verão se escondem.

Juli é drasticamente diferente das cidades menores. Nenhuma muralha cerca a cidade, apenas uma variedade desorganizada de prédios de arenito encostados uns aos outros à margem de um tributário da bacia hidrográfica do rio Preben, um conjunto de afluentes do Feni que espraiam para o sudeste, todos estreitos demais para fornecer porto ao navio no qual viemos. Fogo queima em imensos poços nos telhados, e em fogueiras crepitantes em praças, e mesmo nas bocas de dançarinos, evitando que qualquer raio da noite preta como nanquim envolva a festa eterna de Juli.

Essa cidade é isto: uma celebração. Cada rua pela qual passamos está cheia de gente, os cabelos ruivos e selvagens como as fogueiras que acendem, a pele do mesmo bronzeado de tom creme como o de Ceridwen. Elas cambaleiam de um prédio a outro, rindo com amigos, implorando aos vendedores de barracas por vinho, o líquido rubi derramando pelas bordas de taças e manchando as ruas como poças de sangue. Mulheres usando corseletes e saias de renda estão encostadas aos portais de prédios, cada um mais aos pedaços do que o anterior — janelas sem vidro, buracos em paredes de arenito que mostram mesas que abrigam jogos de cartas e tigelas para jogos de dados. Como se a festa não pudesse parar por tempo o suficiente para que a cidade seja consertada.

Conall e Garrigan, cada um segurando uma adaga, posicionam seus cavalos em torno de Nessa e eu. Não que alguém tenha tentado interromper nossa viagem — na verdade, todos parecem nos evitar, sem querer se envolver no que quer que tenha trazido outro reino Estação e um Ritmo para o reino deles.

E o que nos *trouxe* aqui me faz analisar os prédios pelos quais passamos com mais urgência. A chave ou uma pista para a Ordem poderia estar em qualquer lugar. E se uma das pessoas pelas quais passamos cavalgando souber de algo? E se aquele prédio dilapidado existe há séculos e contiver a chave bem no fundo?

Por onde começo?

Ceridwen permanece estoica, guiando o cavalo pelo mar de pessoas, como se não as visse. Ela fica logo adiante dos soldados veranianos, o que a coloca perto o suficiente de mim para que eu veja os olhos dela se estreitando a cada comemoração das pessoas que a cercam, cada risada distante e abafada, sempre que os soldados veranianos assoviam para as mulheres recostadas às portas.

Os reis de Verão são famosos por usar os condutores sem dar muita importância ao bem-estar dos cidadãos. Não controlam o povo tão completamente quanto Angra controlava, obrigando-os a gostar de assassinar e torturar inimigos, mas forçam uma emoção igualmente destrutiva: alegria, tanta que o exército de Verão é aparentemente uma piada, as cidades estão quase todas em ruínas e a economia funciona apenas com os lucros do vinho, dos jogos e de bordéis.

Quando Sir nos ensinou sobre Verão, minha reação foi parecida com a de Conall e de Garrigan agora, rosnando para cada veraniano que passa. Como ousam permanecer enebriados de felicidade quando tantos no mundo sofrem?

Se a cidade de Juli é uma festa, o palácio é seu centro. Passamos por um portão aberto, os soldados de serviço nos lançam olhares desinteressados de onde estão encostados à parede. Um pátio se abre ao nosso redor, uma área ampla, de terra, com um estábulo à direita, um aglomerado das mesmas construções arenosas e dilapidadas que há na cidade, e diante de nós, erguendo-se em uma confusão de vinhas verdes rastejantes, ervas-daninhas espinhosas e tijolos de areia aos pedaços, está o palácio.

Ceridwen desce do cavalo e o entrega a um rapaz do estábulo.

— Bem-vindos ao Palácio Preben — diz ela, indicando com a mão o prédio. Os olhos de Ceridwen permanecem nele, o rosto contraído com as mesmas emoções que senti quando vi pela primeira vez o Palácio de Jannuari. Maltrapilha, pesarosa e, acima de tudo, cansada. Mas Ceridwen afasta tudo isso com um gesto de ombros antes que as emoções permaneçam por tempo demais. — Providenciarei quartos para vocês.

— O rei Simon vai querer conhecê-los o quanto antes — diz o tenente.

Os olhos de Ceridwen percorrem cada um de nós antes de ela olhar para o tenente com raiva.

— Odiaria interromper a comemoração de meu irmão com questões políticas — diz ela, antes de se voltar para nós. — Não, apresentações podem esperar até amanhã. Passarei por volta do meio-dia para coletar vocês.

O tenente ri de novo, com um estalo repentino de ruídos junto ao coro constante de gritos e tambores. Resmungo comigo mesma por precisar ouvir o tenente rir da palavra *coletar* para entender o que está acontecendo durante toda essa viagem.

Aqueles soldados são coletores de Verão. E as carruagens deles contêm pessoas.

Meira

O INTERIOR DO Palácio Preben não é diferente do exterior: empoeirado, rachado, bagunçado. O calor aqui é menos intenso, seja pela diminuição da temperatura à noite, ou pela forma como pedras de arenito conseguem reter algum frescor. Conall e Garrigan fazem um bom trabalho se irritando com as semelhanças entre o Palácio Preben, intencionalmente destruído, e nosso palácio, arruinado pela guerra, de forma que eu não preciso fazê-lo. Contenho a raiva para poder me concentrar em conhecer o rei de Verão — e em entender por onde começo a procurar pela Ordem e pelas chaves.

A maioria dos governantes adora exibir os tesouros do reino, principalmente para dignitários em visita, como demonstrações de poder; Noam provou isso com as absurdas árvores de ouro dele. Talvez Simon esteja disposto a fazer passeios pelos lugares mais antigos e mais estimados de Verão, coisas que poderiam ter resistido ao tempo e permitido que uma Ordem misteriosa tivesse escondido pistas ou pequenas relíquias nelas.

Mas entrar nesses lugares exigirá que eu seja boazinha com o rei veraniano, e tenho quase certeza de que vou odiá-lo tanto quanto odeio Noam, se não mais, com base no que vi do reino dele até agora. O que não torna a preparação para conhecê-lo mais fácil, e quando a manhã chega, preciso conscientemente me impedir de buscar o chakram. Levar uma arma para uma reunião política...

Até eu sei que isso não é uma boa ideia.

Meu quarto é muito melhor do que o palácio pareceu a princípio, sob as sombras da noite. Chamas crepitam em uma pilha de lenha em uma lareira no canto, que foi acesa por criados, apesar da claridade matinal, e cobertores de vermelho-fogo e laranja intensos pendem de uma cama com dossel. As mesas e as cadeiras dispostas pelo quarto são entalhadas com desenhos de espirais e raios de sol marcantes, enroscando-se para dentro de si mesmos, então disparando para fora novamente.

Dendera entra em meu quarto logo depois de eu terminar de me vestir. Espero que ela sinta orgulho de como escolho um traje apropriado para uma rainha, mas quando Dendera vê meu vestido plissado, ela para e suspira.

— Duquesa?

Os olhos de Dendera brilham.

— Henn, Conall e Garrigan estarão com você, mas... — Dendera para e se vira para o baú, aquele que ela e Nessa abarrotaram com roupas minhas. Depois de um momento vasculhando, Dendera pega uma camisa branca e calça preta de tecido áspero; o rosto dela está contraído, como se odiasse o que está prestes a dizer.

— Vista isto. E leve uma faca, pelo menos. Algo pequeno, que possa esconder.

Olho para Dendera boquiaberta.

— É meu aniversário?

— O quê? Não. Eu... — Dendera geme e empurra as roupas para mim. — Não confio neste reino.

— Tenho certeza de que posso encontrar um chakram aqui em algum lugar. — Sorrio.

— Uma *faca* — corrige Dendera, gesticulando com os braços. — Tudo bem. Você não me ouve mesmo. Um chakram, uma faca, uma espada longa... Pela neve, por que simplesmente não aparece de armadura completa?

Gargalho, e um leve sorriso toma os lábios de Dendera. Se fosse possível capturar um momento, guardá-lo em segurança em meu medalhão vazio, sei que a magia que isso emitiria seria muito, muito mais forte do que qualquer coisa daquele abismo.

Depois de me ajudar a tirar o vestido, Dendera me deixa para que me vista sozinha. Troco de roupa rapidamente, parando com a mão sobre a faca que ela separou para mim, algo emprestado de Henn.

A rainha de Inverno, armada. Mas se Dendera, mestre de todas as coisas apropriadas, acha que não tem problema levar uma arma, uma pequena, talvez...

Pego a adaga. Ela se encaixa na palma de minha mão, um peso metálico que traz lembranças de uma arma ainda mais mortal. Quando deslizo a faca pela manga da camisa, percebo que perdi a oportunidade de perguntar a Dendera onde está meu chakram. Mas se ainda está em Inverno, não pode me ajudar agora.

Independentemente, tenho uma arma e estou vestindo minhas antigas roupas pela primeira vez em meses.

Quando me aproximo da porta do quarto, não consigo deixar de respirar com mais tranquilidade. De repente, Verão parece bem menos sufocante.

Sem discutir muito, Dendera e Nessa concordam em permanecer no quarto delas. Eu teria ficado feliz por tê-las ao lado, mas Conall e Garrigan parecem bastante estressados ao pensar que precisam me vigiar nesse reino, quem dirá Nessa também — ela ficará muito mais segura no quarto do que passeando conosco. Então Dendera fica para trás para vigiar Nessa enquanto Henn, Conall e Garrigan se reúnem no corredor comigo.

Alguns soldados cordellianos estão em posição de sentido do lado de fora de um quarto logo depois dos nossos, vigiando os espólios das montanhas Klaryn que estão trancados do lado de dentro. A porta do quarto ao lado se abre e Theron sai devagar, com os dedos traçando pequenos círculos nas têmporas.

— Diga que não experimentou o vinho de Verão na noite passada — falo, e Theron encolhe o corpo na minha direção, mas consegue dar um sorriso fraco.

— Também não deixaram uma garrafa no seu quarto? — O sorriso dele se abre e Theron passa a mão no rosto. — Só não dormi bem. Pensando demais, acho.

Quase pergunto em que pensou, mas sei. O tratado. Conhecer Simon. Encontrar as chaves. Tudo que também percorre minha mente.

Theron pisca para afastar a exaustão e, então, o olhar dele percorre minhas vestes.

— Bom — expira ele.

Rio com deboche.

— Obrigada. É o que toda garota quer ouvir.

Theron sacode a cabeça, faz um gesto de ombros na direção do resto do palácio e, em algum lugar lá dentro, para o rei Simon. A cacofonia que nos recebeu na noite anterior se foi agora, os corredores sem música ou risadas ou tambores. O silêncio parece desconfortável nesse reino, mais como um silêncio doloroso, angustiado, do que um silêncio relaxado e tranquilo.

— Não — corrige Theron. — Só quis dizer que nenhum evento neste reino será... normal. Vestidos não são a melhor ideia.

Os olhos pálidos de Henn brilham diante da luz do fogo em um recipiente não muito longe.

— Ele quer dizer que Verão tem o mesmo apreço por limites pessoais que o general Herod Montego tinha.

Recuo, pisco para Henn quando ele se encosta casualmente na parede como se não tivesse dito nada importante. A concentração de Henn percorre o entorno, observando tudo, e percebo que ele *não* disse nada muito importante — está apenas apontando os fatos de nossa situação, simples e direto. Mas o nome do general de Angra deixa uma comichão em minha pele.

Theron acena na direção do quarto que os homens dele vigiam.

— Também é provavelmente melhor se não deixarmos que a notícia de nossas mercadorias se espalhe pelo reino. A não ser que ache que Verão será um aliado digno para Inverno.

Eu me aproximo.

— E quanto a nosso outro motivo para estarmos aqui?

Mas Ceridwen aparece no fim do corredor antes que Theron consiga responder, vestida de forma tão diferente da saqueadora que conhecemos na noite anterior que quase a confundo com uma das damas da corte de Verão. Tecido laranja envolve as pernas dela, torcendo-se para cima do torso para dar uma volta no pescoço, formando duas dobras. Um corselete de couro envolve a barriga de Ceridwen, combinando com as sandálias que se amarram até os joelhos.

Ceridwen para ao meu lado, a irritação irradia dela antes mesmo que ela fale.

— Meu irmão levou a festa para fora do palácio ontem à noite e pediu que o encontrem na cidade.

Theron endireita as costas.

— É claro. Obrigado, princesa — acrescenta ele, buscando formalidade em meio à indiferença aparente de Ceridwen. Bem, não indiferença, mas... desprazer.

Ceridwen parece mais irritada.

— Venham. Carruagens aguardam.

Theron ergue uma sobrancelha para o tom de voz de Ceridwen, mas ela sai andando sem esperar pela resposta. O restante de nós — Conall, Garrigan, Henn, Theron, alguns guardas cordellianos e eu — nos apressamos atrás dela, precisando quase correr para acompanhar. Ceridwen segue à frente por corredores iluminados por fogo, o brilho laranja torna as paredes de arenito do palácio quentes e sufocantes. Disparamos, descendo dois lances de escadas e virando três vezes à esquerda antes que Ceridwen pare.

Flores exuberantes de hibisco estão em vasos em mesas ao longo das paredes, seguindo até um arco amplo que revela o pátio do lado de fora. A luz do dia exibe alguns aglomerados de árvores peladas, funcionários do estábulo correndo de um lado para outro, poeira subindo em nuvens laranja. E além da muralha, Juli se ergue, os prédios parecendo tão arenosos quanto o complexo do palácio.

Ceridwen se volta para nós assim que passamos pelo arco.

— Príncipe Theron, pode me dar um momento com a rainha Meira? Eu gostaria de parabenizá-la por recuperar seu reino. Vai encontrar as carruagens esperando logo adiante.

As sobrancelhas de Theron se erguem quando ele se volta para mim, apoiando a mão em meu quadril, mas aperto o braço dele. Tenho razões para conversar com Ceridwen também, e sozinha pode ser melhor.

— Não demorarei muito. — Incluo Henn, Conall e Garrigan. — Ficarei bem por alguns momentos.

Eles não parecem convencidos, mas a atenção de Henn se volta de mim para o corredor praticamente vazio.

— Estaremos logo aqui fora — diz Henn para mim. Conall e Garrigan o seguem, e depois de uma pausa, Theron os acompanha com os próprios guardas.

Ceridwen se vira para mim depois que eles se vão, olhando com a mesma expressão de reprovação que Sir sempre lança em minha direção, testa franzida, maxilar contraído, olhos prontos para se voltarem para a mais ínfima ameaça.

— Um príncipe de um reino Ritmo? — sussurra ela, tão baixo que mal entendo.

Minha expressão se desfaz.

— O quê?

Ceridwen faz um gesto para que eu esqueça e cruza os braços.

— Rainha Meira — recomeça ela, elevando a voz como se nada tivesse acontecido. — Foi difícil recuperar seu condutor.

Instintivamente toco o medalhão.

— Princesa, o que...

— Seu reino também — continua ela, mantendo um sorriso falso no rosto. — E seu povo. Acho que uma governante como você deveria estar bastante ciente do valor deles.

— É claro — concordo, devagar, sem ter certeza do que Ceridwen está dizendo.

Ela endireita as costas, olha para o corredor ao nosso redor como se pudesse ver através das paredes, ver o reino além delas.

— Governantes de Verão jamais deram muito valor aos seus cidadãos ou a outros. Meu reino foi marcado por essa vergonha, mas onde alguns veem essa marca como uma cicatriz, outros veem como um acessório decorativo.

Assinto.

— Estou muito ciente dos negócios de Verão.

— Está? — Ceridwen se aproxima de mim. Maquiagem dourada emoldura os olhos castanhos dela, rodopia nas têmporas formando pequenas espirais que brilham quando se move. — Por isso meu irmão providenciou para encontrá-los onde ele está hoje de manhã, para mostrar até que ponto os *negócios* de Verão se estendem. Ele vai perguntar se você está disposta a contribuir com nossa — Ceridwen pausa, o lábio se contrai — economia. Está? Disposta a contribuir?

Preciso de apenas um segundo para entender o significado das palavras da princesa. Recuo, minha boca se escancara.

— Ele... *O quê?* Quer que eu venda parte de meu povo a ele?

Ceridwen sorri.

— Fico feliz ao ver qual é sua posição, rainha Meira. O mundo está cheio de gente que não valoriza as mesmas coisas que você e eu. E valorizamos as mesmas coisas, não é?

— *Sim.*

— Meu irmão pode ser persuasivo. Espero apenas que sua determinação aguente.

— Não tem ideia do quanto posso ser teimosa.

— Se teimosia fosse a única coisa necessária para ser uma boa rainha, eu governaria o mundo. — Ceridwen se vira na direção do pátio.

Avanço batendo os pés.

— Você estava esperando para saquear a caravana, não estava? Para libertar aquelas pessoas?

Ceridwen para, os músculos dos ombros expostos dela se contraem nitidamente. Se tivesse a intenção de libertar aqueles escravos, preferiria manter as ações em segredo — mas se é alguém que sente tanta repulsa pelas práticas do irmão, talvez seja alguém em quem possa confiar: uma pessoa que se levantaria contra a oposição; que simpatizaria com meu infortúnio e me ajudaria a encontrar a chave — ou a própria Ordem dos Ilustres — antes que Cordell encontre.

Antes que Theron encontre.

Encolho o corpo diante das palavras nas quais mal consigo pensar.

Ceridwen se vira para me encarar, metade do rosto dela está banhada na sombra do arco, metade na luz do pátio.

— Ela também é inteligente — murmura Ceridwen, então encurta o espaço entre nós para empurrar algo para a minha barriga.

Uma adaga.

Onde escondeu uma adaga naquela roupa?

— Nem todos no mundo têm o poder que merecem — sussurra Ceridwen. — Não faça mau uso do seu.

Fecho a mão sobre a dela na adaga, uma leve pressão que prende os dedos de Ceridwen ao cabo.

— Não tenho intenção alguma de fazer mau uso do meu poder, princesa. Só queria oferecer meu apoio. Sei como é lutar pela liberdade do reino.

Ceridwen pisca para mim, o rosto dela estampa choque, então horror, então um sorriso frio e rígido que não chega aos olhos. Ela se desvencilha de minha mão e fecha a adaga de volta na palma da mão.

— Veremos, rainha Meira. Como eu disse, aproveite Verão.

Ela se vai, mergulhando por baixo do arco. Assim que passa pela porta, Theron ocupa o lugar da princesa, acompanhado por meus guardas.

— O que aconteceu? — pergunta ele.

Sorrio.

— Acho que acabo de fazer uma amiga.

Onde quer que Simon queira nos encontrar, não é longe. Duas ruas depois, paramos diante de um prédio de quatro andares que compete com o palácio em idade. O exterior de arenito e os detalhes em madeira frágil destacam os anos exposto ao clima rigoroso de Verão, mas objetos decorativos pendem de varandas, tentativas de esconder a dilapidação por trás de tranças de seda carmesim e buquês de flores laranja e vermelhas vibrantes. Essas decorações dão ao prédio uma sensação de maior grandiosidade, um ar de importância e autoridade, ao passo que o palácio parecia mais abandonado.

As paredes, que pareciam cair aos pedaços pelo exterior, estão perfeitamente conservadas por dentro, painéis lisos de pedra de cor creme com molduras douradas brilhando em cada canto. Um hall se estende pelo centro do primeiro andar, azulejos polidos reluzem em um arco-íris de cores no chão e plantas pendentes montam guarda do lado de fora de dezenas de alcovas fechadas com cortinas.

Pisco, certa de que estou enxergando mal. Cada parte de Verão estava em um estado de quase colapso, mas não aquele lugar? Por que — e o que é aquilo?

Uma resposta surge quando uma das cortinas das alcovas se move e uma mulher sai cambaleando, seguindo para a escada no fim do corredor.

Meus olhos se arregalam tanto que sinto como se tentassem saltar de meu crânio.

Ela está completamente nua.

Garrigan arqueja, chocado. Conall avança na minha direção, percebe que não há perigo imediato e se contenta com encarar de lábios contraídos. Theron cora tanto que a pele dele assume um tom roxo-avermelhado profundo, uma expressão tão esquisita para ele que quase rio.

Ceridwen sequer reage, no entanto. Ela marcha pelo centro do hall, acena para um homem que se apressa em nos cumprimentar. Meu contingente a segue aos tropeços, silenciado por nossos diversos níveis de choque e desconforto. As alcovas revelam mais algumas pessoas, cortinas oscilam para trás e revelam os tipos de mulheres que vimos a caminho da cidade na noite anterior, aquelas vestindo muito pouco, junto com homens vestidos com igualmente pouco. A maioria relaxa em espreguiçadeiras, camas, com braços e pernas estendidos, cabelos embaraçados e roupas ainda mais confusas. E, em geral, não estão sós. Os clientes que ocupam as alcovas variam desde pessoas com vestes em frangalhos e sujas de camponeses até os tecidos de seda fina da classe mais alta.

Esse lugar é um bordel. E, aparentemente, alimenta a economia de Verão, independentemente de classe. Que tolerante da parte deles.

Inspiro e agradeço ao pingo de sorte que tive por Nessa não ter vindo. Nem mesmo quero imaginar o que Conall e Garrigan teriam feito caso a irmã inocente e protegida deles tivesse sido atirada a um lugar como esse.

O calor me sobrepuja, faz com que o suor se acumule em gotas na minha testa e escorra pelas costas, ondas de suor pingam devido à falta de ventilação e à forma como o sol do meio-dia aquece o exterior do prédio. Esse bordel parece mais um forno, e conforme mergulhamos ainda mais profundamente no corredor, Theron mantendo-se ao meu lado, Conall e Garrigan bem próximos de minhas costas enquanto Henn se detém atrás, meio que espero que os homens e as mulheres dormindo ao nosso redor comecem a chiar como se estivessem sendo cozinhados.

Ceridwen nos leva até uma alcova no canto direito ao fundo. Ali, cortinas translúcidas se abrem e revelam almofadas com capa de seda que reluzem conforme as pessoas jogadas nelas se agitam no sono.

Ceridwen ziguezagueia para dentro.

— Aqui estão vocês — dispara ela, e recua, abrindo espaço para nós, nos deixando de pé ali, chocados, entre a alcova e sua silhueta que se afasta.

As sobrancelhas de Theron se elevam.

— Tenho a sensação de que não somos bem-vindos aqui — sussurra ele.

Sorrio para o príncipe.

— Talvez você, príncipe Ritmo.

Theron revira os olhos e lança um breve sorriso para mim antes de se voltar para a alcova. Cinco pessoas dormem do lado de dentro, pelo que consigo ver — estão todas entrelaçadas em um emaranhado de cabelos, braços, pernas, cetim brilhante e joias douradas reluzentes.

— Rei Simon? — tenta Theron.

Ninguém se move.

O maxilar de Theron se contrai.

— Rei Simon Preben — tenta ele, mais alto.

Da pilha de corpos, uma cabeça se levanta. Mesmo emaranhado em uma rede de travesseiros e braços e pernas, o rei é visivelmente jovem — não tão jovem quanto Theron e eu, mas não passa da metade dos vinte anos. Cabelo escarlate cobre, embaraçado, os olhos do rei, e ele entreabre um dos olhos com um resmungo alto antes de tocar algo no pulso. Depois de um momento, o rei suspira aliviado e se reconcentra em nós.

Acabou de usar o condutor para curar a ressaca?

Simon observa Theron, ergue uma sobrancelha e volta a atenção para mim.

— Por meu corpo carbonizado! Já é manhã? — O rosto de Simon se ilumina quando ele se levanta. O movimento agita as pessoas entrelaçadas a ele de volta à consciência, incitando gemidos de desgosto que o rei ignora conforme tropeça pelos corpos para cambalear diante de nós.

A essa altura, emito um ruído que é algo entre um arquejo e um grito, então abaixo a cabeça para evitar ver muito mais do rei veraniano do que queria.

Ele está tão nu quanto a mulher que vimos momentos antes.

Simon não percebe minha reação, ou a ignora.

— Rainha Meira! Ando *muito* ansioso por esse...

Theron pigarreia, nada gracioso, e Simon gargalha.

— Ah! — diz ele, como se tivesse realmente esquecido. — Mil desculpas... Um momento.

Um farfalhar e mais resmungos vêm dos cortesãos ainda dormindo na alcova, e depois de um momento, Theron me cutuca, presumo que porque Simon cobriu o... hã...

A primeira vez que vejo um homem nu e é o insensível do rei veraniano. Ótimo.

Arrisco olhar para ele e vejo que está envolto em um monte de cetim escarlate na altura da cintura, e, embora não esteja exatamente vestido, aceito.

— Rainha Meira! — tenta Simon de novo, e pega uma taça de uma mesa na alcova. — Faz muito tempo desde que tivemos o prazer de um inverniano em nosso reino. — Ele agita a taça pelos arredores, indicando o bordel. — Por isso achei melhor fazer as apresentações aqui. Não imagino que já tenha visto os esplendores de Verão. Uma verdadeira vergonha, mas que rapidamente sanaremos. Durante o dia de hoje você terá toda a equipe de madame Tia à disposição, esta noite se juntará a mim para uma verdadeira comemoração veraniana no palácio. Comeremos, beberemos...

Conforme minha mente luta contra as palavras de Simon para entender que ele pretende fazer com que fiquemos *aqui, o dia todo*, Simon empurra a taça para mim, o vinho se derrama na mão dele. Parte do líquido escuro cobre um bracelete no pulso de Simon, um bracelete espesso de ouro com uma pedra turquesa no centro, cercada por um brilho constante de luz escarlate. O condutor de Verão.

Quero dizer a Simon exatamente o que ele pode fazer com aquela taça, mas consigo manter algo próximo de racionalidade em meio à nuvem de choque. Ele não fez nada ameaçador, e, sinceramente, Simon está sendo hospitaleiro. Mas não é o tipo de hospitalidade de que preciso.

Seja legal, Meira.

Um sorriso fraco contrai meus lábios.

— Obrigada, mas não é um pouco cedo para tudo isso?

Simon entorna o conteúdo da taça antes de a atirar à confusão de pessoas e piscar um olho para mim.

— Não se acredita em si mesma. — A concentração de Simon se volta para nosso grupo, mais analítica, e ele visivelmente se desaponta. — Cerie não veio com vocês? Chamas para aquela garota. Ela costumava ser tão divertida. Nem sequer se apresentou? Minha irmã, a mais não veraniana dos veranianos que já conheci, mas quando se *solta*, olho no vinho! A garota entorna demais. Nesse sentido, suponho que seja *muito* veraniana.

— Rei Simon — interrompe Theron, colocando-se entre nós. Contenho um suspiro de alívio. Nem mesmo conheço Ceridwen tão bem assim, mas presumo que não goste muito que o irmão diga que ela "entorna demais". — Temos uma proposta para você. Podemos combinar um lugar para conversar? Algum lugar afastado da agitação da cidade? — Theron pausa, as feições se contraem. — Soube que as vinícolas veranianas são gloriosas de se admirar.

Franzo a testa. *Uma vinícola?*

Qualquer que seja a ligação com o abismo de magia ou com a Ordem dos Ilustres nesse reino, deve estar em algum lugar que sobreviveu às provações do tempo — algo importante para Verão, ou algo ao menos tão velho quanto a porta.

Por isso Theron quer ir até as vinícolas. Algumas delas existem há séculos, e se alguma pista da Ordem ou das chaves pode ter sobrevivido às provações do tempo — pode estar em uma vinícola. O entalhe das vinhas sobre chamas faz um pouco mais de sentido.

Meus olhos se concentram nos azulejos sob nossos pés. O orgulho que toma a expressão de Simon.

Não imagino que já tenha visto os esplendores de Verão.

Vinícolas não são a única coisa que Verão valoriza o suficiente para manter preservadas durante séculos, no entanto. E talvez o entalhe não devesse ser tão literal.

Franzo o nariz. Pela neve, se precisar vasculhar os *bordéis* de Verão atrás da Ordem...

Simon sai da alcova cambaleando e passa o braço pelo pescoço de Theron.

— Gloriosas mesmo! Faremos a viagem amanhã. Hoje, no entanto... — Os olhos injetados de Simon se concentram em mim e ele assobia, liberando uma nuvem de hálito ácido. — Gostaria muito de conhecer a nova rainha inverniana. Não que não me sinta honrado por receber o herdeiro de Cordell, mas nós monarcas dos reinos Estação precisamos nos unir. Solidariedade.

O cheiro do vinho no hálito de Simon me faz engasgar.

Somos hóspedes neste reino. Precisamos permanecer aqui em paz.

Ele não fez nada errado. Não fez nada errado.

Mas não importa quanto motivos eu empilhe como tijolos em uma parede, meus impulsos a ultrapassam.

Somos hóspedes em um reino construído sobre escravidão.

Precisamos permanecer aqui em paz — o que basicamente significa que endossamos a forma como o reino dele trata pessoas.

Ele não fez nada errado — comigo. Mas quem mais Simon feriu? Quantas das pessoas aqui são escravas?

Como se em resposta a meus pensamentos, uma das pessoas na alcova de Simon se senta. Ela está vestida, ainda bem, mas os cabelos se destacam no emaranhado confuso de sono, cachos pretos espiralados que se grudam na pele marrom.

Não é veraniana. É yakimiana.

Linhas pesadas de maquiagem dourada em volta dos olhos escorreram pelas bochechas e pela testa. A mulher arruma o cabelo e, quando sente que a observo, ergue o olhar.

Trinco o maxilar.

Os borrões de maquiagem dourada no rosto quase tornam a pequena marca na bochecha imperceptível. Um *V* marcado sob o olho esquerdo, a pele queimada, mas antiga, curada, algo com que a mulher vive há um tempo. Talvez desde sempre.

Volto a atenção para o corredor. Criados varrem sujeira e arrumam cadeiras; mais algumas das pessoas pouco vestidas nas alcovas estão acordando. A maioria delas é veraniana, os cabelos pendem em mechas embaraçadas de vermelho-fogo ao redor da pele bronzeada, os olhos castanhos profundos; apenas algumas pessoas de outros reinos se movem. Todas estão marcadas, as cicatrizes tão velhas quanto a da garota.

Verão marca os escravos. Os criados que nos mostraram nossos quartos na noite anterior — estavam marcados? Na escuridão estava difícil enxergar muito mais — e sinceramente, me certificar de que as pedras das Klaryn fossem trancafiadas me distraiu. Eu me concentrei nas coisas que uma rainha faria, não nas coisas que uma soldada faria. Na segurança de nossa peça-chave para obter alianças, e não nos detalhes ao redor.

Meu corpo se sobressalta com remorso. Deveria me sentir feliz por ter agido como uma rainha — mas só consigo me sentir enojada. Como posso não lembrar se os criados tinham marcas? Ou mesmo se eram veranianos? Mas os escravos yakimianos ali se movimentam pelo bordel exatamente como os escravos veranianos, sem inclinação para combater ou se revoltar contra a vida que Simon escolheu para eles. Não importa o quanto ele consiga fazer os veranianos aceitarem as vidas que levam, nenhuma quantidade de magia poderia permitir que afetasse alguém que comprou de outro reino.

Será que esses yakimianos vivem essa vida há tanto tempo que não sabem como revidar? Onde estão as pessoas que não aceitam esse destino? Aquelas que precisam ser afastadas dos recém-chegados, para não estragarem a ilusão de prazer. Para que qualquer um que visite veja a mesma perfeição falsa que fazia com que Primavera mantivesse os campos de trabalhos invernianos no interior do território, longe das interações com o mundo exterior.

É isso. Não posso mais suportar.

Eu me viro para longe de Simon, que ainda envolve o pescoço de Theron, e disparo para a porta, no fim do longo hall ladeado pelas demais alcovas. Meus guardas seguem e não consigo evitar pensar que todos suspiram aliviados por irem embora.

Ceridwen está recostada na porta, braços cruzados e olhos semicerrados. Um escravo veraniano aparece ao lado da princesa, sussurra algo no ouvido dela. Quando alcanço Ceridwen, ela se afasta do portal.

— Perdoe-a, irmão — grita Ceridwen através do hall. — Ela reclamou do calor na noite passada, nosso clima é um pouco difícil para invernianos, sabe.

Não olho para trás e, sinceramente, sairia correndo do bordel se Ceridwen não segurasse meu braço e me prendesse ali. Atrás de mim, Simon cantarola.

— Cerie! — Ouço farfalhar e um estampido sólido quando o rei se choca à parede ao lado da alcova, no fim do corredor. — Achei que ainda não tivesse voltado. Deve vir esta noite também! Sinto sua falta, irmã.

A expressão no rosto de Ceridwen dificulta saber se Simon está sendo sincero. Ceridwen não diz uma palavra, deixa que o silêncio se prolongue até que Simon se recomponha.

— Mas, sim, tome um momento, rainha de Inverno! Tome um pouco de ar.

Um grunhido sai de minha garganta, e Ceridwen inclina a cabeça para mim.

— Não seja burra — sibila ela.

Eu me desvencilho da mão de Ceridwen.

— Não tem ideia do que...

— Não tenho? — Os lábios de Ceridwen se contraem e a voz dela se abaixa até parecer menos do que um sussurro. — Não, está certa. Não é como se eu tivesse vivido aqui durante 19 anos. Não tenho ideia de como é meu reino. Por exemplo, *não faço ideia* de que se você perceptivelmente agir contra meu irmão, ele retaliará. A não ser que queira que Simon comece a tomar escravos de Inverno à força, não deixe que saiba que o detesta.

— O quê? — Todo o ar é expulso de meus pulmões. — Ele não ousaria.

Ceridwen ri com escárnio.

— E o que o impediria? Alguns anos atrás, o rei Caspar reagiu a meu irmão como você fez. Deu as costas, opondo-se descaradamente a ele. Semanas depois, encontrei um grupo de outonianos secretamente colocado em uma casa de escravos a sul de Juli. Então, reitero, *não seja burra*.

Cambaleio, músculos se contraindo.

— Caspar descobriu?

Aquele prédio parece aberto demais, mas pequeno demais ao mesmo tempo, e não faço ideia se Simon pode nos ouvir. Olho de volta, rapidamente, para ver Simon e Theron conversando fora da alcova. Theron olha para mim uma vez e dá um breve sorriso.

Ele está distraindo Simon.

Meu peito se resfria, gratidão afasta parte da mágoa que ainda sinto por Theron.

Ceridwen atrai minha atenção de volta.

— Foram libertados logo depois — diz Ceridwen, sem confirmar ou negar se foi ela quem os libertou. — Mas aqueles que Verão marca não têm exatamente uma vida depois. Não arrisque seu povo. Tolere meu irmão, ature seus excessos.

Paro ao lado de Ceridwen, obrigando o cérebro a processar as palavras dela em meio ao maldito calor, em meio ao ódio por Simon, em meio ao desejo de destruir o bordel e fugir de volta para Inverno.

Mas Ceridwen está certa. Preciso aturar o comportamento dele — por enquanto. Não acabei de me perguntar se aquele lugar tem alguma pista sobre a Ordem ou a chave? Não posso ir embora. Ainda não, pelo menos.

Meu estômago se revira com náusea e mantenho a concentração na luz que entra pela porta da frente enquanto elevo a voz.

— Quando eu voltar, rei Simon, gostaria de um tour neste... — Não consigo dizer. — Estabelecimento.

Para poder examinar cada superfície em busca de pistas da Ordem dos Ilustres e depois fugir.

Simon comemora atrás de mim.

— Excelente! É claro!

Ceridwen sorri.

Meu rosto se contorce e abaixo a voz de novo.

— Por que está me ajudando?

Os olhos dela se voltam para o escravo com quem acabou de falar, o qual se detém do lado de fora do bordel. Ele acena e sai do pátio com a cabeça baixa, em direção à rua.

— Como meu irmão disse, rainha Meira — responde Ceridwen, se dirigindo para a porta. — Solidariedade.

Meira

O TOUR PELO bordel leva três horas.

Três horas.

Uma ala do prédio foi construída há mais de quatrocentos anos. Outra é completamente dedicada a pessoas que gostam de mulheres; outra, de homens; uma terceira, uma mistura das duas. O nível mais alto tem suítes particulares, uma das quais Simon reservou para nós, mas a oferta foi recebida com uma recusa firme e inexpressiva. Theron entendeu rapidamente por que eu queria um tour, e passou o tempo analisando detalhes tanto quanto eu. Mas nem sequer uma maldita alcova, planta, escultura, ou mesmo os azulejos pareciam conter qualquer coisa que se relacionasse à Ordem dos Ilustres — nenhum símbolo como no abismo, ao menos.

Então, depois de esbarrar por vezes demais em nudez, fingi exaustão, e Simon nos dispensou para que descansássemos para a festa à noite.

Se nossa busca for assim em todos os reinos, não acho que sobreviverei à viagem.

A comemoração que Simon prometeu — ou ameaçou, mais precisamente — começa logo após o pôr do sol. Nessa e Dendera ficaram para trás, dessa vez não sem tentativas da parte de Nessa.

— Talvez se mais de sua corte estiver com você ele não seja tão... — Mas as palavras dela se dissolvem conforme Nessa agita as mãos. Não contei tudo que aconteceu, apenas o bastante para que ela e Dendera tenham uma ideia geral de minha opinião sobre Verão.

Aperto o braço de Nessa.

— Não, fique aqui. Não ficarei fora muito tempo.

Ela me encara de volta.

— Vai me contar, não vai? Quando voltar?

Mordo o interior da bochecha.

Se houver alguma parte que eu possa contar a você.

— Volto logo.

Os ombros de Nessa se curvam para a frente e ela se afasta, sentando-se ao lado de Dendera no canto de meu quarto. Nessa parece... derrotada. Será que esperava que eu a levasse? Mesmo que quisesse, os irmãos dela não permitiriam, e com razão.

Mas Nessa dá um sorriso quando saio. Viu? Ela está bem. É apenas esse calor — está deixando todos nós ansiosos.

Dendera me deixa vestir a calça e a camisa nada dignas de uma comemoração, modestas e mais adequadas para Verão do que um vestido. Quando encontro Theron e os homens dele no corredor de novo, o príncipe passa o braço por minha cintura e prende o polegar na alça de meu cinto como se fosse a posição natural dele. Não protesto, estou preocupada demais em tentar me preparar para o que quer que esteja adiante.

Um criado nos leva para um salão de comemorações, tambores nos atraem para dentro com batidas que ressoam pelas paredes de arenito. Do lado de fora, baixinho, mais tambores podem ser ouvidos, o início de festas reverberando pela cidade. Vozes se elevam com risadas, e quando passamos por baixo de um arco, uma festa se revela ao nosso redor.

Tecidos laranja, escarlate e dourados envolvem colunas de tijolos de arenito em um imenso salão a céu aberto. Quatro andares de varandas se erguem, terminando em um trecho de céu preto-azulado que mergulha na noite, encorajando fogueiras que crepitam em todos os cantos, tochas que tremeluzem pelas paredes, e dançarinas com fogo que cospem línguas de chamas na multidão amontoada. Vivas e gritinhos de prazer ecoam por todas as direções, misturados ao tilintar de taças.

Se eu achei que estava quente no bordel, aqui está totalmente sufocante. A fogueira mais próxima está na boca de uma dançarina junto à parede, mas o calor que sinto é forte, determinado e próximo, pulsa na minha pele com toques ao mesmo tempo deliberados e caóticos. O calor vem dos veranianos, os corpos irradiam ondas de calor, exatamente como o frio impenetrável que cerca todos os invernianos. Ele toma conta de mim, fervilhando, irredutível. Um calor que poderia enlouquecer pessoas, distorcer imagens e confundir pensamentos.

Theron me leva para dentro. Meus olhos saltam de pessoa para pessoa, reparando em cada marca como se fosse um farol. O salão é ocupado pelo mesmo número de não escravos e de escravos, servindo bebida ou comida ou dançando com os membros da corte. Mesmo aqueles que servem bebidas parecem se divertir, balançando as bandejas acima da cabeça.

Simon, agora vestido, está no centro de um altar no meio do salão. Uma enorme tenda laranja cobre a área, com raios de sol costurados com linha dourada reluzindo à luz pulsante da fogueira. Ele está deitado com a garota yakimiana que o acompanhava mais cedo. Ela é a primeira a nos ver, sussurra palavras breves de aviso a Simon, que volta a atenção para o pé do altar e sorri.

— Rainha de Inverno! — Simon se coloca de pé com um salto, nem mesmo se dá ao trabalho de se dirigir a Theron desta vez. Por que um rei de um reino Estação desprezaria um reino Ritmo tão descaradamente?

Cordell não tem comércio com Verão, o que significa que não tem utilidade para Simon. E ele claramente não se importa em forjar qualquer conexão, pois quando desce o altar distraidamente, chega a *empurrar* Theron para longe para colocar o braço sobre meus ombros.

— Meira! Posso chamá-la de Meira? — Simon pega uma taça de uma bandeja que passa e a entrega a mim. Aceito apenas para evitar derramar quando o rei solta a taça. — Experimente isto, não vai se arrepender. Um tinto de dez anos. Delicioso.

Simon me empurra para a frente, tentando me puxar para baixo do dossel sobre o altar dele, mas planto os pés no chão, e o calor drena o equilíbrio de meu corpo, então tropeço.

Não seja burra, ecoa a voz de Ceridwen em minha memória.

— Obrigada — consigo dizer, e me desvencilho das mãos de Simon antes que ele toque minha pele diretamente. A mente de Simon é uma cujo interior prefiro *não* ver. — Mas o príncipe Theron é mais amante de vinho do que eu.

Theron pisca, surpreso, quando entrego a taça a ele, mas a aceita, me lançando um olhar suspeito.

— Sim — diz ele, então pigarreia e se volta para Simon. — Vinho. Amo.

Simon sorri.

— Sério? Mas Cordell faz uma boa cerveja. — Simon se volta para mim, com os olhos semicerrados enquanto pensa. Depois de um momento, ele estala os dedos, como se tivesse uma ideia. — Sei exatamente o que a atrairá, rainha de Inverno!

Preciso obrigar meu nariz a não se franzir, mas Simon me gira e aponta para a parede mais afastada.

— Comida! Mesas de iguarias veranianas. Nem mesmo tente me dizer que não gosta de *comida*.

A sugestão é tão alegre e inocente que chego a sorrir, e Simon une as mãos, completamente encantado pela habilidade de encontrar algo que me "atraia".

— Venha, venha! — Simon entrelaça o braço no meu, me puxando para a confusão sem olhar para trás. Theron diminui o passo para ficar junto com nossos guardas, e vejo pela forma como ele morde o lábio que está tentando não mencionar a óbvia rejeição veraniana.

A mesa de comida está entre duas pilastras de arenito envoltas em tecido amarelo luminoso. Atrás da mesa, aninhada na parede, uma lareira crepita, as chamas sobem muito mais do que o necessário — tem o objetivo de ser mais decorativo do que útil, imagino. Escravos perambulam em volta da mesa, enchendo travessas e, em alguns casos, fornecendo entretenimento. No canto, funis de chamas vibrantes são lançados das bocas de dançarinas veranianas enquanto bolas de fogo reluzem enjauladas nas pontas de correntes, lançadas de forma rítmica conforme escravos avançam, giram e se abaixam.

Simon sorri para elas.

— Lindas, não são? Ah, experimente isso, ensopado feito com amendoim e batata doce. Completamente exótico! — Simon aponta para uma tigela cheia de um purê dourado e gesticula para uma das dançarinas. — Vamos mostrar a nossos convidados uma verdadeira comemoração veraniana, certo?

A dançarina assente, o sorriso dela se abre ainda mais, então gesticula para um grupo de músicos no canto, aqueles que estão batucando melodias constantes e envolventes. Eles percebem a deixa e iniciam uma música dolorosamente rápida, os tambores batem e os tamborins se agitam em uma melodia que pulsa dentro de mim.

As dançarinas entram em uma dança coreografada, cuspindo fogo em ritmo, agitando as lanternas ao mesmo tempo. Chamas e calor, pés batendo, quadris girando, uma variedade estonteante de luz e energia que mesmeriza todos ao redor. Simon, os membros da corte, os guardas cordellianos, até mesmo meus guardas e Theron, que encaram com algo mais parecido com assombro do que com a paixão dos veranianos. As próprias dançarinas, todas veranianas, sorriem e gargalham, absortas pelos próprios movimentos. Os escravos que não estão dançando observam com o mesmo delírio, tomados de alegria.

Conforme observo as dançarinas, a aura de felicidade delas falha em um outro momento. Uma delas erra um passo, torcendo o tornozelo de modo esquisito, e uma expressão de dor lampeja no rosto da dançarina. Mas o sorriso retorna, o corpo dela prossegue com a dança como se nada tivesse acontecido. Outro dançarino luta contra cascatas de suor que escorrem pelo rosto, o fôlego vindo em arquejos que fazem o corpo todo estremecer, mas ele sorri apesar disso, com os lábios contraídos em um sorriso tenso.

Diversão, diversão por toda parte — essa é a reputação de Verão, afinal de contas.

Mas tantos desses sorrisos são forçados pelo homem ao meu lado, que pega uma bandeja de porco desfiado e vibra com prazer conforme come e observa o próprio povo dançar apesar de tornozelos torcidos e exaustão.

Fecho os dedos em punho, meus nervos estão à flor da pele.

Uma porta coberta por fios de miçangas pendentes chama minha atenção — ou melhor, a pessoa que se materializa ao lado dela, à esquerda da apresentação.

Ceridwen.

Todos naquela parte do salão parecem hipnotizados pela dança. Por um momento, ninguém está me olhando. A percepção dessa chance única de liberdade lança uma demanda formigante por meu corpo, tão forte e inesperada que me agarro a ela antes que consiga pensar em uma reação mais lógica. Vejo apenas um objetivo diante de mim: salvar Inverno de uma tomada cordelliana, encontrar a Ordem ou a chave antes de Theron. E Ceridwen é a primeira pessoa que conheci em quem talvez possa confiar.

A princesa se vira para falar com um homem atrás dela, o escravo com quem estava mais cedo. Juntos, eles passam pela porta.

Olho para os dançarinos, ainda retorcendo o corpo com rapidez e força, sem qualquer sinal de que vão diminuir o ritmo, e para o público, ainda hipnotizado. Sem pensar duas vezes, dou um leve passo para trás, inclino os ombros e entro na multidão. Ninguém repara que saí, e fervilho com uma sensação que não tenho há meses — a animação de sair de fininho, de tramar, de disparar para uma missão. De ser útil.

Passo pela cortina de miçangas. A comemoração fica mais abafada atrás de mim, a sala escura engole grande parte do barulho. Algumas velas tremeluzem nas mesas, algumas portas se abrem em mais quartos, mas estou concentrada no fim, onde Ceridwen e o companheiro dela sussurram conforme se apressam para a escuridão.

Mergulho para a frente, desvio de escravos que surgem de diversos quartos com bandejas de comida e bebida. Ceridwen e o homem entram em um quarto à direita e sigo, antes de perceber que não é um quarto, é o exterior.

O cheiro de palha, cocô de cavalo e lenha toma conta do pátio do estábulo, junto com o ocasional grito de celebração ou reclamação de um grupo de auxiliares de estábulo, debruçados sobre um jogo de dados intenso ao mesmo tempo em que bebem algumas garrafas de vinho. Tochas iluminam o pátio, revelando celeiros que envolvem o lugar e que fogem de vista. Nada de Ceridwen, mas vejo de relance um tecido laranja e cabelos vermelhos no telhado de um celeiro, diretamente à frente de onde estou. Eles somem... Por cima da muralha? Aonde ela vai? É a princesa — deveria conseguir partir pelo portão da frente sem perguntas.

Meira, a soldado, não hesitaria em seguir. Mas a rainha Meira deveria voltar para a comemoração e esperar que ninguém reparasse que partiu, para poder construir algum tipo de paz entre Verão e Inverno.

Mas a única aliada veraniana que quero está do lado de fora. Se as batidas abafadas da mesma música são alguma indicação, a dança ainda não parou — todos ainda devem estar hipnotizados por ela.

Uma pilha de caixas está perto de uma das paredes do celeiro, fornecendo uma carona fácil até o telhado. Impulsiono o corpo para cima, equilibrando-me nas antigas calhas, e dou um passo para trás para ter uma vista melhor da muralha, esperando que talvez Ceridwen apareça de novo. Tontura me faz oscilar, e cambaleio até a beira do telhado, o calor me consome a cada gota de suor.

— Ei, inverniana.

Eu me viro. No chão, abaixo, estão dois homens, cabelos vermelhos colados aos rostos sujos.

Um deles ri.

— Sua rainha a enviou para nos espionar?

O restante dos ajudantes do estábulo permanece em volta da caixa usada como mesa de jogo, tomando vinho no gargalo e nos observando com as sobrancelhas erguidas. Estou dividida entre preocupação por não ter percebido que eles me surpreenderam e alívio por não saberem quem sou. É claro que não sabem — por que a rainha de Inverno escalaria celeiros, sozinha, a essa hora da noite? Ela não escalaria. Não *deveria* escalar, por esse exato motivo.

Minha adaga parece queimar no pulso, mas não a saco, ainda não quero que saibam que tenho uma arma. Engulo em seco, permanecendo no telhado alto o suficiente para que não possam me puxar para baixo.

A não ser que subam pelas caixas e venham atrás de mim.

Um formigamento ínfimo de medo toma minha nuca, mas eu o afasto com um gesto. Já lidei com coisa pior. Posso lidar com isso.

— Quanto tempo até que alguém perceba que você sumiu, garotinha? — Um dos homens aponta o queixo em minha direção. — Tempo o bastante para se divertir?

— Tenho certeza de que temos ideias drasticamente diferentes do que é *diversão* — consigo dizer, olhando para a porta, na direção do palácio. Vazia e escura.

Os homens gargalham alto.

— Essa daí tem uma língua!

— O que mais pode fazer com essa sua língua, hein?

Minhas pernas tremem e dou um passo para trás, mais perto do alto do telhado. A bola fria de magia do condutor se mistura ao meu medo ao ouvir as palavras dele e me fazer ter ânsia de vômito.

O pátio vazio do estábulo espera, escuro e agourento ao meu redor. O rosto de Angra lampeja em minha mente quando percebo o quanto essa área é tão parecida com Abril — vazia e ávida. Coisas terríveis não acontecem em lugares lotados; elas acontecem nos vazios do mundo, onde há apenas uma vítima e um agressor e ninguém para ouvir grito algum.

— Espere aí, querida... Só queremos conversar! Desça.

Esfrego a testa, minha pele está coberta por sujeira, e inspiro ar quente abafado. A umidade grudenta do suor em minhas mãos fica mais espessa, uma camada de calor úmido que se parece exatamente com... sangue. Sangue como em Abril, quando matei Herod.

Herod me olhava como esses homens me olham.

A magia do condutor dispara gelo por mim, então esfrego as mãos furiosamente na calça, inspirando com dificuldade um ar que se recusa a ir para meus pulmões. O que não daria por gelo nesse momento...

— Não, estou bem... *Estou bem.*

Uma sombra se move do ouro lado do telhado do celeiro e me viro, quase perdendo o equilíbrio na calha conforme puxo a adaga da manga. Terror percorre meu corpo, relâmpagos de pesar conforme a sombra se move para a frente. Avanço, mas minha visão fica embaçada — o céu preto intenso, o tremeluzir distante de uma fogueira em um telhado. Meus joelhos fraquejam no telhado, a faca escorrega pela inclinação e o impacto me sobressalta, fazendo escapar um gemido, junto com...

Frio.

Meira

Frio agradável e maravilhoso preenche minhas veias, tomando conta de mim da cabeça aos pés. Grito, tão grata pela sensação que por um momento gélido tudo mais desaparece.

Um rosto surge em meu campo visual. Não é Angra, não é Herod — é Ceridwen.

Ela segura meus ombros.

— Meira — grita Ceridwen para mim, com a voz distante. — Calma!

Sangue ruge em meus ouvidos, meus pulmões parecem apertados como se fossem pisoteados por uma horda de cavalos, esvaziando e mal se enchendo antes de esvaziarem de novo. O frio recua, minha visão é incapaz de processar o que vejo. Ceridwen, sim, mas também... neve?

Flocos brancos fofinhos flutuam pelo ar entre nós.

Estamos em Verão... Não deveria... Não...

Ceridwen se agacha com a expressão severa.

— O que você *fez*?

A pergunta sai afiada e ríspida, e apenas me sento ali, com as mãos na neve fofa que se acumula no telhado, meu corpo estremece com frio e terror.

Neve. Em Juli.

Eu fiz nevar em *outro reino*.

A magia do condutor está ligada a cada terra, como a cada governante — afeta apenas o reino ou o povo designado. Eu não deveria ter conseguido conjurar neve em Verão, mas aqui estou, sentada em pilhas dela, observando os flocos evaporarem ao calor implacável.

— Eu... — começo a dizer, erguendo um punhado de neve. — Eu não...

— Minha rainha?

Fico de pé e disparo pela inclinação do telhado. Garrigan ergue a mão para me segurar se eu cair, firme nas caixas abaixo. Suor e poeira sujam o rosto dele, e Garrigan olha por cima do ombro para o pátio. Os auxiliares do estábulo se foram, não resta nada além das garrafas de vinho vazias à luz tremeluzente da tocha.

— Eles... se foram — digo, ofegante. — Eles não viram? Você viu...

Indico a neve, que agora parece nada além de uma poça no telhado. Garrigan me dá um olhar contido.

— Se viram alguma coisa, acho que estão tão bêbados que será esquecida. — Mas, minha rainha — Garrigan para, expira e, quando acho que posso perder o controle se precisar explicar a ele, Garrigan suspira —, você está bem?

Obrigada.

— Sim — digo, antes que saiba a resposta.

Estou?

Esfrego o peito, acalmando a magia suavemente.

Não, não estou bem.

Ceridwen semicerra os olhos para Garrigan antes de olhar de volta para o palácio.

— Fico feliz ao ver que não durou muito na festa de meu irmão — observa ela, e se coloca de pé, com as mãos no quadril. — Mas o que, exatamente, você estava fazendo?

Os olhos de Ceridwen se abaixam para a poça aos meus pés, mas ela não fala mais sobre o assunto. O silêncio da princesa parece um desafio para que eu diga algo, ou talvez ela esteja apenas armazenando a informação para usar mais tarde contra mim. Qualquer que seja o motivo, não estou com paciência.

Aprumo as costas.

— Estava seguindo você. Parece ser a única pessoa sã neste reino, e queria descobrir se alguém em Verão era digno da amizade de Inverno.

Pergunte sobre minha magia. Eu a desafio.
Ceridwen gargalha, a expressão dela é intensa.

— E por que me perseguiria, em vez de meu irmão? Ele é o governante deste reino, aquele com o poder.

Ceridwen cospe a última palavra, ainda sem mencionar minha magia, pelo menos não diretamente. Encolho o corpo. Estou tão cheia de política, de dizer coisas sem dizer nada. Estou cansada, e o suor seco deixa meu corpo pegajoso, e só quero correr de volta para Inverno e me enterrar em uma pilha de neve.

Mas desejar tais coisas trouxe resultados potencialmente desastrosos há poucos momentos, então afasto o desejo.

— Preciso de ajuda — começo a dizer, com a voz fraca. — E não de seu irmão. Embora não seja você quem empunha o condutor, ainda ajuda seu reino...

Paro subitamente.

Ceridwen ajuda o povo, embora não seja quem empunha o condutor. Ela os ajuda sem magia.

É isso que quero, um desejo que nem mesmo sabia que cultivava — governar Inverno sem precisar de magia. Ser rainha, ser *eu mesma* sem precisar depender da magia imprevisível e assustadoramente poderosa que habita meu peito.

Passamos tanto tempo lutando para recuperar a magia de Inverno que jamais considerei se seria o melhor para nosso reino, mas agora que a tenho, agora que vi o que pode fazer...

Preferiria que bastássemos como somos, apenas pessoas, nada além disso.

Os olhos de Ceridwen recaem no medalhão em volta de meu pescoço. Quando eles voltam para mim, meu corpo enrijece, preparando-se para um ataque.

— Embora eu não empunhe um condutor? — repete Ceridwen, atenta à rua além da muralha. Uma expressão de reconhecimento e irritação percorre o rosto de Ceridwen, então acompanho o olhar dela.

O escravo que Ceridwen deixou dispara para fora das sombras de um beco. Ele assente uma vez, ergue três dedos e desaparece, tudo tão rápido que eu não teria notado se a atenção de Ceridwen não tivesse recaído nele.

Viro de volta para ela e dou um gritinho de surpresa. Ceridwen está perto de mim agora, nariz com nariz, e me encara com aqueles olhos castanhos infinitos.

— Tudo bem, rainha de Inverno, quer saber o que faço? Aquele homem está providenciando ajudar com a fuga de uma família yakimiana de três pessoas. Mas você reparou nos lindos souvenires que Verão dá à propriedade do reino? O "V" marcado? Significa que não podem voltar para o lar deles. Yakim os mandaria de volta para cá. O resto das vidas deles será em um campo de refugiados, longe da civilização, e só podemos ajudar um número limitado por mês antes que Simon suspeite. Mesmo assim, ele suspeita de mim, mas preciso continuar ajudando *porque* não sou quem empunha o condutor.

Minha pulsação sobe até os ouvidos.

— Mas você usaria magia, se pudesse?

Ceridwen semicerra os olhos para mim e abre a boca como se estivesse certa da resposta, mas então para com o maxilar contraído.

— Por que está me perguntando isso?

Eu deveria ter esperado por essa.

— Só estou tentando entender qual é sua posição, princesa. Se é alguém... — *Que tem os mesmos ideais que eu mesma; que acredita nas mesmas liberdades; que apoiaria minha intenção de manter o abismo de magia fechado.* — Se é alguém em quem posso confiar — concluo.

— Como sei que você é alguém em quem *eu* posso confiar?

— É justo. — Cruzo os braços. — Não sabe.

O espanto de Ceridwen se intensifica, mas é mais curioso, menos afrontador. Ela olha de volta para a rua abaixo, agora vazia. Com uma expiração longa e lenta, Ceridwen massageia a pele entre os olhos.

— Meu irmão usa o condutor dele para tornar os dias nublados em ensolarados — sussurra Ceridwen.

Espero, deixando que ela fique com o silêncio. Ceridwen usa o tempo para me olhar, revelando a real exaustão na forma como os ombros dela se curvam para a frente.

— O que é... lindo. Acho. Mas ele também usa para evitar qualquer gravidez indesejada nos bordéis, indesejada por ele, entenda, não necessariamente não desejada pelos escravos. Pode escolher tais coisas, e eu costumava achar que mataria por esse tipo de poder. Mas... não.

— Ceridwen dá de ombros, com as sobrancelhas franzidas. — Não mudaria quem sou. Estou tentando tanto limpar a magia de meu irmão que não gostaria de ter magia também. Combater fogo com fogo. O que, acredite, não funciona.

Ceridwen pisca, despertando do momento de confissão com um avanço ágil na minha direção.

— Então, eu juro, se uma palavra disto chegar a Simon...

— Não! — Interrompo. — Não vou. Eu...

Ceridwen não quer magia. É claro, ela diz isso agora, quando não acha que tal coisa sequer seja possível. Mas preciso confiar nela. Preciso de ajuda com isso.

O medo de Noam percorre minha mente. Se alguém familiarizado com a Ordem dos Ilustres nos ouvir mencionar esse nome, não será difícil compreender que encontramos o abismo de magia. Não que eu me importe com o motivo de Noam para mantê-lo escondido — tenho meus próprios motivos para querer que o resto do mundo permaneça ignorante.

Minha meta está mais alinhada à visão de Noam do que à de Theron. Cheguei a um nível totalmente novo de repulsa política.

— Estou procurando algo — começo. — Algo que poderia impedir... — *O fim do mundo.* — ... Cordell de ficar descontroladamente poderoso. Acho que pode estar aqui, em Verão.

— Verão jamais teve negócios com Cordell. Nada deles estaria aqui.

— Não, não é algo que pertença a eles... É algo que também buscam. É imperativo que eu encontre primeiro.

A expressão no rosto de Ceridwen é de puro espanto. Olhos semicerrados, lábios entreabertos.

Resmungo e bato com o punho na testa, de olhos fechados.

— Nem mesmo sei o que estou buscando, sinceramente.

Uma chave? A própria Ordem? Qualquer coisa, de verdade, mas não faço ideia de por onde começo.

— É por isso que veio até aqui? — deduz Ceridwen. — Não para se aliar a Verão.

Olho para ela.

— Não posso dizer o mesmo de Cordell, mas prefiro ficar nua em uma tempestade de areia a me aliar a seu irmão.

Ela gargalha.

— Eu ajudaria se pudesse, rainha de Inverno. — Os olhos de Ceridwen se voltam para as poças aos nossos pés, mas ela fica calada.

Sim, definitivamente está guardando meu uso da magia como um trunfo caso eu a traia. Nenhuma de nós se sente confortável com a outra ainda, mas essa conversa é um começo.

Aceito o que puder.

Garrigan toca meu cotovelo.

— Deveríamos entrar, minha rainha.

Isso chama minha atenção para o quanto o pátio está vazio. Garrigan lê meu olhar inquisidor.

— Henn ficou no palácio para o caso de você voltar. Conall foi vasculhar a ala leste.

— Não deveriam ter se separado... — começo a dizer, mas a repriminda desaba, inerte, aos meus pés. Fui *eu* quem saiu correndo sozinha.

O olhar que Garrigan me dá é incrédulo e exasperado.

— Eu sei — suspiro. Sigo para a beira do telhado e desço para a caixa ao lado dele. Passamos para o chão de terra com cuidado, e os ecos das comemorações distantes me dão um descanso suficiente para que eu reviva a noite com detalhes esclarecedores.

Não faço ideia do efeito que minha partida teve em Simon. Poderia ter sido morta, ou pior, se Ceridwen e Garrigan não tivessem me encontrado. E quando entrei em pânico e perdi controle da magia, tenho sorte de só ter feito nevar. Mas *como* fiz aquilo? É impossível — ou deveria ser. Cada Condutor Real pode afetar apenas seu respectivo reino.

Preciso desesperadamente de respostas. Preciso encontrar a Ordem dos Ilustres.

A culpa em meu estômago é semelhante demais à culpa que tomou conta de mim quando levei os homens de Angra de volta ao acampamento, nas planícies Rania. Depois que Sir não quis me mandar naquela missão, depois de eu assegurar a ele e a todos de que poderia fazer aquilo, fracassei mesmo assim, e precisamos abandonar nosso lar mais uma vez.

Alguém poderia ter se ferido com minha imprudência esta noite. É isso que inconsequência faz — fere as pessoas com quem me importo.

Achei que tivesse aprendido isso a essa altura.

Mas quando Ceridwen se junta a nós no chão, acalmo meu arrependimento ao saber que tenho ajuda, caso precise. Deveria ao menos descobrir o que estou procurando.

Limpo o suor da testa e sigo pelo pátio, desviando de volta para a porta. Algo tilinta na minha bota e, quando olho para baixo, uma das garrafas de vinho vazias dos auxiliares do estábulo reluz com o brilho da tocha mais próxima.

Franzo a testa e me abaixo. Finn tinha algumas garrafas de vinho veraniano quando eu era mais jovem. Talvez eu tenha convencido Mather a me ajudar a roubar uma em algum momento. A embriaguez depois disso transformou a maioria dos detalhes em um borrão, mas me lembro da garrafa: o vidro de um tom marrom translúcido; o rótulo se soltando em tiras desbotadas; uma sujeira tão espessa que precisei limpar uma camada para chegar à rolha.

— É melhor curtirem essa bebedeira — grunhira Finn para Sir depois que Mather e eu fomos descobertos, quase em coma, mas rindo incontrolavelmente. — *Acabaram de beber cinquenta anos de vinho do porto tawny veraniano.*

Para ser justa, não bebemos *todo* ele — só conseguimos dar alguns goles antes de o gosto se tornar insuportável. E Sir parecera mais irritado com o fato de que Finn tinha o vinho do que com nossa bebedeira, pois ele foi em frente e destruiu a garrafa em cacos, então rosnou com Finn por ter comprado mercadoria de um reino tão corrupto.

— *Eles acabaram de beber cinquenta anos...*
Uma ideia toma vida em minha mente.

— Por quanto tempo se envelhece vinho? — pergunto a Ceridwen.

Ela vê a garrafa aos meus pés e a ignora. Imagino que milhares delas devem cobrir Verão de sujeira.

— Depende do vinho. Por quê?

— Qual é a garrafa mais velha em Verão?

— Temos algumas garrafas e uns barris que guardamos como lembranças dos primeiros lotes. Tem séculos, pelo menos, a esta altura. Não achei que você fosse apreciadora de vinho.

Séculos. Então... Velha o suficiente para existir quando a Ordem escondeu as chaves?

Fico de pé, batendo com as mãos nas coxas. Quanto deveria contar a Ceridwen?

— Acho... que poderia me ajudar.

— Imagino que sim. Sabe-se que o álcool tem suas utilidades.

Rio com ironia.

— Não para beber. Onde estão?

Ceridwen relaxa, indicando com a mão, desinteressadamente.

— Venha comigo.

Começo a seguir, mas paro.

— Espere... Estão aqui? Não em uma vinícola?

— É claro que estão aqui. — Ceridwen olha de volta. — O melhor vinho do reino é mantido na reserva particular de minha família desde que Verão é quente.

Não tinha esperado que fosse tão simples, mas Ceridwen começa a caminhar de novo, e a sigo em silêncio.

Ela nos leva de volta ao palácio. Paramos apenas o bastante para que Garrigan passe a mensagem a Henn e Conall de que estou segura. Ainda bem que Ceridwen evita a comemoração, nos mergulhando em alguns corredores escuros e longe do rebuliço da festa até uma escada que nos leva para o fundo do palácio. O ar fica mais fresco, grau após grau, conforme descemos, cada camada de frescor alivia meus músculos. Talvez meus invernianos e eu possamos ficar no subterrâneo durante o resto da estadia em Verão — certamente seria muito mais agradável.

Quando a escada nos leva a um espaço amplo, meu corpo fervilha com adrenalina, os olhos correm por cada detalhe, como se a própria Ordem dos Ilustres pudesse estar ali embaixo, esperando apenas por mim. Mas a escuridão se agarra às pedras, então tudo o que reconheço é o eco ressoante de nossos passos atingindo paredes muitos passos adiante.

Ceridwen ergue uma lanterna e a acende, as chamas douradas projetam luz em uma adega.

Ou mais um *armazém* de vinho. Fileiras e fileiras de prateleiras de madeira se estendem em todas as direções, com mais para além do alcance da lanterna. Cada prateleira tem garrafas envoltas em poeira ou barris empilhados em fileiras organizadas. O odor pungente de carvalho paira juntamente do fedor almiscarado do tempo, confirmando que esse lugar aguentou gerações de tumulto e guerra, batalha e severidade. Um lugar intocado há décadas — ou, espero, séculos.

— Bem-vinda à reserva Preben — diz Ceridwen, com o tom de voz áspero, e acena para que prossigamos quando ela se abaixa sob uma fileira, a luz da lanterna passeando por garrafas cobertas de poeira. Garrigan e eu seguimos em silêncio, cada passo levanta poeira.

Esquerda, esquerda, direita, esquerda — Ceridwen faz tantas voltas que sei que não conseguirei encontrar o caminho sozinha. Essa adega deve se estender por pelo menos toda a longitude do palácio, se não mais — talvez toda a área do complexo do palácio. Quanto mais entramos, mais espessas ficam as camadas de poeira, mais pesado é o fedor da idade e de mofo no ar.

Por fim, Ceridwen para e indica uma estante de madeira que, para mim, parece com qualquer outra estante cheia de vinhos por que passamos. As poucas prateleiras do alto contêm garrafas, com o gargalo para fora, enquanto as da base armazenam pequenos barris em fileiras horizontais.

— O vinho mais antigo que existe — anuncia Ceridwen, obviamente nada impressionada com as posses do próprio reino. — É uma questão de orgulho para todos os reis deixá-lo envelhecendo aqui.

Começo a estender a mão para uma garrafa, mas paro, olhando para além da luz tremeluzente da lanterna. Apesar de toda minha ansiedade, não processei o fato de que elas são *importantes* para alguém. Não são coisas que posso abrir e vasculhar. Mas preciso abrir? Talvez o exterior tenha alguma marcação.

Minha hesitação faz Ceridwen sorrir. Ela pega uma garrafa e coloca em minhas mãos, a poeira sobe em uma pequena nuvem.

— Faça o que precisar com ela. Meu irmão tem orgulho de ter uma reserva de vinho, mas de se importar com próprio povo? Tenho tanto amor pelas prioridades dele quanto Simon tem pelas minhas.

Fecho os dedos em torno do gargalo.

— Ele não sabe qual é sua opinião?

Ceridwen dá uma gargalhada amarga.

— Tenho quase certeza de que sabe, mas nunca está sóbrio por tempo o suficiente para fazer mais do que despretensiosamente se perguntar por que sou tão emburrada. Então, o que exatamente está procurando?

A pergunta paira, ríspida, no ar, com o peso dos favores que Ceridwen fez por mim.

Viro a garrafa de cabeça para baixo, para cima, giro e limpo e busco cada espaço livre atrás de... Nem mesmo sei o quê. O selo da Ordem dos Ilustres, talvez.

— Preferiria que não estivesse envolvida nisso até eu não ter escolha. — Ergo o olhar. — Você já tem muitos problemas, ao que parece.

Ceridwen resmunga com uma aceitação relutante.

Apoio a garrafa e pego outra.

Depois de 12 garrafas, nenhuma das quais me dá mais do que um ataque de espirros devido à poeira, me ajoelho, encarando os barris. Garrigan permanece atrás de mim, enquanto Ceridwen desistiu de tentar ajudar há nove garrafas e desabou na ponta das estantes de madeira, com a cabeça inclinada junto ao peito, a lanterna descansando no chão ao lado.

O primeiro barril emite um som de líquido se agitando quando o tiro com cuidado. Não há nada incomum nele, nenhum selo dos Ilustres ou chaves presas à borda. O seguinte é o mesmo.

E o seguinte.

E o seguinte.

Pego outro, esfrego os dedos pelo exterior, analiso a madeira. Minha certeza quase se extingue quando o coloco de volta e estendo a mão para o próximo. Talvez estivesse errada — há apenas poucos barris mais. Talvez...

Mas o próximo fica preso quando puxo, agarra-se com força à estante. Puxo de novo, mas ele permanece.

Ceridwen se inclina para a gente, atraída pela forma como a estante estremece com cada puxão inútil.

— Precisa de ajuda?

— Não sei — admito, levando os dedos para qualquer que seja a parte do barril que consigo alcançar. Roço a base, uma linha lisa de algo como cera que segue a curva do barril.

Minha testa se enruga. Alguém fixou esse barril à prateleira? Por quê? É tão especial assim para Verão?

Ou é especial assim para outra pessoa?

Cada barril tem uma rolha do lado chato, voltada para fora. Dou batidinhas com os nós dos dedos no barril, tentando ouvir um som abafado e pesado que diga que há vinho dentro. Mas o som é... oco?

Apenas uma forma de ter certeza.

Eu me giro de joelhos, apoiando-me no piso frio de pedra, e fecho os dedos em volta da rolha. *Por favor, por favor, por favor...*

Ceridwen se coloca de pé e dá um gritinho de protesto quando puxo o corpo inteiro para trás, usando cada músculo que me resta para tirar a rolha. Ela congela, com as mãos abertas, esperando o pior...

Mas nada sai. A rolha está na palma de minha mão, a abertura no barril é grande e vazia.

Meus pulmões esvaziam com o grito de choque que emito.

Não contém vinho. Então o que *há* do lado de dentro?

Os braços de Ceridwen vão até o próprio quadril, a testa se franze, mas a princesa não diz nada quando me aproximo do barril de novo. As bordas do lado chato foram feitas por alguém experiente, não podem ser abertas, então fico de pé, me viro e chuto o barril com a sola do sapato.

A madeira se abre com uma explosão que perturba o silêncio, quebrando-se em alguns pedaços irregulares. Eu me viro de volta e arranco completamente os pedaços, enchendo o chão de cacos de madeira. A lanterna tremeluz ao lado dos pés de Ceridwen, projetando luz no barril.

E bem no fundo, projetando-se da base, está uma alavanca.

Avisos disparam em mim, aguçando minha mente.

Isso é errado, diz meu instinto. *Isso é perigoso. Não puxe...*

Inspiro, fecho os dedos em torno da alavanca e puxo para trás com o máximo de força.

A alavanca trava por um momento, mas cede quando jogo o peso do corpo. A madeira range e me atinge, movendo-se apenas um palmo, mas o suficiente para que algo bem no fundo do piso de pedra resmungue e trinque. Calor envolve minhas botas, devora minhas pernas, rasteja mais para cima em uma erupção repentina e morna que faz meu corpo inteiro latejar em aviso.

O chão estala.

Viro para a direita, onde Ceridwen está inclinada em minha direção, o rosto franzido com confusão.

— Saia! — grito, conforme o rangido no chão e as ondas de calor se intensificam, abrindo um abismo logo ao meu lado, bem onde Ceridwen está.

Eu me atiro contra ela, derrubo Ceridwen e a lanterna para trás quando o piso de pedra se abre entre as prateleiras. Uma pequena abertura, com pouco mais de dois braços de largura, mas profunda, e quando Ceridwen tropeça na parte sólida do chão, a lanterna ressoando ao lado dela, eu mergulho na queda que teria engolido a princesa.

— Meira! — grita Ceridwen, no momento em que Garrigan berra:
— Minha rainha!

Meus dedos se agarram à beira do poço recém-formado, sustentando todo meu peso quando me choco e paro na lateral do buraco. A rocha roça no meu rosto, pedras irregulares se enterram em minha barriga, mas, fora isso, estou ilesa. Abalada como um pedregulho em um deslizamento de terra, mas ilesa.

Ceridwen segura meus pulsos.

— Você está bem? Espere aí...

Mas não me movo em direção à ajuda dela. Esse poço se abriu quando puxei a alavanca, o que significa que está relacionado com a chave ou a Ordem. Ou é apenas um truque veraniano maldoso escondido em um recipiente do vinho deles.

Com os nervos à flor da pele, olho por cima do ombro. Abaixo, a cerca de duas vezes minha altura, luz pisca na base do poço na forma de um anel de fogo.

A alavanca ativou isso também? Por quê?

O restante das laterais do poço é de rocha, irregular e escavada às pressas, deixando grandes formas salientes. Nada mais é incomum, nenhuma outra chama ou marca, e volto o olhar para o anel de fogo.

Ali, no centro das chamas, algo reflete a luz.

— Esperem — grito para Ceridwen, e agora para Garrigan, ambos ajoelhados para me ajudar a subir. Eles esperam, e no breve momento de pausa, solto a parede de rocha. O tranco inesperado faz com que me soltem, então caio, desabando em uma nuvem de terra suja na beira do anel de fogo.

— Minha rainha! — A voz de Garrigan se distorce com pânico e ele se arrasta na direção de Ceridwen. — Tem uma corda? Uma escada? Alguma coisa?

Ceridwen resmunga.

— Desculpe, Verão não mantém muitos equipamentos de escalada na *adega*.

— Então busque algo!

— Calma, inverniano, ela está bem! — Mas a voz de Ceridwen se dissipa conforme ela fala; deve estar se movendo na direção de uma despensa, ou de volta para cima, para buscar o que Garrigan exige.

— Aguente firme, minha rainha — grita Garrigan para mim.

— Estou bem. — Dou um passo hesitante na direção do meio do anel de fogo. Não esperava exatamente que o chão desabasse da primeira vez, e não estou prestes a ser pega desprevenida de novo. Mas o piso de pedra irregular aguenta firme, o fogo acrescenta luz e ondas de calor que fazem com que mais suor escorra por meu rosto conforme me inclino na direção do objeto no meio do anel de fogo.

É uma chave. Velha e de ferro, tão longa quanto minha mão, com uma treliça espiralando no topo, ao redor de um selo — um raio de luz atingindo o topo de uma montanha. O símbolo da Ordem.

Recuo, incredulidade preenche cada fibra de meu corpo.

Encontrei mesmo.

— Cuidado! — A voz de Ceridwen precede o ruído de uma corda no piso de pedra logo ao meu lado.

Uma corrente serpenteia para fora da treliça. Seguro-a, enfio a chave no bolso e pego a corda, com o fôlego preso à espera da possibilidade de mais surpresas. Mas nada acontece de novo, como se a chave quisesse que eu a pegasse, como se o poço estivesse esperando que alguém puxasse aquela alavanca e revelasse todos os segredos.

E talvez estivesse.

Quando chego ao chão da adega, Garrigan está completamente cinza de preocupação. Ele segura meu cotovelo e me coloca de pé, a boca se abre com mais uma pergunta sobre ferimentos...

Quando um ronco reverbera sob nossos pés.

Eu me viro. O poço sumiu.

Ceridwen contrai os lábios fechados e contém um grito abafado atrás deles, apontando para as pedras, então para mim, então para o barril de vinho.

— O que... foi... *aquilo?*

— Eu... — *Pela neve, como vou explicar isso?* Pego a chave do bolso e deixo que oscile na corrente. — Encontrei o que precisava. Se ajuda.

Ceridwen sacode a cabeça e pressiona os punhos nas têmporas.

— *Que é?*

— Uma chave — digo, e Ceridwen solta um resmungo como se dissesse o óbvio: *Não diga, sério?* — Uma chave para alguma coisa... terrível. E antiga. E... — Paro, com os dedos ainda envoltos na corrente.

A esperança tira meu fôlego, um redemoinho que espirala por meus pulmões. Consegui. Encontrei a chave... Encontrei a pista que a Ordem nos deixou.

Consegui de verdade.

E isso é prova, ainda mais do que a porta, de que a Ordem existe.

Mas...

Incerteza me incomoda, a sempre presente preocupação se expande para uma nova direção, e olho para o poço, novamente fechado por magia. Não há mais calor, como se jamais tivesse existido. Apenas a alavanca no barril de vinho resta como indicação da existência do poço.

Por que aquilo estava em Verão? Ainda não faz sentido, a Ordem colocar uma das chaves nesse reino. Por que não Outono ou Inverno ou Primavera? Por que em Verão, em Juli, na adega do palácio?

Olho para as estantes de novo. A idade daquela parte, a poeira nas garrafas, a reverência que os veranianos — bem, exceto por Ceridwen — aparentemente têm por aquele vinho significa que teria resistido ao tempo. Esse é um dos símbolos de Verão há séculos: vinho.

A Ordem colocou essa chave em um lugar de importância para Verão para que certamente sobrevivesse ao curso da história. Isso ao menos explica parte do motivo — de estar na adega, não de estar em *Verão*.

Será que as outras chaves estarão em locais semelhantes?

— Meira — dispara Ceridwen, e me volto para ela. O choque dela sumiu, está coberto pelo mesmo olhar que ela me lançou quando fiz nevar há poucos momentos. Armazenando minha fraqueza para uso futuro, me analisando e tentando descobrir uma forma de tornar isso benéfico para Verão. Deveria parecer como a forma com que Noam me trata, mas Ceridwen suspira, esfrega os olhos e sacode a cabeça.

— Está envolvida com algo perigoso, não está? — pergunta ela.

Começo a responder, mas em meio ao silêncio pesado da adega, um grito dispara.

Minha cabeça se volta na direção do som.

Conheço essa voz.

— Theron.

Mather

— Relaxe o pulso e expire quando soltar. — Mather posicionou o braço de Hollis, alinhando a faca na mão com o alvo nos fundos da sala. — Embora sua mão atire, seu corpo inteiro deve sentir. Seus ombros, a cintura, as pernas. Vá até o final.

Com uma expiração, Hollis deixou que a lâmina disparasse, observou enquanto girava em torno de si até atingir a parede com um ruído trêmulo, cinco linhas longe do círculo central. Uma expressão de desapontamento tomou o rosto dele, mas Hollis não disse nada, apenas caminhou até o fim da fila para arrancar a faca da parede.

— Ele está piorando — sugeriu Kiefer da mesa sobre a qual estava agachado. Ela ficava na porta da frente do chalé abandonado, abrindo o espaço de toda a metade dos fundos da sala ao mesmo tempo em que impedia que qualquer um entrasse sem ser notado.

— Se acha que pode fazer melhor — disse Mather, então estendeu uma faca para ele, com o cabo virado para Kiefer.

Mas Kiefer apenas sacudiu a cabeça e se apoiou mais na parede, com as pernas abertas sobre os sulcos e as manchas do tampo da mesa.

— Vocês não precisam de minha ajuda para serem mortos. Aquele capitão Brennan vai descobrir tudo, e ficarei feliz ao assistir o ex-rei Mather descobrir quais são as repercussões para pessoas *de verdade*, não realeza.

Mather abaixou a faca.

— Você é um babaca, Kiefer.

— Fui a vida toda — respondeu ele, mas apesar de ele estar de olhos fechados, Mather viu os lábios do garoto estremecerem. Movimentos como esse, sabendo que Kiefer não passava de palavras e atitude, eram tudo que impedia Mather de repetir a briga anterior no celeiro de treinamento.

Mather verificou o restante da sala. Hollis estava de frente para o alvo de novo, enquanto, alguns passos à esquerda, Trace e Phil lutavam naquilo que se passava por um triste ringue de espadas improvisado. Nada além de um círculo desenhado no piso de tábua com cinzas, a linha borrava em todas as sessões conforme os garotos deslizavam pelo limite para evitar as lâminas de treino um do outro, tiras finas de madeira retiradas das paredes do chalé.

Fazia quatro dias desde que William aplicara a ordem de Noam para cessar o treinamento dos invernianos — algo que o próprio Mather havia sugerido pouco tempo antes. Mas ele apenas quis dizer que era inútil treinar homens que mal conseguiam segurar comida nutritiva no estômago, quem dirá segurar uma lâmina. Os mais velhos, os frágeis. Ele não quis dizer que deveriam *todos* parar — e, sinceramente, a maior parte do que Mather tinha dito desde que tinham retornado a Inverno fora por raiva. Tudo que dissera a Alysson, a William — pelo gelo, até mesmo a Meira.

Mas Mather tinha 16 anos de provas de que até mesmo o menor dos grupos podia infligir danos. Os seis eram melhores do que nada. Bem, cinco, mas Mather sabia que Kiefer cederia e começaria a treinar em algum momento — o irmão dele, Eli, já havia cedido, e estava sentado junto à parede ao lado de Hollis, observando-o trabalhar cada disparo.

Até então fora fácil se esquivar de William — tão fácil que Mather se perguntou por que não tentara fazer isso antes. Contanto que intermitentemente passasse no chalé que dividia com ele e Alysson ou fosse visto reconstruindo uma ou outra estrutura, Mather era deixado em paz.

Conseguir suprimentos era outra história, na qual ele ainda estava trabalhando — as únicas armas utilizáveis em Inverno estavam com os cordellianos, e não podia roubá-las sem chamar atenção, mas pensaria em alguma coisa. Já conseguira roubar algumas facas nas refeições.

Trace golpeou a espada de Phil. A força partiu a lâmina de Trace ao meio; um pedaço ficou na mão dele, o outro saiu girando pelo ar. Mather xingou baixinho por perder outra frágil espada. A mão de Trace pegou o outro pedaço de madeira no ar.

Agora equipado com dois pedaços de madeira da extensão de um antebraço, falsas facas em vez espadas de mentira, o rosto de Trace se iluminou. Ele atacou Phil, que mal conseguira recuperar o equilíbrio e segurava a espada com os braços trêmulos. Trace golpeou e avançou, uma confusão de madeira e braços que fez com que Phil cambaleasse para trás.

Por fim, Phil desabou, a espada saiu quicando para fora do círculo quando o garoto estendeu os braços para o alto.

— Eu me rendo!

Trace recuou, com o rosto sujo de suor. O olhar dele se ergueu na direção de Mather e Trace sorriu, ofegante.

— Sóis pretos, isso foi bom.

Mather sorriu.

— Você definitivamente deveria lutar com facas — disse ele, e assentiu para Hollis, que observava fascinado. Todos tinham compartilhado essa expressão pelo menos meia dúzia de vezes desde que Mather tinha começado aquela empreitada insana com o grupo, quando alguém bloqueava um golpe, quando alguém acertava um alvo. Mais frequentemente, compartilhavam o lampejo de desapontamento que Hollis exibiu ao errar o alvo. Precisava aproveitar momentos como aquele, quando alguém era bem-sucedido.

Trace marchou para fora do ringue de espadas, ainda sorrindo ao se juntar a Hollis.

Phil fez uma careta para Mather.

— Isso quer dizer que preciso lutar com você de novo? Não acho que meu orgulho pode aguentar tantas derrotas em um dia.

Mather riu e caminhou para a frente quando outra pessoa chegou antes dele no ringue. Feige, que não passava de uma sombra silenciosa e observadora no canto, sorriu para Mather ao pegar a espada largada de Phil.

— Eu lutarei com nosso ex-rei — disse ela.

Mather se certificou de que Feige soubesse que era bem-vinda a treinar, mas Hollis sempre dava uma desculpa. Mather jamais conseguia entender por que ele não queria que a irmã lutasse, ou por que Feige obedecia ao irmão quando mostrara tanta força naquela primeira noite. Desde então, na verdade, Feige não passava do apelido tão adequado que Phil lhe dera — um fantasma que pairava logo além das interações do grupo.

Hollis passou a faca para Trace.

— Feige, não acho que é...

— Não desafiei você — respondeu ela, com a voz fria. — Desafiei nosso ex-rei.

Mather sentiu o olhar de Hollis em si, uma presença pesarosa à direita. Os músculos dele se contraíram, e Mather já sabia que faria aquilo. O soldado dentro dele precisava saber que tipo de lutadora era Feige, por que Hollis a mantinha acorrentada, se aquele lampejo de esquisitice nos olhos da menina se estendia para além de palavras sábias.

Sem dizer nada, Mather pegou um pedaço de madeira conforme Phil saía do caminho com dificuldade. Hollis sibilou em protesto, esperando que Feige o obedecesse, esperando que Mather fosse mais esperto. Todos os demais caíram em silêncio, e até mesmo Kiefer se inclinou para a frente com interesse.

Feige entrou no ringue, avaliando Mather. Ele a observou também, mantendo os pés do lado de fora da linha de cinzas. As roupas da menina pendiam, largas, em volta da silhueta magricela — o tecido largo seria um impedimento para ela, assim como os cabelos soltos. Feige não percebia esses obstáculos, ou não se importava.

Um rompante de frio se acendeu em Mather. Ansiedade misturada com adrenalina, e ele entrou no ringue.

Feige avançou contra Mather, a espada cortando o ar. Mather dançou para trás, permanecendo defensivo. Feige tinha graciosidade, os movimentos eram fluidos e metódicos, como se tivesse ensaiado cada golpe antes de entrar no ringue. Talvez aqueles dias observando os garotos treinarem tivessem permitido que a garota desenvolvesse a própria série de ataques. Qualquer que fosse o motivo, Feige lutava com uma ânsia que Mather jamais vira antes. Ou — ele vira, mas jamais em alguém que não fosse um soldado inimigo — sede de sangue e desespero e fome por uma luta. Mather gostava dos gestos de uma luta, de usar os músculos de forma controlada e ativa, mas aquela garota gostava da *sensação* de lutar, da ameaça de derramar sangue com as próprias mãos.

Essa percepção fez com que um leve medo percorresse Mather, e ele devolveu os golpes de Feige. Por mais que estivesse ansiosa para lutar, ainda não era páreo para ele, e Mather viu a menina perceber isso conforme ele, devagar, a fazia recuar.

A alegria nos olhos de Feige se tornou confusão, o sorriso dela sumiu, tornando-se uma expressão de raiva. Agora, Feige lutava com ódio, o que só levava a acidentes. Mather precisava acabar com aquilo antes que ela se ferisse, ou ferisse um dos garotos fora do ringue, os quais observavam de olhos arregalados.

Por isso Hollis não queria que Feige lutasse. Talvez os outros poderiam estar magoados e feridos, mas nenhum deles permitia que isso interferisse no treino — na verdade, o treinamento parecia ajudar a aliviar parte do sofrimento. Mas Feige colocava cada momento do passado na luta, até que Mather não conseguisse entender se a menina sabia se aquilo não era real. Ou se talvez estivesse determinada a matá-lo apenas para ver se levar aquilo até o fim acabaria com a dor dela.

Mather agitou a espada no que teria sido um golpe mortal, a madeira atravessou um trecho desprotegido e se chocou contra o pescoço exposto de Feige. Mas ela não se rendeu, apenas bateu na espada de Mather para afastá-la e avançou. O rapaz piscou, surpreso por tempo o suficiente para que a garota golpeasse as pernas dele. Feige desferiu um golpe sob Mather e avançou para as costas dele. A espada de mentira de Feige machucou onde a garota a pressionou no pescoço de Mather, puxando a cabeça dele de modo que ele olhasse para cima, para ela, de joelhos.

Mather puxou Feige por cima da cabeça dele, atirou a menina de costas no chão e a prendeu com um dos braços junto ao peito dela. Ele empurrou a espada de Feige para longe e soltou a própria, com o maxilar contraído.

— Você poderia ser uma boa lutadora se aprendesse a controlar a raiva — disparou Mather.

Quando Feige o olhou com ódio, os instintos de Mather gritaram. Certa vez, quando crianças, Meira o convencera a roubar uma garrafa do vinho veraniano de Finn. Quando William os encontrou, pegou a garrafa pela metade e a quebrou na fogueira e o vinho incitou as chamas, de línguas laranja constantes para um rompante de calor que rugiu. Mather via aquilo agora em Feige — chamas disparando mais para o alto, incitadas por medo primitivo.

Feige grunhiu para Mather.

— Saia de cima de mim.

Antes que Mather pudesse reagir, Hollis avançou e o puxou para longe. Mather cambaleou ao se levantar quando Feige ficou de pé, de ombros curvados, com os cabelos marfim selvagens em torno do rosto.

Mather deu um passo adiante, mas Hollis estendeu a mão, os dedos dele se enterraram no braço de Mather.

— Feige, você terminou — disparou Hollis.

— Não. — Mather sentiu todos ao redor arfarem, confusos. — Não podemos ignorar as coisas porque temos medo delas, sua irmã precisa aprender a controlar a raiva.

— Não preciso de nada — grunhiu Feige. — Estou *bem*.

— Você não está bem. Nenhum de nós está. E até admitirmos isso...

Mather parou e levou a mão ao bolso, fechando-a no entalhe que guardava ali. Quando Mather o pegou, Feige permaneceu calada, encarando a própria criação.

— Filho do Degelo — sussurrou Mather. Ele fechou os dedos em volta do híbrido de floco de neve e flor selvagem, inclinando a cabeça para encarar Feige. Quando ela o encarou de volta dessa vez, parecia quase tranquila, e Mather não acreditou que uma garota pudesse mostrar uma diversidade tão grande de emoções em tão pouco tempo.

— Você estava certa — disse ele. — Nenhum de nós pertence a Inverno, não é? Todos tentam se agarrar a um Inverno que conheceram um dia. Mas tais coisas não nos importunam; o Inverno que conhecemos sempre foi de nossa criação, um reino que construímos em nossos sonhos. Então, você está certa, Feige. Somos todos — Mather parou, girando o entalhe de floco de neve e flor selvagem para mostrar a frase no verso — Filhos do Degelo. Nosso próprio híbrido do passado e do futuro.

Um ínfimo e delicado sorriso percorreu os lábios de Feige, o que surpreendeu Mather tanto quanto as mudanças abruptas de humor da menina; ela era uma tempestade de emoções.

Exatamente como a garota selvagem que o pusera em todo tipo de problema quando criança, uma garota cujos olhos brilhavam com a mesma ânsia desesperada e ofuscante de vencer.

Alguém que sorrira para Mather daquele jeito apenas uma vez nos últimos três meses — porque ele escolhera não fazer com que ela sorrisse daquele jeito de novo.

Mather fechara a porta para Meira, trancara a fechadura com força. Tudo que o aguardava agora eram aquelas pessoas; talvez pudesse ajudá-las onde não podia mais ajudar Meira.

Onde jamais conseguira ajudá-la.

— Filhos do Degelo — repetiu Phil, coçando o queixo. — Como nosso grupinho?

Os olhos de Eli brilharam com ansiedade, e ele se virou para Kiefer, que ainda estava na mesa, na entrada da sala. Kiefer parecia rever aquelas palavras na mente, testar a força delas, demonstrando a mesma hesitação que os outros garotos. Como se precisassem pertencer a algo, mas ninguém quisesse ser o primeiro a admitir essa necessidade.

Por fim, Tracy sorriu.

— Gostei.

Phil gargalhou e envolveu o pescoço de Mather com o braço.

— Os Filhos do Degelo, liderados pelo destemido ex-rei de Inverno! Vamos infligir medo aos corações de nossos inimigos.

— E esperança para o futuro — acrescentou Mather.

Isso deixou Phil sério e ele soltou o pescoço de Mather.

— Sim, faremos isso.

O restante do grupo pareceu tão animado quanto ele com a ideia, sorrindo e fazendo piadas a respeito enquanto voltavam a treinar. Até mesmo Kiefer se aproximou, cauteloso, da pista de atirar facas e ficou ao lado do irmão e de Phil, todos observando Trace atirá-las.

Feige retornou para o assento dela no canto, onde pegou a faca de entalhar e se curvou de novo. Quando Mather se voltou para longe da menina, Hollis estava à espera ao lado dele.

— Você é nosso líder, meu senhor — sussurrou Hollis. — Não abuse desse poder.

Mather engoliu em seco.

— Não abusarei. Precisamos disso, Hollis. Precisamos encarar o que somos. — Ele indicou Feige. — Tudo o que somos, principalmente as partes que doem.

Hollis o encarou, a incerteza lhe tomava o rosto. Mas o garoto assentiu e se juntou a Feige no canto. De alguma forma, aquele silêncio era mais intimidador do que se Hollis o tivesse ameaçado. Feige podia ser uma tempestade de emoções, mas Hollis era o centro daquela tempestade.

Eles superariam aquilo, no entanto. Tinham um ao outro agora.

Como o nome recém-adquirido sugeria, todos degelariam.

Meira

Ceridwen dispara para a frente, liderando o caminho de volta pelas fileiras de vinho — e na direção do grito. Os pensamentos me abandonam, dando espaço ao instinto conforme disparo atrás dela.

O grito de Theron some no silêncio eterno da adega. Da última vez que o ouvi gritar desse jeito, estávamos no salão do trono do palácio de Abril, Angra de pé diante de Theron, quebrando suas costelas uma a uma com a Ruína...

Talvez algum lampejo de memória permaneça de meu ataque de pânico. Talvez o grito de Theron na escuridão de Juli seja parecido demais com o grito que ele deu na escuridão do palácio de Angra. Mas quando Ceridwen dispara por uma esquina e para subitamente, passo direto por ela, a preocupação se dissipando por trás da concentração que se intensifica em minha mente.

A escada surge duas fileiras adiante, luz tênue entra na adega. Meus olhos se fixam em uma silhueta encostada na lateral esquerda das estantes de vinho diante de nós. É preciso apenas um segundo para que eu saiba que é ele — o dourado e o verde do casaco — e fixo o corpo diante de Theron, meus instintos latejando diante do fato de eu estar desarmada. Indefesa, de novo, forçada a apenas assistir enquanto...

Mas não há ameaça aqui.

Solto o fôlego, expirando rapidamente, suor escorre em gotas frescas por meu corpo a cada segundo que se passa enquanto avalio as prateleiras, o chão, até mesmo o teto.

Theron toca meu ombro e imediatamente me viro.

Sangue reluz na mão dele como um farol, brilhante e fresco, o que lança uma pontada de preocupação por mim.

Theron sacode a cabeça.

— Não, não é meu. Quando percebi que você tinha saído, vim procurar e... — As palavras dele se detêm na garganta seca quando Theron ergue a mão coberta de sangue para apontar para o início do corredor, para um lugar em que nem a lanterna de Ceridwen, nem a iluminação da escada alcança. — Tentei ajudá-lo, mas ele já estava morto.

Olho para o fim do corredor, as batidas do coração mais lentas, braços e pernas relaxando.

Tudo parece que acontece no limite de um sonho... Os soldados cordellianos que correm escada abaixo, segurando lanternas que tornam aquela adega escura tão clara quanto o dia, fazendo com que cada sombra se esquive da luz. O alívio por mais alguém ter ouvido o grito de Theron; mais alguém poderia tê-lo ajudado caso eu não estivesse aqui. Ou se eu estivesse, mas fracassasse.

Tudo isso se dissipa quando me ajoelho ao lado do homem. Não é veraniano — a luz das lanternas cordellianas é refletida no rosto dele, revelando cabelos embaraçados como gavinhas pretas ao redor da pele morena, cabelos que escondem um V marcado na bochecha esquerda. O homem fita com olhos de avelã vítreos as fileiras de garrafas de vinho empoeiradas, alheio ao sangue reluzente que envolve o pescoço dele como um colar asqueroso. Calor sobe ondulando de seu corpo, o calor da vida que se esvai, e o sangue ainda não secou, brilha com um tom de rubi intenso.

Só está morto há minutos.

Fico de pé, levo a mão à boca. Ele foi assassinado enquanto estávamos ali embaixo. Angústia se agarra a cada músculo, até que minha mão se abaixa, inútil. De onde ele é? Outono? Não, os olhos são claros demais. Ventralli? Ah, por favor, que não seja ventralliano — Theron é parte ventralliano, e não sei o que significaria para ele ver um dos paisanos da mãe reduzido àquilo.

— Minha rainha? — Garrigan puxa meu braço, tentando me afastar do corpo.

Eu o empurro, com uma das mãos em punho, a outra segurando a corrente da chave com tanta força que o metal ameaça perfurar a pele. Theron limpa o sangue do homem da mão com um retalho, os soldados fazem as mesmas perguntas que Garrigan sussurra baixinho para mim:

— Está bem? Tem certeza?

Não consigo perguntar se o homem é ventralliano. Se Theron já não percebeu isso, não quero informar. Talvez ele não tenha visto as feições do cadáver no escuro. Talvez não olhe, e possa apenas supor que a vítima seja veraniana.

Não que isso torne a morte menos perturbadora.

Ceridwen é a única que não parece se importar com nenhum dos vivos. Ela olha em nossa volta, com uma expressão solene de pesar esperado, até ver o rosto do homem.

Ceridwen cambaleia para trás, solta a lanterna, a estrutura de metal quica aos pés dela.

— Princesa? — começo a dizer, mas Ceridwen se vira, lutando para se recompor no limite da luz das lanternas. Será que o conhece? Ou está apenas chateada com a morte do homem?

Olho de novo para ele. Esse não é o escravo que a ajudou, e suspiro aliviada. Mas mesmo assim — quem era?

— Bem, *isso* certamente estraga a festa.

Meus ombros ficam tensos e olho para trás e vejo Simon no fim do corredor, logo ao lado do corpo do homem. Meia dúzia de membros da corte o circundam, nenhum deles é da guarda, a maioria segura taças de vinho e nos observa como se fôssemos mais uma atração organizada para o entretenimento deles.

Ceridwen caminha na direção de Simon, e seguro o braço dela antes que consiga considerar o motivo.

— Você fez isso... — resmunga Ceridwen para o irmão, mas se detém. O olhar dela passa para minha mão em seu braço e Ceridwen se desvencilha, vai para as fileiras adiante.

Simon cambaleia para a frente, a camisa de seda laranja reflete a luz, o condutor dele emite um brilho escarlate tênue conforme Simon gesticula com o braço no ar fazendo algo como uma dança. Ele para diante de mim, com os olhos envoltos em um mar de veias inchadas e vermelhidão induzida pelo álcool.

— Rainha de Inverno. — Simon começa a dizer, inclinando-se adiante. — Por que veio até Verão, se não para participar de tudo que temos a oferecer? Certamente não para... — Os olhos de Simon se voltam para o corpo e o comportamento inebriado se desfaz, revelando alguém observador, calculista. Mortal. — *Isso.*

É atuação. Ele pode estar bêbado, mas não está menos no comando do reino do que Noam de Cordell.

Essa percepção me enoja ainda mais. Porque Simon lembrará que desapareci da comemoração dele; lembrará que Inverno afrontou Verão.

E lembrará que me encontrou ali embaixo, na adega de vinhos, com um cadáver.

— É claro que não. Descemos até aqui — engasgo em meio à mentira — para ver a ampla coleção de vinhos de Verão.

Theron se vira e olho para ele, ainda impulsionada pelo instinto de mantê-lo a salvo.

Por isso não percebo até agora, tarde demais, muito tarde, que Theron pode ver a chave pendendo da corrente em minha mão.

Ele olha para baixo, enrijecendo o corpo ao ver a chave. Não precisa proferir uma palavra para que eu entenda tudo o que sente. Está estampado claramente no rosto dele.

De olhos arregalados, com os lábios se elevando em um meio sorriso — alegria surpresa quando não digo nada para impedir as suposições.

Então, a expressão de Theron relaxa, a boca se abre com uma mágoa confusa por eu ter saído à procura sem ele, por eu não estar fazendo nada para confirmar ou negar a importância do que está em minha mão.

Simon cambaleia na minha direção.

— Eu ficaria feliz em lhe oferecer um tour! — A atenção de Simon passa para minha mão por um segundo, embora obviamente não consiga entender por que ela chama a atenção de Theron. — O príncipe Theron e eu estávamos no meio de uma discussão interessantíssima antes de percebermos que você tinha partido. Algo sobre unificar o mundo? Meta grandiosa para um reino Estação.

Semicerro os olhos para Theron. Achei que estivesse esperando a viagem às vinícolas de Verão para contar a Simon sobre o tratado. Por que contou esta noite?

Theron não me dá indicação de por que os planos podem ter mudado — apenas continua encarando a chave.

Movo os dedos ao redor da corrente, os elos de metal se enterram em minha palma quando tento — e fracasso — escondê-la agora.

— Alguém deveria... — Indico o corpo, sem saber o que quero dizer. Cobri-lo? Levá-lo para ser preparado para o enterro ou cremação ou o que quer que façam com corpos em Verão? Será que fariam isso por ele, no entanto, se é um escravo? Repulsa me corrói. Odeio o fato de precisar ponderar tais coisas nesse reino.

A reação de Simon enfatiza minha preocupação. Ele gesticula com a mão como se o morto não passasse de uma mancha de sujeira no chão.

— O que estava dizendo, príncipe Theron? Há um tratado a ser assinado?

Olho para Simon com raiva enquanto Theron pisca, assente, impedido de olhar em minha direção pela menção do corpo e da conversa de negócios de Simon tão perto de uma vítima de assassinato.

— Nós... — Theron pigarreia. — Continuaremos para Yakim e Ventralli a seguir. E, por fim, para Paisly e Primavera. Tenho um... — Os olhos dele se abaixam para o corpo, mas imediatamente se elevam de novo e Theron se vira para que não o veja. — Redigi um tratado, delimitando as requisições de um mundo unido. Apoio durante tempos de dificuldade; um conselho que se reunirá quando a guerra ameaçar...

Simon aplaude, interrompendo. Ele sorri, um sorriso alegre que reluz como a faísca de uma chama, e logo todos os membros da corte sorriem também.

Nenhum deles se importa com o cadáver?

Simon ergue a taça em algum tipo de brinde. O condutor dele emite luz vermelha tênue, mais fraca do que o violeta intenso do condutor de Noam.

Ódio se acende de novo. Simon está usando o condutor para alimentar o impulso de celebração dos membros da corte. A única coisa que sentem, a única coisa que sempre sentirão, mesmo ali, mesmo com sangue manchando o chão.

— Muita ambição mesmo. — Simon gargalha. — Nunca fui de recusar um convite de um reino Ritmo. As festas, entende. E você se divertirá muito conosco, principalmente em Ventralli, não vai, irmã?

Encolho o corpo em pânico. Não estávamos convidando Simon para ir junto...

Mas Theron não o corrige.

Ceridwen, ainda de costas para nós, olha com raiva por cima do ombro, o olhar ríspido fixo em Simon. Ela vai embora, desaparecendo na escuridão da adega.

Simon sorri de novo, como se a reação de Ceridwen fosse exatamente o que ele queria.

— Excelente — diz Simon, dando um sorriso conspirador. — Vai amar Yakim, rainha Meira, fazem o melhor uísque! Mas por enquanto, há vinho a se beber! — E com isso ele volta para o grupo de membros da corte, provavelmente esperando que sigamos conforme sobe as escadas.

Assim que os veranianos deixam a adega, viro para os guardas de Theron, os únicos para quem posso dar algum tipo de comando.

— Podem cuidar dele? — pergunto, voz baixa, voltando os olhos uma vez para o corpo.

Os soldados assentem sem fazer escárnio ou discordarem da rainha inverniana subalterna. Pelo menos se importam. Isso aumenta meu ódio desse reino — Verão está me fazendo gostar um pouco mais de Cordell em comparação.

Enquanto os homens se ocupam em pegar alguém para limpar o corpo, puxo Theron em direção às escadas, colocando uma fileira de prateleiras entre o homem e nós.

— Vai deixar que venham conosco? — pergunto, abaixando a voz o suficiente para que apenas Theron ouça. — Não precisamos...

Ele pega meu braço e ergue minha mão.

— Onde conseguiu isso?

A chave oscila junto a mim, os dedos de Theron pressionam meu punho. Assim que a chave toca minha pele, uma cena lampeja diante de meus olhos.

Estou na cela de novo. Angra se agacha diante de Theron; do cajado, sombras pretas escorrem e sufocam a sala. Theron se balança para a frente, inspirando fundo e exalando fôlegos entrecortados. *Ele pisca, desorientado, até que os olhos se fixem em Angra, e o olhar de Theron me faz desabar.*

Não é medo. Não é resiliência. Nem mesmo raiva.

Ele está exausto.

— Ele não... a salvou... — Theron ofega, suor escorre pelo pescoço dele. *Há quanto tempo Angra o está torturando?*

E torturando com o quê?

Angra estende a mão e toca a bochecha de Theron com a palma. Recuo, batendo com os ombros na parede de pedra. Angra *hesitou. Antes de tocar Theron. O mais raro segundo de pausa, como se não tivesse certeza.*

Angra nunca está — ESTEVE — *incerto ou foi cauteloso. Com relação a nada.*

— O que é isso? — *grito, embora nem Angra nem Theron prestem atenção.*

— Ele poderia tê-la salvado — sussurra Angra, e sua malícia habitual desaparece. A voz parece errada sem isso, vazia, uma flor sem pétalas. — Ele tinha o poder. Poderia tê-la enviado de volta ao reino... Poderia tê-la ajudado a se curar. Mas não fez isso. E muitos como ele existem neste mundo, muitos que não merecem poder. — Angra inclina o corpo para perto. — Quem merece poder, príncipe Theron? Quem?

Tropeço, escorrego nas pedras empoeiradas da adega, tão desorientada quanto Theron estava na... visão? Lembrança? Não sei. Não quero *saber... Mas sei.*

Isso aconteceu com ele. As cenas são lembranças de Theron, por mais reprimidas ou escondidas que estejam pela magia de Angra. A chave da Ordem, a primeira de três para abrir a porta — é um condutor? Ou tem magia, pelo menos, magia como a da barreira.

Pela neve. Theron a pegou. Em algum momento durante meu estado de distração, ele pegou a chave de mim.

Avanço de volta até Theron, mas ele avalia a chave, passando-a entre os dedos, alheio ao meu pânico. Não vê nada quando a toca — reagiria de alguma forma se visse.

Na escuridão da adega, com suor brilhando na pele, ele quase parece o Theron da visão. Partido, assustado, pequeno.

Não consigo reunir forças para arrancar a chave de Theron — e não quero arriscar tocá-la e ver mais do veneno que Angra bombeou para dentro dele. Theron não se lembra daquilo; o que quer que a mente dele esteja fazendo para lidar com o que aconteceu, Theron precisa disso. E no momento, ele precisa dessa chave, precisa dela, na forma como a agarra ao punho e suspira, como se parte do peso nos ombros dele tivesse se aliviado.

— Você a encontrou — diz Theron. — Onde?

Meu corpo fica inerte, com medo de se mover, com medo de que qualquer coisa inesperada possa destruí-lo.

— Em um barril de vinho.

Parte de mim não quer mentir para ele, não quer esconder a verdade.

Mas a outra parte de mim, a parte da rainha calculista, se sobressalta em aviso: *Ele saberá que saiu procurando sem ele. Você poderia ter dito que a encontrou por acaso.*

É claro que isso não é nada inacreditável.

Discuto comigo mesma. Sacudo a cabeça e Theron insiste, sem se ater a nada ruim. Como sempre.

Mas conforme começa a falar, parte dos homens de Cordell voltam com escravos veranianos que se agitam para cuidar do homem morto. Será que tentarão descobrir quem o matou? Esse reino é perigoso. Poderia ter sido qualquer um, principalmente com a festa lotada acima.

— Sei que não gosta de Verão — diz Theron. — Mas precisaremos de uma frente unificada antes... — Ele para, abaixa a voz até virar um sussurro. — Antes de o abismo de magia ser aberto. Meu pai não vai distribuir a magia igualmente de boa vontade... Eu *sei* disso. Sei que lutará. Por esse motivo estou fazendo isso. Precisamos de um mundo unificado para obrigá-lo a se submeter.

Recuo, com os olhos percorrendo Theron. A posição do maxilar dele, o ângulo acentuado dos ombros. Algo na visão mais recente incomoda minha mente. Poder — Angra continuava dizendo isso, de novo e de novo.

Ele tinha todo o poder.

Isso é o que Theron quer mais do que qualquer coisa, não é? Não ser impotente.

Mas embora a meta de Theron possa ser gloriosa, só consigo ver falhas nela. O modo como, por fim, a magia será mal usada; o modo como, ainda que lutemos pela paz entre todos os reinos, sempre restarão diferenças que não poderão ser mitigadas com palavras suaves.

A meta que tenho é muito diferente — magia usada com o mínimo de frequência possível. Nenhum risco de a Ruína ser criada; nenhum medo de líderes instáveis perderem o controle sobre sua magia e ferirem pessoas inocentes; nenhum medo de governantes cruéis escravizarem reinos inteiros com poder sobrenatural.

Não consigo mais mentir.

— Não acha estranho Simon ter concordado tão facilmente?

Theron faz que não com a cabeça.

— São os reinos Ritmo que precisarão ser convencidos, os reinos Estação sempre estiveram desesperados pela paz. Nunca achei que não conseguiríamos convencê-los.

Isso não explica por que Simon concordou tão rapidamente — o reino dele, embora Estação, sempre esteve longe de qualquer conflito, feliz e bêbado fora da guerra, apenas envolvido em fazer compras ocasionais de Primavera. Também são o único reino Estação a ter uma aliança permanente com um reino Ritmo, por mais que seja oculta ou oficiosa. Então, por que Verão sequer se importaria em unir todos, quando o lugar deles no mundo está a salvo?

Levo a mão à testa, perguntas acrescentam tonteira ao meu crescente cansaço. Sem mais uma palavra, sigo para as escadas. Deveria ir atrás de Ceridwen? Encontrá-la ali embaixo... Jamais conseguiria me orientar. Ela pode, no entanto. Ficará bem. Espero.

Com Theron de um lado e Garrigan do outro, deixo a adega.

Meira

Ficamos em Verão por uma semana quase suportável. Ênfase em *quase*.

Todo dia é quente e lento, e toda noite é preenchida com as mesmas festas. Theron ainda vai às vinícolas de Verão, usa o tempo para conseguir que Simon assine o tratado. Escolho não me juntar a eles, fingindo passar mal com o calor — bem, não é totalmente fingimento, mas mesmo assim — e aproveitando o tempo longe tanto de Theron quanto do rei veraniano sem limites, que me assegurou que designou homens para investigar a morte do escravo, mas apenas depois de um gesto de mão despreocupado.

— *Escravos costumam ter finais infelizes em Verão* — disse Simon, como se me dissesse meramente que Verão é quente, não que alguém tivesse *morrido* sob os cuidados dele.

Se eu tivesse algum poder aqui, investigaria eu mesma, mas já estou em território instável com Simon. Principalmente desde que sabe que perguntei sobre a morte do escravo e ele disse que encarregaria homens disso — se souber que assumi a tarefa sozinha, mesmo depois disso...

Odeio permitir que isso me impeça. A antiga Meira teria simplesmente mergulhado na investigação, procurado justiça para o homem assassinado sem olhar para trás. Mas a rainha Meira precisa se perguntar: se Simon roubou pessoas de Outono, faria o mesmo com Inverno?

Não sou mais apenas *eu*. Sou um reino inteiro, e não posso cometer erros.

O único fator que redime Verão é Ceridwen, a qual vejo ainda menos do que Theron e Simon, de relance, apenas uma vez no salão de jantar durante o café da manhã. Nossa união não é politicamente aceitável também, então me impeço de chamá-la. Minha mente lida com política muito facilmente agora. Política impiedosa que me impede de falar com alguém que poderia ser uma boa amiga, de perguntar a ela se conhecia o homem que foi assassinado, tudo porque Simon observa, reflete sobre por que escolhi falar com a irmã em vez de com ele.

Depois que finalmente deixamos Verão, nossa caravana agora composta de dois reinos Estação e um Ritmo, levamos seis dias de viagem para chegar à Putnam, a capital de Yakim. Os primeiros dias são gastos sob o calor latejante de Verão, o ar opressor faz com que o mundo estéril e seco ao nosso redor pareça ondular. Os dias seguintes, ainda bem, nos levam para o canto nordeste da floresta do sul de Eldridge, as árvores úmidas e densas que cobrem a fronteira esquerda de Verão até as montanhas Klaryn.

A diferença de temperatura é maravilhosa. Embora meus invernianos respirem aliviados por estarem em um clima mais frio, nossos companheiros veranianos se contorcem com um desconforto que durará muito — os reinos Ritmo acabaram de entrar na primavera verdadeira deles, o que significa que não haverá nada além de frescor durante o resto da viagem. Pensar nisso alivia um pouco meu estresse, mas por onde começo a busca pela Ordem ou as chaves em Yakim?

A chave veraniana estava ligada ao vinho deles — o que em Yakim pode ter uma chave? Os símbolos duradouros de grandeza deles poderiam ser qualquer das centenas de bibliotecas, universidades ou armazéns. E se não for um lugar histórico, como a chave que encontramos em Verão — e se for algum lugar completamente diferente?

Três dias depois de sairmos de Verão, chegamos ao tributário que transforma o rio Feni no rio Langstone. O Langstone corre pelas fronteiras leste tanto de Yakim quanto de Ventralli antes de desaparecer em um lago perto das montanhas Paisel ao norte, o que o torna um guia popular para viajantes na margem oeste. Também é amplo o bastante, profundo o bastante e populoso o bastante para navios comerciais e portos, e conforme nossa grande caravana de dignitários cordellianos, veranianos e invernianos segue para Yakim pela estrada principal congestionada que acompanha o Langstone, temos um primeiro relance do caos da indústria dos reinos Ritmo.

Pessoas se agitam ao nosso redor, a maioria delas trabalhadores passando de cidade em cidade em carruagens puxadas por cavalos, os vagões carregados de palha ou vegetais ou ferramentas. Eles olham boquiabertos conforme nossa caravana passa, encarando maravilhados tanta gente de tantos reinos.

— É... Muito — diz Nessa, ofegante, o espanto dela é palpável conforme se inclina para a frente na sela, os olhos tão arregalados que me preocupo que não tenha piscado desde que entramos em Yakim.

O Langstone azul e frio se estende tanto à nossa direita que não conseguimos ver a outra margem, um cobertor infinito de água agitada salpicada de navios. Isso chama a atenção de Nessa — não a multidão de transeuntes que a encaram com tanto espanto quanto Nessa encara os navios. Vejo algumas bocas formarem a palavra *invernianos*, vejo alguns narizes se enrugarem com desdém. Aqui, o preconceito Ritmo-Estação não se inclinará ao nosso favor como em Verão.

Brinco com uma dobra no meu vestido de viagem, o mesmo que Dendera me obrigou a vestir em nossa jornada para fora de Inverno. Ela me deixou usar as roupas normais e confortáveis até hoje, quando me encurralou e explicou que, embora ainda estivéssemos a poucos dias de Putnam, é imperativo que eu cause uma boa primeira impressão. Concordei com cada palavra de Dendera.

Nada de erros aqui. Nenhum risco.

— Minha rainha! — Nessa aponta, animada, para longe. — Aquele é um navio cordelliano?

Assinto, grata pela distração. Uma das grandes bestas de madeira ondulando no rio tem uma bandeira oscilando em um mastro, o tecido se estica ao vento e revela um caule de lavanda com uma folha de bordo dourada em um fundo verde.

— E aquele é ventralliano. — Aponto para um logo ao lado do primeiro, com uma bandeira de um violeta intenso que estampa uma coroa prateada. — E o outro, yakimiano — digo, indicando um navio que exibe uma bandeira com um machado dourado em um fundo marrom.

As lembranças de minhas lições de infância com Sir lançam uma pontada de nostalgia por mim. Não faz mais do que duas semanas desde que o vi, mas minha mente lateja com saudade, e imagino se essa dor sempre esteve aqui, e eu não reparei.

Ele provavelmente está ocupado supervisionando o controle de Noam e treinando nosso exército inverniano com Mather. A imagem deles amontoados em um pátio de treinamento, trabalhando técnicas e montando sessões de luta me preenche de uma emoção bem familiar — anseio por Inverno; anseio por Sir e Mather e as vidas que eles levam.

Estico mais o corpo, trincando o maxilar. Não são mais minha família, são meu general e meu... O que quer que Mather queira ser. Algo distante e formal e insignificante.

Nessa suspira e me viro na direção dela. Pelo menos ainda a tenho.

A expressão de assombro de Nessa se torna uma de curiosidade calma.

— Quero ver todos eles.

Sorrio.

— E verá, lady Kentigern. É uma viajante do mundo agora.

O corpo de Nessa relaxa, mas ela apenas gesticula com os ombros.

— Se nada disso tivesse acontecido, acho que eu teria ido para uma das universidades de Yakim. Iria querer saber o máximo possível sobre o mundo.

— Ainda pode ir para uma das universidades deles. — Paro. Será que poderia? Ouvi falar de alguns cidadãos de reinos Estação terem permissão de entrar nas universidades de Yakim, mas não é comum. Se Nessa quiser ir, vou encontrar uma forma de tornar possível. — Nada a impede mais de viver.

— Estou feliz onde estou. Me faz sentir próxima de tudo que perdemos. — Os olhos dela percorrem os irmãos, na fileira diante de nós, e não consigo dizer se realmente não conseguem nos ouvir ou se estão apenas fingindo que não podem. — Mas se as coisas fossem diferentes... Não sei. Apenas gosto de imaginar as possibilidades. Isso é parte da liberdade também, poder sonhar e imaginar o que poderia acontecer se eu quisesse.

Como Nessa é sempre tão boa em me deixar ao mesmo tempo triste e feliz?

— Essas viagens pelo mundo a deixaram bastante astuta.

Nessa ri e sinto parte da distância entre nós diminuir. Por um momento, somos como costumávamos ser — apenas duas garotas de 16 anos lutando para sobreviver. Quando tudo isso acabar, vou criar uma universidade em Inverno, ou uma biblioteca, pelo menos. Uma coleção de história e ciência, palavras e livros. Um lugar no qual Nessa possa ser tanto quem é quanto quem teria sido — uma garota de pé em um espaço cavernoso, cercadas por letras cursivas e trechos de conhecimento, encarando cada palavra com um rompante forte e irredutível de esperança.

O sorriso dela se suaviza, as mãos seguram as rédeas com força. Nessa não diz mais nada, apenas me encara e fica ali, ansiosa.

Mas um cavalo para do meu outro lado, e me viro para Ceridwen, que encara adiante como se não soubesse que deixou os cavaleiros veranianos. A postura dela é apropriada, apesar da forma como segura uma manta marrom espessa nos ombros, os nós dos dedos brancos são o único sinal de que está tão desconfortável quanto os soldados veranianos agasalhados atrás.

Não diz nada, e ergo uma sobrancelha confusa para Nessa, que expira, desapontada — queria que eu falasse mais alguma coisa? Começo a perguntar, mas Nessa avança o cavalo até Garrigan. Depois que ela se vai, ou vai tanto quanto se pode em uma caravana em movimento constante, Ceridwen se volta para mim.

— Achei que deveria preparar você para Yakim, rainha Meira — diz Ceridwen, com a expressão impassível. — Sei que não lidou muito com outros reinos Ritmo, e esse é... único. A rainha Giselle é o produto de uma sociedade estruturada, lógica, e como tal...

— Estamos nos falando agora? — Não quero que soe como um fora, e me interrompo, suavizando a expressão do rosto. — Obrigada pela preocupação, princesa, mas posso lidar com um reino Ritmo sozinha.

Não precisa me ajudar. Não vou arrastá-la para minha guerra.

Meu cavalo relincha quando o impulsiono para a frente, mas a mão de Ceridwen se estende e agarra meu braço. Ela o puxa para trás tão rápido quanto eu avanço, e afrouxo as rédeas do cavalo, mantendo-o alinhado com o dela.

O veraniano mais próximo está bons passos atrás, fora do alcance da voz. Eu me inclino na direção de Ceridwen mesmo assim.

— O que há?

Ceridwen me encara, observando.

— Meu irmão já suspeita de mim e não confia em você. Não posso extinguir as suspeitas se nos encontrarmos demais.

É o mesmo motivo que dei a mim mesma para não me aproximar dela.

— Sinto muito.

Ceridwen pisca, surpresa.

— Pelo quê?

— Você conhecia o homem. Aquele que encontramos na adega. — Mantenho as costas erguidas, a expressão não delata para ninguém que eu possa estar falando de um assassinato. — Eu deveria... Não sei. Ter ajudado você. Sinto muito por não ter feito isso.

— Você não deveria se sentir mal. — A expressão de Ceridwen se desfaz. — Ele estava sob os cuidados de meu irmão... Simon é o responsável. Só porque alguém tem magia não quer dizer que seja digno dela.

Ceridwen não pede desculpas ou corrige a afirmação para me excluir, uma monarca que tem magia que pode não ser digna dela, e, de alguma forma, isso me faz respeitá-la mais. Preciso de mais pessoas em minha vida que me questionem, que me desafiem, que possam admitir que tenho defeitos.

— Alguém descobriu quem o matou? — insisto, com a voz ainda baixa.

Ceridwen sacode a cabeça.

— Assassinatos não são incomuns em Juli. — Mas as palavras dela pairam no ar entre nós, e sei que se estivéssemos sozinhas, ela completaria essa frase.

Tal conversa é arriscada, no entanto, então insisto para falarmos de algo leve.

— Fale sobre Giselle.

Ceridwen assente.

— Quando conheceu meu irmão, reparou que ele tende a ser... inconsequente?

Olho para os veranianos atrás de nós. Simon está em uma fileira dos soldados dele, as armaduras peitorais de couro decoradas com cordões vermelho-rubi. Atrás do rei, puxada por dois bois de pelos longos, segue uma elaborada carruagem de madeira escura como vinho pintada com chamas laranja e raios de sol dourados. Borlas pendem na beira do telhado de tábuas da carruagem, e, em meio a essas borlas, alguns rostos despontam. Não é a carruagem pessoal de Simon? Quem são as pessoas do lado de dentro?

Um dos rostos se volta para mim e meu maxilar se contrai quando meus olhos se fixam na marca na bochecha esquerda dela. Viro para Ceridwen, que pisca, exausta.

— Sim, meu irmão trouxe uma carruagem de prostitutas com ele — rosna a princesa. — Sim, ele faz isso sempre que viaja. E sim, isso me faz querer cortar fora o membro dele, mas não posso fazer nada sem desafiá-lo diretamente. Mas não foi isso o que perguntei.

Olho para a frente com os lábios fechados e contraídos.

— O calor terrível de Verão me distraiu bastante, mas sim, reparei que seu irmão era "inconsequente". Por que isso importa?

— Porque Giselle é exato aposto. Há benefícios em ser um reino concentrado em conhecimento, mas esses benefícios têm um preço. Os yakimianos que compartilham do aumento de compreensão advindo do condutor deles são da classe alta, ou um punhado da classe mais baixa que se provou útil. Essa é a força motriz de Yakim: utilidade. O que os torna lucrativos e eficientes como um todo, mas quando se trata das pequenas partes... — Ceridwen gesticula para os camponeses que passam arrastando as carruagens ou puxando mulas. — Do ponto de vista de Giselle, é mais inteligente usar os recursos dela para ter uma população maior de pobres que realizam os trabalhos servis, mais numerosos, e ter uma população menor de letrados que executam as posições especializadas, menos variadas: médicos, professores, legisladores...

Semicerro os olhos.

— Então ela deixa a maior parte do povo viver em pobreza, embora tenha conhecimento e poder para ajudar? — Ceridwen assente e reviro os olhos. — Por que, do punhado de monarcas que conheci, só gostei de um deles?

Ela sorri.

— Porque é impossível odiar uma criança.

Gargalho, mas meu sorriso some rapidamente.

— Mas por quê? — sussurro. — Por que Outono não é corrupto assim?

Ceridwen inclina cabeça com um leve gesto de ombros.

— Há alguns bons homens por lá — diz ela, voltando os olhos para algo ao lado de minha cabeça, como se estivesse observando uma lembrança passar. — Raro é ter um bom homem *forte* em oposição a um bom homem *fraco*. São esses que destroem o mundo. Homens com boas intenções, mas que cedem diante das opiniões dos outros até que as boas intenções deles destruam incontáveis vidas.

Minha mão fica frouxa nas rédeas.

— Não está falando apenas de Outono, está?

Ceridwen ergue uma sobrancelha.

— Responderei essa pergunta, rainha Meira, se me explicar como fez nevar em Juli, e como encontrou um poço com uma fogueira na adega de meu palácio.

Fico tensa. Quando não respondo, Ceridwen dá um sorriso fraco.

— Todos temos coisas que precisamos esconder — diz ela, antes de puxar o cavalo para trás para se alinhar ao grupo veraniano.

Meira

MEUS APOSENTOS NO quarto andar do Castelo Langlais têm vista para a maior parte de Putnam, a capital de Yakim. O outro lado do castelo se ergue acima do rio Langstone, permitindo que a água agitada gire enormes rodas que enviam energia pela construção. Essa carga impulsionada por água permite que luzes se acendam com o giro de um botão, ou que água quente corra de torneiras sem que seja preciso aquecê-la com fogo. Uma das muitas coisas que Ceridwen explicou antes de chegarmos, mas ter a explicação na cabeça não torna menos bizarro o que acontece sob meus dedos.

Aparelhos esquisitos e objetos de decoração preenchem o restante do quarto — couro e carvalho polido compõem a cama, uma mesa, e cadeiras, com detalhes em prata e botões, maçanetas e alavancas de cobre. Mas um dispositivo no canto me atrai mais — é um substituto de lareira. Um painel de botões fica em uma ponta enquanto a outra se conecta à parede e à fonte de energia. O restante consiste em tubos de vidro espiralados parecidos com serpentes que se enroscam em duas seções diferentes. Quando um dos botões é girado, o lado direito dos tubos se acende quente; quando outro é girado, o lado esquerdo se acende frio. Quando uma combinação de botões é girada, a temperatura pode ser ajustada para a que mais agrade ao hóspede.

Quando cheguei, estava ajustado para aquecer, para combater o frio da primavera verdadeira, e o tempo que gastei girando vários botões e me surpreendendo devido à mudança instantânea de temperatura não é algo de que me orgulho. Mas me entregar ao espanto com os aparelhos se prova uma atividade tão monótona que minha mente rapidamente se cansa dela, permitindo que planos de busca da próxima chave se formem, apesar de minha ansiedade crescente por conhecer a rainha yakimiana.

Giro o botão da direita. Quente. Da esquerda. Frio.

Tenho ao menos decidido que tipo de prédio quero buscar primeiro. A pista que levou Theron a pensar em Yakim na entrada do abismo de magia era uma pilha de livros. Há dezenas — talvez centenas — de bibliotecas por toda Yakim, mas posso começar com as seções mais antigas nas de Putnam, buscando qualquer coisa que pareça incomum. Mas Theron sem dúvida fará o mesmo. Deveria tentar trabalhar com ele desta vez? Mas o príncipe ainda tem a primeira chave — se conseguir a segunda também...

Preciso de uma vantagem sobre Cordell. E preciso concentrar a busca na Ordem dos Ilustres e descobrir mais sobre magia.

É a isso que se resume. Escolher o bem-estar de meu país em vez do bem-estar de meus relacionamentos.

A porta do quarto se abre e fico de pé, grata pela interrupção.

Dendera entra.

— Os outros se reuniram não muito longe daqui. Venha, vou mostrar.

Ergo a saia do vestido plissado quando Dendera volta para o corredor, acompanhada de Conall e Garrigan. Ela não me ofereceu roupas normais de novo, mas até eu consigo ver que este lugar é bem menos fisicamente ameaçador do que Verão, e não posso pensar em levar uma arma quando tanto depende de ficar amiga de Giselle. As únicas ameaças aqui são políticas ou emocionais: riscos advindos de preconceito e de observações mal disfarçadas. Espero.

Os corredores do Castelo Langlais têm os mesmos aparelhos e mobília estranhos que meu quarto. Um ou outro painel de botões nas paredes de pedra, esferas amarelo-claras emitem luz constante, uma camada espessa de carpete marrom cobre o chão. Tudo seria sombrio e mal iluminado, não fossem pelas luzes — o brilho contínuo delas faz com que o corredor pareça brilhante e imóvel, em oposição às habituais velas tremeluzentes e fogueiras com as quais estou acostumada.

Dendera leva Conall, Garrigan e eu por dois corredores antes de entrarmos em um amplo escritório. Poltronas de couro estão dispostas em um tapete avermelhado estampado, as paredes estão cobertas de prateleiras que sustentam tantos livros que me lembro do quarto de Theron. Mas esses livros parecem diferentes — enquanto os de Theron eram bem cuidados ou levados para restauração, esses estão organizados deliberadamente, sim, mas páginas despontam do topo, as encadernações exibem linhas e rachaduras, e algumas capas estão soltas. Nunca me preocupei muito com as coisas que Theron guarda do lado ventralliano da mãe dele, mas mesmo eu sinto uma pontada no estômago quando vejo o estado desses livros.

Theron se levanta de uma das poltronas de couro e atravessa a sala em minha direção quando entro.

— Um dos motivos pelos quais Ventralli e Yakim têm um relacionamento bastante conturbado — explica ele, percorrendo com o olhar as prateleiras ao nosso redor. Theron massageia a nuca e se encolhe, como se tentasse combater uma dor, seja pelo estado dos livros ou pelo estresse crescente da viagem. — Prioridades diferentes, arte versus informação.

— Me recuso a ficar fascinada com qualquer das invenções deles — prometo, e Theron sorri.

— Andou brincando com o medidor de temperatura, não foi?

Minhas bochechas ficam quentes.

— Talvez.

Theron assente com a cabeça em compreensão.

— Da primeira vez que visitei Putnam, perdi um jantar oficial porque quebrei o medidor de temperatura e quase queimei o quarto. Então consegui me trancar em um dos... — ele busca a palavra — elevadores, acho que é como chamam. Quartos que se movem para cima e para baixo em vez de escadas. Este reino inteiro é uma grande armadilha.

Pisco, incrédula.

— Por que não vi esses dispositivos antes? Era de se pensar que Yakim, com toda eficiência deles, venderia essas coisas para o mundo.

— Estão dispostos a vender o que precisarem para sobreviver, mas conhecimento é poder, e essas coisas, por menores que sejam, são o poder deles.

— Provavelmente é melhor assim mesmo. — Sorrio. Pela neve, é bom, é *normal*, sorrir para Theron. — Detestaria que príncipes que se distraem facilmente se ferissem com molas quentes e quartos que se movem.

Theron ergue uma sobrancelha, mas o tom rosado nas bochechas dele me diz que está tão feliz quanto eu por essa provocação leve.

— E por quanto tempo você brincou com o medidor de temperatura?

— Isso não é da sua conta.

— Foi o que pensei.

Dendera sai para ajudar Nessa a desfazer as malas. Conall e Garrigan se posicionam no escritório, se esforçando para desaparecerem ao fundo enquanto Theron me leva para um sofá largo. Henn está ausente dessa vez, permitindo que os irmãos façam a primeira missão sozinhos fora de Inverno, e me contenho para não rir da forma com que Garrigan não consegue evitar que o brilho de orgulho ilumine o rosto dele.

Simon e Ceridwen estão sentados no chão, ao lado do medidor de temperatura dessa sala, muito menos desconfortáveis sob as ondas de calor que saem das molas. Todos vestem representações dos próprios reinos: Theron está vestido com uniforme militar verde e dourado de Cordell, eu visto branco e prata. Mas Ceridwen e Simon são os mais dramáticos.

Simon parece ter propositalmente se enfeitado com cada símbolo do reino dele. Um quadrado de tecido escarlate preso por tranças cruzadas de barbante vermelho forma uma armadura peitoral decorativa que cobre o torso nu. No quadrado escarlate, uma chama laranja e vermelha lambe o tecido e o condutor de Verão brilha no pulso de Simon. Os olhos dele estão pintados com tinta dourada, o cabelo escarlate preso em um rabo de cavalo alto decorado com pequenos raios de sol e aglomerados de rubis. Deveria parecer majestoso com tanto requinte, mas a forma como se encosta à parede, com as pernas abertas diante do corpo, a cabeça caída, parece um menino obrigado a se arrumar para uma ocasião especial. Quase espero que dê um ataque de pirraça.

Ceridwen trocou as camadas de pele por uma diversidade de faixas e remendos de tecido, com calça larga nas coxas e sandálias cujas tiras se entrecruzam subindo pela canela. Apesar do guarda-roupa mais simples, parece muito mais nobre do que o irmão — mesmo com, ou talvez por causa, do único outro adorno: uma chama vermelha pintada sob o olho esquerdo, no lugar em que todos os escravos veranianos são marcados.

Minhas sobrancelhas se erguem, e embora eu saiba que Ceridwen percebe minha surpresa, ela não reage, apenas se volta para o medidor de temperatura e estende as mãos para ele. Ceridwen costuma ser corajosa assim?

Alguém pigarreia e dou um salto quando reparo na única pessoa na sala que não conheço. Um homem está de pé do lado de dentro, e pelas expressões assustadas nos rostos de meus guardas, assim como nos de Theron e Simon, ninguém mais reparou que o homem havia entrado. Ele fixa olhos pretos infinitos em mim, as rugas na pele escura e as partes grisalhas nos cachos dos cabelos pretos sugerem que tenha por volta da idade de Sir. Uma cicatriz fina vai da têmpora até o queixo do homem, cortando a bochecha dele com o tom suave e pálido de um ferimento há muito cicatrizado.

O homem leva as mãos unidas ao estômago.

— A rainha Giselle solicita que se juntem a ela no laboratório da Universidade de Putnam. Carruagens os esperam — anuncia o homem, me encarando. Embora a conexão dure apenas alguns segundos, tenho a impressão de que está me analisando.

Mas estamos em Yakim, reino conhecido pelos estudos. E o homem está vestido como se tivesse acabado de sair de um laboratório também — um avental de couro pende por cima de uma camisa branca com a manga enrolada até os cotovelos e calças marrons justas reforçadas. Mas agora que observo o homem por mais tempo — a maioria dos yakimianos não tem pele marrom bronzeada mais clara, em vez do tom escuro desse homem? Talvez o tom de pele deles varie e eu não tenha prestado atenção durante as lições de Sir sobre Yakim.

Antes que eu consiga observar mais, o homem sai pela porta tão silenciosamente quanto entrou.

Todos nos levantamos para segui-lo e me viro para Theron.

— A rainha está na universidade?

Theron assente como se isso fosse esperado, uma das mãos dele se move para tocar o bolso peitoral do uniforme. A ação faz com que minhas responsabilidades me inundem como uma onda. A chave veraniana. Theron vai querer sair em busca da yakimiana depois de desfilarmos com nossa mentira que não é mentira.

Mas para esse reino não será uma mentira de minha parte. Ainda quero um aliado para me ajudar a enfrentar Cordell — Ceridwen é útil, mas preciso de alguém forte o bastante para balancear o poder de Noam. As mercadorias de nossas minas já estão trancafiadas de novo, esperando o momento em que eu puder oferecê-las a Giselle — sem a presença de Simon.

Mais política delicada. Mais planejamento e maquinação que me dão dor de cabeça. Mas lembrar que essa reunião será menos falsa para mim do que quando conhecemos Simon me deixa com a cabeça um pouco mais erguida, reúno mais determinação.

— Giselle passa muito do tempo dela lá — explica Theron. — Ela...

— ...desperdiça tempo inventando interruptores de luz quando poderia lidar com a pobreza no reino.

Olho de esguelha para Ceridwen, que se aproxima de nosso grupo por trás de Theron e eu, seu comportamento não dá a mínima indicação de que acabou de insultar a rainha de Yakim.

Theron gesticula com os ombros.

— Alguns diriam que sim — sugere ele, voltando o olhar para o criado, ainda ao alcance da voz.

Ceridwen se abana.

— Nossa, esqueci como o ar fica rarefeito quando cidadãos de mais de um reino Ritmo estão no mesmo lugar.

Theron ri com escárnio, mas pisca um olho para Ceridwen.

— Ciúme não lhe cai bem, princesa.

Ceridwen abaixa o olhar de Theron para mim, então ergue de novo, e os olhos dela brilham com uma emoção verdadeira. A princesa desaparece antes que eu possa perceber qual é, algo que indica os mistérios que ela oculta.

— E uma cidadã de um reino Estação não é uma amante adequada para você, príncipe — replica Ceridwen.

Todo o ar é expulso de meus pulmões. Ainda estou boquiaberta conforme Ceridwen sai, avança à nossa frente para ficar ao lado do irmão, atrás do criado. Posso sentir as palavras dela se agitarem pela muralha que construí em volta de meus sentimentos por Theron e ressaltarem quanta distância permanece entre nós, apesar das promessas grandiosas de Theron de diminuir o afastamento entre os reinos Ritmo e Estação. Apesar de eu não ter certeza do quanto quero que ele faça isso.

Theron segura minha mão.

— Ela não importa.

Arrisco olhar para ele, mas Theron olha para a frente, com o maxilar contraído, os olhos ríspidos.

Percorremos alguns corredores para descer até a entrada do castelo, uma sala curta, porém ampla, com duas passagens de cada lado de uma ponte de madeira em arco. Rodas giram em um córrego agitado fluindo pelo centro da sala, uma versão em miniatura daquelas maiores que giram no rio Langstone. A água deixa a sala aconchegante e úmida, e conforme atravessamos a ponte e saímos do castelo, o ar está apenas levemente mais frio do lado de fora.

Um pátio se estende ao nosso redor, verde e ruidoso devido aos trabalhadores do estábulo e aos dignitários yakimianos, a pedra cinza da parede do complexo se eleva no limite da propriedade. Carruagens nos esperam na base das escadas, o criado já está sentado no banco do condutor de uma delas. Os olhos dele me encaram antes que eu repare, e quando noto, o homem fixa aquele olhar analítico em mim de novo.

Franzo a testa. Será que me acha tão fascinante assim? Na verdade, como sou a rainha-criança recém-surgida do reino Estação caído, ele provavelmente acha. Isso não me impede de franzir ainda mais a testa com uma pergunta não dita.

Os lábios do homem se contraem em um sorriso que se estende pela cicatriz e ele olha para a rua adiante.

Na carruagem do criado, Ceridwen espera com o queixo apoiado na mão. Outra carruagem leva alguns dos soldados cordellianos, enquanto a última é a de Simon, a madeira escura como vinho está presa a bois. Franzindo o nariz, subo para o lado de Ceridwen, seguida por Theron, Garrigan e Conall. Depois que todos estamos reunidos, a carruagem sai, arrastada pela extensa rua que passa pela frente do Castelo Langlais para a cidade.

Putnam é como qualquer outra cidade yakimiana que vi. Telhados de palha, paredes brancas, vigas de madeira marrons em formato de X para suportar as estruturas e acrescentar alguma decoração simples. Os prédios ao redor do palácio têm quatro e cinco andares, coisas altas que fedem a riqueza, com relógios gigantes no cume de torres e canos de cobre se enroscando em desenhos complexos pelas laterais de prédios. As pessoas que transitam em torno desses prédios estão vestidas com trajes tão caros quanto os lares delas, com chapéus marrons altos, saias marfim amplas, relógios de bolso pendendo de casacos, e bengalas com ponta de ouro. A moda rivaliza em estranheza com as faixas de couro e roupas curtas de Verão, e não consigo parar de olhar conforme passamos.

À medida que atravessamos uma ponte por cima de um afluente do rio Langstone, os prédios ficam um pouco mais desgastados. Estruturas mais baixas, menos amplas, com paredes rachadas, telhas faltando, janelas sujas de terra. A moda permanece praticamente a mesma, apenas mais surrada também, e mais pessoas trabalham, em vez de passearem pelas ruas.

Diante de mim, Ceridwen apoia o cotovelo na janela, nossos joelhos se esbarram a cada sacolejo súbito da carruagem. Ela me observa conforme cavalgamos, os olhos disparando de vez em quando para Theron, ainda segurando minha mão, mas a atenção voltada para a janela oposta, a expressão nefasta.

Permanecemos sentados em um silêncio pesado e sufocante, até que por fim Ceridwen dá um longo suspiro.

— Eles construíram a Universidade de Putnam longe do castelo, no centro da cidade — começa ela, apenas para preencher o ar com palavras. Passamos por uma loja de vidro, uma fogueira crepita atrás de um homem que sopra em um longo tubo de metal. Uma bolha branca translúcida se forma antes de passarmos, seguindo para a próxima rua. — Yakimianos acharam melhor dividir os bens em caso de guerra.

Eu me viro e Theron aperta a minha mão, quase dolorosamente, recusando-se a me soltar.

— Não para que todos na cidade pudessem ter fácil acesso a ela?

Theron me olha, surpresa interrompe a raiva dele. Será que eu deveria ter remoído em silêncio? Além do mais, o que Ceridwen disse no corredor do Castelo Langlais não foi errado, apenas direto.

Ceridwen sacode a cabeça.

— Infelizmente, não. Apenas alguns yakimianos têm acesso às universidades espalhadas pelo reino. O restante...

Ela gesticula com a mão para a janela, para um grupo de crianças que carregam bastões de madeira dos quais pendem dezenas de ferraduras. As pernas magras das crianças mal parecem fortes o suficiente para segurar o corpo delas, quem dirá o peso do ferro, os rostos estão sujos de fuligem, as roupas amarrotadas e manchadas.

Meu estômago se aperta.

— Giselle não é confiável, é?

— Ela é como meu pai — acrescenta Theron, devagar. Aperto a mão dele. — Sempre me pergunto por que ele concordou em se casar com uma mulher de Ventralli em vez de Yakim. Yakim compartilha mais das crenças dele: eficiência, estrutura, empreendedorismo. Mas, apesar das semelhanças, há ainda uma diferença grande o bastante para desestimular até mesmo meu pai.

— Qual é? — pergunto. Mas Ceridwen já aponta para fora. Acompanho o dedo dela até um beco, na direção de onde viemos, e até a carruagem que transita ali, mais para o interior da cidade. A madeira manchada de vinho exibe a chama pintada de Verão. Parece que Simon optou por não conhecer Giselle.

Afasto os olhos da carruagem-bordel de Simon, incapaz de parar de pensar no porquê de estar se afastando. Para ganhar dinheiro com os serviços? Meu estômago se revira.

— Apesar de todas as falhas de meu pai — continua Theron, com a voz baixa —, não posso dizer que ele não é um bom rei. Vê cada cordelliano, não importa o quanto seja inferior, como *dele*, e se enfurece só de imaginar vender alguém a Verão como Yakim faz.

Ceridwen ri com escárnio.

— Um reino Ritmo com consciência. Me pergunto que outras esquisitices empesteiam o mundo, talvez neve em Verão.

A afirmação a princípio parece apenas uma declaração do absurdo, mas quando Ceridwen me encara por um segundo, sinto as questões ainda não explicadas que ela guardou na mente. Como fiz nevar em Juli. Como descobri um poço oculto na adega de vinhos dela. Trinco os dentes, recusando-me a me deixar abalar por ela.

O rosto de Theron fica mais sombrio.

— Não insulte meu reino quando o seu transborda com falhas.

Ceridwen o encara, espantada, antes de exibir os dentes e cruzar os braços defensivamente.

Ergo as duas sobrancelhas para Theron.

— Achei que sua meta para esta viagem fosse unificação. Sabe... Derrubar preconceitos, ser *legal*.

Theron pisca para mim, a escuridão no rosto dele desaparece com um movimento de cabeça. A mão dele segura a minha com menos força e me desvencilho, alongando os dedos conforme Theron se move para a frente.

— Desculpe — diz ele a Ceridwen.

— Admiro a posição de seu pai, na verdade — responde ela, a própria versão de uma desculpa. Ceridwen olha de volta pela janela. — Queria que mais reinos valorizassem os cidadãos dessa forma.

Theron dá um meio sorriso.

— Talvez por meio desta unificação eles apreciem.

Mordo o lábio, as imagens do passeio rodopiando na mente. Os cidadãos refinados da classe alta caminhando pelas casas perfeitas; as crianças carregando ferraduras pela rua. Durante um breve momento, sou arrastada de volta para Abril e para a visão das crianças lá. A única diferença entre elas são as cores. Em um reino que alega ser tão avançado, ninguém deveria se assemelhar a uma pessoa dos campos de trabalhos de Angra. Nem mesmo camponeses, nem mesmo os pobres. Não deveria nem *haver* uma divisão — não havia diferença entre os outros prisioneiros invernianos de Angra e eu, mas aqui estou, sentada em uma carruagem chique. Qual é a única diferença? Minha magia do condutor?

Meus olhos se voltam para a janela de novo, para a mudança súbita de cenário. Não há mais prédios surrados e crianças trabalhando e pobreza — agora, estamos cercados por paredes altas e belos prédios de tijolos e mais pessoas com roupas da moda tradicional de Yakim — linhas retas, tecidos marrons, detalhes em cobre. Devemos estar na universidade. Rápido assim, sem intermediário. Como a forma com que a maioria do povo veraniano é forçada à intoxicação e à névoa de alegria. Aceite ou... sofra. Ceridwen é prova disso. Esse mundo não passa de extremos.

É preciso haver outra opção — algo mais do que aceitação ou luta. Mais do que a magia abusiva que existe hoje ou a ameaça de todos terem magia. Deve haver uma escolha para ser apenas *normal*.

Será que as pessoas ainda se dividiriam e teriam preconceitos e alimentariam ódio sem a magia? É claro que sim. Mas se não houvesse magia, se não houvesse Ruína, nada para tornar uma pessoa sobre-humanamente diferente de outra, as coisas seriam ao menos igualitárias. Só porque não curaria tudo não quer dizer que não tornaria as coisas melhores do que são.

Sento com o corpo mais ereto na carruagem. É isso que vou perguntar à Ordem, se algum dia encontrar uma pista que leve a ela.

Como limpar nosso mundo de magia.

A mão de Theron envolve a minha, me tirando da súbita epifania. Eu me sobressalto, pânico percorre meu corpo antes que eu consiga me acalmar.

Rapidamente assim, com essa facilidade, minha magia sobe pelo corpo, percorrendo em um fluxo irregular as veias, chocando-se por meu corpo em uma agressão súbita de neve e frio. Eu me desvencilho do toque de Theron, me atiro de volta ao canto da carruagem, cega para qualquer coisa exceto o fluxo inesperado de magia. Não estou sendo ameaçada ou estou com medo ou ansiosa — por que está reagindo assim?

Arquejo, incapaz de respirar devido ao nó de gelo em minha garganta, e quando pisco, estou no chão da carruagem, nos braços de Garrigan.

— Minha rainha! — exclama ele, e não sei há quanto tempo está me chamando.

A porta da carruagem se escancara. O criado está logo do lado de fora, os olhos escuros me percorrem antes de me encarar novamente — mas em vez de ser um olhar observador, é triste. De empatia.

Pobre e perturbada rainha de Inverno, é o que diz o olhar.

Ninguém o contradiz — na verdade, Theron, Ceridwen, Conall e Garrigan o imitam.

Frio se acumula em meu peito e se espalha para minhas mãos, transformando cada músculo em gelo cristalizado. Saio dos braços de Garrigan com um empurrão, a magia lateja e está ávida por disparar para fora de mim, por entrar em Garrigan e Conall, para usá-los, pois é isso o que ela faz. Fere e controla e destrói, e eu recuo, cambaleando, de perto deles, afundando o corpo no assento acolchoado da carruagem.

— Vão! — grito. Talvez se eles se afastarem o suficiente, talvez se não houver nenhum inverniano perto de mim, a magia vai simplesmente se dissipar, e não ferirei ninguém. Ou talvez eu provoque uma nevasca em Yakim e não será apenas a princesa veraniana quem verá o defeito de minha magia, mas uma universidade cheia de cidadãos de um reino Ritmo.

Meus pulmões queimam, mas prendo o fôlego, recusando-me a me energizar até que esteja calma. O que Hannah diria se estivesse aqui? Não, não a quero aqui — *não a quero*. Ela é parte da magia, e estou tão cansada de magia. Não preciso de Hannah.

Calma, calma, *por favor, fique calma...*

O frio gélido corre por braços e pernas e salta de meus dedos, disparando para fora de mim antes que eu consiga controlar, antes que consiga impedir. Minhas costelas se abrem com um estalo, um relâmpago atravessa minha carne, incinera meus músculos, corta meu coração ao meio quando meus olhos encontram os de Garrigan e de Conall.

Mas nada disso se compara ao puro horror de ver o que faço com eles. Não somente coloco força neles, como fiz com Sir — o comando que gritei, *Vão!*, reverbera por mim. Ele reúne a magia e dispara para fora de mim em uma torrente de geada, cristais de gelo que se chocam nos corpos deles...

E os atiram da carruagem.

Mather

O VENTO FRIO feria o rosto de Mather, lutando contra o suor que se acumulava na testa dele. O rapaz estava apenas um andar acima do chão, mas o frio serpenteava entre os demais chalés com restauração incompleta, fazendo com que flocos de neve ficassem presos no peito exposto dele, gelo e frio derretendo-se em cansaço físico e calor. A lufada de ar empurrou Mather para a frente na estrutura do telhado do chalé, e ele usou o movimento para testar a firmeza das tábuas que acabara de terminar de pregar no lugar. Elas rangeram, mas permaneceram firmes.

— Não vou pegar você. — Phil lançou um olhar divertido de soslaio para Mather, com os dedos trabalhando agilmente para resgatar pregos velhos de tábuas podres no piso do chalé.

— Sua preocupação é comovente, mas não vou cair — disse Mather, ofegante. Para comprovar isso, ele ficou de pé, reto, equilibrando-se na ripa que formava a base de uma estrutura triangular.

Phil riu com escárnio.

— Exibido.

Mather sorriu, equilibrando-se no topo da cumeeira, a única e longa tábua de madeira que percorria toda a extensão do telhado, ou do que em algum momento seria o telhado. Dali, ele podia ver toda a praça — uma dezena de outras estruturas de telhados e prédios inacabados cheios de invernianos realizando as mesmas tarefas que Mather e Phil.

A atenção de Mather se voltou para a parte nordeste da cidade. O chalé do Degelo ainda estava a pelo menos três seções de se tornar o foco dos reparos. Tinham mais dois meses antes de precisarem considerar seriamente se mudar, ou no mínimo guardar o material de treinamento até que os construtores passassem por eles.

Tinham tido sorte até então. Sorte por poucas pessoas irem até os limites da seção habitada de Jannuari; sorte porque contanto que Mather e o restante do Degelo ocasionalmente ajudasse com os consertos, ninguém reparava a ausência deles nos outros dias; sorte porque fazia apenas pouco mais de duas semanas desde que tinham começado o treinamento secreto, então ainda não tinham precisado de armas de verdade além das poucas facas frágeis que Mather conseguira roubar.

Um grupo de soldados cordellianos circulava a praça, rondando a área como tinham feito o dia todo. Mather os olhou com raiva, sabendo que a expressão não seria percebida, mas sentindo-se melhor quando a estampava. Dos quadris de cada um dos soldados pendia uma espada e duas adagas, armas perfeitamente afiadas que oscilavam, sem uso e provocadoras. Mesmo as espadas de madeira que o exército inverniano usara antes da proibição de Noam tinham sido emprestadas por Cordell. Será que os cordellianos repararim se algumas das espadas deles sumissem da tenda de armas? Provavelmente.

Mather fez uma expressão de raiva conforme os soldados marcharam na direção do chalé dele, olhando os invernianos ao redor com um ar de posse que parecia uma lâmina cega subindo pela coluna de Mather.

Pá.

Mather abaixou o olhar para o chalé ao lado, aquele para o qual Hollis, Trace e Feige tinham sido designados. O telhado deles não passava de meia dúzia de ripas paralelas ao chão, deixando a totalidade do chalé de um andar aberta para que Mather olhasse para dentro dele.

E quando o fez, uma sensação de alerta percorreu o corpo de Mather com tanta força que ele cambaleou no telhado até que os dedos se agarrassem ao topo da cumeeira de novo.

— Ainda não vou pegar você — cantarolou Phil, analisando um prego particularmente teimoso.

Mas Mather o ignorou. Os olhos dele dispararam para os cordellianos, a um prédio de distância.

Qualquer movimento súbito apenas atrairia atenção, a última coisa de que precisavam. Porque Feige estava em posição de lançamento, um braço às costas — e uma faca na mão. A outra faca Feige enfiara na parede com o último lançamento, o cabo ainda vibrava devido à força. Duas das lâminas patéticas que Mather roubara para o treinamento deles, mas *apenas* para o treinamento no chalé do Degelo, escondidos com segurança dos olhos cordellianos.

Mather sibilou para Trace e Hollis, que estavam fora, atrás do chalé, um segurando uma viga com firmeza enquanto o outro a serrava. Mas com martelos batendo e serras cortando a madeira, o sinal se perdeu no ar, pairando tão inutilmente quanto os flocos que dançavam ao redor deles.

— Bem, o que temos aqui? — Um dos soldados entrou no chalé no momento em que Feige soltou a última adaga. Ela disparou pelo ar, desviando de curso devido ao sobressalto da menina, e bateu na parede antes de cair no chão.

Feige disparou atrás da faca, pegou-a e se virou com a faca diante do corpo. O chalé não tinha mais de dez passos desde a porta da entrada, a qual os soldados agora bloqueavam, até a parede dos fundos. Até mesmo Mather teria sentido uma pontada de medo diante daquilo, mas o rosto de Feige estava completamente petrificado. A pele marfim da garota empalideceu até chegar a um tom cadavérico, os olhos não piscavam, o pequeno corpo estava curvado em uma posição defensiva, tanto tentando se proteger quanto se preparando para um ataque.

Mather se moveu assim que o primeiro soldado se aproximou de Feige. Ele disparou pelo telhado em que estava e saltou para o ar, atravessando o espaço entre os chalés.

— Uma arma, é? — perguntou o soldado, com as botas deslizando pelo chão em avanços provocadores. — O que está fazendo com isso?

Mather aterrissou no telhado do chalé, a energia do movimento ainda com ele. Mather recebeu essa força de braços abertos, pois no segundo seguinte, Feige gritou.

Aquele era o grito que cada inverniano lutava para ocultar bem no fundo, um grito que vinha da tortura, de sofrimento repetido e interminável. Mather sentiu como se fosse o uivo de um lobo, o ruído tomou conta das entranhas dele e o acendeu. Aquilo falou com Mather de uma forma que ele odiava e temia e da qual fugia, tanto porque entendia tal medo quanto porque sabia que aquilo que Feige tinha suportado era muito pior do que qualquer coisa que ele tivesse.

A garota avançou, ainda gritando, e golpeou com a adaga a bochecha do soldado. Ele urrou, o choque o entorpeceu o suficiente para que Feige golpeasse de novo, a lâmina atingiu apenas a manga da camisa do homem dessa vez. O soldado abaixou para fugir do próximo golpe da garota e inclinou o corpo para derrubá-la.

Mather segurou a ripa mais próxima e entrou no chalé. A madeira crua feriu as palmas das mãos dele, mas o jovem insistiu, travando as pernas para formar um aríete, o qual ele bateu no segundo soldado. O homem despencou no chão, perdendo o ar por tempo o suficiente para que rolasse, indefeso, conforme Mather se abaixava e se virava para o outro soldado, o qual se levantou da intenção de derrubar Feige.

— O que acha que está fazendo? — berrou o homem, mas Mather o agarrou pelo colarinho e o atirou na rua logo depois de Trace e Hollis dispararem para dentro.

Mather se virou, derrapando até parar quando viu Feige enroscada como uma bola, no canto, segurando uma das adagas empunhada. Ela ainda gritava aquele urro terrível e nauseante, como se tivesse perdido o controle. Talvez jamais tivesse controle sobre aquilo.

Quando Hollis a alcançou, ele se ajoelhou à distância de um braço da irmã e olhou de volta para Trace, com a expressão desapontada de um homem que esperava uma batalha, mas conseguiu uma guerra.

Um soldado ainda rolava no chão diante de Mather, tossindo para recuperar o fôlego que tinha perdido. Mather segurou o braço do homem e o arrastou para fora enquanto o outro soldado se levantava no pátio, com a espada em punho e o rosto lívido.

— Rei Noam baniu todas as armas exceto aquelas que o exército dele tem — disparou o soldado.

Do lado de dentro, os murmúrios carinhosos de Hollis eram agora entrecortados pelos gritos de Feige. Mather colocou o segundo soldado aos pés do primeiro e fincou os calcanhares na neve diante do chalé.

— Ela estava com uma faca de cozinha — murmurou ele. — Nada mais.

Tinham atraído uma multidão e tanto àquela altura. Todos os invernianos em volta se viraram, parando com pregos em punhos ou martelos erguidos no meio do movimento.

— Além disso, se a tocar, vou estripar você — continuou Mather.

— *Nós* estriparemos — acrescentou Phil, colocando-se ao lado de Mather com Trace. Algo se movimentou logo à direita e Kiefer e Eli correram para a frente enquanto os gritos de Feige continuavam. Eles se plantaram ao lado de Mather, uma frente única, unificada.

— Mather!

O orgulho que crescia em Mather anuviou a mente dele. A atenção do rapaz se voltou para William, que abriu caminho pela multidão ao lado de Greer. Alysson seguiu, afastando-se de onde estava entregando água aos trabalhadores. Todos os três pararam entre Mather e os soldados cordellianos.

— *Pare* — disse William, e se ainda estivessem no acampamento nômade, a ordem teria funcionado.

Mas agora, Mather cambaleou para a frente, todo o ódio e a adrenalina se transformando em incredulidade.

— Está ordenando que eu pare? E quanto a *eles*? — Mather apontou para os cordellianos, que observavam a discussão ocorrer com ódio inalterado.

— Não faça drama — grunhiu William, e se virou para encarar os homens. — Peço desculpas pelo mal-entendido. Retificaremos a situação para cumprir com todas as ordens do rei Noam.

As palavras fizeram Mather resmungar.

— Não pode estar...

Mas Greer interrompeu quando Mather avançou.

— Para trás — disparou ele.

Mather tentou se soltar da mão de Greer. O velho segurou com força, os olhos fixos e sombrios.

— Não ouviu os gritos dela? Eles fizeram isso com ela!

Feige tinha se calado a essa altura, talvez pelo conforto de Hollis, ou porque o medo tinha se dissipado.

Um dos soldados pareceu chegar à conclusão de que vencer aquela luta não merecia a energia dele, porque gesticulou para dispensar William.

— Não seremos tão generosos da próxima vez, general.

William abaixou a cabeça fazendo uma reverência.

— Obrigado.

O soldado emitiu um estalo com os lábios, enojado, antes de se virar, abrindo caminho pela multidão. O colega o seguiu, ambos lançaram risinhos de vitória para Mather. Tinha vencido alguma coisa. Uma batalha diferente, uma que o deixou boquiaberto conforme William se virava para ele.

Antes que conseguisse falar, William o tirou da mão de Greer e abaixou a cabeça para cochichar ao ouvido de Mather.

— Os cordellianos são nossos únicos aliados até que a rainha conquiste mais. Se não conseguir, Cordell é tudo o que temos, não podemos antagonizá-los.

— Eles teriam ferido Feige — disparou Mather de volta. — Teriam...

— Não sabe disso.

— Não queria descobrir! Você teria permitido que a fizessem gritar *mais*?

Atrás de William, os invernianos retornaram às próprias tarefas, enxotados pelas ordens de Greer. Apenas Alysson restara, saltando os olhos entre eles e o chalé, sorrindo com o mesmo conforto que Mather vira tantas vezes antes. Um sorriso que o informava que ficaria bem, porque como alguém podia olhar para ele daquele jeito se a vida estava destinada ao sofrimento?

Feige estava diante do chalé agora, batendo no estômago em golpes ágeis e curtos. Não tinha mais as adagas, e encarou a neve acumulada na rua com olhos que não enxergavam. Mather deu um passo adiante, mas Hollis, logo atrás da irmã mas sem a tocar, sacudiu a cabeça com força.

— Feige? — tentou Mather.

Ela encolheu o corpo. Lágrimas se acumularam nos olhos.

— Não queria estar indefesa de novo. — Foi tudo o que a garota sussurrou.

O coração de Mather se partiu.

Hollis levou Feige embora. O restante do degelo permaneceu, observando, hesitante, tentando não parecer que ainda estavam esperando que alguém perdesse a compostura.

Mather tinha uma sensação de pesar de que ele seria essa pessoa.

— E se jamais tivermos outras opções? — disparou Mather para William. — E se Meira voltar e nosso aliado mais poderoso ainda for Cordell? E se Noam abrir aquela droga de abismo da magia e se tornar ainda mais poderoso? *E então?*

O maxilar de William se contraiu.

— Não estaremos nessa posição.

— Já estamos nessa posição! Você fez isso conosco antes, em Bithai. Angra tinha enviado o exército atrás de nós, e Noam concordou em me entregar, e você simplesmente ficou parado, porque embora tivéssemos chegado tão longe, a única coisa que enxergou foi desistir. Chegamos *tão longe* tantas vezes, mas isso só parece ter deixado você com mais medo ainda. O que tem medo que aconteça? Já perdemos tudo e sobrevivemos. Podemos sobreviver sem Cordell! Podemos enfrentá-los!

— Só porque poderíamos enfrentar Cordell não quer dizer que deveríamos. Há outras opções, caminhos que não arriscam a vida de nosso povo. — William avançou, a exaustão desapareceu com um último rompante de certeza. — Perdemos tudo, e levou décadas para recuperarmos. Não arriscaremos de novo. Conseguiremos agora; receberemos tudo. Nosso reino, nossas vidas, nossas famílias.

A boca de Mather se escancarou. O modo como William disse a palavra *famílias*, como se fosse apenas mais uma tarefa, facilmente realizável, fez com que Mather olhasse para trás, para Phil, Trace, Kiefer e Eli. Adiante, William e Alysson esperavam. Uma clara divisão.

— Fomos tudo o que tínhamos durante 16 anos — começou Mather, voltando-se para Wiliam. — Todos nós. Finn, Greer, Henn, Dendera, e todos que morreram também. E nunca, nenhuma vez, senti como se quiséssemos ficar juntos. Mas *não queríamos* ficar juntos, não queríamos montar uma família permanente em outro lugar, porque poderia ter tornado impossível recuperar nossas famílias verdadeiras. Mas... deveríamos ser uma família agora? Fácil assim?

Alysson se aproximou.

— Mather, todos nos amávamos...

— Eu sei que sim — interrompeu ele, o ódio tornando ríspida a voz de Mather, e ele não teve certeza de que sabia o que queria com aquilo. Não, ele sabia o que queria, podia sentir a pergunta pairando nos lábios, queimando a boca, preenchendo-o e escorrendo por ele ao mesmo tempo.

William apenas encarava Mather, sem responder, sem reagir, e Mather esticou o corpo, inspirando e tentando se acalmar. Ele não conseguiu, no entanto, não conseguiu impedir o que tinha começado, e a pergunta disparou de Mather em um rugido de ânsia.

— Por que me sinto mais conectado com seis órfãos do que jamais senti com meus próprios pais?

Alysson sacudiu a cabeça, sem entender completamente, mas magoada, mesmo assim. William apenas escancarou a boca, a confusão enrijeceu os músculos dele. Mather não queria ouvir as respostas dos dois, não queria saber, então ele se virou, pretendendo se atirar atrás de Hollis e Feige.

William segurou o braço de Mather.

— Filho, não dê as costas para mim...

— Não sou seu filho! — As palavras dispararam de Mather tão dolorosamente que sangue deveria ter se acumulado em sua boca. — Quero ser, não tem ideia do quanto quero ser. Mas não sou, William, e não sei por quê. Diga por que jamais senti, *ainda* não sinto, como se não passasse de um soldado inverniano para você.

O maxilar de William se contraiu, os olhos dele estavam vítreos.

— Você é um soldado inverniano — murmurou William. A voz dele falhou levemente, como se não conseguisse segurar, como se talvez, apenas talvez, aquilo também o magoasse. — Somos todos antes de tudo invernianos. Precisamos aceitar nossas vidas como são *agora*. Você é nosso filho. Inverno precisa de Cordell. É isso.

Mather recuou, sacudindo a cabeça, sacudindo e sacudindo, porque aquela era a separação entre ele e William. Aquele era o limite, a demarcação, o lugar em que a diferença de opinião deles poderia partir um reino e fazer com que todos fossem mortos.

— Está errado — disse Mather. — Nossas vidas não são tão simples assim. Conquistamos nossa liberdade, mas ainda estamos em perigo, e nada jamais será normal.

O restante do Degelo se aproximou por trás de Mather conforme ele saiu andando.

Naquela noite, Phil derrotou Mather no treino.

Mather queria fingir que não foi por causa da tensão de mais cedo. Mas mesmo Kiefer não exibia o cinismo habitual, e treinou com um novo propósito.

Então, quando Mather deu um passo para a esquerda e Phil desviou para a direita, a espada de mentira de Phil disparou para o peito de Mather e todos no chalé correram para dar tapinhas de animação nas costas de Phil. Todos exceto Hollis e Feige, que permaneceram onde tinham estado a noite toda — Feige no banquinho dela, com lascas de madeira voando ao redor da garota como uma nevasca, e Hollis no chão ao lado da irmã.

Mather deu um passo na direção de Feige. Ele não ousou se aproximar mais — mesmo um movimento curto na direção da menina a fez encolher o corpo, embora os olhos permanecessem fixos no entalhe.

— Feige — tentou Mather. Os garotos atrás dele se calaram e Mather estendeu as mãos para Feige, uma torrente de anseio o dominou. Anseio para que a vitória de Phil fosse sentida por *todos* eles. — Feige, não tenha vergonha.

Hollis olhou para Mather com raiva.

— Já não fez bastante? — grunhiu ele, tão baixo que Mather quase não ouviu. — Ela não teria a faca se não fosse por tudo isso.

Mather se ajoelhou.

— Eu sei que não teria a faca não fosse por isso, e não teria perdido o controle não fosse pelo que fiz a vocês. Mas ela *teria* perdido o controle em algum momento. Em algum lugar, de alguma forma, alguma coisa a teria provocado, exatamente como algo poderia ter, em algum momento, sido demais para todos vocês. Coisas terríveis aconteceram conosco, ainda estão acontecendo, vão acontecer todo dia, para o resto de nossas vidas, provavelmente. O que nos define não é nossa habilidade de jamais permitir que nos façam perder o controle, o que nos define não é permitir que eles nos tenham nas mãos. Somos o Degelo, e não seremos derrotados por memórias ou por homens cruéis.

Os olhos azul-claros de Feige se ergueram para os de Mather e refletiu sobre palavras dele, uma por vez.

— Somos o Degelo. — Feige assentiu com determinação. — E *não* seremos derrotados.

Ao lado dela, Hollis expirou, e quando Mather olhou para o garoto, não havia acusação no rosto dele. Exaustão, sim. Mas o começo do que poderia ser visto como... aceitação.

— Não seremos derrotados — repetiu Mather, e foi sincero.

Meira

CONALL E GARRIGAN são lançados pela porta e atingem o criado, que desaba no chão conforme os irmãos continuam no ar, até colidirem com a parede de tijolos da construção mais próxima.

Tudo em mim é drenado.

Eu os *atirei*.

Mãos me levantam, vozes murmuram, mas minha visão rodopia, a magia faz cada nervo doer. Fecho os olhos, apenas por um momento.

Mas uma voz que não conheço dispara uma repreensão.

— Ela está doente?

É uma mulher, as palavras saem agudas e femininas e próximas. Quando abro os olhos, duas pessoas estão de cada lado de onde fui colocada, em uma cadeira em algum salão grandioso de um dos prédios da Universidade de Putnam. Não me lembro de chegar ali, e a desorientação me faz oscilar para a direção da mulher que falou.

Ela está na casa dos trinta anos, tem a pele marcada por rugas em volta dos olhos grandes e atentos. Cachos pretos e espessos cascateiam nos ombros como espirais de ônix perfeitamente organizadas, apenas roçando um machado às costas dela. Afiadas e reluzentes, duas lâminas se projetam de um centro de madeira polida. Emite um leve brilho dourado, a mesma luz iridescente que sai da adaga de Noam em uma nuvem violeta. O condutor de Yakim.

Então essa mulher é a rainha Giselle.

Minha atenção se volta para a outra pessoa — Theron. Tudo o que vejo no rosto dele é preocupação, e isso me puxa para fora do estado de perplexidade.

— Conall... Garrigan... — murmuro os nomes deles conforme meus olhos percorrem a sala com pelo menos metade do tamanho do salão de baile de Jannuari. O teto baixo, as paredes de pedra cinza e o piso preto destacado por outros itens ao redor tornam o lugar esquisito. Mesas contêm pilhas altas de tubos de vidro, e bolhas líquidas em diversas tigelas sobre chamas. Prateleiras e armários cobrem as paredes, cheias de papéis e livros e jarros, ferramentas e óculos de proteção. Nenhum outro yakimiano, exceto por Giselle, está ali, como se todos tivessem sido mandados embora para abrir espaço para mim.

Há outros não yakimianos aqui, no entanto, e meus olhos os percorrem de novo. Ceridwen; os guardas cordellianos; e...

Levanto com um sobressalto, cambaleando tanto que Theron se coloca de pé com um salto e segura meu cotovelo. Sangue dispara para minha cabeça quando me obrigo a olhar para Conall e Garrigan. Eles oscilam um pouco no lugar, Conall está com a mão no braço oposto, Garrigan leva o punho à testa.

— O que eu fiz? — digo, arquejando, mais um suspiro do que uma pergunta.

Garrigan me olha, começa a formar um sorriso com os lábios, com a intenção de ignorar a pergunta. Mas quando ele abre a boca, não diz nada. Que desculpa entenderiam? Eu *os atirei pelos ares*. Usei a magia para lançar os dois para fora da carruagem.

Não há motivo para isso.

Os guardas cordellianos veem um motivo, no entanto. Eles trocam olhares, revirando os olhos às escondidas, e dão risadinhas baixas uns para os outros, e praticamente ouço os pensamentos nas mentes deles.

A fraca rainha-criança nem consegue usar a magia adequadamente.

Enterro os dedos na barriga, fecho os olhos ao expirar.

Chega. Essa é a última vez que perco o controle.

Chega.

Enquanto tudo isso acontece, Giselle se levanta da cadeira e se volta para um caderno em uma mesa próxima, fazendo anotações como se rainhas estrangeiras desmaiassem na universidade dela todo dia. A roupa de Giselle imita a decoração do reino — um casaco marrom justo sobre a extensão dos braços com botões de latão que vão até o colarinho alto, sob o queixo. Linho branco sai por baixo do casaco, uma saia grossa.

Não me incomodo em me importar com outras coisas também. Mal tenho energia para seguir, aos tropeços, até a porta, e estou a meio caminho dela quando Theron agarra meu braço.

— Meira... Aonde vai?

Revirar este reino até encontrar respostas.

— Para longe — falo para ele. — Me deixe ir.

Theron não cede.

— Sei que foram dois meses terríveis, mas se for embora, jamais saberemos do que seríamos capazes. Por favor... Eu a acompanharei para o palácio pessoalmente depois de fazer as apresentações.

Estou tão perto de gritar com ele, todas as coisas que já falei e que Theron não ouviu.

As metas que tem vão liberar a Ruína pelo mundo de novo.

Seu pai jamais cederá a você, não importa quanto apoio tenha.

Está errado, Theron.

E não me importo mais com proteger a inocência dele. Não me importo com a forma como Theron treme um pouco, tão desesperado para tentar, tão desesperado para ter esperanças.

Só me importo com a forma como Conall e Garrigan tremem também, por *minha* causa. Por causa de minha magia.

Conheço minha meta — manter meu reino a salvo. E não serei impedida.

— Você é o único que acredita que essa empreitada é pela paz — resmungo. — Giselle não se importará com alguma trama idealizada trazida até ela por uma *criança*. Percebe isso, não é?

Theron recua, mas se recompõe.

— Às vezes, uma pessoa é suficiente.

— Concordo plenamente, príncipe Theron.

Ceridwen se aproxima de meu lado, os olhos fixos nas costas de Giselle, que parece ter esquecido que estamos no reino dela.

Eu me volto para Ceridwen.

— Não preciso de sua ajuda. Preciso *ir embora*. Essa reunião é inútil.

— Mesmo? — Ceridwen se aproxima de mim. — Precisa de aliados. Não precisa?

Ela olha rapidamente para Theron. Mais um gesto do que um olhar, e eu desmorono.

Cordell.

Ainda preciso de aliados. Com exércitos.

Como Ceridwen já sabe como me ameaçar? Porque temos a mesma fraqueza?

Mas o que ela conseguirá com isso?

— O que você quer? — pergunto, cedendo, com o maxilar trincado.

— Quem disse que quero algo?

Reviro os olhos e vou para o lado de Theron, diretamente diante de Ceridwen, sem dar a ela a satisfação de mais respostas. Theron ergue uma sobrancelha para mim, percorrendo Ceridwen com o olhar uma vez, e juro que ele diz, sem emitir som, *obrigado* a ela.

— Bom — diz Theron para mim.

Não, não é bom. Eu deveria estar correndo para fora daqui, revirando o reino em busca da chave ou da Ordem, e em vez disso eu...

Tomei a decisão que uma rainha tomaria. Uma decisão cuidadosa, não precipitada.

Então por que meu peito não parece menos apertado?

Volto os olhos para Conall e Garrigan, os quais se movem para ficar atrás de mim, tentando fazer a pose normal que tão frequentemente fazem. Mas quando pensam que não estou olhando, os dois cuidadosamente tocam as costelas ou os hematomas nas bochechas.

Vê-los daquela forma, feridos por minha culpa, mas ainda determinados ao meu lado, provoca duas reações diferentes em meu corpo — remorso corrosivo por eu ser tão terrivelmente indigna deles e uma cascata ainda mais forte e crescente de fúria.

Serei alguém digna da lealdade deles. Eu me *tornarei* digna.

— Rainha Giselle. — Theron ergue a voz e dá um passo adiante. — Eu...

— Essa visita é bastante não ortodoxa. — Giselle não perde o ritmo de qualquer que seja a nota que esteja fazendo. Provavelmente ouviu tudo que dissemos, não?

— Vossa Alteza. — Theron tenta mais uma vez, mantendo o tom calmo e equilibrado. — Viemos com a melhor das intenções... Uma oportunidade para uma aliança entre todos os reinos de Primoria.

E para distraí-la por tempo o suficiente para encontrar uma forma de abrir o abismo de magia sem que você saiba, acrescento, mentalmente.

Giselle se afasta das anotações, os olhos percorrendo Ceridwen, Theron e eu.

— Yakim jamais esteve em guerra com qualquer de vocês. Por que eu deveria me importar com algo que não envolve meu reino?

Theron dá mais um passo cauteloso na direção da rainha.

— Porque isso não é simplesmente sobre paz; é sobre igualdade. Acabar com as antigas barreiras e erguer um novo padrão entre os oito reinos de Primoria.

— Igualdade. — Giselle emite um estalo com a língua, como se a palavra tivesse um gosto ruim. — Quais seriam os benefícios de tal arranjo?

Mantenho os olhos nela, embora Giselle não pareça preocupada com mais ninguém na sala além de Cordell. Essa percepção me faz fervilhar de ódio, e me lembro do que Ceridwen falou sobre mais de um reino Ritmo juntos. Não é apenas difícil respirar, é difícil não me sentir como uma criança ouvindo adultos.

Theron puxa um pergaminho enrolado do casaco e entrega a Giselle.

— Um tratado, já assinado por Verão, Outono e Cordell. Os termos são bastante simples, formando as bases de um mundo no qual os oito reinos sirvam não apenas aos cidadãos, mas um ao outro. Em épocas de guerra, nos reuniremos em conselhos de paz; em épocas de turbulência, sairemos ao auxílio uns dos outros. Vai querer ler, presumo, então não peço que assine hoje.

Giselle pega o pergaminho de Theron, os olhos dela se semicerram, pensativa. Esse discurso parece grandioso, mas preciso conter um gemido.

Isso mudará alguma coisa?

— Noam assinou isto? — pergunta Giselle, com o tom de voz afiado.

Theron não hesita.

— Cordell assinou, sim.

Giselle percebe a mesma brecha nas palavras de Theron que eu. Ela semicerra os olhos para ele, silêncio se intensifica antes de Giselle exalar.

— Você se parece tanto com seu pai. Uma pena — sussurra ela, um sussurro cujo volume poderia ter sido intencional, poderia ter sido acidental.

Theron franze a testa, como eu. Isso foi uma ofensa a Noam? De outro reino Ritmo?

Antes que eu consiga reunir qualquer esperança de que Yakim possa ser um aliado melhor do que eu tinha pesando, os olhos de Giselle deixam Theron e se fixam em mim.

— Inverno não assinou?

Maldição.

Ela está certa. Não assinei o tratado.

Theron se vira para mim, sorrindo, como se tivesse planejado aquilo.

— Não — diz ele a Giselle. — Mas se este tratado for algo com que Yakim concorde, eu tinha esperanças de organizar uma cerimônia conjunta de assinatura entre Yakim e Inverno. Um símbolo para o mundo de que Ritmo e Estação pretendem fazer isso funcionar.

A curiosidade no rosto de Giselle se intensifica e se transforma em análise.

— Por que Inverno esperou para assinar com Yakim? Sei que Cordell está envolvido com esse reino Estação.

Até agora, Giselle parecera quase incomodada por nos ter ali — mas com aquela única pergunta, os verdadeiros sentimentos dela transparecem.

Giselle me convidou para o reino dela por meio da visita de Finn e Greer há algumas semanas — e apareci, com Cordell, que reivindica uma unificação do mundo, declarando que têm uma visão poderosa para o futuro, a qual colocaria todos em pé de igualdade. Uma réplica às tentativas de Yakim de retirar Cordell de Inverno.

Não importa o quanto Theron possa ser sincero, não importa o que Giselle tenha querido dizer com aquela afirmação esquisita sobre o príncipe se parecer com Noam, essa visita é um insulto a Yakim.

Arrependimento se sobrepõe à minha raiva inicial. Não pensei direito nisso...

Theron sorri para Giselle.

— Inverno esperou porque traz um presente próprio para dar a Yakim, parte das montanhas Klaryn.

Choque me deixa entorpecida quando Theron gesticula com o braço na direção da porta e guardas cordellianos entram. Um deles segura uma caixa — onde estava? Nas carruagens deles?

O guarda coloca a caixa aos pés de Giselle.

— O que um dia foi apenas de reinos Estação é agora de posse dos Ritmo também — continua Theron, ignorando meu olhar de espanto.

Ele não me disse que presentearia Giselle com mercadorias de Inverno — mercadorias de *meu* reino.

Ele não deveria ter feito isso sem me contar. Eu tinha planejado dar partes das montanhas Klaryn, sim... Mas tinha planejado fazer isso *por Inverno*, não pelo plano de Theron.

As montanhas Klaryn não são de Cordell para que distribua.

Giselle olha para a caixa, o lampejo de insulto se dissipando com o que suponho ser choque. Olhos arregalados, lábios contraídos, uma sobrancelha levemente erguida. Giselle olha para Theron, a mão se ajusta no pergaminho.

— Permita que eu considere sua proposta. — É tudo o que Giselle diz.

Theron sorri.

— É o máximo que posso pedir de você.

Mas Giselle já está se virando de volta para o caderno.

— Sim, é.

Theron se vira para mim, o sorriso dele é ofuscante.

— Está vendo? Não foi uma reunião tão inútil no fim das contas — sussurra ele.

A incredulidade me deixa oca e exaurida, e só consigo olhar para Theron boquiaberta e sacudir a cabeça.

— Preciso ir me deitar — digo, e me viro, segurando a saia nos punhos.

— É claro. — Theron envolve minha cintura com o braço para me apoiar, oferecendo conforto e ajuda com tanta facilidade, tão inabalado.

Dói mais por não ocorrer a ele que fez algo errado. Mas por que ocorreria? Eu disse que estou ao lado dele. Menti para Theron, e esse é o produto de minha mentira, ele acredita que nossas metas estão alinhadas. Acredita que vou concordar com o que precisar ser feito.

Mas mesmo que eu estivesse realmente ao lado de Theron, não ficaria bem com isso. Porque *não somos* apenas amigos unidos em uma meta de paz — somos um reino Estação e um Ritmo, uma rainha e um príncipe. E Giselle acaba de ver o herdeiro cordelliano distribuir pedaços de Inverno.

Theron não tinha direito de fazer isso.

Determinação sobrepuja o choque e a mágoa, me deixando mais ríspida quando paro do lado de dentro da porta, virando-me e, ao mesmo tempo, me desvencilhando do braço de Theron. Conall e Garrigan cambaleiam atrás de mim, contendo o desconforto. E ainda mais longe atrás deles, Giselle está de pé, de costas para nós, com a caixa de mercadorias das Klaryn aos pés, o tratado de Theron na mesa.

Theron pode ter entregado minha única chance de conquistar a aliança com Yakim, mas não serei derrotada tão facilmente. Ele mesmo disse: às vezes, uma pessoa é suficiente.

Observo Conall e Garrigan. Precisam de descanso, mas voltam para a sala sem pensar duas vezes no próprio bem-estar.

Theron se aproxima de mim.

— Está bem?

Não olho para ele.

— Deixe uma das carruagens para mim.

Ele olha para Giselle, então para mim.

— Quer falar com ela? Eu poderia...

— Não — disparo, ouço o tom de voz e o controlo um pouco. — Obrigada, mas não — tento de novo, mais calma. — Inverno precisa construir um relacionamento com eles também, certo? Deixe que eu faça isso. Só quero apresentar meu reino a ela.

Theron ainda parece hesitar, mas assente.

— Tudo bem.

Se acrescenta mais alguma coisa, não ouço, empurro Theron para passar e entro de novo. Ceridwen já se foi, provavelmente espera na carruagem, então, quando Theron se vai, sobramos apenas Giselle, meus guardas e eu.

A porta bate atrás de mim um momento depois. Giselle está debruçada no caderno, a caneta riscando o papel, provavelmente alheia a minha presença quando paro do outro lado da caixa, tentando com cada pingo de força que me resta não olhar para ela.

Silêncio paira, o borbulhar de líquidos nos tubos de vidro, gorgolejando alto e sem parar. Inspiro profundamente.

— Rainha Giselle — começo. Formal. Adequadamente. De uma rainha para outra. — Eu quero...

— Sei o que pensa de mim, rainha de Inverno — interrompe Giselle, com a voz inexpressiva e equilibrada. Ela abaixa a caneta para o caderno e se volta para mim, com os olhos oblíquos, observando.

Engulo em seco.

— Sabe?

— Discorda com a forma como governo meu reino. Acha que sou desalmada.

Ela nem sequer reage, apenas dá aquele olhar pesado. O que torna mais fácil não me sentir chocada por Giselle ter adivinhado como me sinto, e cruzo os braços, com os músculos tensos.

— Admito que é difícil para mim ver reinos que tratam o povo de formas que eu não trataria o meu, principalmente depois que trabalhei tanto para reconquistá-lo.

Pronto, isso foi político e legal, não foi?

Giselle sorri.

— É muito preconceituosa para alguém tão pouco familiarizada com a forma como o mundo funciona.

Ora, isso não foi político *ou* legal.

— Como é?

Giselle inclina a cabeça na direção de uma porta na lateral da sala.

— Venha.

Sem explicação. Ela atravessa a sala e some através da porta, esperando que eu a siga como uma rainhazinha obediente de um reino Estação.

Gesticulo para Conall e Garrigan antes que possam sequer tentar se mover de onde ambos se encostam em uma mesa.

— Fiquem aqui.

Conall grunhe.

— Minha rainha...

— Fiquem. Aqui — repito, odiando o quanto pareço ríspida. Conall cede, curvando o corpo quando ergo a saia e marcho na direção da porta.

Um corredor surge à esquerda, iluminado por mais algumas daquelas esferas brilhantes. Outra porta no final está aberta, projetando um raio vibrante de luz branca no interior marrom e escuro. Empurro-a e quase imediatamente cambaleio para trás.

A porta se abre para um mezanino que se ergue sobre uma sala com pelo menos dois andares de profundidade, a qual se desdobra em fileiras de maquinário, mesas e trabalhadores. Yakimianos se agitam, puxando alavancas e mexendo nas máquinas, todas as pessoas se movem em sincronia.

Giselle fecha os dedos na treliça de ferro que protege o mezanino.

— Uma das fábricas de teste da Universidade de Putnam. Meus professores criam desenhos para novos dispositivos, e os protótipos são feitos aqui. — Giselle olha de volta para mim com uma sobrancelha erguida. — Diga, rainha de Inverno. Alguma dessas pessoas parece deprimida?

Eu me recomponho e dou um passo na direção do parapeito, percorrendo a sala abaixo com os olhos. O tom de voz de Giselle me diminui, o ar de superioridade dela é inevitável — espera provar que estou errada, me conquistar para o lado dela.

Quem quer que sejam os trabalhadores, não são os camponeses surrados e sujos que vi na viagem até aqui. Estão limpos, arrumados, as camisas brancas estão impecáveis e as calças vestem bem. Apenas os aventais de couro estão sujos, o subproduto da graxa preta espessa que cobre algumas daquelas máquinas, o mesmo tipo de coisa que usaríamos para lubrificar rodas de carruagem ou equipamento de equitação.

Olho para Giselle.

— É claro que essas pessoas seriam bem cuidadas, são sua classe alta, não são? Eu estaria mais inclinada a gostar de você se *todos* no reino fossem assim, mas esse não é o caso até agora.

Dou-me conta assim que termino de falar. Insultar a rainha de Yakim *não* é a melhor maneira de fazer uma aliança com ela.

Mas Giselle gargalha e a atenção dela passa de minha cabeça para meus pés.

— Você é bem jovem, não é? Sim, concordo que nem todos em meu reino recebem o mesmo tratamento, mas esses trabalhadores que vê diante de você não são da classe alta. São camponeses que se provaram úteis, estão trabalhando para subir entre as classes sociais, e embora possa parecer que são trabalhadores braçais inferiores, obedecendo os planos de um senhor superior, têm liberdade de trabalhar nos próprios projetos no tempo livre. São *encorajados* a fazerem tais coisas. Não desvalorizo meus cidadãos, como você pode acreditar, simplesmente dou valor apenas quando ele é merecido.

Observo os trabalhadores, como se movem agitados. Nenhum deles parece qualquer coisa que não concentrado na tarefa.

— Bom para eles. Conseguiram entrar em seu sistema. Seria um sistema que eles escolheriam, no entanto, se você não forçasse essa necessidade por conhecimento neles?

Giselle pisca, surpresa pela primeira vez.

— É meu uso de magia que a desagrada? — Os olhos dela se semicerram e, depois de um segundo, resmunga como se algo tivesse ocorrido. — Todos têm esse desejo por conhecimento dentro de si. Todos têm, inclusive você. Eu cultivo esse desejo. Não é como outros reinos, que obrigam o povo a usar emoções ou interesses que talvez não cultivassem. Conhecimento é uma busca mundial. Não embase sua opinião a meu respeito em um ódio tão infundado, rainha Meira.

— Não é infundado...

— Mas é. — Giselle me interrompe com um gesto da mão. — Qualquer um dos camponeses que viu e que vive em situações indesejáveis pode mudar o destino em um instante. Se provarem que são úteis para Yakim, serão elevados a um posto adequado. Utilidade não é um direito, rainha Meira, é um privilégio.

Minha boca se abre, pronta para refutar as acusações dela com meus argumentos.

Mas, na verdade, concordo com parte do que Giselle disse.

Nem todos merecem as mesmas coisas. Nem todos merecem poder — o motivo pelo qual não quero que o abismo de magia seja aberto. E se a sociedade yakimiana é realmente baseada em pessoas de qualquer classe conquistando seu lugar, pode não ser um reino tão odiável assim.

— Se espera que utilidade venha de alguém de seu povo — começo a dizer —, por que vende parte deles a Verão?

A expressão de Giselle se desfaz por completo, os lábios dela formam um sorriso delicado e arrependido.

— Todos fazemos coisas que não devemos explicar a forasteiros para a segurança de nossos reinos. Se não gosta de Cordell tanto assim, por que permite que governe Inverno?

Giselle tem um motivo para vender a Verão que afeta a segurança do reino? O que quer dizer com isso?

Mordo a bochecha com tanta força que a dor percorre meu rosto.

— Não permito que Cordell faça nada. Você mesma parecia não gostar nada de Noam. — E aí está, uma abertura. — O que me faz me perguntar até que ponto essa opinião se estende.

A sobrancelha de Giselle se ergue, refletindo.

— Se deseja se beneficiar dessa opinião minha, vai encontrar pouco apoio aí. Não vejo os reinos Estação com o mesmo desdém quanto meus colegas Ritmo, os Estação, como meu povo, têm a possibilidade de provar sua utilidade para mim. Mas que utilidade tem Inverno agora? Não, rainha Meira, seus problemas são seus. E saiba que, por mais que eu valorize utilidade, detesto interferência, e farei o possível para manter meu reino funcional. Não tente trazer seus problemas para cá.

Não confio em mim mesma para falar de novo, então permaneço em silêncio. O rosto de Giselle permanece inexpressivo e observador, como se simplesmente estivesse recitando informações, não me ameaçando.

— Os reinos Ritmo a destruirão, criança, a não ser que os impeça — acrescenta Giselle, sem se excluir do grupo. Ela se vira e segue para uma escada que a levará para a fábrica. — Pode ir, rainha Meira. Diga ao príncipe Theron que considerarei o tratado dele.

Permaneço parada no mezanino, processando essa interação em meio a uma névoa. A franqueza de Giselle seria algo renovador se não fosse por meu ódio instintivo pelo ar geral de superioridade dela. Essa coisa toda foi um teste, não foi? Estava procurando *utilidade* em mim. Em Inverno.

E Theron a presenteou com a única coisa que poderia ter cimentado essa utilidade.

Meu ódio em relação a ele fervilha quando Giselle chega ao chão de fábrica. Ela caminha pelos corredores, fala com trabalhadores, para e examina uma máquina especialmente grande, com duas vezes a altura dela e com toda a sorte de longos tubos de metal que despontam em uma fileira regular. Cada trabalhador que Giselle encontra se vira para ela com ansiedade aparente para exibir os projetos.

Giselle se importa com aqueles que merecem isso. Mas é algo terrível, embasar o valor naqueles que lutam melhor por ele. E quanto às crianças que ainda são jovens demais para terem utilidade e que vivem na pobreza? E quanto àqueles que podem não *querer* levar vidas de conhecimento, mas que sabem que para serem bem-sucedidos, precisarão ceder à vontade de Giselle? E quanto a uma rainha de Inverno fraca e burra que não teve visão para prevenir que essa viagem desmoronasse antes de começar?

Esfrego as têmporas. Meus problemas são minúsculos em comparação com os demais que listei. A perspectiva redireciona parte do ódio que sinto de mim mesma para a esfera dormente em meu peito.

É isso que me deixa mais chateada com relação ao mundo — como a magia impulsiona as pessoas para vidas que talvez não queiram. Ninguém deveria precisar implorar a pessoas em posições mais altas por permissão para ser quem é e ter a súplica ignorada.

Ninguém deveria ser forçado a ser algo que não é.

Meira

Nessa e Dendera ajudam Conall e Garrigan a se sentarem assim que voltamos para meu quarto. Conall está curvado, o mais imóvel possível, com o braço ferido torcido junto à barriga. Diante dele, Garrigan se inclina para a frente, com a cabeça nas mãos, em silêncio, parado.

Sinto um aperto no coração e me aproximo deles antes de recuar com um encolher de corpo, sem confiar em mim mesma.

— Como estão? — Consigo perguntar.

Dor percorre a expressão de Conall, mas ele suaviza as feições e assente para mim.

— Ficaremos bem, minha rainha.

Nessa coloca as mãos nos ombros do irmão.

— O que aconteceu?

— Perdi o controle. De novo — admito, com a voz dura.

Dendera corre até o aposento de banho anexo para buscar água para eles.

É Garrigan quem semicerra os olhos para mim com uma das mãos no cabelo.

— Isso acontece muito com os portadores de condutores?

— Não sei — digo. — Mas vou controlar.

Dendera retorna e pressiona um pano úmido na testa de Garrigan, limpando parte do suor que se acumulou. Ela entrega um pano a Nessa, que faz o mesmo com Conall, e sob os cuidados carinhosos das duas, Conall e Garrigan parecem relaxar um pouco.

— Vocês dois descansem — oriento-os, e sigo para a porta.

Dendera se volta para mim com a expressão subitamente séria.

— Não vai sair sozinha.

— A não ser que Henn esteja disponível.

— Ele está se familiarizando com a propriedade. Deve voltar em uma hora.

— Não tenho uma hora. — Theron já poderia estar procurando a chave. Encontrar a Ordem ou as duas chaves restantes antes dele são minhas últimas esperanças de ajudar Inverno sem a influência de Cordell. Yakim não respondeu. A possibilidade de formar uma aliança com Ventralli ainda existe, e tentarei com tudo que me resta, mas... Theron é meio ventralliano. Não importa o que disser, ficarão do lado dele.

Preciso encontrar a chave ou a Ordem. *Agora*.

— Ficarei bem... Prometo. Fiquei bem em Verão, e aquele reino era bem mais perigoso. — Bem, eu *quase não* fiquei bem em Verão, mas isso não vai ajudar na argumentação.

Minhas promessas não fazem nada para suavizar o olhar de Dendera.

— Leve Nessa, pelo menos.

Para que pergunte por que estou chateada? Para que descubra coisas que podem remeter ao passado dela?

— Não. — A resposta é lançada para fora de mim, desfazendo a animação da expressão de Nessa. Logo quando eu achava que não tinha como me odiar mais... — Quero dizer... Preciso que fique e cuide deles.

Nessa se curva para a cadeira de Conall, com a mão no antebraço dele. Não olha para mim, os lábios formam uma linha fina. Eu a magoei.

O que restou de meu coração se despedaça.

A reprovação permanente de Dendera mancha as palavras dela.

— Me diga aonde vai. Assim que Henn voltar, mandarei que vá atrás.

— As bibliotecas de Yakim. Aquelas no palácio, para começar.

Dendera assente, ouvindo minhas palavras como se fosse um pedido inofensivo, mas Nessa franze a testa para mim. As duas sabem sobre o abismo de magia, sobre a verdade de nossa viagem, a de encontrar uma forma de abri-lo. Sabem que é isso que estou fazendo — e fazendo isso sem Theron.

— Vou buscar alguém para mostrar o caminho — diz Dendera, e se levanta. — Não vou deixar que saia perambulando sem rumo. E aqui. — Dendera puxa uma pequena arma da bainha de Garrigan.

Ergo uma sobrancelha. Para alguém tão terminantemente contra o uso de armas, ela me deu muitas nas últimas semanas.

— Esconda no seu corpete — orienta Dendera. Os olhos dela se semicerram e acrescenta: — Não faça com que eu me arrependa de lhe dar uma de novo.

Pego a arma.

— Não farei — respondo, com mais sinceridade do que Dendera devia ter esperado, porque a tensão dela evapora e se torna algo como surpresa.

Dendera sai e volta momentos depois com um criado que me guia pelo Castelo Langlais.

— As bibliotecas no palácio abrigam os livros mais antigos e mais valiosos — explica o criado conforme nos apressamos pelas escadas. — A Universidade de Putnam abriga os volumes mais funcionais, destinados a estudo e uso. Mas, para os propósitos de um reino Estação, imagino que os livros aqui servirão.

Propósitos de um Estação? Eu só disse que queria ver as bibliotecas de Yakim. Franzo a testa para a nuca do homem, tentando entender o significado das palavras dele, e reviro os olhos quando percebo.

Não acha que estou interessada nos livros para *estudo e uso*. O que acredito ser uma forma arrogante yakimiana de me chamar de burra.

— Ah, claro — respondo. — Simplesmente adoro olhar livros. Às vezes até consigo entender uma palavra ou duas.

O criado volta o olhar rapidamente para mim, encarando meu olhar excessivamente sereno. Depois de bufar, ele olha para a frente e nossa jornada pelo palácio segue em silêncio.

Dois corredores depois, entramos em um salão gigantesco. Com três andares, prateleiras de livros se estendem por varandas que envolvem o salão, cobrindo o espaço iluminado e aconchegante de couro e pergaminho. Não há lareira ou chama de qualquer tipo no local, a luz vem de mais daquelas inabaláveis esferas. Poltronas de couro estão reunidas em círculos sobre tapetes vermelhos, em fileiras ao longo das varandas, como soldados montando guarda. Da ponta de cada prateleira pende uma placa ovalada de metal espelhado com número gravados, identificando os livros ali.

O criado para no centro de um círculo de poltronas e se vira para me olhar, com as mãos às costas.

— Esta é a biblioteca de Evangeline Segunda, que foi rainha de Yakim há 632 anos.

Seiscentos e trinta e dois anos?

Adrenalina me percorre. Talvez essas sejam as bibliotecas certas por onde começar, no fim das contas.

Será que Theron terá descoberto o mesmo?

O criado volta o olhar para mim. Ele volta a caminhar e percebo que esperava que eu respondesse de alguma forma — com exclamações e assombro adequados, ou alguma demonstração de reconhecimento, em vez de encarar distraída e silenciosamente.

— Se precisar de assistência, o bibliotecário residente virá — diz o criado, lentamente, como se estivesse dando instruções a uma criança. — Tente tratar este espaço com o respeito que merece.

E ele parte, disparando para além de mim. Rudeza parece ser uma característica yakimiana.

Começo a me dirigir para a primeira estante de livros e vejo que não sou a única ali, mas sou a única não yakimiana. Algumas pessoas me olham conforme passo, olhares breves de relance que se transformam em choque, o qual indiscretamente se metamorfoseia em curiosidade descarada. Como se eu não fosse um ser vivo, mas uma estátua, e estivessem tentando descobrir como fui esculpida.

Quatro estantes com números irritantemente inúteis depois, paro. O restante da estante está sem yakimianos por enquanto, e aproveito a solidão de não ser encarada com tanta curiosidade. Além de tudo, não tenho ideia do que estou buscando. De novo. Esses livros todos têm títulos como *Lei e justiça* e *Civilidades em aldeias comunitárias* e *Declarações do Oeste de Ardith*. Nada sobre magia, ou mesmo sobre as montanhas Klaryn.

Encosto em uma prateleira, exaustão confunde meus pensamentos. Talvez se conseguir convencer Theron a me deixar ver a chave que encontrei em Verão... Talvez haja algo que deixei passar, uma pista para a seguinte. Mas isso significaria precisar tocar a chave de novo, e não quero arriscar ver... memórias.

— Encontrou mais poços ocultos?

Dou um salto, desencostando da prateleira. Ceridwen cruza os braços à entrada da estante, os lábios erguidos em um sorriso malicioso. Ao lado dela, posicionado de forma que consiga ver as estantes atrás de nós, está o escravo que seguiu Ceridwen para fora na festa do reino. Deve ser dela. Embora não possa imaginar que Ceridwen tivesse escravos voluntariamente, não com a opinião dela sobre as práticas de Verão. Talvez seja apenas amigo dela.

Trinco o maxilar. Se o homem é amigo dela, provavelmente é de confiança — mas mantenho o tom de voz baixo mesmo assim.

— Já disse. Não quero envolver você nisso... Não *precisa* se envolver nisso. Isso não é...

— Acabei de viajar para cá com você e Cordell — lembra Ceridwen. — *Estou* envolvida nisso. Ou qualquer que seja seu disfarce, então posso muito bem estar envolvida na verdade dele. E ajudei da última vez, não ajudei? Além do mais — Ceridwen ri de novo — gosto bastante que você esteja em dívida comigo.

Não consigo impedir minha boca de imediatamente se curvar para baixo. Mas a faísca nos olhos de Ceridwen tende mais para a camaradagem. Aceno para o amigo dela, que me olha com um interesse cauteloso.

— Presumo que seja de confiança?

O homem sorri, dentes brancos interrompendo o bronzeado da pele dele com o brilho, a marca do "V" se enruga sob o olho. Mas Ceridwen o apresenta antes que o homem consiga.

— Lekan. — Ceridwen dá um tapinha no peito dele. — Tem ajudado com os saques há mais tempo do que eu, além disso, o marido dele gerencia o acampamento para onde enviamos nossos escravos libertados. É de confiança.

Lekan faz uma reverência.

— Minha princesa confia em você, então eu também.

Um dos cantos de minha boca começa a se erguer, mas para quando percebo algo.

— Mas você é veraniano — afirmo. — Não é afetado pela magia de Simon?

Direciono a pergunta para Ceridwen também, porque em meio a todo o caos desde que a conheci, jamais pensei em perguntar *como* ela consegue pensar com clareza quando o irmão bombeia alegria alienante para todos os outros no reino deles. Minha pergunta faz o sorriso de Lekan sumir, mas Ceridwen gargalha.

— Levou todo esse tempo para me perguntar isso? — Ela emite um estalo com a língua. — Não é a chama mais inteligente da fogueira, não?

— Não me obrigue a bater em você dentro de uma biblioteca.

Ceridwen ri de novo.

— Anos de prática, aprendendo como distinguir nossos sentimentos daqueles induzidos por magia. Também ajuda que a magia de Verão seja, digamos, *fraca*, com o tanto que meus ancestrais a usaram para felicidade. Mas a maioria das pessoas está tão acostumada que não precisa mais de tanta ajuda para permanecer feliz.

Ela explica tudo isso sem mais pompa do que se tivesse acabado de dizer que faz calor em Verão. Lekan se move desconfortavelmente, a reação dele interrompe a aparente falta de preocupação de Ceridwen.

É difícil, o que fazem, resistir à magia do rei. Mais difícil do que Ceridwen deixa transparecer.

Verão certamente se beneficiaria da ausência de magia também, se o governante fosse obrigado a governar apenas pela força e pela vontade.

Um pigarro soa atrás de mim e olho de volta, levando a mão à adaga em meu corpete.

O criado que nos levou até Giselle, que guiou nossa carruagem por Putnam. Aqueles olhos pretos se fixam em mim de novo, aquele jeito estudioso do qual estou mais que cheia.

— Posso ajudá-la a encontrar algo, Vossa Alteza? — pergunta o criado, depois de um segundo. Ele passa os olhos por Ceridwen e Lekan, decide que não são nem de longe tão fascinantes quanto eu e se concentra de volta em mim.

Semicerro os olhos para o homem.

— Quem é você?

O homem se curva em uma reverência complexa.

— Rares, o bibliotecário residente. Você parece perdida, coração... Posso ajudar?

— *Você* é o bibliotecário residente.

— Sim.

— E o condutor da carruagem?

O sorriso de Rares nem mesmo hesita.

— Ofereci acompanhar você na visita à rainha... É um espécime e tanto aqui em Putnam. Uma adolescente que, sozinha, libertou o reino dela! Não pude resistir à oportunidade de vê-la com os próprios olhos.

— Fico feliz por ter fornecido entretenimento a você.

— E eu posso fornecer ajuda a *você* — diz Rares. — O que a traz à grande Biblioteca de Evangeline Segunda?

Ceridwen se inclina para a frente ao ouvir isso, tão ansiosa para escutar, quando Lekan volta a parecer desinteressado, observando a biblioteca como um guarda.

Eu queria ajuda, não queria? E agora tenho de duas fontes. Nenhuma delas poderia fazer mal, a não ser que eu diga imediatamente que a entrada para o abismo de magia foi descoberta — ou que eles saibam sobre a Ordem dos Ilustres, o que é algo que terei que arriscar; nenhum deles vai se chocar com qualquer informação que descobrirmos sobre Angra ou a Ruína.

O que tenho a perder?

Eu me viro para Rares.

— Que informação tem sobre algo chamado Ordem dos Ilustres?

Ceridwen franze a testa.

— A o quê? Ilustres?

— É deles que preciso de ajuda. Só não faço ideia de onde procurar. — Paro, observando tanto Ceridwen quanto Rares em busca de alguma reação. Se algum dos dois souber o que é a Ordem, saberá o que estou procurando.

O rosto de Ceridwen não muda, os olhos dela se movem enquanto pensa. Mas Rares precisa de tempo para absorver minha pergunta — o sorriso dele se abre com uma curiosidade prazerosa e o homem segue até o fim da prateleira, indicando para que sigamos.

— Nada em Evangeline Segunda me vem à mente, mas esta biblioteca é bastante tediosa, e algo como a "Ordem dos Ilustres" parece bastante místico. A Biblioteca de Clarisse fica aqui no final, e pode ser mais adequada à pesquisa.

Nenhum dos dois sabe o que é a Ordem.

Corro atrás de Rares e inclino a cabeça quando ele olha de volta para mim.

— Que livros há nesta biblioteca?

— Livros de direito e decretos.

Reviro os olhos. O criado me levou para a biblioteca de *leis*? O que a meu respeito diz que quero passar o tempo folheando livros sobre regras?

Rares percebe a irritação em meu rosto e gargalha.

— Peço desculpas, coração. Não era o que esperava?

— Não. — Mantenho o ritmo ao lado dele quando nos abaixamos por outra estante de livros, virando na direção da parede dos fundos. — Você também não é o que eu esperava. É yakimiano?

— Não, coração. De fora de Yakim, na verdade.

— Ventralli? — pergunta Ceridwen, observando as feições dele com atenção. — Não parece ventralliano.

Rares assente com algo parecido com uma afirmação.

— Está familiarizada com os ventrallianos, sim? É estranho que eu esteja aqui, mas *alguém* precisa cuidar destes livros. Porque, sinceramente, isso é vergonhoso. Então estou consertando o que posso, fornecendo alimento a um reino que certamente *idolatra* estudar povos incomuns. — Ele pisca um olho para mim. — Não têm modos, os yakimianos. Creio que tenha adquirido uma diversidade de comportamentos inadequados deles. Ah, aqui estamos, a Biblioteca de Clarisse, lar de livros de história e registros.

Rares abre uma porta nos fundos da biblioteca de direito, revelando outro salão tão amplo quanto atrás dela. Com uma disposição idêntica também, com varandas e poltronas e esferas de luz, as mesmas placas marcando cada estante com números. Essa biblioteca é muito menos cheia; a única outra pessoa nela é um criado varrendo um tapete à esquerda.

Rares entra determinado, como se soubesse exatamente aonde vai, para apenas tirar um livro de uma prateleira e o colocar em meus braços.

— Um registro de censo, mas apenas de Yakim, e apenas da última primavera verdadeira. O restante está nesta estante e em volta. Listam pessoas, negócios, até mesmo um ou outro cavalo, se alguma coisa chamada "Ordem dos Ilustres" existe em Yakim, vai aparecer aqui. — Rares se volta para uma estante atrás dele. — E nesta estante começam os registros de censo de Ventralli, naquela, de Cordell. Tentaram fazer censos nos reinos Estação, mas sabe como é a relação deles com seu povo. Aqui estão alguns de Paisly, antigos, e em grande parte imprecisos. Aventurar-se por lá é um pesadelo, pelo que soube; montanhas ainda mais imponentes do que suas Klaryn.

Rares dispara até a estante seguinte, me puxando junto. Lanço um olhar inquisidor para Ceridwen, que contém uma gargalhada e gesticula com os ombros como se dissesse: *Você perguntou.*

— Agora, isso é bom: *Análise das sociedades secretas*, de Bisset. — Rares tira um livro de uma prateleira e o empilha em meus braços. — Vai gelar seu sangue! Embora imagine que o gelo não seja tão desconfortável para você quanto é para o restante de nós. Ah, agora este deve ajudar: *Um estudo do desconhecido*. Ah, e você precisa de *Mundos esquecidos*, Richelieu obviamente adorava o som da caneta dele riscando pergaminho, mas a cada dúzia de páginas fornece informações boas. Ah, e...

Quando Rares termina, Ceridwen, Lekan e eu todos estamos com pilhas de livros nos braços e mais recomendações à espera nas prateleiras. Olho, boquiaberta, para Rares, com os braços ameaçando cederem. Mas se deixar cair os livros, vou passar mais tempo juntando as páginas soltas do que lendo tudo isso.

Buscar informações sobre a Ordem dos Ilustres pode não ter sido uma de minhas melhores ideias. Esqueci muito rapidamente o sofrimento de tentar ler *Magia de Primoria*, mas meu cérebro logo se recorda, já está latejando de dor conforme olho para a capa de *O reinado de Evangeline Primeira e culturas societárias à época*.

Misericordiosa neve no céu.

Rares une as mãos.

— Quando terminar, coração, sinta-se livre para deixar os livros na mesa, o mais desordenadamente que puder. — Ele indica uma mesa atrás de mim, situada em um vão nas estantes de livros. — O bibliotecário residente encarregado da Biblioteca de Clarisse é um homem ofensivamente mal-humorado, e eu gostaria muito de dar trabalho desnecessário para ele. Avise se algum desses livros ajudar, ou se precisar de mais!

— Espere. — Ceridwen solta a carga dela sobre a mesa ao lado de Lekan e para, mordendo a parte interna da bochecha. — Ilustre parece uma palavra que ventrallianos usariam.

O eterno sorriso de Rares se abre ainda mais, como se ele pudesse ver aonde ela quer chegar, mas eu estou perdida.

— Por quê? — pergunto.

Ceridwen leva a mão logo abaixo da clavícula, com os olhos distantes, e não consigo deixar de pensar que ela olha para longe mais para evitar revelar algo do que para pensar.

— Por causa da origem, vem de lustrar, que é purificar por sacrifício. A cultura ventralliana é cheia de ações obscuras, de palavras sombrias para ações exuberantes. Significados artísticos e extravagantes. — Ela se volta para Rares. — Onde estão seus livros sobre Ventralli? E não os censos.

O nariz de Ceridwen se enruga e dou um sorriso. Pelo menos não sou a única que estremece ao pensar em ler tudo aquilo. Se Theron estivesse aqui, mergulharia sem hesitar.

Meu estômago se revira, mas fujo dos pensamentos sobre ele.

Livros sobre Ventralli podem ser um bom lugar para procurar, na verdade — a última pista na entrada do abismo era uma máscara, indicando a cultura ventralliana de usar máscaras elaboradas. Talvez Ceridwen esteja no caminho certo.

Rares leva o dedo ao lábio dando batidinhas.

— Bastante dedutivo de sua parte, princesa. Ainda a faremos yakimiana.

Os lábios de Ceridwen se contraem com a reclamação.

— Não me insulte.

Lekan resmunga e dá um tapinha no ombro dela. Ceridwen olha para ele e Lekan devolve o olhar sem hesitar, uma troca que faz pouco sentido para mim. Mas depois de um meio suspiro, Ceridwen cede.

— Desculpe — murmura ela, mas embora pareça que a desculpa devesse ser direcionada a Rares, é Lekan quem assente e a aceita.

Rares ignora essa interação e aponta para o canto esquerdo nos fundos da biblioteca.

— Último corredor, prateleiras com rótulos de 273 até 492. Sem dúvida notou os marcadores nas pontas das estantes? Lindos, não são? Muito úteis, vai perceber. Mais alguma coisa?

— Não se a vida for bondosa — murmuro, então percebo o quanto isso pareceu ingrato e estico o corpo. Quero dizer, obrigada.

Rares pisca um olho para mim.

— Aproveite Yakim, Vossa Alteza.

Ele sai, voltando pela biblioteca na direção oposta que Ceridwen e Lekan tomam, na direção dos livros ventrallianos. Como minhas únicas opções são ficar e vasculhar as escolhas de Rares ou seguir os dois, solto os livros que seguro e disparo pelas prateleiras sem hesitar.

As esferas de luz se refletem nas placas espelhadas, os números dançam nas superfícies reflexivas até que Ceridwen pare diante de uma estante rotulada com uma placa oval que indica "273-492".

— Ordem dos Ilustres, você disse? — pergunta ela, quando começa a verificar as lombadas dos livros.

— Sim...

Minha atenção se fixa na placa na ponta dessa estante.

Ela... mudou?

Dou um passo para mais perto dela, inclinando a cabeça. A luz da esfera mais próxima se reflete na placa e...

Surpresa, exclamo e subo na poltrona que monta guarda à estante, fornecendo um degrau fácil para que eu me aproxime da placa. Ceridwen se vira para mim enquanto Lekan dá de ombros e volta a observar os corredores vazios.

— O que foi? — pergunta ela, com a voz baixa na quietude da biblioteca.

Apoio as mãos na prateleira e inclino a cabeça para o lado. Normal, apenas a forma oval com os números gravados, nada importante. Mas conforme me inclino para o outro lado, a luz muda, uma figura luminosa se revela. Um raio de luz atingindo uma montanha.

O selo da Ordem dos Ilustres, escondido na superfície reflexiva do metal ovalado.

— Está aqui — digo, embora ainda não saiba o que seja. Algo está aqui, no entanto, nessa prateleira, ou em um livro guardado nela.

Minha pulsação acelera quando percorro a mão sobre a placa. Meus dedos deslizam pela borda e dou uma gargalhada inesperada.

A placa *se moveu*.

Faço de novo, a placa espelhada gira, uma manivela após a outra, sob meus dedos.

A atenção de Ceridwen retorna à prateleira e ela dá um salto para longe, surpresa.

— Pela chama e pelo calor! Continue fazendo isso, um compartimento está se abrindo atrás de uma dessas prateleiras.

Inclino o corpo para o lado, observando o chão da biblioteca ao lado da prateleira.

— Cuidado com...

Mas Ceridwen está bem à frente, testando o piso com os pés e se segurando nas prateleiras caso um poço surpresa se abra ali também. Ela dispara uma sobrancelha erguida na minha direção.

— Apenas continue girando.

Livros caem no chão conforme Ceridwen os puxa da prateleira. Continuo girando a placa, um dispositivo após o outro, até que ela trave com os números no sentido certo de novo. Com a saia esvoaçando ao redor do corpo, salto da poltrona e me aproximo da estante, com o cuidado de evitar a confusão de livros que Ceridwen retirou para abrir espaço.

A parte de trás de uma das prateleiras se abre, revelando um compartimento oculto.

Ceridwen, com um monte de livros junto ao peito, se vira para mim. O choque dela se transforma em interesse, e a princesa inclina a cabeça, os cachos oscilando.

— Está vendo? — diz Ceridwen, triunfante. — Precisa de mim, rainha de Inverno.

Minha surpresa evapora com um ínfimo formigamento de desconforto quando fecho os dedos na porta e abro mais, a madeira range devido à idade e algumas lufadas de poeira são sopradas em meu rosto. Tusso, mas abro mais a porta, permitindo que uma esfera de luz próxima brilhe no compartimento estreito. Meus dedos estão doidos para entrar, mas lembranças de meu último encontro com a chave dos Ilustres me faz hesitar. Esta também é um condutor?

No canto, ao fundo, está um pano amassado. Fecho a mão com cuidado em volta dele, esperando que o toque duro do metal me indique que é uma chave, mas a trama espessa do tecido envolve algo bojudo.

Puxo o tecido e o abro nas mãos, com o estômago revirado com duas emoções diferentes. Esperança de que seja a chave — e pesar de que seja a chave.

O tecido se abre e revela uma chave, idêntica àquela encontrada em Verão — de ferro, antiga, com o selo dos Ilustres na ponta.

Tão fácil.

De novo.

Um alerta murmura em minha garganta, a cautela instintiva de perigo se aproximando. Mas eu deveria me sentir aliviada. Estou muito perto de encontrar a Ordem, ou no mínimo de ter uma vantagem sobre Noam. Isso é bom. Não é ameaçador — é bom. Talvez a Ordem quisesse que as chaves fossem encontradas. Talvez as tenham separado apenas para que não fossem de fácil acesso.

Mas só tenho duas chaves — nenhuma resposta. Nenhuma informação sobre a própria Ordem, ou qualquer coisa que me ajude com a magia. Sim, estou um passo mais perto de conseguir manter o abismo fechado, mas preciso de mais do que isso. E foi apenas por sorte que encontrei essas duas primeiras — poderia ter sido Theron, com tão pouco esforço quanto eu. Não faz sentido que a Ordem se incomodasse em esconder essas chaves com tão pouca proteção, a não ser que *quisessem* que elas fossem encontradas. Mas por quê? E mais do que isso — por que Yakim? Verão, Yakim, Ventralli... O que esses três reinos têm em comum?

Não... Calma, Meira.

Por enquanto são apenas duas chaves, nada perigoso. Não vou me permitir me preocupar até que uma ameaça palpável se materialize. Certamente tenho coisas o bastante com que me preocupar.

O tecido em volta da chave mostra uma cena muito parecida com a tapeçaria que a rainha ventralliana enviou por Finn e Greer. Montanhas circundando um vale cheio de raios de luz e, no centro, uma bola compacta de luz ainda mais brilhante, com lã amarela e branca e fios azuis, tudo isso rodopiando em volta.

Magia.

Expiro, as mãos trêmulas. A colocação da chave em uma tapeçaria retratando as montanhas Klaryn e magia, escondida em uma estante de livros sobre Ventralli — é proposital. A última chave está definitivamente lá.

Ergo o olhar para Ceridwen.

— Agora nós...

Ela encolhe o corpo antes mesmo de eu falar. Olho para Lekan, que observa a princesa com uma empatia constante.

Ceridwen agita a cabeça.

— Ventralli a seguir. Era o plano mesmo.

— Sim — digo, devagar. — Mas... não precisa ir conosco.

Ceridwen apoia no chão os livros que segurava.

— Obrigada, mas conheço alguém em Ventralli que pode ajudar com isso. — Ela indica a tapeçaria, com a expressão sem qualquer emoção. — Vai levar você a algo, não é? Admita... É inútil sem mim.

Começo a sorrir, lutando contra insistir a respeito do desconforto de Ceridwen com Ventralli. Mas encolho o corpo quando percebo que a quietude da biblioteca é quebrada pelo som repentino de música.

Meira

Um piano perturba o silêncio; o pianista ali perto libera a melodia, notas constantes que tilintam como gotas de chuva batendo em uma janela.

Sei quem é sem precisar vê-lo, algum elo profundo ficando ainda mais forte. Assim que o instinto dispara, sou tomada por familiaridade — encontrar uma chave com Ceridwen, apenas para ser distraída da descoberta por Theron.

Em Verão, ignorei como se fosse uma coincidência o fato de Theron estar na adega. Ele foi atrás de mim — provavelmente perguntou a um criado, que o indicou o caminho.

Mas para Theron estar aqui, de novo, logo depois de termos encontrado a chave... Será que me seguiu? Por que teria me seguido sem se revelar mais cedo, para se envolver na busca?

Meu corpo estremece de novo com inquietude. Não... Não vou desconfiar tanto dele. Theron ainda é meu amigo, ainda é *ele*, e não faria nada assim.

Mas já fez, sussurram meus instintos. *Duas vezes agora — em Inverno, quando contou a Noam sobre o abismo, e aqui, quando deu as mercadorias das Klaryn para Giselle.*

Fecho os dedos sobre a tapeçaria. Essa chave também é um condutor? Provavelmente — minhas reações tanto à barreira no abismo de magia quanto à primeira chave pairam, ainda frescas, em minha mente. Mas só tive visões quando toquei a chave *e* Theron — então, se não tocar a chave, devo ficar em segurança.

Abro um dos bolsos do vestido e deslizo a chave para dentro usando o tecido. O ferro bate na minha coxa, mas o tecido do vestido evita que toque minha pele.

— Guarde isso — digo a Ceridwen, e empurro o tecido para ela.
— Por favor.

Ceridwen hesita, semicerra os olhos.

— Apenas se explicar o que está acontecendo. Tudo — exige ela.

Paro. Ceridwen espera.

— Vou contar — cedo, e nem mesmo eu sei se estou mentindo. — Em breve. Prometo.

Ceridwen considera, um segundo, dois. Por fim ela revira os olhos, pega o tecido e fecha o compartimento oculto.

— Tudo bem. Lide com seu príncipe do reino Ritmo.

Fico assustada ao ver que Ceridwen sabe quem é o pianista, mas ela não diz mais nada. A princesa deixa os livros espalhados ao sair da estante com Lekan, seguindo de volta para a porta principal.

Distraidamente, seguro o medalhão no pescoço, o condutor vazio me dá um tipo de alívio. O que é completamente absurdo — estou abarrotada com magia, mas um pequeno pedaço de metal inútil me conforta?

Deixo o corredor, permitindo que a música me atraia entre as prateleiras. Uma última volta, e uma pequena abertura revela algumas poltronas com um piano junto à parede. Theron se curva sobre ele, pressionando as teclas com os dedos para fazer com que a música se eleve abruptamente, se interrompa e mergulhe novamente. Cada nota... *dói*. Devagar e palpitando, preenchendo o ar vazio com melancolia, então, mesmo antes de Theron dizer alguma coisa, me sinto partida.

Ele não olha para cima enquanto toca, a cabeça mergulha de um lado para outro, os lábios estão contraídos com concentração. Mas sei que me vê entrar no aposento — os ombros se movem subitamente, uma nota se perde sob as mãos agitadas.

Theron para de tocar, a música termina com uma queda das notas.

— Fui até seu quarto para me certificar de que tinha voltado bem, mas Dendera disse que saiu. — Ele volta os olhos para mim tão rápido que quase deixo de ver. — Você tinha sumido. De novo.

— Precisava ficar sozinha um tempo. Não vou pedir desculpas por isso — digo, e apenas me encolho um pouco diante da rispidez da voz.

— É você quem deveria pedir desculpas para mim. Não tinha o direito de dar a Giselle as mercadorias das montanhas Klaryn.

— Foi para isso que trouxemos aquelas mercadorias. — Theron se levanta do banco. — *Tínhamos* que dar a ela parte de nossas minas, é de um reino Ritmo. Jamais teria...

— *Pare.* — Meu peito lateja com frio, e dessa vez eu o recebo, abrindo o corpo para a forma como cada nervo se preenche com flocos de neve e estilhaços de gelo. Sei que minha voz reflete a sensação. — São as minas de Inverno. Não existe esse *nossas*.

Theron se adianta, me interrompendo. Com as mãos em meus ombros, me puxando para si; com os lábios nos meus, mas não é um beijo carinhoso, com amor — é um beijo bruto, desesperado, com os dedos rígidos, a boca determinada, o corpo é uma montanha imensa comigo presa ao cume, desesperadamente perdida nas nuvens e no vento e na luz.

— Ainda há um *nós* — diz ele, para mim. — Sempre haverá um nós.

Eu me desvencilho de Theron.

— Não — afirmo, com a voz áspera. — Sempre haverá uma *separação*.

Os braços de Theron ficam estendidos, abertos, diante do corpo, e ele está ofegante ao erguer as mãos para percorrer pelos cabelos.

— Precisa parar de fazer isso — rosna Theron.

— Fazer o quê? — Porque não faço ideia de que parte ele está falando. As mentiras? Preferir Inverno às metas dele?

Uma dessas coisas me recuso a continuar fazendo.

Theron resmunga para o teto.

— De me afastar. Como espera...

Ergo a mão.

— Espere... Está chateado por que não me abro com você?

Ele assente, e um ódio renovado se acumula à miríade de emoções que se revira em meu estômago.

— Eu não me abro para você? *Tentei*, Theron. Falei como me sinto em relação ao abismo de magia; contei como me sinto em relação a seu pai. Mas você afasta todas as coisas ruins e ignora tudo a não ser sua esperança. Não tem o direito de ficar com raiva de mim. Preciso me segurar porque ninguém mais é capaz de lidar com a verdade.

— Precisa se abrir com alguém — continua Theron. — Entendo por que não pode diante de seu povo, mas precisa de *alguém*. E achei... — As palavras dele se dissipam conforme a tensão se suaviza, abrindo espaço para o que virá a seguir. — Achei que você...

Algo muda nos olhos de Theron. Como se uma ideia surgisse, uma ideia chocante e terrível que o faz esticar o corpo, bruscamente ele diz:

— Mather. É ele, não é?

— Mather? — gaguejo. O nome dele é uma lufada de vento que dispara um calafrio por meu corpo.

— Esse tempo todo — grunhe Theron — eu sabia que você o amava, mas achei que tivesse superado...

— Eu amo... Quero dizer, *amei* ele um dia, mas...

— ...e achei que as coisas seriam melhores agora. Tudo está melhor agora! Temos o abismo de magia e seu reino está livre e podemos ser *nós*...

— Não posso mais fazer isso!

Paro. Theron para. Nós nos olhamos boquiabertos no silêncio agonizante.

Theron expira.

— Fazer o quê? — Mas Theron não me deixa responder. — É isso que estou tentando dizer a você... Não precisa se segurar. Estou aqui por você, e eu...

Ele fala tão rápido, apesar do conforto que as palavras tentam passar, os ombros estão curvados, e tudo a respeito de Theron diz que está falando apenas para me impedir de retrucar.

— Não, Theron — sussurro, e o maxilar dele se abre hesitante, as palavras se calam. — Não posso... estar com você. Não dessa forma. Acho que poderia um dia, se Noam precisar de nosso casamento; se for do interesse de Inverno. Mas não posso estar com você *agora*. Não quando estamos divididos por tanta coisa. — Pressiono os olhos com as palmas das mãos quando uma onda morna de lágrimas se acumula nas pálpebras. — Acho que sei há um tempo, mas você estava ferido, e não podia acrescentar mais isso. Já causei dor o suficiente. Mas agora só causei mais.

Abaixo as mãos, com a visão embaçada de forma que só enxergo a silhueta enevoada de um garoto diante de mim.

— Não sei como consertar você. Nem mesmo sei como *me* consertar. Pode achar que tudo está melhor, mas não está, Theron. Não posso concordar com o que você quer. Não quero que o abismo de magia seja aberto, e farei de tudo para mantê-lo fechado. Não estamos unidos nesta jornada. — Meu coração parece estar na garganta, me sufocando, mas não é uma dor de arrependimento, é o engasgar de palavras que precisavam ser ditas há muito tempo. — Sinto muito. Não deveria ter mentido para você, mas não queria...

Esfrego os olhos com os dedos até que ele entre em foco, e quando Theron surge, parte de mim se encolhe. Ele me observa, com mágoa no rosto, distante e ríspido, e a combinação parece cravar as unhas em meu estômago.

— Não queria ferir você — concluo.

— É o único motivo pelo qual me amaria? — dispara Theron. — Se meu pai ordenasse?

— Foi *isso* que entendeu de tudo que falei? — digo, em tom agudo, mas assim que falo a expressão de Theron se desfaz. A coisa errada a dizer, e ele se inclina para a frente, encolhido.

— Achei que estivesse me *usando*. Achei que você de todas as pessoas entendesse como é ser tão violentamente usado que fica apenas se perguntando se restou algum pedaço seu. Mas é exatamente como meu pai. — Ele arqueja. — É exatamente como...

— Não sou nada como Noam — disparo. — Porque sinto muito, Theron. Sinto muito por ter mentido para você. Por tudo, mas não sei de mais *nada*, e tudo o que faço é minha reação instintiva ao que acho que manterá Inverno a salvo. Seu pai algum dia pediu desculpas pelas coisas que fez? Não. Então não ouse me comparar a ele. *Não* sou Noam.

Pouco a pouco, o ódio de Theron se desfaz, revelando o menino por baixo. As sombras trêmulas que todos abrigamos dentro das frágeis cascas, temendo que alguém um dia veja.

Depois de outro longo segundo em que nenhum de nós soube o que fazer ou dizer para melhorar as coisas, Theron recua um passo.

— O tratado — sussurra ele. — Se Giselle concordar em assinar, você assinará? É o melhor para seu reino.

— Sim — respondo, antes que Theron possa continuar. O tratado não importa, sinceramente, se isso o tranquilizar, assino. Mas aguardo, espero que pergunte como procederei sobre a questão seguinte, a maior, a meta que o faz tocar o bolso distraidamente.

Theron ainda tem a chave que encontrei em Verão. Ele ainda não sabe que encontrei outra aqui.

Luto para evitar tocar o bolso, mas posso sentir o peso da chave na coxa. O que acontecerá quando procurar sozinho e não a encontrar? Será que ainda seguiremos para Ventralli?

— Podemos ao menos concordar em compartilhar a informação que encontrarmos? — acrescenta Theron, com a voz baixa.

— Informação?

Ele inclina a cabeça.

— Informação com relação às buscas que podem ter trazido você a esta biblioteca.

Engulo em seco. Ele jamais usou esse tom comigo, um timbre vazio, formal, que planta expectativas claras entre duas pessoas, política e propriedade, nada mais.

Meu corpo murmura com a magia que ainda rodopia dentro dele. Não é alimentada por ódio agora — é nutrida pelo luto, brilhante e quente e esperado, como se agora que admiti abertamente o que Theron e eu somos, meu corpo se liberte em resignação.

Chega de mentir. Ele sabe o que posso querer com relação à magia; sei o que ele quer.

Então não conto a Theron que tenho a chave. Pelo menos não diretamente.

— Deveríamos prosseguir para Ventralli — consigo falar. — Assim que o tratado for assinado.

As sobrancelhas de Theron se erguem, compreensão se estampa com rugas de espanto sobre o rosto dele. Quando não explico, Theron dá um riso debochado, incrédulo, e passa a mão pelo cabelo, parando, com os olhos no chão, os ombros rígidos.

— Verá — começa a ele — quando o abismo for aberto que tudo o que fiz foi para manter você segura.

Não achei que fosse possível me sentir mais magoada do que sinto, mas uma dor me percorre, latejando onde meu coração deveria estar.

— *Eu* não preciso estar segura. Preciso que *Inverno* esteja seguro.

Theron abaixa a mão e me olha.

— Você é mais do que aquele reino.

Está tentando com tanto afinco ser carinhoso, ser o Theron por quem me apaixonei em Bithai. Mas o carinho não é mais tudo o que quero. Eu quero... Inverno. Quero alguém que pense em proteger Inverno primeiro e eu em segundo lugar. Não o contrário.

— Não — digo. — Não sou mesmo.

Theron me olha boquiaberto, mas contém o choque com um aceno curto de cabeça.

Ele se vira e sai na direção da porta sem dizer mais uma palavra.

Observo Theron ir embora, esperando que meu luto dispare tão alto que me paralise, esperando me despedaçar e desabar. E em um ponto da vida, acho que teria desabado. Mas por saber o que Theron quer com o abismo de magia, estou mais resoluta do que jamais estive.

Há muito pouco que eu escolheria em vez de manter Inverno seguro.

E Theron não é uma dessas coisas.

Levo a mão ao bolso quando a porta se fecha atrás dele. Meus dedos se fecham em torno da chave, um toque determinado, firme. Tenho uma das chaves. Tenho uma forma de...

O metal antigo roça na minha pele, e, assim que a toco, sei que estava errada. Qualquer que seja a magia dessas chaves, não é simples; não a desvendei.

Torpor dispara por meu braço, se espalha em meu peito, me faz desabar no chão. Não posso fazer mais do que cambalear conforme caio, irritada demais comigo mesma por ter tocado a chave para sentir medo.

— Minha rainha! — O rosto de Henn surge em meu campo visual. Os lábios dele se movem, dizendo algo para mim, mas a magia é ágil, uma torrente enlouquecedora de um nada fervilhante que faz desabar uma sombra sobre meus olhos.

Meira

A MAGIA ME *envolve em gelo em meio a um emaranhado de confusão que se amplifica quando uma voz me acorda, como um sol nascendo sobre uma paisagem banhada em noite.*

— A magia não deve ser alcançada por alguém de coração corrupto. Não, o coração deve ser puro; não, bom... Não, não, nada disso. A magia deve ser alcançada por alguém com o coração preparado. Eles devem estar preparados. E esses testes... Esses testes os prepararão.

— Que testes? Preparar para quê? — pergunto. Mas para quem estou perguntando? Ninguém está falando, ninguém além de mim está aqui. Isso é só em minha mente, conhecimento vem de minha voz a partir... da chave?

Acho que estou segurando a chave. Dormindo, em algum lugar, estou segurando-a, e ela usa minha voz, tagarelando.

— E esses testes... Esses testes os deixarão...

O nada se eleva, ondula para longe como cortinas sendo puxadas em uma janela até que tudo em volta de mim esteja branco: paredes com painéis marfim emolduradas em prata.

Inverno. Estou em um escritório no Palácio de Jannuari.

— Preciso fazer isso!

Hannah está de pé no centro da sala, o corpo dela está virado para longe de mim conforme fala com um homem cuja testa está encostada à parede.

— Você não entende — grunhe Hannah. — Essa é a única forma de salvá-los.

Vê-la agora me faz perceber o quanto senti sua falta. Hannah não reage a mim, no entanto — não quando o digo o nome dela; não quando fico de pé bem diante dela, boquiaberta.

— Eles precisam disso, Duncan — diz Hannah, e a voz dela falha com um soluço.

Eu me viro, mas o homem permanece com o rosto para longe de nós, os cabelos brancos longos tocam as costas dele enquanto o rosto permanece enterrado nas mãos. Duncan. Meu pai.

— Perguntei à magia — continua Hannah. — Implorei que me dissesse o que fazer. Não quero simplesmente salvá-los de Angra, quero salvá-los de todos os perigos do mundo. — *Os soluços de Hannah se acalmam e ela estica os ombros, enrijecendo o corpo.* — Perguntei como salvar Inverno.

Já sei disso. A magia disse a ela que quando um condutor se quebra em defesa de um reino, o governante se torna o hospedeiro da magia. Ele se torna o próprio condutor, uma fonte ilimitada de magia para o povo. Foi por isso que Hannah fez com que Angra quebrasse o medalhão dela, queria salvar nosso povo dele.

— Preciso deixar que nos mate — *afirma ela, tentando se convencer tanto quanto convencer Duncan.*

Nos mate?

Enquanto a observo, o restante da história se revela em minha mente. Uma parte em especial se destaca com um palpitar desconfortável que me arranca o fôlego.

Como não vi isso antes?

Hannah fez com que Angra quebrasse o medalhão — mas também fez com que a matasse. Isso era parte do acordo com ele — prometeu a Angra um fim à linhagem Dynam, sem saber que estava grávida e que isso também significava matar a criança.

— Quando um condutor se quebra em defesa de um reino, o governante desse reino se torna o condutor. E se o condutor se quebrasse de novo... Se esse governante morresse em defesa do reino como o último daquela linhagem, a magia buscaria o próximo hospedeiro ligado a ele, os cidadãos daquele reino. — *Hannah para, ofegante.* — Eles... Você jamais vai precisar de nada. Preciso fazer isso, Duncan. Ele precisa nos matar para que Inverno seja salvo.

Nós.

Não — isso está errado. Isso é um truque...

Eles devem estar prontos. E esses testes... Esses testes os deixarão prontos.

Minha voz de novo, me provocando. Enrosco os dedos nos cabelos, sacudindo a cabeça para evitar que a informação se fixe em minha mente. Mas ela se fixa, e tudo se revela.

Se o que Hannah disse é verdade, se eu não tivesse nascido... Se Hannah tivesse deixado Angra nos matar, às duas, tantos anos atrás...

Nosso reino destruído estaria inteiro agora. Sir teria criado Mather como filho dele. Nessa e Garrigan e Conall estariam cheios de poder, e Primavera teria caído, e a Ruína seria uma memória distante sob toda a magia do condutor de Inverno.

É isso que a chave quer que eu veja? Como minha mera existência evitou que meu povo estivesse em segurança?

— Um coração preparado — diz a magia, com minha voz. — Esses testes a prepararão.

Inclino o corpo para a frente e grito, frustrada, exausta, com tudo que me resta. Nem mesmo grito palavras, apenas barulho, pois estou cansada de travar uma guerra quando mal consigo ver um passo adiante, pois estou cansada de ser a única que sequer vê a guerra, de ser a única que quer viver sem magia.

E agora... O quê? Eu deveria simplesmente deixar que tudo me matasse para que meu povo se tornasse o próprio condutor? Não pode ser assim. Isso nem mesmo tem algo a ver com o abismo de magia... E esses testes devem me ajudar a alcançar o abismo de magia, não é?

Mas as visões que tive quando toquei Theron não tinham nada a ver com o abismo de magia também. Ele não viu nada, no entanto, e tocou a chave — se tivesse visto algo, eu teria notado a reação. Então por que apenas eu? Por causa de minha magia? Por que a Ordem teria preparado as chaves para serem condutores que apenas reagem a um utilizador de condutor? Ninguém sem magia pode abrir a porta? Nada disso faz sentido.

— O que está acontecendo? — grito. — Por que preciso disso? O QUE FAÇO?

Nunca me esquecerei da primeira nevasca em Inverno. Dias depois de voltarmos, o tempo mudou, como se comemorasse nossa volta. Flocos de neve cruzavam o ar, nuvens escureciam o céu, a temperatura desabou ainda mais. Cada inverniano em Jannuari correu para fora para cumprimentar a ventania, absorvendo o frio com um êxtase entorpecido.

De pé no pátio do palácio, com os braços erguidos para o céu, o frio adormecendo os outros sentidos e o vento abafando todo os outros sons, fechei os olhos. Nunca, na vida inteira, tinha me sentido tão incrivelmente sozinha. Mas era o tipo perfeito de solidão, uma paz delicada e onírica.

Essa sensação de agora, conforme eu acordava, quase sufocando meu medo, com a pulsação rugindo na cabeça — esse é o perfeito oposto daquilo. Sozinha, mas desolada, e caindo cada vez mais no esquecimento.

Sobressaltada, fico de pé; o dossel em volta de minha cama no palácio yakimiano se agita com a força.

— Minha rainha?

Nessa segura minha mão na dela, a chave está na colcha ao meu lado, meus dedos doloridos por terem sido abertos à força por ela. Inspiro, meus pulmões gritam como se eu tivesse prendido a respiração durante o sonho inteiro. Ou pesadelo, mais provavelmente, mas me desvencilho de Nessa e saio da cama atrapalhada, de olho na chave, com o corpo trêmulo da cabeça aos pés.

— O que aconteceu... — Começo a perguntar, mas sei. Sinto por toda parte, cada músculo dolorido e coberto pelo conhecimento conforme ando, o vestido amassado oscila ao redor das pernas.

Nessa fica de pé.

— Henn disse que você desabou na biblioteca. Dendera buscou um médico, mas ele não conseguiu descobrir nada de errado com você. Estava tão imóvel, no entanto, e não consegui acreditar que não fosse nada... Nada *natural*, de toda forma. Então eles foram embora, e eu disse que cuidaria de você, e vi seu punho todo fechado. Era a chave... Ela fez algo com você. O que é? Só pode ter a ver com abismo de magia...

— Nessa. — Eu a interrompo rispidamente.

Hannah planejou para que morrêssemos — mas não pôde ir em frente por minha causa, ou qualquer que fosse o motivo.

Não faço ideia de como encontrar a Ordem dos Ilustres. Não além dessas chaves. Há algo mais a respeito delas, algo que não entendo, e isso me apavora.

E se eu contar isso a Nessa, vai dar a ela ainda mais combustível para os pesadelos. Theron já está em pedaços, não suporto que Nessa se magoe mais também...

— Não posso contar a você...

— Por quê? — Nessa dá a volta na cama, se aproxima de mim, com expressão de raiva, as bochechas vermelhas.

— Porque essa luta não é sua.

A expressão se intensifica.

— Mentirosa.

Isso me assusta. Nessa, minha Nessa, está com raiva de mim.

— Sei que está escondendo algo — continua ela. — Sei desde que voltamos a Inverno. Todo mundo estava feliz e você estava arrasada... Vencemos a guerra, mas você tinha a mesma aparência que exibia no campo de trabalhos forçados, com medo e esperando que algo se quebrasse. É o abismo de magia, não é? Algo a respeito dele a preocupa. Noam? Angra? O que é?

Sacudo a cabeça em resposta, ou porque não posso, não quero admitir para ela.

— Pare de esconder de mim! Eu cresci na *miséria*. Não sei por que todos acham que sou tão frágil. Posso lidar com a verdade!

A porta que conecta meu quarto àquele ao nosso lado se abre. Dendera, Henn, Conall e Garrigan entram correndo e congelam ao ver Nessa gritando comigo.

— Você não deveria precisar — digo a ela. — Esta não deveria ser sua vida. Vou consertar tudo.

— Essa responsabilidade não é sua!

— Sou a rainha... É claro que é!

— Não, *não é*. — Nessa agita o dedo em minha direção, cada músculo do rosto está tenso. — É seu trabalho se certificar de que tenhamos comida e casa; não é seu trabalho fazer com que cada um de nós seja feliz. Mereço saber o que está acontecendo. Você não é a única que ama Inverno e quer proteger o reino.

— Mas sou o condutor de Inverno, Nessa. — Minha voz falha. — Sou a única que pode...

— Pare! — Nessa agita o braço na direção do quarto, de todos que estão reunidos ali. — Não é a única. Este é meu reino tanto quanto é seu. Essa é minha guerra também!

Essa é minha guerra também, Sir! Precisa me deixar lutar. Posso ajudar, sei que posso!

Minha voz ecoa de volta para mim, vinda de Nessa, e não consigo fazer mais do que piscar para ela. Todas as dezenas de vezes que gritei com Sir, as mesmas palavras.

Levo as mãos à boca, o choque me congela no lugar. Dendera e Henn percebem ao mesmo tempo que eu, e a preocupação se dissolve na expressão triste e ríspida da verdade.

Fiz com Nessa exatamente o que Sir fez comigo durante anos. O que ele fez com todos. Tentou, sozinho, realizar as tarefas mais insanas — saques para conseguir a metade do medalhão, reconhecimento de novos acampamentos, encontrar-se com potenciais aliados. Estava sempre sozinho, estoico, severo e longe de nossas vidas até que, desesperadamente, inevitavelmente precisasse de nós. Tentou manter o peso de nossos fracassos sobre os próprios ombros para que não precisássemos lidar com a verdade dolorosa e avassaladora do que eram nossas vidas.

Eu o odiava por isso. Todos odiávamos. Via Dendera trocar olhares com Alysson, ou Finn grunhir pelas costas de Sir, e sabia que todos sentiam, em algum nível, a mesma vontade enlouquecedora de sacudir Sir até que ele percebesse que *já* conhecíamos os perigos de nossas vidas. Na verdade, essa hesitação de nos permitir ajudar levou ao pior.

E eu fiz exatamente o mesmo. Tentei forçar uma vida específica a Nessa.

Um ruído gutural e rouco preenche o quarto e as sobrancelhas de Dendera se erguem para mim. Sou eu — estou gargalhando. Levo as mãos à boca, mas não consigo impedir, risadas insanas sobem pela minha garganta e irrompem pelas palmas de minhas mãos até que eu esteja curvada, incapaz de respirar em meio à reviravolta absurda de que virei Sir.

Desabo no chão, meu estômago dói. Todos no quarto apenas encaram, o que só me faz rir mais alto.

Nessa se ajoelha ao meu lado, o ódio se dissipa em um leve rubor no pescoço.

— Meira?

Abaixo as mãos, a gargalhada se dissipa sob o tremor repentino de minha pulsação.

— Você me chamou de Meira.

Dendera suspira, mas o sorriso dela me ofusca de novo, do tipo que lança calafrios por minha alma.

— Você sempre foi Meira — diz ela, como se fosse a coisa mais simples do mundo.

Sacudo a cabeça quando Dendera se junta a nós, ajoelhando-se ao meu lado no chão.

— Tentei não ser — digo, as palavras saindo antes que eu consiga considerar uma resposta.

Dendera pega minha mão, com o rosto inexpressivo, esperando.

— Por quê?

A pergunta dela, ou talvez o sonho, ou talvez apenas meses sendo consumida pelo medo, me arrasa, e tudo sai em uma enxurrada, cada motivo pelo qual me agarro com tanta força à rainha Meira.

— Quando peguei a metade do medalhão e levei os homens de Angra direto para o acampamento. Quando lutei contra me casar para entrar em Cordell, embora pudesse ter resolvido tanta coisa. Quando invadi o escritório de Noam e arrisquei destruir nossa única aliança. Mesmo no campo de Abril, quando fiz desabarem as rampas, poderia ter matado meu próprio povo. Tudo que fiz, cada ato egoísta, foi impetuoso e arriscado e feriu a *todos*. — Lágrimas escorrem por minhas bochechas, lágrimas quentes, que me marcam. — Eu era rainha esse tempo todo, a cada momento de minha vida, e podia ter ajudado a todos... mas não ajudei. Fui tão egoísta. Podia ter feito mais, eu podia...

Ter salvado a todos. Podia ter salvado todos em Inverno, se Hannah tivesse permitido que Angra matasse nós duas. Mas ela não permitiu — me mandou para longe. Não conseguiu seguir em frente. Foi fraca, ou talvez forte — não sei qual, mas ela não o fez, e sou exatamente como ela. Sou fraca e assustada e tento com tanto afinco, mas nunca é o suficiente.

Nenhum pedaço de quem sou é o suficiente, então tentei ser outra pessoa.

Dendera me cala com a mão em minha bochecha.

— Ouça aqui, Meira Dynam. Sim, você cometeu erros, mas eu a observei sucumbir a esse papel durante os últimos meses, e isso, acredito, seja o maior erro que cometeu. O maior erro que *todos* cometemos. Todos já sofremos com medo, Meira, olhe para mim. *Você nos salvou.* Você, essa linda e selvagem garota diante de mim, *você nos salvou*. Então seja você de novo, e quem quer que seja, será exatamente de quem precisamos.

Você nos salvou.

As palavras de Dendera oscilam diante de mim, tentadoras, atraentes. Não pensei nisso... Jamais. Nunca me permiti pensar no bem que fiz, apenas no bem que *poderia ter* feito.

Mas... Eu nos salvei. *Eu* nos salvei.

Inspiro, e dessa vez sinto. Dessa vez, passa correndo por mim, me dá vida, é refrescante, gelado, me preenche com a certeza de Dendera e de Nessa.

Dendera fica de pé e se move até o baú na parede. Rolos intermináveis de tecido estão guardados nele, algumas peças de roupa semiacabadas, e Dendera vasculha ali dentro. Quando tira a mão, o ar que tinha conseguido inspirar deixa meu corpo em uma lufada que me lança de pé em disparada.

Meu chakram, na bainha, a linda lâmina circular reluz, afiada e polida, o cabo gasto até ficar liso no meio.

— Minha rainha — diz Dendera, quando me entrega a arma, fazendo uma reverência sobre ela.

Envolvo devagar o chakram com os dedos, minha mão se curva no cabo naturalmente, cada músculo desperta com uma onda de paz. Jamais deveria ter ficado sem ela. Esta sou eu, quem quer que eu seja quando seguro o chakram. Tanto a rainha racional e cautelosa que me obriguei a ser quanto a garota selvagem e apaixonada que levou o reino a vacilar quando estava à beira da derrota — mas que também o puxou de volta dessa borda.

Uma rainha guerreira.

Posso ser as duas coisas. *Serei* as duas coisas. Estou cansada de lutar contra mim mesma — tenho inimigos demais, obstáculos demais, para gastar tanta energia lutando contra mim mesma para que me submeta. Tenho poucos amigos para alienar aqueles mais próximos. Preciso começar a confiar neles. E se eles se partirem...

Bem, teremos que juntar os cacos.

Abaixo o chakram para a lateral do corpo e me viro para Nessa.

— Tudo bem, explicarei tudo. Mas primeiro... — expiro. — Tem outra pessoa que também precisa ouvir a verdade.

Mather

CONFRONTAR OS SOLDADOS cordellianos deve ter sido o golpe final na determinação de William, porque desde então Mather estava entulhado com tarefas. Tarefas servis e prosaicas das quais, pelas próximas semanas, ele não poderia ser dispensado. William o ordenou trabalhos comunicados por outros canais — Finn dizendo a ele que tábuas de madeira precisavam ser lixadas, Greer recrutando-o para lavar louça. Mather sequer via William, e por não o ver, ficou ainda mais furioso.

Mather merecia que William gritasse pelo ato de rebeldia dele — não que se arrependesse, mas se estivessem no acampamento e Mather tivesse se posicionado contra ele, William o teria feito aprender em primeira mão o significado da palavra *obediência*. Era assim que os punia; bem, na maior parte das vezes, Meira, para dizer a verdade: ao se certificar de que aprendessem como cada soldado precisa ser *perfeito* para que uma missão seja bem-sucedida.

Mas nessa nova vida, William não o repreendeu. Não lhe passou um sermão ou repassou o que tinha acontecido — simplesmente seguiu em frente, ignorando o evento sem olhar para trás.

Esse foi o impulso final na determinação de Mather. O pedaço final de prova de que Mather estava exatamente onde Inverno precisava dele: construindo uma defesa. Porque com líderes como William evitando tudo, não seria preciso mais de um punhado de soldados para destruir Inverno.

E Inverno já tinha bem mais do que um punhado de soldados ali.

Mather seguiu abaixado por um beco estreito, por algum instinto permanente de percorrer o caminho de forma aleatória e caótica, para que não pudesse ser seguido. Não que fosse difícil descobrir aonde ia todas as noites depois que terminava as tarefas; havia poucas ruas habitadas. Mas Mather mesmo assim se demorou até aparecer dois prédios depois do chalé do Degelo e se permitiu um pequeno suspiro de alívio.

O suspiro perdeu o efeito quando Mather reparou na figura curvada sobre os degraus, arrastando os pés, metal tilintando. Um soldado cordelliano? Será que alguém finalmente tinha descoberto sobre os treinos secretos?

A prontidão acalmou os nervos de Mather, a calma do ataque. Ele disparou para a frente, agarrou o pescoço da pessoa e atirou quem quer que fosse para a rua cada vez mais escura.

Mas ele sentiu cabelos longos na nuca do oponente. E nada de armadura nos ombros, mas sim linho, e quando o intruso atingiu o chão, emitiu um grito que soou muito... feminino.

Embora o sol tivesse começado a se pôr no horizonte, restava luz suficiente, de modo que quando os olhos de Mather se fixaram no rosto da intrusa, ele saltou para a frente e colocou a mulher de pé.

Pela neve, não era soldado algum... Era Alysson.

Ela piscou, confusa, encarou Mather e semicerrou os olhos com uma pergunta não dita.

Ele fez uma careta.

— Achei que você... — Começou Mather, então segurou o final. — Desculpe.

Alysson levou uma das mãos ao ombro dele como se não estivesse equilibrada até que o tocasse, se certificou de que *Mather* estava bem.

— Achou que eu fosse um cordelliano?

Mather franziu a testa quando a porta do chalé se escancarou. Phil saiu cambaleante, todos estavam atrás dele, mas não foi muito longe antes que o pé ficasse preso em um montinho encontrado no degrau do alto. O montinho sobre o qual Alysson se agachara.

Phil parou com uma das espadas de treino no punho. Deviam ter ouvido o grito de surpresa de Alysson durante o treino sem instrutor, e quando Mather os olhou, todo o sangue de seu corpo pareceu evaporar. Ela estava ali, encarando Phil e a espada de madeira, e veria o quanto Mather tinha desobedecido William.

Mas Alysson não pareceu nada chocada. Na verdade, pareceu impressionada.

A mão da mulher ficou inerte sobre o ombro de Mather.

— Conseguiu aqueles resultados usando *madeira*?

A boca de Mather se abriu, então fechou, depois abriu de novo.

— O quê?

— Ei!

Chacoalhar, o ruído surdo de ferro. Phil se agachou no degrau do alto, vasculhando o montinho. Um cobertor espesso se afastou, revelando armas. Espadas, adagas, um arco e um punhado de flechas.

Todos olharam para as armas que se espalhavam como uma cachoeira mortal pelas escadas. Mather principalmente, com os olhos famintos calculando quantas espadas, quantas facas. Sete espadas. Oito adagas — quatro pares.

Ele se voltou para Alysson, que agora estava de braços cruzados enquanto observava o Degelo descer os degraus, movendo-se em torno das armas, como se perturbá-las fosse fazer com que desaparecessem.

— Onde conseguiu essas? — perguntou Mather, com as mãos trêmulas, como se já soubesse a resposta, já sentisse as repercussões deslizando na direção dele. — Como *sabia*?

Alysson exibiu um meio sorriso para Mather, então o abriu em uma risada quase debochada.

— Passei 16 anos em um acampamento cercada por luta. Acha que não sei reconhecer quando um grupo de crianças, que deveria ser tão magricela quanto o restante dos invernianos malnutridos, tem indícios de definição de músculos? Quando deveriam ser desengonçados e fracos, mas se movem pelas ruas com, ouso dizer, *graça*? — Alysson emitiu um estalo com a língua. — Sei que jamais peguei em uma espada, mas isso não quer dizer que não prestei atenção.

Mather engasgou.

— Você sabia? Você *sabe*? Quem mais... E onde conseguiu...

Pelo gelo, termine uma frase.

Mas por mais que tentasse, Mather não conseguia que mais do que meias palavras saíssem da boca dele. Sabia que o Degelo em algum momento mostraria sinais físicos de treinamento, mas presumiu que todos atribuiriam a forma como as crianças-guerreiras tinham começado a preencher as roupas mais do que deveriam aos efeitos de reconstruir chalés. Mas Alysson notara — Alysson, que jamais fizera mais do que olhar para um ringue de espadas.

Quem mais sabia?

Ela pareceu interpretar o horror calculado no rosto de Mather e levou a mão à bochecha dele.

— É claro que William sabe, mas ele não tem visto muitas coisas ultimamente que deveria ver.

Mather sacudiu a cabeça, com medo de ter entendido errado.

— Não concorda com ele?

Mas enquanto fazia a pergunta, compreensão tomou conta dele.

— Não sabe que você trouxe essas armas. — A mente de Mather ecoou a mais suave vibração de arrependimento, e ele percebeu que queria que William soubesse. Queria que William tratasse daquilo, que visse o que Mather tinha feito, queria que os olhos de William se enchessem com o orgulho que os de Alysson demonstravam.

Essa última parte deixou Mather boquiaberto.

— Mas *por quê*?

Alysson apertou o ombro de Mather.

— Precisa delas. E é meu filho, por mais que lute para aceitar isso. Sempre foi e sempre será meu filho. É assim que funcionam os relacionamentos, quando uma pessoa está cega, a outra deve enxergar por ela. Quando uma pessoa tem dificuldades, a outra deve permanecer forte.

Mather tocou o pulso de Alysson, espanto corria pelas veias dele.

Ali estava Alysson, aquela mulher da qual Mather sempre tirara vantagem como alguém que ajudava a resistência inverniana no acampamento, não na linha de frente. Sinceramente, jamais a vira como uma fonte de orientação e força. Isso sempre recaíra sobre William.

Mas Mather estava errado.

Sobre muitas coisas.

— Não deveria ser você quem une todos nós de novo — sussurrou Mather. O Degelo tomou conta da rua abandonada diante do chalé, testando armas, gargalhando do quanto uma espada era mais pesada em comparação com os finos bastões de madeira. Mather não queria que ouvissem, não queria quebrar aquele momento que desabrochava entre ele e a mãe.

Mãe dele.

Pela neve frígida acima, Mather quase pensou dessa forma sem nem hesitar.

O sorriso de Alysson se dissolveu.

— Precisa mais de mim. William também. É a natureza da posição dele. Aprendi há muito tempo que preciso ser aquela em quem William se apoia enquanto Inverno se apoia nele. E — Alysson hesitou, erguendo a sobrancelha de modo conspirador —, se quiser, algum dia sei que pode fazer o mesmo por Meira.

Mather recuou. Alysson sabia sobre essa área do coração dele também. Será que ela deixava passar alguma coisa?

Alysson se aproximou de Mather.

— Você lutou por Inverno tão espetacularmente. Tenho mais orgulho do que jamais tive de chamar você de meu filho, e farei tudo que puder para ajudar enquanto você ajuda nosso reino. Mas não se esqueça de lutar por si mesmo também... Não há vergonha nenhuma nisso.

Mather fechou os olhos, abaixando a cabeça em uma reverência — de rendição? De concordância? De gratidão? Tudo. O corpo dele estava cheio de remorso, mas, além disso, Mather sentiu o mais breve rompante de alegria: o Degelo tinha armas agora. Armas de verdade, e o apoio de Alysson.

Mas Mather não conseguia tirar a imagem de Meira da cabeça, do rosto dela quando Mather deixara seu quarto na noite da cerimônia. Os olhos arregalados e desesperados de Meira, lágrimas escorrendo como rios violentos pelas bochechas dela. Mather ficara arrasado ao deixá-la... Como não poderia ter sido diferente.

Ele jamais deveria ter saído daquele quarto. Todas as coisas que queria fazer — correr de volta para Meira, lutar por ela — eram coisas que *deveria* ter feito.

Mather entendia isso agora, entendia por meio da força silenciosa de Alysson.

Pela doce neve, Mather conhecera Alysson a vida inteira, e jamais a vira arrasada. O máximo que podia se lembrar eram de algumas poucas lágrimas escorrendo pelas bochechas quando outros membros do grupo morriam. Mas era só isso, toda a dor que Alysson mostrava, e as outras lembranças de Mather eram de Alysson de pé, com a mão no ombro de William, ou um aceno silencioso e firme de cabeça antes de alguém sair em missão. Silenciosa e determinada, e Mather jamais notara, nenhuma vez.

Fora cego por tempo demais.

Então, quando Mather abriu os olhos, pretendia dizer a ela. Pretendia cair de joelhos e implorar perdão por ter sido um filho tão ingrato.

Mas o tom pacífico da rua geralmente vazia tinha sumido, fora substituído por uma sensação que ele conhecia bem demais: alerta. O Degelo segurava as novas armas com determinação, os corpos formavam um U na direção de um agressor do outro lado da rua do chalé. Tudo virou um borrão quando Mather se virou na direção do inimigo, já levando a mão para a adaga que mantinha sempre na bota.

Alysson viu o movimento. Mather soube que ela percebeu pela forma como os olhos de Alysson seguiram o filho quando ele se virou, de braços estendidos, adaga em punho.

Mas ela não se moveu, apenas franziu a testa, entreabrindo a boca em um gemido baixo.

Mather não conseguiu identificar a expressão de Alysson. Não, ele se recusou, afastou-a da mente mesmo enquanto aquilo martelava em sua cabeça. Vira aquele olhar antes — *conhecia* aquele olhar...

Os olhos de Mather se abaixaram para a direção do peito de Alysson, a mancha crescente escarlate que manchava o vestido azul de vermelho. A ponta de uma espada reluzia no corpo de Alysson como um penduricalho mórbido em um colar.

O inimigo não estava do outro lado da rua. O inimigo tinha se aproximado deles de fininho, tão perto que Mather deveria ter ouvido ou visto ou impedido...

A lâmina foi arrancada pelas costas de Alysson e ela desabou na direção de Mather, os olhos se virando para trás quando caiu nos braços dele. A adaga de Mather caiu das mãos dele, o coração dele disparou um choque entorpecedor pelo corpo quando os dedos tateavam da cabeça de Alysson até os ombros dela, em busca de um sinal de vida, um sinal de explicação — mas Mather sabia. Soube assim que viu as armas que Alysson tinha levado, mas esperava que ela não tivesse ido até lá, que Alysson percebesse que isso seria uma missão suicida.

— Ela roubou armas — confirmou um soldado cordelliano, de onde estava, atrás de Alysson. Foi o mesmo que ameaçou Feige dias antes, e a lâmina dele, pesada com sangue vermelho, refletia o crepúsculo. — E ladrões não serão tolerados em uma colônia cordelliana.

Um grito. Um ruído rouco, forte, cortante, e Phil disparou da formação do Degelo, com a arma disparando acima. Mather gritou quando soldado cordelliano se virou na direção de Phil, gritou porque não poderia aguentar perder mais alguém, não agora...

A lâmina do soldado se ergueu, a ponta direcionada para o pescoço de Phil. Ele parou um segundo antes de ser cortado, o peito subindo ao puxar um fôlego desesperado.

Mather não teve muito tempo para agradecer, no entanto. O cordelliano riu com escárnio dele quando gritos se elevaram, quando o clangor de armaduras ecoou pela rua e gritos de vitória ressoaram pela cidade. Uma corneta soou, longa e alta, um ruído pulsante que sinalizava...

...*uma colônia cordelliana.*

Noam. Ele oficialmente tomara Inverno.

Não, a única coisa que aquela corneta sinalizaria seria o fim da ocupação cordelliana em Inverno. Aquilo acabava agora, *naquela noite.*

Braços puxaram Mather, vozes gritaram em meio à súbita e mortal confusão dele.

— Precisamos fugir!

— Há muitos aqui... Levante!

Mather grunhiu, afastando quem quer que tenha tentado agarrá-lo. Todos eram um inimigo, todos morreriam por aquilo, porque o sangue de Alysson cobria as mãos dele, e o corpo dela jazia, inerte, onde Mather a colocara no chão. Ele tentou, com dificuldade, pegar a adaga de volta, a visão estava maculada por um vermelho assassino enquanto o soldado cordelliano fugia dele, o covarde, para se reagrupar com mais soldados que surgiram na ponta mais afastada da rua. Covardes, cada cordelliano era um covarde, e Mather mataria todos.

Um rosto entrou em foco.

— Há muitos deles — suplicou Hollis. — Você nos ensinou isso. Você nos ensinou a avaliar situações, a recuar se necessário. Precisamos fugir *agora*.

A consciência tomou conta de Mather. Pelo menos uma dúzia de cordellianos tomava a rua a norte deles, bloqueando qualquer retirada para as partes abandonadas de Jannuari. Os soldados marchavam com passadas firmes e provocadoras na direção do grupo — estavam sendo encurralados no centro da cidade. Pelos gritos e urros de alarme que ecoavam pelo restante de Jannuari, Mather supôs que a mesma coisa agora bloqueava cada rua das áreas não habitadas. Um círculo inquebrável de cordellianos finalmente predando os invernianos.

Mather embainhou a adaga, pegou o corpo da mãe nos braços e correu. O Degelo seguiu atrás dele, todos equipados com armas que não sabiam bem como usar. Mas seguravam as espadas com uma determinação tão letal que Mather sentiu pena dos cordellianos que tentassem impedi-los. Mas impedir de quê? Aonde iriam?

O palácio. William estava lá.

Mas Meira. Noam irrevogavelmente se voltara contra Inverno. Será que abrira o abismo de magia? Será que Meira fracassara de alguma forma? Será que ele estava em Jannuari, ou saíra atrás dela?

Será que Meira ainda estava viva?

Mather conteve pensamentos que ameaçavam fazer com que ele cedesse sob o corpo que levava. Não, não poderia pensar ainda. Meira tinha que estar viva.

E nada em Primoria poderia proteger Noam se ela não estivesse.

Mather voou pelos degraus de entrada do palácio e ele chocou o ombro contra a porta, fazendo com que fosse atirada na parede. A hora avançada da noite significava que os corredores principais estavam vazios, todos os trabalhadores tinham voltado para os chalés do lado de fora ou para quartos no interior do palácio. Sete pares de pés ressoaram pelo salão de baile, subiram a escada de mármore, desceram corredores vazios de marfim e prata que os envolveram nas sombras usurpadoras da noite. O cinza enevoado conferia a tudo uma sensação onírica, encorajando a ideia de que aquilo estava errado, *errado*, e que Mather podia consertar...

Eles dispararam pelo longo corredor até o escritório de William, o ar frio da varanda soprando ao redor. A porta estava entreaberta e Mather parou aos tropeços a alguns passos dela, os braços doíam devido à força com que segurava o corpo da mãe.

Ela está morta, William. Cordell a matou porque você não me ouviu, porque deixou que ficassem aqui, porque eu não tentei com afinco proteger Inverno.

Ela está morta porque somos ambos fracos, William. Porque sou seu filho em todos os sentidos.

Mas nenhuma dessas palavras saiu quando Mather entrou no escritório de William, porque o homem estava de costas para a porta, olhando para Brennan, que apontava uma espada para ele.

— ...por tempo demais — dizia Brennan. — Mas meu mestre não tem mais utilidade para a liberdade deste reino, e finalmente me instruiu a tomar controle do que é de Cordell por direito. Parabéns, vocês são o primeiro reino Estação a se tornar uma colônia cordelliana, e Outono virá a seguir. Tenho certeza de que vê isso como uma honra.

Um grunhido subiu pela garganta de William.

— Ouvi homens falarem do rei deles como você fala. *Meu mestre.* Isso não é Cordell. Você não serve Noam, não é?

Brennan emitiu um estalo com a língua.

— Noam tem a utilidade dele, mas todos escolhemos um sol nascente em vez de um poente.

Um sol nascente? Meu mestre? De quem Brennan estava falando? Os únicos homens que Mather jamais ouvira falar daquela forma sobre o rei eram os que serviam Angra.

Mas Brennan dissera: *O que é de Cordell por direito...*

Não importava — só importava o peso nos braços de Mather, o corpo ainda quente contra o dele.

— William.

A voz do próprio Mather o chocou devido ao quanto soava exausta. Ela arranhou a garganta como ar seco em um dia quente, e quando saiu, William olhou por cima do ombro, por um momento ignorando Brennan e a lâmina em punho.

Os olhos de William mal viram Mather antes de recaírem sobre o corpo de Alysson. Qualquer emoção que William estivesse sentindo recuou para longe do rosto dele, os músculos relaxaram, as sobrancelhas se abaixaram.

Mather vira William reagir à morte antes, aos soldados deles que caíam no acampamento, apenas para morrer horas depois. Ele fora estoico em relação à morte, mostrando dor por pequenos gestos — levando a mão à testa deles, fazendo uma reverência sobre os corpos.

Mas aquela era a verdadeira sensação da morte, o modo como William olhava para o corpo de Alysson, como se pudesse passar parte da própria força vital para ela. Como se não conseguisse entender a imagem de Alysson, um daqueles sonhos passageiros antes do alvorecer. Como se já tivesse planejado a morte do assassino de Alysson, desde a primeira lâmina sacada até o último gemido do soldado, uma súplica silenciosa, torturada.

Mather se ajoelhou, o corpo de Alysson deslizou dos braços dele quando William se virou para Brennan. Uma faca surgiu, a lâmina estava pressionada entre os dedos de William. Ele se abaixou, agarrou a mão de Brennan onde o cordelliano segurava o cabo da espada, e a torceu até que o inimigo gritasse pela dor de ter os dedos deslocados. Conforme Brennan se movia para retaliar, conforme Mather sentiu o Degelo atrás de si inspirar coletivamente, William deslizou a mão para o pescoço de Brennan.

Brennan cambaleou para trás, bateu na estante, os olhos estavam fixos no teto. Ele segurou o corte no pescoço e William o observou, de pé sobre o capitão cordelliano conforme o homem deslizava até o chão, o sangue pulsava entre os dedos de Brennan em espasmos que o faziam arquejar.

Quando Brennan caiu na parede, Mather estremeceu com um único pensamento.

Ele morreu rápido demais. Devia ter sofrido — pelo gelo, eu queria que ele sofresse.

William se agachou sobre o corpo de Alysson, o sangue de Brennan pintou de vermelho a mão dele. Mather não conseguia deduzir nada pelo rosto de William, veria mais se encarasse uma parede. Meira dissera isso sobre Mather também, algumas vezes. Ela achava que era uma decisão consciente, mas não era, era apenas *ele*, assim como era William agora, e Mather queria agarrar os ombros de William e sacudi-lo até que emoções verdadeiras saíssem dali.

— Você vai embora — disse William. Mather piscou para ele, as palavras não foram processadas quando William pegou o corpo de Alysson nos braços e ficou de pé. — A rainha provavelmente estará em Ventralli quando você chegar lá, siga para o rio Feni. Vai viajar mais rápido de navio, embarque no que conseguir. Faça tudo que for preciso, Mather. *Tudo*.

Mather deu um salto quando William apoiou o corpo de Alysson na mesa. A cabeça dela oscilou para o lado, cabelos brancos caíam em uma cascata sobre as bochechas, algumas mechas estavam unidas em emaranhados de sangue e terra. Os olhos dela estavam abertos, encarando sem ver o escritório cheio dos Filhos do Degelo.

Quanto tempo fazia desde que Mather estivera no mesmo lugar chamando a mãe de covarde? Ela não dissera uma maldita palavra para impedi-lo. Mather fechou os punhos, tentando desesperadamente se lembrar de tudo que Alysson *tinha* dito a ele. Deveria ter escrito tudo, deveria ter marcado na pele. Deveria, deveria, *deveria*.

— Desculpe — gemeu Mather. Aquilo o estilhaçou. Não foi ver a mãe ser assassinada, não foram as cornetas de Cordell que ainda soavam do lado de fora, sinalizando a tomada que viria.

William se afastou e agarrou os braços de Mather, cravando os dedos como se fossem tornos nos músculos do filho.

— Não se dê ao luxo de ser fraco. Vá até nossa rainha se certificar de que ela esteja a salvo. — William o sacudiu quando Mather gemeu, droga, ele ainda era tão fraco. — Entendeu?

Mather afastou as mãos de William. Não, aquele homem não tinha o direito de fingir que era ele o forte. Os dois sabiam quem era a pessoa forte, e ela estava *morta*.

Ele quis dizer tudo isso a William. Droga, a mãe dele acabara de morrer, e queria que William fosse um pai agora, que o tomasse nos braços e o assegurasse de que enfrentariam aquilo juntos.

Mas não enfrentariam. Eles eram aquilo, sempre foram e sempre seriam.

Então Mather transformou os soluços em grunhidos.

— Você também não tem o direito de ficar arrasado. Se eu sentir fraqueza... — Será que podia fazer aquilo? Podia ameaçar William? — Vou matar você. Eu juro, William... Já deixou essa tomada acontecer. Não terá outra chance. Não vou deixar que Inverno caia de novo.

William se virou sem responder, e Mather disparou do escritório. O ruído de uma lâmina sendo sacada tomou conta do ar atrás dele: William se armando.

O Degelo seguiu Mather silenciosamente, e ele exalou agradecido por não tentarem conversar. Aquilo também os horrorizava, Mather sabia — a liberdade tinha sido tão efêmera. Mas Mather seguiu em frente, entremeando pelas ruas escuras, evitando soldados conforme o caos se instaurava. Aqui, cordellianos precisavam lutar para subjugar invernianos, ali, invernianos erguiam as mãos em rendição. Lá, cordellianos disparavam ameaças, acolá, invernianos caíam de joelhos e gritavam obediência.

Mather se sentia enojado ao ver quantos deles se curvavam sem uma luta. Mas não podia impedir um exército inteiro com apenas sete guerreiros. O pequeno número facilitava sair de fininho de Jannuari, mas era tudo que podiam fazer. Precisavam de Meira.

Ele precisava de Meira.

Você lutou por Inverno tão espetacularmente. Tenho mais orgulho do que jamais tive de chamar você de meu filho. Mas não se esqueça de lutar por si mesmo também... Não há vergonha nenhuma nisso.

Mather podia não ter se lembrado de tudo que Alysson dissera para ele, mas se lembrava da última coisa. Vestiu aquelas palavras como se fossem uma armadura em volta do corpo, junto com a promessa que fizera a William: não deixaria que Inverno caísse de novo.

Meira

CERIDWEN CRUZA AS pernas onde está sentada, ao lado da mola de tubos de meu quarto, e ínfimas ondas de calor sopram para a pele dela. Estar em um quarto cheio de invernianos foi "como ser mergulhada em um balde de água gelada", dissera a princesa, e depois de tanto tempo me observando andar de um lado para outro e disparando explicações sem sentido, imagino que precise de algum conforto.

— Então espere. — Ceridwen agita o dedo no ar como se apontasse para todas as informações que dispus. — Quando o medalhão de sua mãe quebrou, você se tornou o condutor. Entendo isso, acho. Mas essas chaves que temos encontrado *também* são condutores? E estão de alguma forma interferindo em sua magia?

— Não interferindo... — Encosto em um dos mastros que segura o dossel sobre minha cama. — Está mais para interagindo. A Ordem as fez como testes para ajudar quem as encontrasse de... alguma forma. Meu coração precisa estar preparado, mas não consigo entender para que as coisas que vi devem me preparar. Ou o que isso tem a ver com o abismo de magia.

— Tem certeza de que as chaves foram feitas pela Ordem? — pergunta Conall, segurando a tala que envolve o braço ferido dele. — Você disse que Angra pode ser o condutor de Primavera, como você é o de Inverno. E se tudo isso for ele? Ele estava na primeira de suas visões. Isso pode ser um truque.

— Não há qualquer notícia dele em qualquer lugar, no entanto — replica Henn.

Garrigan faz um gesto de ombros, os ombros dele roçam na cadeira na qual se apertou com Nessa.

— Faz *mais* de três meses desde a queda de Angra. Se estiver vivo, por que esperar tanto? Não faz sentido. Só pode ser a Ordem. Além do mais, a entrada do abismo estava escondida até poucas semanas. Como Angra poderia ter armado tudo isso sem nosso conhecimento?

— Ele teve livre acesso a seu reino durante 16 anos — diz Ceridwen.

Dendera faz que não com a cabeça.

— Ele não tocou nas minas. Quando as reabrimos, estavam obviamente em desuso há mais de uma década, imundas e perigosas e instáveis. Não acho que seja ele.

Brinco com o medalhão enquanto o grupo joga ideias no ar. Todos lidaram com isso muito melhor do que eu poderia esperar, absorvendo tudo que sei sobre Angra e magia e o abismo e Cordell com olhares curiosos e acenos pacientes.

Bem, quase tudo.

Só contei a eles que vi Hannah e Duncan no último sonho. Não contei o que Hannah disse que aconteceria se eu morresse.

Um tremor afasta minha mão do medalhão e cruzo os braços para escondê-lo. Encontrarei outra forma de tornar meu povo forte. Esse mundo não precisa de um reino inteiro de pessoas-condutoras, evitar que a magia se espalhe é pelo que tenho lutado esse tempo todo.

O que Hannah disse não importa. Não preciso morrer por isso.

Não morrerei.

Henn coça o queixo, andando diante de onde Dendera está sentada, em um banco junto à parede.

— Concordo. Acho que essas chaves são nossa melhor chance de obter respostas. Depois que tivermos a última chave, teremos mais vantagens sobre Cordell para manter o abismo fechado.

— Isso será o bastante? — Conall inclina o corpo para a frente, encolhendo-se ao pressionar o braço ferido. — Noam poderia forçosamente tomar as chaves de nós. Como Inverno ter as chaves o impede?

— Poderíamos pegar a primeira chave com o príncipe — sugere Garrigan. — Abrir o abismo. Recuperar magia o suficiente para...

— Não — digo. — Seguiremos para Ventralli, mas não vamos abrir aquela porta. Não é um risco que assumirei, há outras formas de destronar Noam. Posso tentar obter o apoio de Giselle, ou de Ventralli.

Minhas palavras parecem fracas agora, e quando Ceridwen avança, sinto minha certeza frágil quebrar ainda mais.

— Detesto jogar fogo no seu gelo, mas Yakim não lutará contra outro reino Ritmo por você. Imploro a Giselle há anos para que apoie Verão, que nos venda comida ou suprimentos em vez de pessoas. Ela se recusa.

— E se eu me provar útil para ela? Darei o que quiser. Pela neve, darei quantas minas exigir.

— E o que acontece depois que descobrir que Cordell já tem o abismo de magia? Vai se sentir enganada, e terá dois reinos Ritmo revoltados contra você.

Resmungo, afastando a frustração. Não tinha tanta esperança por Yakim depois de minha conversa com Giselle mesmo.

— E quanto a Ventralli?

Ceridwen ri.

— Sabe quem era a mulher de Noam, certo? Ela pode ter morrido sob os cuidados de Noam, mas pela chama e pelo calor, os ventrallianos amam Theron. Ventralli tem tanta disposição para entrar em guerra com Cordell quanto Simon tem de renunciar ao vinho.

— Tanto Yakim quanto Ventralli se ofereceram para receber Inverno. — Semicerro os olhos enquanto falo, o entendimento toma conta de mim. Percebi a estupidez de nossa viagem antes, e agora isso faz com que cada músculo de meu corpo fique inerte, então me jogo na cama.

— Aceitei os convites. — Esfrego as têmporas de olhos fechados. — Eles me convidaram como parte de um plano para testar o domínio de Cordell sobre Inverno. Cordell respondeu com um tratado de unificação e eu respondi ao *trazer Cordell comigo*. Qualquer que tenha sido a porta que abriram... Não apenas a fechei, mas construí uma maldita barreira cordelliana sobre ela. E agora o único aliado de Inverno é... — Meus olhos se voltam para Ceridwen e ela espalma as mãos.

— Ei, me coloque em um quarto com Noam e acabo com seu problema rapidinho.

Rio com deboche.

— Tentador. Mas isso causaria ainda mais problemas.

Dendera fica de pé.

— Qual é seu plano, então?

Olho para ela, tudo rodopia em minha mente.

Nenhuma ajuda de Yakim. Nenhuma ajuda de Ventralli. Paisly é remoto demais para oferecer assistência. Tenho pouco apoio de Verão, e uma aliança ainda mais turbulenta com Outono, mas não acho que Nikoletta se levantaria contra o irmão, não importa o quanto ele seja um canalha. A não ser que tomasse Outono diretamente, mas não acredito que seria tão burro assim.

O que deixa...

— A Ordem — digo a todos. — São nossa única chance de encontrar uma forma de selar a porta do abismo, ou mesmo de nos livrarmos de vez da magia. Qualquer um impediria o avanço do poder de Cordell e nos daria mais vantagem contra eles... ou no mínimo nos daria um objeto de barganha para negociar a liberdade de Inverno. Precisamos buscar a última chave e a Ordem, e se disserem que não há como selar o abismo permanentemente ou deixar Cordell sem magia, abrirei a porta eu mesma. Mas não vamos planejar isso até sabermos com certeza.

Um sorriso lento se abre no rosto de Henn.

— Uma decisão racional, minha rainha. Onde acha que está a última chave? Ventralli, é claro, mas onde?

Mordo o lábio.

— O que é o símbolo de Ventralli? O de Verão era o vinho, o de Yakim eram os livros. A pista do abismo que levava a Ventralli é uma máscara. Mas a chave que encontramos em Yakim estava envolta em uma tapeçaria, o que é outro símbolo da afinidade de Ventralli pelas artes. — Encaro Henn. — Talvez... os museus? Começaremos por lá. As guildas também podem ser um bom lugar para procurar, então podemos seguir para elas depois.

Dendera assente.

— Que bom. Temos um plano.

— Sim. — Parte de mim está doida para mergulhar em uma batalha, para fisicamente despedaçar essa ameaça com o chakram agora preso às minhas costas. Abaixei todos as defesas que tinha construído ao meu redor, mas posso guardar algumas coisas, escolher as partes benéficas e usá-las para fortalecer quem sou. Deixei que Ceridwen, Conall, Garrigan, Nessa, Dendera e Henn entrassem, contei a eles sobre os problemas que estou enfrentando. Permanecerei calma e cautelosa, mas me permitirei ser impulsiva quando precisar ser. Aprenderei com meus erros.

Diferentemente de Hannah.

Diferentemente da forma como ela mentiu para mim e fez com que todos guardassem essa mentira durante minha vida inteira. Diferentemente da forma como ela ainda escondeu coisas de mim — durante três meses poderia ter me contado o resto do plano. Talvez se tivesse aprendido com os erros *dela*, todos estaríamos melhores. Talvez, se Hannah jamais tivesse contado nenhuma daquelas mentiras desde o início, estivéssemos livres há anos.

Endireito as costas. *Não*. Não preciso pensar nela — o que Hannah queria não importa.

O que ela queria não importa.

— Deveríamos ir dormir — diz Garrigan. — É quase de manhã.

— Espere. — Meus olhos se fixam em Henn. — Retornaria a Inverno?

Ele não hesita.

— É claro. Por que, minha rainha?

Forço as palavras a saírem mais rápido do que meu estômago consegue se encher de remorso.

— Porque Theron e eu... As coisas mudaram. Não estamos mais tão unificados em nossas metas como estivemos, e não sei se... Quero dizer, ele não seria tão cruel a esse ponto, mas era nosso aliado cordelliano mais forte. Embora isso não tenha servido muito para nós. Mas agora... Apenas veja como está Inverno, por favor?

Henn fica sério e faz uma reverência com a cabeça, assentindo devagar.

— É claro — repete ele.

Dendera se levanta para beijar Henn, rápido e suave. Ele aperta o ombro dela e desaparece no quarto adjacente para fazer as malas para a viagem, levando Garrigan e Conall para que recebam ordens finais antes da partida.

Ceridwen fica de pé e atravessa o quarto até mim.

— Sinto muito.

Fico de pé também, com os polegares presos nas alças do coldre do chakram. Pela neve, é bom tê-lo de volta comigo, tão bom que posso fingir que não entendo Ceridwen.

— Pelo quê?

Ela me lança um olhar meio irritadiço, meio sábio.

— Garotos Ritmo partem nosso coração — diz ela, mas o rosto fica mais severo com um arrependimento próprio. — Mas reafirmo o que disse. Ele não era um amante adequado para você. Você é boa demais para ele.

Calor imediatamente sobe por meu pescoço e olho para Dendera e Nessa, as duas únicas outras pessoas ainda no quarto, mas elas estão sussurrando baixinho perto da porta.

— Ele não era meu *amante* — corrijo. — Pela neve, é só nisso que os veranianos pensam?

— Confie em mim, quando encontrar a pessoa certa, *será* tudo em que pensará. — Ceridwen dá um sorriso fraco.

Inclino a cabeça, abaixo a voz.

— Já contei meus segredos. Algum dia vai me contar os seus?

Ela pisca para mim, mas se recupera rapidamente.

— Isso não era parte de nosso acordo, rainha de Inverno.

Então Ceridwen sai, passando por Nessa e Dendera sem dizer mais uma palavra. Eu a encaro, chocada, mas afasto a sensação quando Nessa vem até mim.

Ela ficou calada durante tudo que falei, como se estivesse montando o quebra-cabeças do próprio jeito, e, enquanto estou diante de Nessa, sou tomada pela certeza dormente de que será ela quem verá aquilo que nenhum de nós conseguiu ver.

Nessa une as mãos.

— Ainda tem medo dela?

Toco o medalhão, a casca do que um dia foi. De novo, a hesitação responde por mim.

— Eu também teria — diz Nessa. — Não se sinta culpada pelo que fez; não acho que sua magia é tão ruim quanto acha que é. Afinal de contas, fez muito bem. Ela nos curou, ajudou a nos salvar, derrotou Angra em Abril. Sei que não a torna menos assustadora, mas... — Nessa para e gesticula com os ombros. — É uma arma que temos, e precisamos de todas as armas que conseguirmos pegar.

Sorrio.

— Você realmente é mais esperta do que deveria, lady Kentigern.

As bochechas de Nessa coram e ela recua, saltitando pela porta, com Dendera ao encalço. Sou deixada com as engrenagens e os botões e os canos de cobre retorcidos do quarto yakimiano, os raios fracos do sol nascente despontam pelas cortinas. Não sei por quanto tempo ficamos acordados conversando — horas, metade da noite, a noite inteira. Sinto a exaustão agora, e minha mente começa a divagar, a suave confusão entre dormir e estar acordada. O momento em que pensamentos aceleram em minha mente, remendando significados que perdi.

Por isso as palavras de Nessa ressoam tão forte dentro de mim.

É uma arma que temos, e precisamos de todas as armas que conseguirmos pegar.

Eu estava certa. Nessa viu mesmo a peça que faltava — a magia fez muito bem. Eu a afastei por tanto tempo, eu a temi por tanto tempo, mas... Talvez possa me ajudar, até no estado imprevisível. Ainda é magia; ainda é poder.

Preciso ao menos tentar.

Meu vestido se estica sobre os joelhos quando me ajoelho na cama. A chave dos Ilustres ainda está sobre a colcha, silenciosa e sombria, e enquanto a encaro, tudo que sei sobre magia de condutores percorre minha mente. Como veio para mim depois que Hannah morreu e Angra quebrou o medalhão. Como permaneceu dormente dentro de mim até que eu soubesse que estava lá, uma magia passiva baseada em escolha. E bem antes disso, como Hannah ficou tão desesperada que se rendeu a ela para que pudesse aprender como salvar Inverno.

Franzo a testa.

Ela perguntou à magia como salvar Inverno. E essa magia se trata de escolha — ela escolheu perguntar sobre Inverno.

Um coração preparado, dissera a magia da chave. Prontidão é um tipo de escolha, estar preparado e aceitar coisas por vir... Era isso que queria que eu visse?

Porque... E se Hannah não tivesse perguntado como salvar Inverno? E se tivesse escolhido perguntar como impedir Angra, ou a guerra, ou como derrotar a Ruína? Teria obtido uma resposta diferente?

De que preciso para estar preparada para perguntar?

Eu me recosto nos travesseiros, o chakram pressiona minha coluna. A privação de sono perturbadora toma conta de mim, os eventos das últimas semanas se desenrolando nessa única noite de libertação. Mas afasto tudo isso, invocando a magia. Um toque suave, cuidadoso, o início de uma ponte entre ela e eu, e sobre essa ponte, envio um único pensamento.

Qual é a pergunta certa?

Meu peito esfria, a magia responde com dedos carinhosos de gelo que se espalham por mim como arabescos formados pela geada em uma janela. Quando a magia fala, não é como Hannah, não são palavras nítidas que ecoam em minha mente. É como a magia da chave, minha própria voz e minhas emoções, ondas de convicção que me preenchem com conhecimento como se estivessem ali o tempo todo. Sou deixada com um pensamento pesado, persistente, que me embala no sono.

Quando eu estiver preparada para perguntar, saberei.

Henn parte para Inverno na manhã seguinte. E, para meu alívio, vejo que não preciso me preparar para assinar o tratado de Theron — porque Giselle se recusa a assiná-lo "até que outro reino Ritmo assine". Ela diz isso sem reconhecer que Cordell assinou e orquestrou o tratado, e a fenda visível que isso coloca entre Yakim e Cordell torna nossa estadia um tanto desconfortável.

Sem precisar da intromissão de ninguém, Theron concorda em seguir para Ventralli depois de apenas alguns dias em Putnam.

Sei que ele espera conseguir que o rei ventralliano assine o tratado, convencendo, assim, Yakim — ele ainda se agarra à visão de paz. Mas conforme deixamos o Castelo Langlais e nossa caravana se reúne em outro aglomerado confuso de soldados e pessoas de três reinos diferentes, observo Theron de meu grupo de invernianos. Não interagimos um com o outro além dos planos de viagem necessários, e mesmo agora, ambos permanecemos firmes com nossos grupos.

Theron sente meus olhos sobre ele e se vira. Mesmo de longe, o ar ainda parece rarefeito e desconfortável entre nós, emoções emaranhadas, palavras não ditas.

Dendera sobe no cavalo ao meu lado. Quando ela e Henn finalmente admitiram os sentimentos deles, pareceu a coisa mais fácil do mundo. Um minuto *não eram*, no minuto seguinte *eram*, e isso foi tão certo e tão verdadeiro que ninguém sequer piscou. Mesmo agora, parece que só estou vendo metade de Dendera, a outra parte dispara rápido para Inverno.

Deveria ser fácil assim. Quero que seja fácil assim. Quero olhar para alguém e saber que todas as necessidades, anseios e desejos que tenho são os mesmos que os dele, não que todas as minhas necessidades, anseios e desejos estão indo de encontro aos dele. Unificação *deveria* ser o tema geral de um relacionamento.

Então, embora Theron ainda me observe, eu me viro para Nessa em busca de outra coisa para fazer, algo para que olhar que não seja ele.

Depois de alguns segundos, sinto quando ele se vira.

Rintiero, a capital de Ventralli, fica a pouco mais de meio dia de viagem para o norte. Tudo que Sir me ensinou sobre Ventralli tem a ver com o amor deles por arte — cor e vida e beleza e arte ecoavam em meio à dor e imperfeição. O Condutor Real masculino deles, uma coroa de prata, pertence ao atual rei, Jesse Donati, um homem no início dos vinte anos. A esposa, Raelyn, teve três filhos — duas meninas e um menino, todos têm menos de três anos de idade, o que significa que ou queriam muito ter filhos, ou queriam um herdeiro do sexo masculino o mais rápido possível. Mais provavelmente, a segunda opção.

A afinidade de Ventralli pela beleza fica clara quando chegamos a Rintiero ao pôr do sol. Quem quer que tenha projetado a cidade a construiu para complementar o sol poente tão perfeitamente quanto as estrelas complementam a noite. Subimos uma série de colinas que compõem a fronteira Yakim-Ventralli e nos levam até o vale Rintiero, o que fornece uma visão aérea de uma cidade que é mais parecida com uma joia multifacetada.

Rintiero se curva em um crescente de rochas pontiagudas e linhas retas de portos que despontam no rio Langstone, tudo isso encimado pelo azul profundo e pesado de um céu prestes a cair no sono. Um frio envolve o ar, o frio de uma noite de primavera verdadeira. Um brilho suave e dourado ilumina as ruas; velas, provavelmente, mas nada como as chamas violentas das fogueiras de Verão ou a luz constante das lâmpadas de Yakim.

Prédios de quatro e cinco andares se apertam nas ruas, ou se agarram às faces de penhascos, tudo nas cores mais vibrantes que já vi. Tons de azul roubados do próprio Langstone; o magenta vibrante do blush de uma dama da corte; tons de pêssego cremosos que fariam o dono de pomar chorar. Espalhadas entre os prédios estão as guildas de Ventralli, pelo menos uma dúzia de domos feitos de vidro, painéis espessos que refletem a beleza sem igual do céu noturno.

Os prédios tremeluzem e pulsam às luzes, como se estivessem respirando profunda e tranquilamente, e conforme nos aproximamos da cidade, faço o mesmo. Esse reino imediatamente parece mais calmo do que qualquer um dos outros que visitamos. A estrada não está lotada de camponeses a caminho de casa do trabalho, as pequenas cidades periféricas não são sujas ou pútridas ou pobres. Tudo é como precisa ser — inteiro, belo, valorizado.

Deve ter sido por isso que Noam se aliou a Ventralli quando se casou com a mãe de Theron. Pareceria que Cordell e Yakim tinham mais em comum com o amor pela eficiência, mas estou em Ventralli há menos de uma hora e consigo *sentir* Cordell aqui.

Passamos pelas ruas sinuosas de Rintiero e para uma floresta exuberante envolvendo o palácio como uma muralha viva. O próprio complexo está tão dormente e calmo quanto a cidade, e ajudantes do estábulo pegam nossos cavalos antes de criados nos levarem para quartos do palácio. O restante das caixas das montanhas Klaryn é trancafiado, um fardo em nossa viagem agora que sei o quanto serão inúteis, mas todos parecem ter absorvido o relaxamento de Rintiero. Sem pensar duas vezes, todos seguimos para as várias camas e dormimos sob o reflexo das estrelas.

Meira

O PODER DAS coisas ocultas.

Na manhã seguinte, a inscrição em negrito e manuscrita acima das portas para o salão do trono do Palácio Donati me encara de volta. Encosto na parede diretamente diante das duas portas brancas ornamentadas, as molduras reluzentes de prata e os pequenos detalhes em safira acrescentam beleza à confusão, e toco a máscara em meu rosto.

— Tem certeza de que isso é necessário? — pergunto.

— Não gosta? — Dendera toca a própria máscara, branca, de meio rosto, com pequenos flocos de neve de cristal aglomerados ao redor dos olhos dela.

Criados ventrallianos forneceram uma variedade de máscaras adequadas a todos os reinos, um estoque que sempre têm às mãos para convidados estrangeiros. Os criados pareceram totalmente animados por alguém enfim poder usar as máscaras invernianas — fazia décadas, aparentemente, desde que não passavam de decorações bonitinhas nas prateleiras. Conall e Garrigan não reclamaram nem um pouco quando foram forçados a usar máscaras também, e os dois estão de pé, estoicos, ao meu lado usando máscaras simples de meio rosto de seda que se misturam à pele e ao cabelo marfim.

— Não é isso — digo. — Só não vejo por que é necessário para nós. Não somos ventrallianos.

Dendera sorri, mas não consigo ver mais do que isso na expressão dela.

— É respeitoso à cultura deles. Além do mais, se não participássemos dos rituais de Ventralli, eles teriam a vantagem, usando máscaras como fazem.

Vejo meu reflexo em um dos espelhos emoldurados que ladeiam o corredor. A máscara que ela escolheu para mim é metade de um floco de neve, as linhas retas formam buracos naturais para os olhos antes de se projetarem para fora de meu rosto em leque. Dendera cacheou meus longos cabelos brancos e os deixou soltos, e quando um dos criados nos ofereceu uma coleção de vestidos e sapatos em vez de minhas roupas gastas ou um dos trajes inacabados de Dendera, ela se encheu de lágrimas de um modo perfeito.

A moda ventralliana é única, para dizer o mínimo. Camadas sobrepostas de tule rosa e pêssego compõem meu vestido, com a camada exterior enfeitada com fileiras entrecruzadas de contas de cristal. As mangas são apenas uma camada do tule, mostrando meus braços pálidos através de uma névoa pêssego. Vi alguns dos outros vestidos que os criados reuniram para nós — coisas esguias, justas ao corpo, totalmente feitas de joias posicionadas lado a lado em tecido cor de pele; saias que se estendiam apenas até os joelhos; decotes que se abriam em leque em cones gigantes de tecido plano. Cada vestido passava a mesma sensação deliberada que os prédios da cidade, como se cada um deles fosse bem cuidado.

Pelo menos esse vestido vem com um bolso, e a chave que encontrei em Putnam está dentro dele, envolta em um quadrado de tecido. Ajusto as camadas de tule em volta das pernas, sentindo o peso da chave se mover junto à minha coxa. Mais uma apresentação nos espera, e quanto antes acabarmos com ela, mais cedo poderei começar a vasculhar os museus de Rintiero em busca da última chave.

Dendera endireita o corpo e se vira, ouvindo passadas ao mesmo tempo que eu. E certamente, o restante de nossa caravana segue em nossa direção pelo longo corredor espelhado que se estende diante das duas portas ornamentadas. Theron com os soldados, todos eles vestindo os uniformes de Cordell, agora acompanhados de máscaras verdes e douradas decoradas com folhas de bordo douradas e talos de lavanda.

A máscara torna impossível que eu entenda o rosto de Theron, mas ele me encara ao se aproximar, abrindo os lábios como se quisesse dizer algo.

Eu me viro para longe de Theron, com as costas eretas, e busco Ceridwen no grupo. Simon e os guardas dele têm máscaras adequadas ao reino, chamas crepitantes que ondulam em volta do rosto, misturando-se impecavelmente aos cabelos vermelhos. Simon usa a mesma roupa que usava em Putnam — mas o vestido que Ceridwen escolheu combina perfeitamente os estilos de Ventralli e de Verão. Tule vermelho se espalha a partir de uma borda dourada ao redor do peito dela, envolvendo-se no corpo de Ceridwen até se dividir e cair em duas partes sobre a perna esquerda. Quando Ceridwen anda, seda vermelho-sangue desponta sob o tecido dividido, mostrando um desenho complexo de fogo costurado até o quadril. Mais tiras douradas entrecruzam o tronco de Ceridwen, uma linda mistura de dourado e vermelho e laranja, chamas e beleza e arte.

Ceridwen não me olha, encara as portas como se fossem um inimigo, e não sei dizer se ela está se preparando para fugir ou lutar.

— Princesa? — Começo a dizer, quando todos param diante de nós. — Você...

— Minha irmãzinha não está linda? — Simon cambaleia até Ceridwen e dá um tapinha na bochecha dela, apoiando o condutor que leva ao pulso sobre o ombro exposto dela. — Está só nervosa, é isso.

Ceridwen encolhe o corpo.

— Não vou lidar com você agora...

As portas se abrem e lançam uma onda de quietude por todos, mas para Ceridwen, o silêncio é mais difícil, mais pesado, e ela se retrai, cabeça baixa, ombros curvos.

— O rei os receberá agora — anuncia um camareiro cuja máscara é feita de seda simples roxa e prateada. Ele se vira e sai andando para dentro do salão, então seguimos, um rio lento de dignitários agarrando-se ao silêncio desconfortável como se fosse um bote salva-vidas.

Eu vou em direção a ela quando percebo que Ceridwen está se demorando, os olhos dela fixos no salão à frente, suspiros lentos e irregulares saem de sua boca. Todos passam por nós. Até mesmo Dendera segue em frente para nos dar espaço. Apenas Conall e Garrigan se detêm, e nos fundos, à parede, um homem se destaca do grupo veraniano para ficar atrás de Ceridwen. Lekan.

Ele me encara com os olhos emoldurados por uma máscara vermelha de seda. Se oferece um aviso com o olhar, não consigo ver, e me viro para Ceridwen.

— Você desafia seu irmão quase diariamente, mas é de Ventralli que tem medo?

Ela sacode a cabeça, despertando da confusão. Quando me olha, reconheço o mesmo vazio inescapável que sentia sempre que Sir se recusava a me deixar ajudar com qualquer coisa. As brasas sombrias e incandescentes de não ser bom o bastante.

— O que foi? — sussurro.

Ceridwen umedece os lábios, as mãos dela se contorcem apertando o estômago.

— O rei de Ventralli me deu este vestido — diz ela, quase como se não estivesse ciente de que está falando.

— É lindo.

— Eu não deveria ter usado. — Ceridwen levanta a saia e dá uns passos rápidos de volta para o corredor, mas para quando Lekan e eu a seguimos, e todos apenas ficamos ali, eu com uma das mãos estendida, ela com uma das mãos na saia, Lekan encolhido para correr até a princesa.

— Ceridwen, diga o que está acontecendo — tento de novo.

Ela olha para trás, os olhos injetados. O olhar de Ceridwen me percorre antes que ela fungue e estique o corpo.

— Nada — dispara a princesa. — Depois do fim dessa apresentação, me siga. Levarei você até alguém que pode ajudar com... — Ceridwen toca o corpete, sei que deve ter o tecido enfiado ali.

Assinto, ainda confusa.

— Tudo bem, mas...

Ceridwen passa por mim, avançando para o salão do trono antes que eu consiga terminar. Lekan corre atrás da princesa, fazendo uma reverência para mim quando passa, e acho que ouço um pedido de desculpas murmurado.

Minhas sobrancelhas se erguem tanto que tenho certeza de que estão acima da máscara. Conall e Garrigan parecem tão confusos quanto eu, e Garrigan faz um gesto de ombros, me oferecendo um sorriso encorajador. Eu aceito e sorrio de volta para ele, mantendo o sorriso estampado no rosto quando entro no salão do trono.

Seguro a saia com os dois punhos fechados, mantendo-me alerta caso o que quer que Ceridwen tema aconteça. O salão do trono se estende, um piso de mármore verde e branco rodopia em uma dança colorida sob duas fileiras de colunas vermelhas. Painéis azuis como o céu cobrem o teto, interrompidos apenas por um círculo dourado no centro, curvo, formando uma tigela côncava que brilha à luz dos candelabros pelo salão. Mosaicos nas paredes depois dos pilares criam um caleidoscópio de verde e marrom que forma arbustos, grama, árvores de bordo, carvalhos, e mais. O domo dourado reluzente acima de nós brilha como um sol, nos projetando na versão de um artista de uma floresta, perfeita e intocada.

Paro ao lado de Dendera, tentando não olhar tão obviamente admirada para a maravilha ao meu redor. Quanto mais olho, mais detalhes vejo. Gosto do cervo de azulejos escondido atrás de uma árvore em um dos mosaicos, ou das rotações do sol entalhado no domo acima de nós, ou do rei e da rainha de Ventralli sentados em tronos feitos de... espelhos? Espelhos do tamanho da palma da mão cobrem os dois tronos, dando a ilusão de que foram transformados em diamantes. O altar sob os tronos também abriga uma variedade de cortesãos, um punhado de homens e mulheres, mas uma está mais próxima do trono do rei do que os demais. A máscara amarela vibrante dela não ajuda a esconder o óbvio desdém, e a mulher contrai os lábios enrugados quando chegamos, inclinando-se para sussurrar algo ao ouvido do rei. Sentado ali, com a cortesã de um lado e a rainha no trono do outro, o rei parece... encurralado.

Meu assombro se desfaz e um rompante de ansiedade me faz seguir em frente, meu corpo murmura com a necessidade de falar com Jesse e Raelyn antes que alguém interceda em nome de Inverno. De novo. Dendera segura meu braço — todo o motivo pelo qual ela foi comigo dessa vez foi para me ajudar a balancear o momento de ser impetuosa e o de ser calma. Pelo olhar que me dá, percebo que quer que eu deixe a realeza ventralliana falar primeiro.

Como se sentindo a deixa de Dendera, a rainha se levanta. A cortesã mais velha recua para longe do rei, olhando para a rainha com um sinal não dito que não consigo interpretar.

O vestido de Raelyn Donati farfalha ao voltar para o lugar, como se ela controlasse cada pedaço do tecido. Um corpete preto se conecta a cascatas de seda preta na altura da cintura, o conjunto desce pelas costas das pernas de Raelyn em uma explosão de escuridão reluzente. A frente da saia é uma revolução de cores — camadas de amarelo girassol e tule vermelho como blush. A máscara de Raelyn combina as cores e os tecidos do vestido dela, presa discretamente nos cachos espessos e escuros. Olhos avelã atentos observam cada um de nós como se Raelyn avaliasse cada um dos diferentes tecidos para escolher aquele do qual gosta mais.

Ela para sobre Ceridwen. Mesmo com a máscara, todo o comportamento de Raelyn muda, ela passa de levemente entediada para irritada, com algumas contrações dos lábios. Arrisco um olhar para Ceridwen, que mantém os olhos no piso de mármore, o corpo tão rígido que poderia muito bem ser uma das pilastras.

Raelyn dá um único passo adiante e se vira para mim, parando à beira do baixo altar no qual estão os tronos.

— Rainha Meira — diz ela, unindo as mãos às costas.

Eu me preparo. Espero o desprazer de Ventralli agora que sei o que significa trazer Cordell nessa viagem, mas ainda não sei como retaliarão. Giselle apenas nos dispensou — o que Ventralli fará? Apoiará Cordell?

Mas, para minha surpresa, a boca de Raelyn se abre em um suspiro.

— Sinto muito pelo sofrimento de seu reino, mas fico feliz em saber que por fim atingiu um estado de paz.

As palavras são gentis, mas o tom de voz é aquele de alguém recitando a sentença de uma execução. Dendera me cutuca e eu pisco.

— Hã, obrigada. — Pigarreio. — Obrigada, rainha Raelyn. Inverno aprecia seu... —*Apoio? Não. Empatia? Eh.*— ...seus votos de prosperidade.

Raelyn assente em aceitação e se vira para o marido.

— Meu senhor, nossos convidados viajaram até aqui, e ainda não oferecemos a eles boas-vindas ventrallianas adequadas. — Ela coloca a mão no braço de Jesse. — Temos uma comemoração planejada em honra deles esta noite, não?

Toda a atenção em Jesse agora. Mas embora olhemos para o rei, ele olha apenas para Ceridwen, de olhos arregalados, os músculos do pescoço tensos, o maxilar trincado. Sinto como se todos tivéssemos surpreendido esses dois e devêssemos sair de fininho para lhes dar privacidade.

Ar fica preso em minha garganta e faço de tudo para evitar tossir no silêncio. É exatamente o que estou observando, o que Simon quis dizer, o que Raelyn sabe muito bem, pela forma como toca Jesse e dá risadinhas para Ceridwen.

O rei ventralliano ama Ceridwen.

E pela forma como Ceridwen olha para Jesse...

Ela sente o mesmo.

Esse é o segredo da princesa. Por isso pareceu tão enojada por meu relacionamento com Theron — somos iguais. E o relacionamento dela está tão partido quanto o meu.

A mulher mais velha se inclina para a frente para colocar a mão no outro braço de Jesse, como se ajudasse Raelyn a segurar o rei no trono. O toque dela o deixa chocado e ele se coloca de pé, afastando-se das mãos delas de uma forma que faz com que as duas mulheres pisquem como em um rompante abrupto de surpresa que máscara nenhuma conseguiria esconder.

Jesse olha para o restante de nós como se acabasse de perceber que estamos ali. Como se não conseguisse ver nada além da chama que é a princesa de Verão.

— É claro, minha senhora. — Com os cabelos pretos soltos sobre os ombros e a máscara de seda vermelha simples sobre os olhos, ele complementa a esposa de todas as formas. Todas as formas, exceto aquela como continua voltando o olhar para Ceridwen, alheio ao fato de que Raelyn se move para pegar o braço do marido de novo, os dedos magros se curvando em torno dele.

Os olhos avelã de Jesse nos percorrem mais uma vez e param sobre Theron.

— Príncipe Theron — diz ele. — É claro. Nós... esperávamos você. Sim. Uma comemoração, esta noite.

Jesse se volta para Raelyn, fazendo uma reverência com a cabeça de novo.

— Sim. Uma comemoração — concorda Jesse, antes de se virar e mergulhar entre os tronos espelhados. A cortesã mais velha o segue, sibilando algo inaudível, e só consigo entender como resposta dele um grosseiro "Agora não, mãe."

Mãe dele?

Uma explosão prateada toma conta do ambiente — a coroa de Ventralli pendurada em um coldre no quadril de Jesse. Espirais prateadas finas contêm uma variedade de joias, desde rubis até esmeraldas e diamantes, tudo isso emitindo o mais leve brilho prateado, a mesma aura nebulosa de magia que emana de todos os condutores-objetos. Como não reparei antes? E por que a coroa está pendurada no cinto, não sobre a cabeça de Jesse?

Ele avança para uma porta atrás do altar, sumindo, quase como se estivesse fugindo da mãe, que segue em uma perseguição agitada.

Jesse não se comporta como alguém que tem o poder de mudar o país dele.

Assim que o rei se vai, Raelyn se vira de volta para nós.

— Veremos vocês esta noite. — Ela gesticula com a mão para nos dispensar e passa entre os tronos espelhados também, pegando a velha cortesã pelo braço antes de as duas desaparecerem além da porta pela qual Jesse saiu.

Começo a avançar quando a mão de alguém segura meu braço.

— Não tive a chance de...

Mas não é Dendera... É Theron.

Ele passa o braço em volta do meu conforme todos saem do salão do trono, me puxando consigo como se estivéssemos fazendo o que é esperado de nós, como se estivéssemos normais de novo. Dendera fala com Conall e Garrigan, mas vê Theron me segurando, e ergue a sobrancelha, indagando se quero ou não que interceda.

Eu me volto para Theron, tornando o gesto minha resposta.

— Nós dois teremos chances de falar com eles — diz Theron, a voz destacando a forma como nos divide. — Dê tempo a eles.

Mas conforme fala, a concentração de Theron passa para a líder de nosso grupo. Ceridwen levanta o vestido e dispara pelo salão, seguida de perto por Lekan. Ela chega às portas e sai em um rompante, o estalar dos sapatos ecoa atrás, o irmão de Ceridwen e os homens dele riem atrás da princesa. Seguro o braço de Theron com mais força, um espasmo involuntário conforme conecto mais peças.

— Você sabia sobre eles? — sussurro.

Theron abaixa o olhar para mim, a outra mão dele se ergue e segura meus dedos em concha. Não, não tinha a intenção de segurá-lo daquela forma, mas Theron me encara, e não consigo interpretar a expressão dele por trás das drogas das máscaras.

— Dizem os rumores que começou depois que Ceridwen se tornou embaixadora em Ventralli — diz Theron. — Ninguém fala a respeito. É o escândalo da família Donati há anos, e Raelyn costumava se importar, até pouco menos de um ano atrás.

Meu maxilar relaxa enquanto penso.

— Ela deu à luz o filho de Jesse. Assegurou a continuação da linhagem do condutor dos Donati, e ninguém mais seria capaz de ameaçar a posição dela. — Meus pulmões esvaziam, meus olhos se concentram na porta da qual nos aproximamos. — E mesmo assim Ceridwen ainda o ama.

Consigo sentir os olhos de Theron sobre mim, âncoras que costumavam me fixar, agora parecem mais amarras.

— Ele ainda a ama também — sussurra Theron. — Não importa quantas pessoas digam que é errado. Não importa quantos membros da corte o odeiem por isso. Jesse sempre a amará.

Parece uma afirmação ousada — como ele poderia saber disso? Então Theron passa o polegar pelo dorso de minha mão.

Theron não está mais falando de Jesse.

Graças a tudo que é frio, Nessa entra correndo no salão do trono e nos encontra conforme saímos.

— Meira — diz ela, pegando meu outro braço. — Preciso mostrar algo a você.

Nessa não estremece nem se corrige por usar meu nome, e só isso me faz querer beijá-la, mas a saída que oferece faz com que eu me atire a ela voluntariamente.

— Vejo você em breve — digo a Theron, me desvencilhando dele. Dendera, Conall e Garrigan seguem, e deixo que Nessa me puxe para fora do salão, fingindo que a máscara é o bastante para esconder a dor que se espalha no rosto de Theron.

Talvez as máscaras não sejam tão ruins, na verdade. Elas nos permitem viver em mundos tão intocados quanto a floresta do salão do trono: controlados e brilhantes, imaculados e perfeitos. Um mundo no qual eu posso me concentrar nas coisas de que preciso, não nas emoções frágeis de relacionamentos em cacos.

— Preciso ir atrás de Ceridwen — digo a Nessa, com a voz baixa, assim que deixamos o salão de baile. O corredor já está vazio, exceto pelos dignitários veranianos que vão embora, viram à esquerda e seguem para a frente do palácio.

— Eu sei, mas isso vai ajudar! — O toque de Nessa sobre meu braço fica mais apertado e ela me puxa para a esquerda, mergulhando em um corredor que se origina do principal. — Eu ia simplesmente desfazer as malas e esperar notícias, então perguntei a um dos criados que tapeçarias há no palácio.

Ela sorri para mim, nos virando para a esquerda, então direita de novo.

— Tapeçarias? — pergunto.

— Como aquela que encontrou em Putnam. Achei que talvez fosse um bom lugar para começar também! O criado disse que há uma guilda inteira dedicada à arte da tapeçaria, mas fica no interior da cidade. No palácio, no entanto, têm centenas, o que não foi surpresa. Mas ele me mostrou as...

— Ele? — interrompe Conall, inclinando o corpo para a frente conforme nós praticamente corremos pelo corredor.

Nessa cora, mas tenta combater com um revirar de olhos.

— Sim, *ele* era um alegre mordomo de setenta anos. Sinceramente, não precisa se preocupar tanto comigo.

Conall recua, resmungando consigo mesmo.

Nessa continua.

— De toda forma, ele me mostrou algumas daquelas das quais têm mais orgulho, e veja só!

Nessa abre a porta para uma galeria coberta de tapeçarias: pequenas, retratando paisagens; grandes, retratando batalhas; longas, retratando multidões inteiras. Mas nenhuma delas atrai a atenção de Nessa, e ela me arrasta pelo salão vazio até a parede mais afastada, onde oito tapeçarias pendem, idênticas em tamanho e formato.

As quatro à direita eu entendo imediatamente.

Uma mostra um povo de cabelo escarlate adornado de laranja e vermelho, chamas nos uniformes, com o tecido das roupas torcido e escasso sob tiras de couro e sandálias. O fundo mostra um deserto rachado, o sol ofuscante bate com um fio dourado espantoso, vinhas se enroscam em uma moldura em volta de toda a paisagem.

Aquela ao lado dessa mostra homens em túnicas de cetim azuis, vermelhas e marrons, e mulheres usando faixas do mesmo cetim brilhante, os cabelos pretos e as peles escuras os fazem se misturar ao fundo de árvores vermelhas, amarelas e marrons sombreadas.

A seguinte mostra mulheres usando vestidos marfim plissados, homens com faixas de tecido formando um "X" sobre o torso. Campos de neve se estendem por toda volta, o céu cinza e enevoado ameaça nevar mais sobre a cena.

E na última — campos de flores oscilam atrás de pessoas com vestidos frescos de cores pálidas, rosa, casca de ovo e lavanda.

Os reinos Estação. As partes de Primavera que vi estavam envoltas em guerra e na Ruína, mas essa tapeçaria mostra o que Primavera deveria ser. A característica envelhecida dos fios, a textura gasta nas bordas, me faz pensar que essas tapearias devem ter séculos.

Perco o fôlego.

As quatro tapeçarias à esquerda mostram os reinos restantes. Cordell, com o verde e o dourado e campos de lavanda; Yakim, com os dispositivos marrons e de cobre; Ventralli, com os estilos ecléticos e os prédios coloridos; e Paisly, com as...

Montanhas.

Nessa saltita até a tapeçaria que retrata Paisly e aponta para cima, quicando.

— Você nos mostrou a tapeçaria que encontrou antes de partirmos para Ventralli. Sei que Ceridwen ainda está com ela, mas acho que lembro o suficiente. Isso é semelhante, não é?

Paro diante da tapeçaria, minha boca se abre.

— Não apenas semelhante — digo. — Essas *são* as montanhas.

E são mesmo. Exatamente o mesmo círculo de montanhas que vi na tapeçaria que encontramos em Putnam olha para mim do alto — um anel de pedras cinza despontando, afiadas. Mas em vez de uma bola de magia costurada no centro, pessoas estão de pé dentro do círculo, vestidas em túnicas longas e pesadas, vermelhas e pretas, com espirais de linha dourada formando padrões complexos que sobem pelas mangas em formato de sino. Os colarinhos altos sobrem por cima dos cabelos ébano, as mechas estão torcidas em coques junto às cabeças escuras.

— Paisly? — pergunto. A tapeçaria mostrava as montanhas *Paisel?*

Ou foi apenas uma pista para nos levar à chave?

Disparo para a tapeçaria paisliana e percorro a mão sobre os fios. O tecido grosso pende de uma presilha no alto da parede, e não alcanço a maior parte da tapeçaria. Mas analiso as bordas, buscando por onde consigo, erguendo a base da tapeçaria. Nada está na parede de trás dela, nenhum bolso se projeta do material.

Até onde sei, não há nada especificamente relacionado à Ordem nessa tapeçaria.

— Não pode ser uma coincidência. — Eu me viro para Nessa. — Pode?

Ela faz um gesto de ombros, o rosto fica levemente desapontado.

— Talvez essa esteja errada? Talvez aquelas não sejam as montanhas.

Recuo, encarando a tapeçaria de novo. Mas *são* as mesmas montanhas.

— Devemos ir para Paisly? — pergunto em voz alta.

Dendera ri com escárnio.

— Pela neve, espero que não.

Mas é tudo que consigo deduzir daquilo. A tapeçaria de Putnam nos trouxe aqui. Não foi? Talvez encontremos outra coisa se buscarmos os museus ou as guildas de Ventralli. Talvez essa seja apenas uma coincidência estranha.

Minha divagação para subitamente quando alguém pigarreia à porta do salão. É o camareiro de antes, com as mãos às costas, o queixo erguido.

— O rei requer sua presença — anuncia o homem, e sai pela porta, afastando-se a um ritmo acelerado, de modo que está no meio do corredor quando eu consigo processar o que disse.

Fecho as mãos em punhos e saio atrás dele.

Dendera segura meu braço.

— Deveríamos conversar sobre isso? Precisamos...

— Não — digo a ela, com o tom de voz inexpressivo. — A chave não está aqui. Preciso de tempo para pensar no que fazer a seguir, e ficar por aqui não vai ajudar. Além do mais, preciso me encontrar com Jesse também. Ele certamente não pode piorar mais as coisas.

Mas não sei o que o rei ventralliano pode querer. Talvez ele *encontre* uma forma de piorar as coisas.

Todos seguimos o camareiro, deixando para trás a tapeçaria paisliana.

Meira

Jesse espera por nós em um escritório tão abarrotado e caótico que não consigo deixar de me sentir mais curiosa a respeito dessa reunião. Não é uma sala feita para receber dignitários estrangeiros e impressioná-los com demonstrações de poder e extravagância — é um escritório de verdade, lotado de pergaminhos e prateleiras cheias de livros de contabilidade.

Se havia alguma dúvida a respeito do parentesco de Jesse com Theron, esse quarto a extinguiria. A bagunça salpicada de peças de arte — pilhas de máscaras num canto, uma tapeçaria enrolada no outro, uma pintura encostada na parede — me lembra tanto do quarto de Theron em Bithai que meio que espero que ele também esteja ali. Mas apenas Jesse espera do lado de dentro, e somente quando a porta se fecha atrás de nós ele dá um salto e se vira.

— Rainha Meira! — cantarola Jesse, e solta um livro de contas, deixando que caia no tapete de veludo verde. Parece intencional quando o rei segue para uma pilha de papéis na mesa sem se incomodar em reparar no livro que soltou.

— Não esperava que o rei de Ventralli tratasse livros com tanto desdém — observo, e Dendera dispara um chiado baixo em minha direção.

Mas Jesse não parece me ouvir.

— Ah, não, isso é inútil.

Ele solta a pilha de papéis e se move para pegar um pergaminho da mesa, murmurando de forma ininteligível.

— Rei Jesse? — Começo.

Ele se vira para mim, piscando por trás da máscara de seda vermelha. Os olhos de Jesse se voltam para a porta, fechada atrás de Dendera, Nessa, meus guardas e eu, e ele nos observa a seguir, com os lábios se abrindo e puxando fôlego curtos e irregulares.

— São de confiança? — pergunta Jesse, e bate com o pergaminho na mesa. — É claro que são, são seu povo. Você os salvou.

— Não entendo...

— Rainha Meira, preciso de sua ajuda. — Jesse sai de detrás da mesa e atravessa a sala até mim. Ele cruza os braços às costas e se estica na pose mais majestosa que já o vi fazer, a coroa no quadril reluz prateada. — Percebo que é pouco ortodoxo, mas quero formar uma aliança com você.

Meus olhos se arregalam tanto que a máscara de floco de neve se move.

— *Você* quer uma aliança *comigo*?

Dendera emite um breve arquejo de alegria surpresa quando Jesse assente.

— Você se libertou. Libertou seu povo — explica ele, curvando levemente os ombros. — Derrotou um grande mal. Preciso fazer isso. Preciso... de ajuda.

Tão rapidamente, meu choque se transforma em cautela.

— Do que, exatamente, precisa?

Jesse gesticula para se corrigir, entendendo errado minha preocupação.

— Não, não, pretendo pagar a dívida... O que precisar. Qualquer coisa. Eu só... — Os olhos dele se movem e param em um canto do chão. — Isso foi longe demais. Minha mulher. Ela precisa ser detida.

Não consigo controlar o arquejo agudo.

— Quer ajuda para destronar sua mulher?

Jesse me encara e assente.

Minha mente retorna ao breve momento que tive com Raelyn. Ela não pareceu particularmente terrível, mas só ficamos no mesmo salão por alguns minutos. Na verdade, ela pareceu... severa. Não amigável. Mas isso é Ventralli, afinal de contas... Construíram a cultura deles sobre segredos.

— Você é o rei — afirmo, apenas porque preciso me lembrar de que Jesse é, de fato, o homem mais poderoso desse país. — Porque suplica que um reino *Estação* ajude com isso? Não pode apenas ordenar o próprio divórcio?

Jesse faz que não com a cabeça com uma réplica curta e determinada.

— Acha que não tentei acabar com as coisas de forma pacífica? Ela tem apoio. Muito apoio. Incluindo minha própria mãe, e era isso que eu estava fazendo quando você entrou, tentando avaliar minhas conexões e entender que aliados ainda tenho. Mas é de você que preciso. Você derrubou Angra. Sabe dessas coisas.

— Eu o derrubei em uma guerra sangrenta e custosa, não por meio de política. Por que não vai a Cordell?

Meu estômago se revira. Aqui está um rei de um reino Ritmo, de joelhos, me entregando uma aliança, e eu recuso. Mas não tenho recursos sobressalentes para ajudar, e qualquer coisa que ele tomasse de Inverno viria indiretamente de Cordell mesmo.

— Perguntei a Cordell. — Jesse recua e se volta para a mesa, vasculhando inutilmente os papéis sobre ela. Os olhos se erguem até os meus, agora mais suaves, parte do desespero retrocedendo. — Mas temo que minha esposa já tenha influência sobre eles também. Ela faz isso sempre... Corta tudo o que tenho, infecta potenciais aliados até que só me reste ela.

Dou um passo à frente.

— Como assim ela tem influência em Cordell?

— É por isso que precisei ver você tão subitamente. — Jesse me encara de novo. — Ela está falando com Theron neste momento. Precisava me encontrar com você antes...

Meu sangue para subitamente, embora Jesse continue falando.

Raelyn... e Theron? Foi ela quem ele foi ver em Ventralli, não o primo? Mas Finn e Greer disseram que Raelyn era basicamente a governante do reino.

Mas em quem confio nisso? Não sei o bastante sobre Raelyn ou sobre Jesse para escolher entre os dois. Apoiar aquele que empunha o condutor parece o curso natural... A linhagem dele sempre estará no poder.

A não ser que Jesse morra e a coroa passe para o filho deles. Raelyn sem dúvida seria a regente até que o menino atingisse a maioridade, e a essa altura ela poderia ser ainda mais determinadamente poderosa.

É esse tipo de pessoa? Jesse parece pensar que sim.

Pisco, surpresa comigo mesma. Parece que estou melhor em pensar politicamente. Não sei se isso é algo de que eu deveria sentir orgulho.

Jesse se curva sobre papéis no chão, ainda falando.

— ... soldados posicionados a oeste, que são leais a mim, acho.

Tudo isso rodopia ao meu redor, o caos de uma política tão calorosa emergindo do que parecia um reino lindo e pitoresco. Eu me viro para Dendera e, para minha surpresa, ela assente.

Aceitá-lo?

Digo, sem emitir som.

Ela assente de novo.

Mas algo a respeito daquilo não aprece certo. Inquietude parece ser minha companheira constante.

— Por que agora? — Eu me viro para Jesse, que para de procurar os papéis e me olha. — Porque eu também preciso de aliados, rei Jesse, e se concordar com isso, precisarei de apoio rapidamente. Por que é tão imperativo que você encontre aliados para combater sua mulher agora?

O rosto dele perde a cor.

— Porque ela... — A voz do rei se dissipa, o maxilar dele treme.

Cada nervo de meu corpo se incendeia em alerta, uma sensação que se choca com a lembrança.

Eu tinha quatro ou cinco anos, jovem o bastante para que minha lembrança seja uma névoa de lampejos que podem ou não ser reais. Um dossel de folhas pesadas e molhadas na floresta Eldridge; os braços de Alysson em volta de mim enquanto nos sentamos perto de uma fogueira; e um som, um ruído violento de estilhaços — um galho se partindo.

Por si só, aquilo não seria nada incomum; galhos se partem o tempo todo em Eldridge. Mas algo a respeito daquilo pareceu mais pesado, mais alto do que qualquer barulho que eu já tivesse ouvido. Porque logo depois, Alysson me empurrou para longe do colo dela e se atirou sobre o corpo inerte de Sir, deitado, imóvel, na vegetação rasteira da floresta. Ele não se moveu por tanto tempo, segundos que pareceram dias, até que finalmente, *finalmente*, Sir se virou e murmurou que o parceiro dele tinha sido morto pelos homens de Angra.

Enquanto eu o observava, e a sua mulher sobre ele, e as pessoas correndo em frenesi ao meu redor, só conseguia ouvir aquele galho se partindo de novo e de novo, o galho no qual Sir tinha pisado quando desabou ao lado da fogueira. Durante anos depois disso, sempre que eu ouvia um galho se partindo, meu coração ficava pesado e meus olhos se enchiam de lágrimas e eu esperava que a morte viesse rugindo até mim.

Agora, de pé no centro do escritório do rei ventralliano, sinto o barulho antes que aconteça. Não um galho se partindo, mas algo tão familiar quanto — um ruído para sempre associado com sinalização de que algo está por vir, algo que não posso controlar.

Duas batidas fortes à porta.

Eu me viro bruscamente, o tule do vestido farfalhando devido ao movimento. Jesse se coloca de pé com um salto, o rosto está cinzento como se estivesse doente, e o rei dispara adiante e abre a porta.

Lekan está lá, com o punho erguido para bater de novo, suor reluzindo no rosto exposto. Ele vê Jesse e recua — fisicamente, violentamente *recua*, lábios se contraindo, corpo se curvando.

— Preciso da rainha de Inverno — dispara Lekan.

Jesse se recosta à porta.

— Onde está Ceridwen? Você a viu? Pode...

— Preciso da rainha de inverno — repete Lekan, grunhindo, e empurra Jesse para o lado.

Empurra o rei ventralliano.

Olho para Lekan, boquiaberta. Sei que Jesse e Ceridwen... o que quer que seja, e Lekan é amigo dela, mas isso foi ousado. E vindo de alguém que uma vez se trancou no escritório do rei de Cordell.

A expressão de raiva de Lekan se suaviza quando ele me encara.

— Preciso de sua ajuda.

— Estou popular hoje — digo, quando Jesse dispara um "Onde ela está?"

Semicerro os olhos para Jesse. Assim que ele viu Lekan, perguntou onde estava Ceridwen. Mas eles estão envolvidos, não estão? Não saberia onde ela está? Ou será que aconteceu alguma coisa?

É por isso que Jesse está em pânico para encontrar aliados?

Ela faz isso sempre... Corta tudo o que tenho, infecta potenciais aliados até que só me reste...

Pela neve. Será que Raelyn fez algo contra Ceridwen? Ela a deixou em paz por tantos anos, mas talvez... Talvez finalmente tenha agido contra a amante do marido.

Assinto para Lekan.

— É claro.

Jesse contém um gemido, dividido entre querer que eu ajude Ceridwen e querer que eu o ajude. Mas ele cede, quase imediatamente, os olhos se fixam nos meus.

— Por favor, rainha Meira — arqueja Jesse. — Considere minha proposta. Podemos discutir depois que...

Lekan se vira para Jesse quando o rei leva a mão a uma espada que está pendurada na parede. A estampa na bainha e as joias no cabo gritam "apenas decoração", e a falta de armas em Jesse dizem que ele não é um guerreiro.

— Isso não diz respeito a você — grunhe Lekan. — Fique aqui. Não faça nada. Você é bom nisso.

O peito de Jesse esvazia e ele desaba contra o portal.

A velha Meira agradece pela imprudência de Lekan, mas a rainha Meira engasga.

— Ele é o *rei de Ventralli* — digo, meio engasgando e meio rindo.

Mas Lekan apenas segura meu braço.

— Ele vai superar.

E saio correndo, deixando Jesse com as mãos no rosto, o condutor dele pende, inútil, do quadril.

Os corredores do Palácio Donati são insanamente longos.

Já estou quase fora do vestido quando entro correndo em meu quarto. Conall e Garrigan fecham a porta e Dendera está mergulhada no baú ao canto, pegando roupas mais apropriadas para procurar por alguém. Nessa tira tudo das mãos de Dendera e me enfia atrás de um biombo.

— Ela o ama — começa Lekan. Meu coração se parte. — Ama há quatro anos. Bem, mais do que isso, na verdade, antes de ele se casar com Raelyn. Mas isso não é importante, ela foi até Jesse logo depois de todos os conhecerem no salão do trono. Ela disse que tinha acabado, que queria terminar tudo. Tentou no passado, mas algo a respeito dessa vez pareceu diferente.

— O quê? — pergunta Dendera. — Por que dessa vez seria diferente?

— Porque Ventralli começou a vender pessoas para o irmão dela.

Eu me inclino para a frente, uma das mãos apoiada no biombo.

O homem ventralliano que foi assassinado na adega.

A morte dele não foi irritante apenas por motivos humanos, mas também politicamente. A presença do homem em Verão deveria ter parecido esquisita para mim, eu *sabia* que apenas Yakim e Primavera vendiam para Verão, mas estava envolvida demais com meus problemas para ver qualquer coisa exceto eu mesma.

Ceridwen deveria ter me contado o que estava acontecendo em Verão. O que a impediu? Orgulho? Meu tagarelar constante sobre meus problemas?

Dendera suspira.

— Ele a traiu.

As palavras de Dendera soam afiadas, e fecho os olhos como se isso fosse impedi-las de acertarem o alvo. Não preciso da observação de Dendera para entender o quanto Ceridwen e eu somos semelhantes — ambas em nossos relacionamentos condenados com monarcas de reinos Ritmo.

Mas Lekan grunhe.

— Acho que não. Acho que foi a mulher dele. Ela é manipuladora, para dizer o mínimo, e está sempre atrás de formas de acelerar a economia de Ventralli. E Jesse não é insensível. Ele pode ser fraco, mas nunca insensível. — Ele para, expirando devagar. — Mas Ceridwen não quis me ouvir. Ela foi falar com Jesse, e foi a última vez que a vi. Mas os criados disseram que ela correu de volta logo depois, e trocou de vestido para... roupas de combate.

Por isso Jesse estava tão agitado. Ceridwen terminou as coisas com ele, provavelmente contou do arranjo da mulher para vender ventrallianos para Verão e foi embora.

Nessa dobra meu vestido depois que eu o tiro e estou com as roupas normais, as calças pretas e a camisa branca que usei em Verão. A chave, ainda enrolada em tecido, vai para meu bolso enquanto o chakram está as minhas costas, e quando saio de trás do biombo, aperto as faixas do coldre.

— Sei aonde ela foi — digo.

Lekan avança.

— O quê? Como?

— Porque sei aonde eu iria se meu coração tivesse se partido e estou começando a achar que Ceridwen e eu somos semelhantes de muitas formas — digo a ele.

Eu sei aonde iria se tivesse terminado tudo com um homem que amava, se meu reino estivesse constantemente ameaçado por um mal muito mais forte do que eu. Com a arma reluzindo, marcharia para a guerra. É o que meu corpo tem gritado para que eu faça desde que finalmente aceitei quem sou por completo, uma guerreira e uma rainha. Enfrentar tudo sem hesitação, buscar a luta em vez de me acovardar diante dela.

Sei que precisamos buscar a Ordem, buscar respostas. Mas eu deixei alguém com quem me importo escapar em meio ao caos, perdi, não importa o que eu faça. Faria o mesmo por Nessa ou Mather ou Sir — deixaria tudo para correr para ajudá-los. Minha parte impulsiva, aquela da garota-soldada órfã —, é tudo que ela é. Alguém que age impetuosamente, mas sempre com boa intenção.

Eu serei essa garota e a rainha, todas as partes de mim. Ajudarei Ceridwen e meu reino — posso salvar todos.

Posso salvar a todos.

É isso.

Pisco para Lekan, o choque me esfria. Sei que pergunta fazer ao condutor de magia.

Mas mal preciso de esforço para afastar isso para o fundo da mente, a maior parte de minha concentração vai para Ceridwen.

— Mas para onde ela foi? — pergunta Lekan.

Meu rosto fica tenso.

— Ela foi impedir o irmão.

* * *

Conall e Garrigan protestam quando ordeno que se separem. Garrigan deve ficar com Dendera e Nessa caso algo aconteça enquanto estou fora, e Conall deve vir com Lekan e eu. Conall argumenta que Garrigan deveria me acompanhar, pois o seu braço, embora não esteja quebrado, está torcido. Esse é o motivo pelo qual quero que Garrigan fique, no entanto — ele está mais apto a proteger Dendera e Nessa.

Além do mais, tenho meu chakram agora. É todo o apoio de que preciso.

Nessa nos dá um breve aceno quando saímos de meu quarto, o couro macio e gasto de minhas botas não emite som no piso de mármore. Lekan sabe onde a caravana veraniana montou acampamento, então, assim que saímos do palácio, ele corre à nossa frente e dispara pelas sinuosas ruas de paralelepípedo de Rintiero. Lekan usa calça larga laranja e pouco mais sob o casaco marrom áspero, mas não faz menção de pegar roupas diferentes ou mais armas. Espero que esteja tão preparado quanto precisa estar. Mesmo Conall só precisou retirar a máscara para estar pronto.

Sigo Lekan conforme ele se esgueira por um beco, sobe um muro, desce em outra rua. Talvez devêssemos ter conseguido que mais dos aliados de Ceridwen nos ajudassem, ela não tinha pelo menos uma dúzia de saqueadores quando a conheci fora de Juli? Certamente trouxe mais do que apenas Lekan consigo. Mas se não planejou atacar o irmão, talvez não tenha toda a comitiva.

As chances de nós quatro contra uma dúzia, duas dúzias, um número infinito de soldados, me lembra do outro problema: a pergunta que quero fazer à magia do condutor.

Como Lekan, Conall e eu corremos pela infinidade de edifícios e parques coloridos de Rintiero conforme passamos por ventrallianos perambulando por mercados ou varrendo pátio ou tirando água de poços sob o sol da tarde, a pergunta toma conta de mim, tensa e irrefreável, até que só consiga pensar nela, e não acredito que não perguntei antes.

Com cautela, mas desesperada, repasso as palavras pela mente e as empurro, uma a uma, para dentro da bola de gelo e magia e assombro que aguarda.

Como salvo a todos?

Porque quero salvar o mundo, não apenas Inverno. Quero que todos em Primoria estejam livres de Angra e da magia e do mal — para pelo menos terem uma chance contra tantas ameaças.

Talvez fazer essa pergunta me dê uma forma de salvar Ceridwen dos homens do irmão dela. Talvez me mostre como ajudar Inverno sem precisar encontrar a Ordem. Talvez conserte tudo, *consertará* tudo, porque é a pergunta certa. Sei disso com cada fibra de meu corpo, mesmo aquelas que ainda estremecem e recuam de medo da magia. É certo, exatamente como o que estou fazendo agora. É assim que sempre deveria ter sido.

A magia ouve minha pergunta. Sinto que reage a mim, ao modo como relaxo depois das palavras, uma rendição suave que passa por meu corpo estremecendo. A resposta é empurrada para minha mente como se eu sempre a soubesse, um reconhecimento imediato que consume qualquer outro pensamento que já tive.

Paro de correr, incapaz de me mover diante da resposta. A resposta que salvará a todos. A resposta que eu queria...

Não. Não, não quero.

Não quero, e caio de joelhos, segurando a cabeça como se pudesse escavá-la para retirar o conhecimento.

Hannah perguntou como salvar o povo dela, e a magia lhe disse *como salvar Inverno*. Ela deixou que Angra quebrasse o medalhão e a matasse porque queria compartilhar a magia com todos em nosso reino. Ela se sacrificou sem perceber que havia outra pergunta a fazer, um sacrifício maior que poderia ser feito.

Sacrifício.

A palavra me arrasa, e acho que sinto a mão de Conall em meus braços, a voz de Lekan me diz que estamos a apenas algumas ruas de distância. Meu corpo se move enquanto minha mente se acelera, e estou correndo de novo, disparando por Rintiero.

Magia é escolha. Escolher usá-la, escolher se render a ela, escolher tomá-la do abismo... Escolher que ela se desfaça em defesa de um reino. A magia mais poderosa de todas é escolha, e desse poder, a escolha mais forte que alguém pode fazer é um ato de sacrifício.

As pessoas tomaram magia do abismo. Exatamente como jamais ocorreu a ninguém, exceto Hannah, entregar o condutor, jamais ocorreu a ninguém colocar a magia de volta.

Essa é a escolha mais poderosa que alguém pode fazer: entregar um condutor de volta ao abismo. Dizer que eu preferiria ser fraca e humana a ser mais forte do que os demais. Eu preferiria que o mundo fosse seguro e livre de magia do que mortal e poderoso.

Essa escolha máxima, um ato de sacrifício altruísta, devolver um condutor para o abismo de magia, obrigará o abismo a se desintegrar e toda a magia junto com ele. E como a Ruína é magia, ela também será destruída.

Deveria ser fácil, para quem empunha um condutor que quer salvar ao mundo. Simplesmente encontrar o abismo, atirar o condutor dentro e sair para uma nova existência.

Mas eu sou o condutor de Inverno.

E para destruir toda a magia eu precisaria voluntariamente me atirar no abismo infinito de energia e poder. A fonte de magia que, quando as pessoas fizeram condutores pela primeira vez, *matava* pessoas se elas chegassem perto demais.

Eu precisaria morrer.

Lekan para ao lado de uma parede e não faço ideia de onde estamos. Algum lugar no interior de Rintiero, o sol pulsa acima de nós, e não consigo ver nada além da luz ofuscante do fim da tarde projetando raios dourados. Está mais quente agora, não o calor escaldante de Verão, mas o suficiente para que suor escorra por meu corpo — embora eu não consiga dizer se é do sol ou de meu pânico.

Os olhos de Lekan percorrem meu rosto.

— Você está bem?

Não consigo formular uma resposta. Não consigo sentir nada quando penso naquilo, no quanto o odeio, e no quanto odeio Hannah agora também. Quero desabar na estrada e tirar a palavra *morrer* da lembrança, porque é tudo que consigo ver agora. Hannah pretendia que eu morresse para salvar Inverno; a única forma de eu salvar todos em Primoria é morrendo.

Se Hannah jamais tivesse feito ao condutor a pergunta errada, se jamais tivesse deixado que Angra quebrasse o medalhão e a matasse e *me* transformasse no condutor de Inverno, eu conseguiria. Conseguiria salvar a todos e a mim mesma, e nenhuma dor seria tão ruim quanto a que sinto no peito agora.

Desabo na parede ao meu lado, a pedra áspera puxa a manga do vestido enquanto cubro meu rosto com as mãos. Quero viver. Quero encontrar uma forma de salvar a todos e VIVER. É tão horrível eu também querer me salvar? É um pedido tão terrível?

Lekan puxa minhas mãos para baixo. O olhar dele é suave, a sobrancelha está erguida.

— A caravana está logo na esquina. Sei que não é sua luta, rainha de Inverno, mas preciso de sua ajuda.

A caravana. Ceridwen. Devo ajudá-la. Ela tem a tapeçaria — a Ordem ainda está lá fora. Talvez tenham uma forma; talvez saibam algo que possa me ajudar. Talvez, talvez, *talvez*. É tudo que sou ultimamente, um grande redemoinho de possibilidades, nunca nada definitivo ou certo. Não vou mais desperdiçar tempo ou possibilidades. Estou farta, estou *farta*.

A única coisa definitiva que sei agora é que Ceridwen precisa de mim, e é tudo que consigo ver. Não o novo peso da resposta que crava as unhas em meu crânio. Não a magia presa e confusa querendo se libertar agora que me rendi a ela e fiz uma pergunta e recebi a resposta. Mas não, não vou mais me render a ela. Talvez eu tenha que, por um breve segundo, mas não vou ceder. Não aceitarei isso.

Lágrimas fazem meus olhos brilharem.

— Tudo bem — digo a Lekan.

Meira

Lekan faz uma reverência de agradecimento com a cabeça e começa a dizer algo mais quando um lampejo de movimento me faz girar. Conall saca uma adaga com a mão boa quando Ceridwen vem correndo pela rua atrás de nós, o rosto enérgico com um ódio tóxico.

— O que estão fazendo aqui? — dispara ela, embora eu não consiga evitar sentir que o ódio não está direcionado a nós. É apenas parte dela, faminta e selvagem.

Lekan dá um passo adiante.

— Viemos impedir você de fazer alguma burrice.

Puxo um fôlego irregular.

Concentração, concentração. Não pense em mais nada. Sou uma soldada; Sir me treinou para manter as emoções contidas. Posso fazer isso.

Não quero morrer...

— Lekan disse que você tinha sumido — começo a dizer, com as mãos fechadas em punhos que ficam mais apertados para balancear o tremor na voz. — Imaginei que tivesse saído para fazer algo inconsequente, como impedir seu irmão de coletar mais escravos.

O lábio de Ceridwen se contrai e ela desvia dos olhos de Lekan para mim.

— Não vou impedir *uma* coleta — diz ela. — Vou impedir *as* coletas.

Lekan percebe o que Ceridwen quer dizer antes de mim. Ele olha na direção da estrada depois do nosso beco e resmunga para ela quando vê que o caminho ainda está livre.

— Não pode derrotá-lo, Cerie.

— Eu definitivamente não poderia derrotá-lo em Verão, mas ele só tem uma fração dos soldados aqui. É agora ou perco a oportunidade. Sabe melhor do que eu que isso precisa parar.

Lekan passa a mão pelos cabelos, as mechas vermelhas oscilam selvagemente em volta dos dedos dele.

— Como isso vai impedir as coletas? — Mas assim que pergunto, sei a resposta.

A princesa vai matar o irmão.

— Ceridwen. — Digo o nome dela com um arquejo, como se alguém tivesse me socado o estômago.

Ela me olha com raiva.

— Não. Não ouse me julgar. Ele é o último herdeiro do sexo masculino vivo de Verão; se morrer, estaremos livres da magia. Verão terá a chance de ser mais do que inebriada pela felicidade, e se algum dia eu tiver um filho, me certificarei de que seja muito, muito melhor do que meu irmão. Você não tem ideia de como tem sido, do que ele está fazendo agora, e não posso...

— Por que agora? — pergunta Lekan, para que eu não precise, com o tom de voz sombrio. — Se a questão é Jesse...

— Não tem nada a ver com ele! — A voz de Ceridwen ameaça um grito, mas ela se reprime, transformando-o em um sussurro alto. — Simon... Ele... Você já viu, Lekan. — Ceridwen semicerra os olhos. — Não viu?

Lekan sacode a cabeça.

— Com os escravos não veranianos — começa ela. — Pode controlá-los. Pode controlá-los, como controla os próprios súditos. Não sei como, mas não podemos permitir que continue assim, principalmente se a influência está se estendendo para mais reinos. É demais.

— Espere... Os outros em Juli agiam exatamente como os escravos veranianos porque *Simon* os controlava? — esclareço. Ela assente.

Achei que o motivo era mais a forma dos escravos de lidarem com as vidas, mas...

Simon *controla* não veranianos.

Apenas uma pessoa jamais conseguiu influenciar pessoas que não fossem do reino dele: Angra.

— Não, Cerie. Ele apenas os droga — diz Lekan, incerto. — Não é?

Mas Ceridwen mergulha entre Lekan e eu, disparando na direção da estrada e, além dela, da caravana à espera. Lekan agarra o braço de Ceridwen e a impede, mas a princesa se desvencilha, apontando um dedo firme para ele.

— Preciso de você no chão — diz Ceridwen, e se vira para mim. — E você... Você me *deve*, rainha de Inverno. Seu chakram seria melhor em um telhado. Seu guarda, no entanto, deveria vir comigo.

— Não estou aqui para lutar com você — afirma Conall. — Estou aqui para proteger minha rainha.

O lábio de Ceridwen se contrai, o ódio dela revigorado, mas seguro o braço bom de Conall, meu corpo se move independentemente da mente rodopiante e caótica.

— Tomarei o telhado — digo a ele. — Pode fica no chão abaixo de mim. Lute lá embaixo.

Angra. Simon controla pessoas que não são súditos dele? Não, não, ela deve estar errada...

Conall não parece nada tranquilo, mas ouve o tom de ordem em minha voz e dá um aceno breve.

Ceridwen grunhe em aprovação e dá mais um passo para trás.

Lekan se move atrás dela.

— Espere...

O olhar de raiva que Ceridwen dá a ele poderia incinerar uma parede de tijolos.

— Ele vem ferindo nosso reino há tempo demais, e se está usando magia em não veranianos...

Quero gritar com ela, uma onda de medo toma conta de mim. Não, não pode ser a Ruína... *Não pode ser* magia. Não houve sinal de Angra ou da escuridão dele em meses.

Mas a Ruína precisa de um anfitrião, como qualquer magia. Precisa emanar de alguém...

Lekan trinca o maxilar e a forma como ele salta para a frente me faz pensar que Ceridwen foi longe demais com ele. Mas o homem apenas fica parado ali, músculos rígidos, encarando a princesa com olhos que dizem mais do que qualquer palavra poderia. Por fim, ele assente, um movimento firme da cabeça, e Ceridwen lança um sorriso mortal antes de sair andando pela esquina. Lekan vai atrás dela, já segurando um par de facas que sacou do manto.

Observo até que não consiga mais ver as sombras deles na rua, a cidade ao redor está silenciosa, exceto pelos murmúrios distantes de pessoas cuidando dos afazeres do dia e, mais perto, as vozes grossas dos soldados. Olho para Conall, mas ele apenas espera. Não leu a ameaça nas palavras de Ceridwen. Não chegou à mesma conclusão que me arrasa.

A magia de Angra não se dissipou.
Ele pode estar vivo.

Forço um aceno de cabeça para Conall e ele vai para a quina do prédio, misturando-se às sombras que o colocam entre essa rua e aquela logo adiante, aquela para a qual Ceridwen e Lekan correm.

Não me dou tempo para fazer mais nada. Nada de pensar, nenhuma chance de refletir sobre tudo que ameaça me destruir de dentro para fora. Por enquanto, durante esse breve momento, sou apenas uma garota ajudando a impedir um ato terrível. Não sou nada além da tensão em meus braços conforme me impulsiono para cima da lateral do prédio, de janela a janela, parapeito a parapeito. Não sou nada além do calafrio que se espalha por meu braço conforme fico de pé no telhado, ao vento ininterrupto.

Angra está vivo.
Ele está vivo.
Ele...

Essas palavras martelam minha mente, junto com minha pulsação, e dou passos lentos e cautelosos por cima das telhas de argila inclinadas do telhado, me agacho e olho para a praça, três andares abaixo.

Apenas concentre-se nesta tarefa. Ajude Ceridwen. Talvez eu veja algo que explicará o que Simon está fazendo — talvez tudo faça sentido.

E isso, sinceramente, me aterroriza mais do que qualquer outra coisa.

Prédios formam uma gaiola ao redor de uma pequena praça aberta de paralelepípedos amarelo-pálido. As cores vibrantes de Rintiero reluzem à luz forte do dia, os prédios magenta e pêssego fornecem um fundo enérgico para as pessoas na praça.

A carruagem manchada de Verão está no centro de 15 soldados conversando alegremente, apenas em parte cientes do fato de que deveriam estar de guarda. Uma garrafa de vinho passa entre alguns deles conforme gargalhadas sobem aos ares. Mais gargalhadas irradiam da carruagem, junto com outros ruídos que fazem meu estômago se revirar.

Uma das portas da carruagem se abre. Simon dá um passo arrogante para fora, inconfundível com o brilho escarlate fraco que emana do condutor no pulso dele. Meus olhos se fixam no objeto, o nojo em meu estômago se transforma em pesar. Talvez Ceridwen estivesse errada. Talvez ele *tenha* drogado os não veranianos, como Lekan pensava.

Ou talvez Angra tenha se aliado a Verão, seja aliado deles esse tempo todo. Ou talvez a Ruína tenha matado Angra e procurado um novo hospedeiro, e seja tarde demais para que eu impeça qualquer coisa.

Simon dispara algo para um dos guardas antes de mergulhar de volta para a carruagem.

Um gemido aquoso emana do outro lado da praça. Meus olhos se voltam a tempo de ver um soldado veraniano desabar, imóvel, conforme um borrão vermelho sai das sombras. Ela não hesita antes de seguir para o seguinte, e a esta altura outros soldados repararam nela, gritando que estão sob ataque. Ninguém vê Conall na estrada abaixo de mim, oculto em sombras, ou me vê no telhado.

Troco o peso do corpo entre as pernas e arranco o chakram do coldre, nenhum pensamento além de calcular que soldado dará o melhor alvo, qual homem me dará o tiro mais desimpedido. O chakram dispara de minha mão, um rompante de movimento sem dificuldade e familiar, e nesse momento não parece que faz meses desde que eu o atirei. Parece que fiz isso todos os dias da vida, e a arma corta a perna de um soldado veraniano antes de retornar para a palma de minha mão.

— Irmã!

A voz de Simon ecoa nos prédios ao redor dele, o tom arrogante ressoa. Recuo, percorrendo a cena com os olhos conforme Simon sai da carruagem, os homens dele batem em retirada. Não vão atacar?

Ceridwen e Lekan percebem a estranheza também. Ficam de costas um para o outro, logo diante de mim, com as armas reluzentes e ensanguentadas, ambos ofegantes, mas prontos para um ataque. Mas Simon não diz aos homens dele que revidem, não permite que os soldados ataquem os dois intrusos.

Ele dá um passo na direção de Ceridwen, a voz enchendo a praça com determinação.

— O que a traz para as partes mais sinistras de Rintiero? Não pode ser você a responsável por todos os ataques às minhas carruagens. Sei que minha irmã jamais se voltaria contra mim de tal forma.

As palavras de Simon mal chegam aos meus ouvidos quando Ceridwen grita.

Ela desaba de joelhos, as armas ressoam na pedra quando caem das mãos dela. Lekan dispara na direção da princesa, mas soldados o seguram e Ceridwen grita de novo, contorcendo-se no chão. Ninguém está sequer perto dela, não a toca, nem mesmo...

É Simon. Está usando o condutor para machucar a irmã.

E qualquer magia usada para o mal alimenta a Ruína.

Eu me recosto até que veja Conall abaixo. Ele vê o que está acontecendo do ponto oculto entre os prédios, e quando me mexo, ele dispara o olhar na minha direção.

Aponto para Conall, então de volta para o palácio.

Avise-os, imploro. *A magia negra de Angra.*

Se fosse qualquer outra ameaça, não consideraria usar minha magia — mas não posso ter medo do que pode me acontecer agora.

O rosto de Conall fica pálido com choque quando minha ordem o atinge, direcionando ação para o corpo dele da mesma forma que outros possuidores de condutor usam a magia para direcionar soldados em um campo de batalha. Ele sacode a cabeça firmemente, mas a resignação no rosto dele cancela o protesto.

Vá, eu obrigo.

Conall faz cara de ódio e parte, correndo pelas ruas, para longe dos veranianos.

Depois que ele some de vista, eu me impulsiono de volta para cima do telhado, cravando os dedos nas telhas. Ceridwen parou de gritar, os olhos dela estão em Simon, que anda entre os soldados, dando passos lentos e provocadores na direção da irmã. Ele inclina a cabeça para ela no chão, para e olha por cima do ombro.

Nesse momento, vejo a confusão no rosto de Simon. Ele olha para o condutor, girando o bracelete no pulso, e olha adiante, à minha direita.

Meus olhos se viram para seguir os dele e meu coração fica pesado.

— Princesa Ceridwen — cantarola Raelyn. Soldados ventrallianos lotam a praça, entrando em fila conforme a rainha dá passos lentos e controlados adiante. — Que bom que pôde se juntar a nós.

Simon se move na direção de Raelyn.

— Esse não é o plano. Ela é minha prisioneira.

O cabelo de Raelyn está selvagemente cacheado ao redor de uma máscara de seda que combina com o vestido, uma tempestade rodopiante de esmeralda e obsidiana que ondula conforme a rainha se aproxima de Simon. Os soldados dela assumem posições em volta da praça, formando uma barricada para que ninguém saia. Mesmo as pessoas na carruagem, algumas veranianas, outras yakimianas, todas marcadas, são arrastadas para fora e encurraladas em um grupo acovardado no limite da praça.

Mas Raelyn só tem olhos para Ceridwen, alegria misturada com fúria misturada com satisfação, e não percebo por que a rainha está tão hipnotizada até que ela inclina a cabeça e Ceridwen grita.

Simon não é o único que usa a Ruína. Sempre que Raelyn se contorce, Ceridwen grita, o corpo dela se curva em ângulos nada naturais. Minha mão se fecha, apertada, sobre o chakram, mas estou congelada no telhado.

Uma pessoa que *não empunha um condutor* está usando a Ruína.

Então outra pessoa é hospedeira dela? Com base na confusão de Simon, não é ele.

Quando a Ruína foi criada, ela se alimentou no combustível de milhares de pessoas que usaram os pequenos condutores para o mal. Ela fez com que os pensamentos mais sombrios e sinistros de todos fossem *a única* coisa em que pensassem — e aqueles que tinham condutores também receberam força e poder a mais. A Ruína sempre pôde afetar pessoas, independentemente da linhagem delas — Theron e eu vimos em primeira mão em Abril. Condutores normais não podem afetar alguém que não seja do reino deles; a Ruína é a exceção a essa regra. É a ponte entre linhagens, criada durante uma época em que todos tinham condutores, independentemente de linhagem ou reino.

Quando Mather quebrou o cajado de Angra, talvez Angra tenha se tornado o condutor de Primavera, e a Ruína tenha se tornado forte o bastante para impregnar de desejos malignos e magia todas as pessoas. A Ruína, Angra e o condutor de Primavera poderiam ser um agora, uma entidade unida e deturpada de mal infinito que supera tudo que costumávamos saber sobre magia.

O que forma a pergunta apavorante...

Se Angra está vivo, onde está?

Ou depois de séculos alimentando-se de Angra, a Ruína simplesmente se tornou forte o bastante para infectar quem quer que deseje?

Um peso desaba sobre mim. Não posso salvar Ceridwen e Lekan, não agora, não aqui, porque só posso usar minha magia para afetar invernianos. Então apenas observo, com horror impotente, conforme Raelyn para sobre Ceridwen, inclinando a cabeça para trás e para a frente conforme avalia a princesa de Verão a seus pés.

— Isso é melhor do que o prometido — diz Raelyn, erguendo a voz para que todos ouçam. Ela gosta da plateia, dos veranianos chocados, dos soldados ventrallianos maliciosos.

Simon se adianta com passadas fortes, alguns soldados de Verão seguem com armas em punho.

— O que está fazendo? Isso não é...

Raelyn acena, indicando para alguns dos homens que prendam os soldados veranianos. Quando estão tão impotentes quanto Lekan, ela olha para Simon.

Ele cai de joelhos diante de Raelyn, arquejando como se a mão invisível de alguém se fechasse devagar sobre o pescoço dele. O rosto de Simon escurece até um tom violento de roxo e Raelyn passa os dedos longos pelos cabelos emaranhados dele.

— Caro rei veraniano — diz Raelyn. — Sinto muito, mas nada acontecerá de acordo com seu plano.

— Angra... me prometeu — diz Simon, arquejando, a força que faz é clara nos braços tensos, o rosto fica mais e mais escuro.

Eu me agacho mais atrás do telhado, estremecendo tanto que o prédio também deve estar tremendo. As palavras de Simon ecoam, infinitas, em minha mente.

Angra me prometeu.

— Aliar Verão a Primavera. — Raelyn o repreende como se Simon não passasse de uma criança malcriada. — Sim, eu sei. Mas achou mesmo que alguém tão poderoso se aliaria a *Verão*? Angra só lhe deu magia verdadeira para mantê-lo ocupado enquanto os reais governantes decidiam o fim de suas terras. — Ela para, ainda acariciando os cabelos de Simon enquanto ele tosse e engasga. — E decidimos que Verão servirá melhor nosso novo mundo sem a linhagem do condutor do reino. Então, veja bem, Primavera não se aliará a você. Não temos qualquer necessidade de você.

Com Raelyn concentrada em Simon, a dor de Ceridwen para, o corpo dela relaxa. Ceridwen se apoia nos cotovelos, os dedos dela se cravam nos paralelepípedos conforme olha para Raelyn como se a rainha ventralliana fosse mais uma besta raivosa do que uma pessoa.

— Magia verdadeira? — Ceridwen ousa perguntar.

— Primavera. — Raelyn se volta para Ceridwen, Simon ainda arqueja. — Descobriram a verdadeira fonte de poder, e não são penduricalhos inúteis contendo magia de séculos. Primavera tem um poder maior do que qualquer condutor.

Ceridwen faz que não com a cabeça.

— A magia negra de Angra? Depois do que ele fez com Inverno, depois do controle que exerceu sobre o próprio povo? Você é louca. Isso é apenas outra forma de escravidão. Jesse jamais permitirá que isso aconteça!

Ceridwen para, o olhar dela se fixa em Raelyn. Aquele nome ecoa entre as duas.

Jesse.

— Está certa — grunhe Raelyn, e chuta a barriga de Ceridwen. Lekan grita, mas ninguém lhe dá atenção, todos estão hipnotizados pela tempestade crescente entre a rainha ventralliana e a princesa veraniana.

— Jesse é fraco demais. Ele temerá esse poder, e condenará este reino como fez quando levou *você* para a cama. Mas não precisamos mais dele... *Eu* não preciso mais dele.

— Não... — Ceridwen engasga, inspirando o ar irregularmente.

Raelyn ergue a saia e pisa no pescoço de Ceridwen, pressionando conforme grita palavras contra a princesa.

— Vou matá-lo, doce menina. Vou matar Jesse e aqueles pirralhos e qualquer resquício da linhagem do condutor ventralliana, porque não preciso deles. O tempo dos Condutores Reais acabou. O tempo do verdadeiro poder chegou.

— Pare... Raelyn... — Simon dispara uma última súplica engasgada. — Deixe-a em paz!

Em um redemoinho de verde e preto, Raelyn se afasta girando de Ceridwen. Como se pudesse sentir o que vai acontecer, como se cada momento conduzisse para aquele inevitável fim, Ceridwen se atrapalha ao se colocar de quatro apoios.

— Não!

Raelyn movimenta o pulso e Simon emite um único fôlego trêmulo antes que o pescoço dele se parta, o osso arranha com o estalo perturbador de uma morte rápida e fácil.

O grito de Ceridwen se dissolve em silêncio conforme ela fica ali, observando o corpo do irmão cair, sem vida, nas pedras. Os outros soldados veranianos se colocam em ação, mas os soldados ventrallianos são mais rápidos e a praça é logo coberta com tanto sangue veraniano que é difícil imaginar que as pedras algum dia tiveram outra cor que não aquele vermelho terrível. Os escravos veranianos e yakimianos marcados caem de joelhos, acovardados, poupados na rendição frágil — até mesmo Lekan é deixado com vida, pendendo, inerte, dos ventrallianos que o seguram, de olhos em Ceridwen, com uma expressão de pura tristeza.

Ceridwen não reage quando Raelyn segura os cabelos dela e puxa sua cabeça para trás, para encarar a princesa.

— Não foi por isso que veio aqui? Para matar seu irmão? Poupei o trabalho de precisar assassinar a própria família. Deveria ser grata. — Raelyn puxa o pescoço de Ceridwen para trás e a princesa grita de dor. — Você agradecerá, princesa. Vai me implorar pela morte, e antes de eu conceder o desejo, sua última palavra para mim será *obrigada*.

O chakram deixa minha mão, minha lâmina grande e giratória rodopia pelo ar, mas, quando deixa minha palma, sei que a mira está torta, meu horror lança tremores pelo braço que fazem o chakram oscilar e se curvar.

Ele roça o ombro de Raelyn, à distância de um palmo do alvo pretendido. Ela grita em um misto mortal de dor e fúria. Todos os olhos na praça seguem o caminho do chakram de volta para mim, e quando salto para pegar a arma, flechas disparam.

Caio de costas, oculta por um ponto do telhado, o chakram junto ao meu estômago. Flechas cruzam o telhado atrás de mim com firmes ruídos e algumas passam logo acima de minha cabeça, lançando pedaços de telha sobre meu corpo.

— Alto! — grita Raelyn, e as flechas cessam.

Permaneço abaixada, um pé alojado em algumas telhas de argila para evitar que eu deslize para fora do telhado.

— Rainha de Inverno? — grita Raelyn, a voz provocadora, e me amaldiçoo por permitir errar a mira. — Não matarei você, rainha de Inverno. Essa honra está reservada a outro reino Ritmo. Mas vou entregá-la a ele, então seja uma boa criança e se entregue agora. Não há como escapar dessa revolução.

Meu lábio se contrai e reúno a força que consigo da vingança, do modo como Raelyn tratou Ceridwen. Do horror, do assassinato do rei veraniano. Da percepção dura e inevitável de que tudo isso, cada momento dessa viagem, foi uma armadilha. Uma armadilha na qual não apenas caí, mas ajudei a montar. Quem mais foi corrompido pelo poder de Angra?

Raelyn disse *outro reino Ritmo*.

Noam. Cordell.

Eu me viro ao ficar de pé e atiro o chakram, sabendo dessa vez que não errarei. Raelyn morrerá, o sorriso arrogante será a última expressão que o rosto dela formará. Mas quando me levanto acima do cume do telhado, meu corpo tropeça para trás, o instinto percebe a ameaça antes que minha mente tenha tempo de fazer isso.

Soldados ventrallianos. Cinco deles, subindo pelo telhado. Raelyn me distraiu por tempo o suficiente para que eles escalassem o prédio e ganhassem vantagem sobre mim.

Disparo pelo telhado e deslizo o chakram para o coldre. Flechas passam zunindo conforme impulsiono o corpo para o telhado íngreme do prédio seguinte. Minhas botas giram de forma esquisita e me choco sobre os cotovelos, rolando para baixo da inclinação. Uma flecha corta meu braço, uma laceração profunda que me faz encolher o corpo, mas não tenho tempo de sentir dor antes de ser atirada para fora do telhado, agitando os braços pelo ar.

Outro prédio, um andar mais baixo, para minha queda, algumas telhas se quebram quando o atinjo. Mas esse é infinitamente mais plano e disparo correndo de novo, ignorando a forma como meu braço grita de dor. Um olhar breve me diz que os soldados ventrallianos estão logo atrás de mim, a um telhado de distância, e se aproximando. Salto pelo ar e seguro a beirada do prédio seguinte. Depois que subo nele, vejo o palácio a nordeste, a profusão de cores despontando na amplidão do parque verde e denso. Viro na direção dele e me impulsiono em uma corrida, mirando o prédio seguinte, um andar mais alto do que esse, mas de fácil alcance...

Até que um soldado ventralliano salta diante de mim, gira ao ficar de pé e saca uma lâmina com um movimento ágil. Puxo o chakram e deixo que cante pelo ar, mas o soldado vê a arma se aproximando, agora sabe que é minha arma preferida, e desvia com a espada. O chakram cai com um *clanque* nas telhas curvas de argila, e o soldado o chuta para trás, lançando o chakram para a rua abaixo ruidosamente.

Eu me viro para correr de volta pelo outro caminho, mas paro subitamente. Os outros quatro soldados ventrallianos estão na beira do telhado, espadas em punho. Estou cercada, sem arma, um de meus aliados aprisionado — ou pior — pelas pessoas que me cercam agora...

E por isso, quando os soldados diante de mim começam a cair, um a um, tenho dificuldades para entender o que está acontecendo.

Mãos se erguem pela beirada, agarram os tornozelos dos soldados e puxam dois deles para baixo, enquanto uma faca gira do nada e se aloja no estômago de um dos homens. Outro soldado cai quando uma garota salta nas costas dele, corta a garganta dele com uma lâmina e gira o corpo inteiro sobre o dele, as pernas dela rodopiam conforme a garota gira, e lança o soldado voando pela beirada.

Mal tenho tempo de registrar quem são essas pessoas quando o soldado atrás de mim grita. O telhado treme sob os pés agitados dele e me viro, agachada, com os braços erguidos como se fosse capaz de combater a espada dele com os punhos.

Mas o soldado para, com o corpo rígido, a boca se abrindo com um gorgolejo. Ele segura um ponto no peito, um buraco que lentamente enche o uniforme do homem de sangue, antes que ele desabe nas telhas de argila, revelando outro logo atrás. Um homem que segura uma espada ensanguentada em uma das mãos, meu chakram na outra, os olhos safira estão fixos em mim.

— Você está bem? — pergunta Mather.

Mather

UMA PALAVRA IMPULSIONOU Mather de Inverno a Ventralli.

Quando ele e o Degelo chegaram ao rio Feni e viram dezenas de navios cordellianos recém-aportados, soldados desembarcando para tomar Inverno com reforços — *vá*.

Ao se esgueirarem para o menor dos navios, o lançaram à água na calada da noite e navegaram para longe do reino recém-escravizado — *vá*.

Quando velejaram rio acima, abarrotados naquele barco insanamente pequeno, com nada para fazer durante dias além de caminhar de um lado para outro no deque e encarar a paisagem que passava e planejar, pensar, se preocupar — *vá*.

Vá, mexa-se, lute — o corpo inteiro de Mather era uma flecha em um arco tensionada mais e mais, pronta, completamente pronta.

Nenhum dos membros do Degelo tentou falar com ele sobre o que tinha acontecido. Ninguém mencionou a morte de Alysson ou a tomada de Cordell ou o possível destino de Meira. Simplesmente patrulharam o barco, em silêncio, obedecendo as ordens de velejar de Mather — as quais eram rudimentares na melhor das hipóteses, pois ele só estivera em um barco poucas vezes na vida.

Quando Mather começara a aprender a lutar, quando criança, parecera mais uma brincadeira elaborada jogada com armas de madeira e armaduras desajeitadas. Somente quando matou pela primeira vez, quando tinha 11 anos, ele percebeu a seriedade da coisa. Tinha saído no que deveria ter sido uma missão simples de reconhecimento com William e os dois encontraram uma patrulha de Primavera. Apenas três homens, mas enquanto William lidava com os dois que o encurralavam, Mather sacou a espada, o instinto movendo os músculos dele de forma que nem mesmo sentia que era ele lutando. Uma interação despreocupada, nebulosa, que acabou com sangue nas mãos de Mather e um corpo aos pés dele.

O choque ao perceber que as coisas que William vinha ensinando não eram jogos, mas ferramentas para *matar pessoas*, foi um dos momentos mais assustadores da vida de Mather. Ele sempre soubera em que resultaria lutar, é claro — mas não entendera, não *sentira*, até aquele momento.

E Mather sabia que era aquilo que tinha acontecido com o Degelo dele.

Tinham armas de verdade agora; tinha visto a razão do treinamento emergir diante dos olhos. Aquele não era algo que estavam jogando para passar o tempo. Essa era a diferença entre um reino livre e a escravidão, a felicidade e a miséria, a vida e a morte.

Esse era o futuro do reino deles. Os sete, pouco mais do que crianças, com treinamento apenas o suficiente para derrotar soldados caso tivessem o benefício do elemento surpresa e da quantidade.

Mas Primavera tinha sido derrotada por um número tão pequeno — embora os refugiados no acampamento nômade de Inverno fossem lutadores experientes, não adolescentes.

Não havia espaço para dúvida. Nenhum espaço para a preocupação. *Vá.*

Eles chegaram a Rintiero algumas horas antes do pôr do sol, os sete dispararam para fora do barco em um redemoinho de cabelos brancos e desespero. O cais estava praticamente silencioso, barcos oscilavam preguiçosamente à correnteza, marinheiros guardavam os equipamentos para a noite.

— Para onde vamos agora? — perguntou Phil conforme o restante do grupo do Degelo se espreguiçava e olhava boquiaberto para a cidade adiante, os rostos estampando um misto de alívio por estarem em terra firme e assombro por estarem tão longe de casa.

Mas Mather não teve a sensibilidade de parar e deixar que se maravilhassem. Ele assentiu para a pergunta de Phil e saiu batendo os pés pelo cais, segurando a primeira pessoa com quem cruzou — um marinheiro enroscando corda no braço.

— A rainha de Inverno — disparou Mather. — Está aqui? Aconteceu alguma coisa com ela?

O marinheiro gritou ao sentir os dedos de Mather presos em volta do antebraço dele.

— Eu... Hã... O quê? Quem...

Mather o sacudiu.

— *A rainha de Inverno está aqui?*

— S-sim!

Ela está aqui. Está viva? Não perca o foco. VÁ.

Mather segurou o homem com mais força.

— Ela está no palácio? Onde fica?

O marinheiro assentiu, tremendo quando o olhar dele disparou para além dos ombros de Mather. O Degelo devia estar atrás dele, e Mather percebeu o quanto aquilo devia parecer esquisito, um grupo de invernianos surgindo em um cais e cercando um pobre marinheiro ventralliano que provavelmente não estava pensando em nada além de uma caneca de cerveja e uma cama quente.

Mather soltou o braço do homem, recuou um passo e ergueu as mãos em sinal de rendição. Foi preciso toda a força dele para fazer isso, o instinto para *ir, ir, LUTAR* em batalha com a convicção de não aterrorizar pessoas inocentes sem necessidade.

— Eu... Eu acho que sim... — O marinheiro gesticulou com a mão na direção noroeste. — O complexo fica daquele lado... Uma floresta, no meio da cidade...

Mather deu um tapinha no ombro do homem em um ato de boa-fé, mas o gesto fez o marinheiro se encolher e proteger a cabeça com os braços.

— Desculpe. Obrigado. — Mather disparou correndo.

Todos seguiram, Phil impulsionando-se à frente para correr ao lado de Mather.

— Ele nos temeu.

Mather lançou um olhar na direção de Phil, parte da tensão se aliviando conforme os músculos, limitados por tanto tempo no barco, se esticavam durante a corrida.

— Sim.

O peito de Phil inflou.

— Nunca pensei que alguém se sentiria intimidado por *mim*.

Mather cortou por um beco, levando o Degelo para noroeste.

— Poderia ser por que estávamos em número mais do que ele. Poderia ser porque nós o surpreendemos. Ou poderia ser porque ele viu que éramos invernianos e esperava retribuição.

Phil semicerrou os olhos para Mather.

— Retribuição? Pelo quê?

Por algo que Mather não podia suportar dizer em voz alta.

Por permitirem a morte de nossa rainha no solo deles.

— Ele poderia estar mentindo a respeito de Meira.

Phil deu a volta por um barril no meio da rua de paralelepípedo quando a compreensão se estampou na pele pálida dele. Não disse mais nada, apenas seguiu mais rápido, Mather acompanhando.

Eles pararam mais uma vez para pedir direções precisas até o palácio, o que os levou até uma vegetação exuberante de floresta decorativa. Algumas estradas menores serpenteavam pelo verde com uma grande passagem decorada aberta à frente, mas Mather afastou o Degelo da entrada principal, escolhendo uma abordagem sorrateira. Quem sabia o que esperava por eles atrás daquela floresta?

Um caminho à esquerda parecia o mais promissor — estreito, para caminhar apenas, mais provavelmente uma entrada de criados. Mas quando Mather se virou na direção dela, Hollis segurou seu braço.

— Meu senhor — sussurrou Hollis, com um grunhido baixo, indicando a direita, onde um caminho um pouco mais amplo disparava para fora da floresta ainda mais para trás do palácio. Por aquele caminho movia-se um contingente de soldados, dezenas deles, todos vestidos como se para a guerra, com armas e armaduras e cavalos. No grupo cavalgava uma mulher ventralliana solitária, todo o comportamento dela transmitia dinheiro e privilégio.

O grupo cavalgou para fora da floresta e para dentro da cidade com o brilho determinado de um propósito no olhar.

Mather deu um passo adiante, observando-os sumirem nos prédios multicoloridos.

— Meu senhor? — indagou Hollis.

— Por que uma nobre precisaria de um grupo de soldados tão grande? — perguntou-se Mather.

Trace resmungou.

— Para nada bom.

— Exatamente — concordou Mather, e seguiu para a rua, seguindo o grupo. Ninguém questionou por que ele escolheu seguir os soldados em vez de entrar no palácio, e, sinceramente, a única desculpa na qual Mather poderia pensar era que o embrulho no estômago lhe dizia que o fizesse. Tantos homens, liderados por uma mulher que, apesar da máscara ventralliana, emanava um ar de malícia... Nada de bom poderia acontecer.

E ele conhecia Meira bem o bastante para perceber que ela muito provavelmente estaria onde coisas ruins aconteciam.

O Degelo manteve alguns quarteirões de distância entre os soldados conforme se moviam mais profundamente para Rintiero. A noite descia sorrateira, brincando com as sombras para denunciá-los. Mather segurou o Degelo, ficando o mais para trás possível sem perder o contingente.

Então, quando o confronto finalmente aconteceu, Mather e o Degelo apenas chegaram à praça quando o corpo do rei de Verão caiu, o condutor no pulso dele anunciava a posição de rei a todos.

— Droga — xingou Mather, e puxou Phil para as sombras do beco que quase os levara para a confusão. O restante do Degelo se reuniu atrás dos dois na escuridão.

A mulher nobre, cujo discurso ameaçador a delatou com a rainha ventralliana, se voltou para uma garota veraniana, imóvel pelo choque, olhos no pescoço entortado do rei. Mather não ouviu o que a rainha disse a ela, o sangue latejava nos ouvidos dele enquanto olhava o corpo no chão de paralelepípedos.

A rainha ventralliana tinha quebrado o pescoço do rei veraniano de alguma forma. Sem remorso, pela forma como exibia aquilo para a garota agora.

Pesar percorreu o corpo de Mather; ele se virou para a pedra com um braço ainda segurando Phil na parede ao lado.

Se a rainha ventralliana tinha matado o rei veraniano...

O que teria feito a Meira?

Os olhos de Mather dispararam pela praça, mas nenhum outro corpo restava ali. E quanto ao palácio? Precisavam voltar. Será que aquilo era algum golpe da rainha ventralliana, ou o rei também estava envolvido? Será que ele estava com Meira... Será que a estava torturando da mesma forma que a rainha dele torturava a garota veraniana?

O pesar no corpo de Mather se incendiou, queimou frio e quente ao mesmo tempo conforme ele se virou para voltar pelo beco. Não conseguia enxergar nada, não conseguia ouvir nada, apenas a batida do coração empurrando imagens na mente dele do corpo de Meira caído naquelas ruas bonitinhas demais...

— Mather! — Phil agarrou o braço de Mather, mas não, não havia mais nada naquela cidade, nada no mundo, apenas Mather e Meira e ele *a encontraria...*

— *Mather!* — exclamou Phil. — Olhe!

Phil virou Mather no momento em que um projétil entrou no campo de visão dele, algo chato e circular traçando uma linha desde a rainha ventralliana até um telhado do outro lado da praça. A rainha rugiu com revolta e segurou o ombro, olhando com raiva para o objeto.

Mather avançou.

Era um *chakram*.

Ele reparou no prédio do qual a arma se originara e cada músculo tenso dele entrou em ação.

— Siga-me — disse Mather, e disparou de volta para o beco, correndo entre prédios, cortando por ruas laterais, formando um caminho irregular em torno da praça na direção do prédio do qual o chakram tinha sido atirado. Adrenalina entorpecia tudo, menos os mais simples e instintivos pensamentos: *soldados estavam subindo pelo prédio, juntando-se contra ela, mas apenas cinco, fáceis de derrotar; aquilo eram espadas se chocando? A rainha devia ter se voltado contra o restante dos veranianos...*

Uma sombra disparou acima de Mather, chamando a atenção dele para o céu. Mais algumas sombras seguiram, soldados em perseguição, e Mather parou subitamente.

— Trace, vá para o telhado seguinte... Será nosso combatente a distância. O resto suba pelo lado sul do prédio, mas em silêncio. Surpresa é tudo que temos.

Eles dispararam em ação, e assim que Mather saltou para o parapeito de uma janela no prédio, algo caiu do telhado e tilintou na rua.

O chakram de Meira.

Ele desceu de volta para os paralelepípedos, pegou o chakram e subiu pelo prédio com força renovada. Ela estava lá em cima — estava viva.

Pelo gelo frígido acima, Mather não tinha percebido o quanto estava horrorizado até que sentiu o alívio que aquelas palavras traziam: como ar fresco afastando o fedor de um campo de batalha, como a trégua fria de ervas curando um ferimento.

A mão de Mather sobre o chakram tornou desajeitada a subida desesperada dele, mas um segundo depois que o Degelo chegou ao telhado, Mather se impulsionou para cima também.

O elemento surpresa tinha funcionado — os quatro soldados do lado oposto do telhado caíram com alguns gritos de surpresa. Um homem permanecia, urrando furiosamente, de costas para Mather.

O soldado ergueu uma espada acima da cabeça e correu para a frente. Mather sacou a própria espada e disparou, empalando o homem pelas costas e então puxando a espada de volta. O soldado desabou, rolando para o lado, revelando...

Meira.

Ela estava agachada com os braços para cima em pose defensiva. Os olhos dispararam do corpo do soldado para Mather, Meira franziu a testa e Mather soube que se ele tinha dificuldades em entender a situação, Meira devia estar completamente atordoada.

Mather se lembrava da última interação dos dois, a conversa da qual se arrependia mais do que podia expressar. E embora tivesse feito as pazes com o amor por ela, Meira dissera a Mather que não o queria, e passara as últimas semanas com Theron. Nada tinha mudado para ela — então, embora cada nervo no corpo de Mather ansiasse para correr em frente e pegar Meira nos braços, ele ficou para trás, preparado, pronto, *dela*.

— Você está bem? — perguntou Mather, porque precisava dizer algo, precisava se libertar daquele momento antes que o consumisse por inteiro.

Meira piscou, a confusão fluindo pelo rosto em uma torrente que a deixou sem fôlego, presa em algum lugar entre gritar e chorar. E antes que Mather pudesse explicar ou perguntar mais, Meira se atirou para a frente e abraçou Mather pelo pescoço.

— Você está aqui — disse ela, ofegante. — Como está aqui?

As armas caíram das mãos de Mather quando ele a envolveu, pressionando Meira com mais força junto ao o corpo. Pelo gelo, tinha se esquecido da sensação de tê-la ao lado dele — ela era tão pequena, mas tão forte, quase o sufocava com o toque. Mather se agarrou a Meira, sufocando pela forma como *ela* abraçava *ele*, como enterrava o rosto no ombro de Mather, os pulmões se enchiam com fôlegos roucos.

Meira estava viva. Ela estava viva e a salvo, mesmo que Alysson não estivesse.

Mather apoiou a testa na têmpora de Meira, expirando longamente, inspirando ainda mais demoradamente.

— Você está bem — disse ele, ou perguntou, apenas precisando sentir as palavras no ar entre os dois.

Meira assentiu, segurando-se a Mather da mesma forma como ele mantinha a testa nela. Respirando, descansando, usando um ao outro como alimento contra a fome.

— Você está? — Meira recuou, mas não se desvencilhou de Mather, tão perto, *tão perto dele*. — Como você... Por que está *aqui*?

A pergunta a deixou séria e Meira se soltou dos braços de Mather com um giro, olhando boquiaberta para o Degelo, que esperara felizmente em silêncio atrás dos dois. Phil encarou Mather, um sorriso malicioso se abrindo nos lábios. Uma sobrancelha erguida se seguiu ao sorriso de Phil quando Meira pegou a mão de Mather, segurando-a distraidamente como se precisasse de toque para se equilibrar.

Mather não se incomodou em responder à provocação de Phil com nada além de um sorriso. Ele conseguia respirar agora, como não fazia há dias, e a sensação tornou tudo aguçado e lindo por um momento, de forma que Mather soube que seria passageiro demais.

— Quem são vocês? — perguntou Meira ao Degelo, com a voz espantada e confusa.

Mather deu um passo adiante, entrelaçando os dedos com mais firmeza nos de Meira. Ela observou cada membro do Degelo com olhares ágeis e atentos, e, ao fazê-lo, o choque se enrijeceu em algo parecido com determinação. A expressão perigosa do rosto que Meira estampara tantas vezes conforme crescia, mas agora tinha uma mudança resoluta, como se passasse de simplesmente ser teimosa e selvagem para canalizar essa energia em um objetivo.

E conforme Meira olhava para as pessoas adiante, Mather soube que objetivo era esse.

Inverno.

— Esses são os Filhos do Degelo — apresentou ele. — E temos muito a contar, minha rainha.

Meira

Disparamos com toda força por cima das casas e das lojas de Rintiero. Os prédios de vários andares e as estruturas irregulares tornam nosso caminho desajeitado, interrompido por rompantes de subir com dificuldades em prédios mais altos, ou deslizar por outros mais baixos. Mas nos movemos, todos nós, Mather e o Degelo dele atrás de mim conforme lidero o caminho na direção do palácio, bem acima de qualquer potencial bloqueio ou soldados nas ruas.

Raelyn e a tropa tinham ido embora quando voltamos para a praça, nada além de manchas de sangue mostravam que a luta tinha ocorrido. Ela ainda está com Ceridwen e Lekan — devem estar vivos. Precisam estar, porque não vou me permitir acreditar que enquanto eu fugia dos soldados, deixei que meus amigos fossem assassinados.

A história de Mather é repassada em minha mente conforme corro. Como Noam deu a ordem para que os invernianos parassem de treinar nosso exército; como Mather treinou aquele pequeno grupo em segredo, construindo uma defesa para nosso reino, apesar da ameaça de Noam, apesar de eu nem saber que meu povo precisava dela. Meu coração se enche de uma emoção fria e violenta, uma que eu poderia nomear, mas que me arrasaria.

Mather cuidou de Inverno. Ele os salvou, como sempre fez — o próprio objetivo que o alimentou desde que conheço Mather.

Se sobrevivermos a isso, precisarei encontrar tempo para pensar bem sobre o quanto fui idiota. Por enquanto, atenho-me à emoção de nosso abraço no telhado como se fosse uma luz no fim de uma mina longa e sangrenta. Outro objetivo a alcançar.

Mather não sabe em que estado Inverno se encontra agora, no entanto. Se Sir escapou ou não; quem sequer sobreviveu a tudo. Meu estômago se aperta quando penso em Henn cavalgando às cegas para um cerco. No entanto, ele é tão capaz quanto Sir. Na verdade, a presença dele lá ajudará.

Mas o único detalhe que negou todos os outros foi o último. Os lábios de Mather estremeceram, mas o rosto dele permaneceu um escudo estoico e impassível conforme ele murmurou: *Alysson está morta*.

A lembrança das palavras dele me faz cambalear agora, mas apresso o ritmo. Deveria saber que Noam nos trairia. Deveria saber que isso aconteceria — eu *sabia* que tudo isso aconteceria, senti cada momento de cada dia desde que Inverno foi libertado, mas jamais consegui encarar. Contar a meu povo o que poderia vir, o que Angra poderia fazer ao mundo.

Eu os subestimei, sei disso agora. Alguns podem ter sucumbido, mas aqueles atrás de mim, assim como Garrigan, Conall, Nessa, Dendera — as vidas deles não os derrotaram, mas os ajudaram a se tornar pessoas que sabem sobreviver.

Essas pessoas são as mais mortais de todas.

Paro em um telhado a algumas ruas do palácio para permitir que os demais nos alcancem. Eles podem ser rápidos e determinados, mas adrenalina dispara dentro de mim em ondas irrefreáveis, e me ajoelho no telhado, agarrando com os dedos as telhas curvas de argila.

O rei de Verão está morto. A rainha ventralliana foi consumida pela Ruína de Angra e planeja um golpe. O rei cordelliano traiu e tomou Inverno.

E em algum lugar no mundo, Angra está vivo.

Tudo está desmoronando. Minhas tentativas de encontrar as chaves e manter o abismo fechado para evitar que a Ruína se espalhe... Foi tudo em vão.

Talvez Angra tenha vencido realmente.

Eu me obrigo a ficar de pé. Angra não vencerá enquanto restar alguém para combatê-lo, até que *eu* esteja morta.

Engasgo nas palavras.

Não. Não preciso morrer. Sou a rainha de Inverno; sou um condutor. E mais do que isso, sou a garota que destruiu os campos de trabalhos forçados de Angra. Sou a garota que, mesmo quando as coisas pareciam piores, conseguiu salvar todos — inclusive a si mesma.

Então, quando Mather e o Degelo dele me alcançam, quando estou cercada pelo início do que sei que Inverno pode ser: forte e bravo e competente e mortal — dou a eles um aceno de cabeça firme e decidido.

Vou impedir isso. Não — *nós* vamos impedir isso, porque não estou mais sozinha.

Jamais estive.

Carruagens cheias de convidados chegando para a comemoração em nossa honra lotam o pátio do Palácio Donati. Ao ver as paredes do palácio brilhando sob o sol do fim da tarde, os convidados nas roupas extravagantes e reluzentes de Ventralli, cocheiros guiando casais para cima dos amplos degraus de mármore, contenho um gemido. A comemoração. Tudo segue como normal — prova de que mais ninguém sabe o que aconteceu. Talvez Raelyn não tenha voltado — talvez tenha fugido, corrido para se recompor em outro lugar. Talvez eu tenha tempo de avisar a todos.

Mas mesmo quando essas palavras ecoam em meu coração, sinto o quanto são vagas. Nada jamais é tão fácil.

Marcho pelo pátio, passo pelos convidados que chegam, passo pelos cocheiros boquiabertos que piscam ao verem minha calça surrada e o ferimento de flecha no meu braço e minha equipe de invernianos em frangalhos. Alguns criados correm em minha direção, tentam me impedir de entrar em um rompante, e eu os silencio com um olhar sério e um vislumbre do medalhão. Sabem o que é, e conhecem a única pessoa que o usaria, mesmo que essa pessoa tenha um chakram preso às costas.

Depois que entro, sigo o fluxo de convidados até o salão de baile, entremeando entre corredores altos com espelhos de moldura dourada. Vejo relances da minha imagem naqueles espelhos, lampejos esquecidos de uma garota com uma trança bagunçada de cabelos brancos, as mãos fechadas em punhos, o rosto determinado com um olhar de raiva. Meu corpo murmura, os momentos tensos de paz antes que uma parede de neve desabe em uma avalanche, então mantenho em mente apenas o passo seguinte, com medo de, se pensar mais do que isso, derreter.

Ande mais rápido. Vire aqui. Chakram? Não, nenhuma arma ainda. Devagar. Espere que Mather alcance.

O salão de baile surge a nossa direita, uma série de portas escancaradas para o corredor, deixando que música animada de instrumentos de corda flutue para fora em ondas de gargalhadas e copos tilintando. Paro, encaro o salão em formato de gota, as batidas de meu coração são uma criatura viva e determinada tentando sair rastejando por minha garganta. As paredes do salão de baile são de um pêssego pálido, o piso é um redemoinho de mármore dourado e branco. Uma das paredes altas e côncavas do salão é composta de janelas e mostra a luz do início da noite se extinguindo, além do jardim de vidro depois dela. Ceridwen me contou sobre o jardim em nosso caminho de volta de Yakim, sobre como todas as plantas são feitas de vidro — outro exemplo de como este reino tenta tornar as coisas sobrenaturalmente perfeitas.

Ceridwen invade meus pensamentos e cravo os dedos na barriga. Eu a encontrarei depois disso. Eu a salvarei como deveria ter feito assim que Raelyn marchou até a praça.

Meus olhos disparam das janelas para a multidão. Há pelo menos uma dúzia de pessoas aqui, a maioria ventrallianos, com os cabelos pretos e os olhos avelã, todas usando aquelas máscaras irritantes. Tornam impossível buscar um rosto familiar, e avalio cada pessoa em busca de um atributo reconhecível — cabelos loiros cordellianos, ou o condutor ventralliano pendurado no quadril de um homem.

Braços envolvem meu pescoço e o medo dispara em mim antes que eu reconheça a voz de Nessa.

— Onde você estava? — murmura ela. — Conall voltou e achamos... Achamos que algo tinha acontecido e...

Afasto Nessa quando os irmãos dela saem da multidão com expressão que são um misto conflituoso de preocupação e ódio. Dendera os segue, e não está nada confusa com relação ao que sente: dispara para diante de mim, os lábios formando uma linha fina, os dedos se enterrando em meu braço.

— Por que, em nome de tudo que é frio, mandou Conall de volta sem você? — Dendera para, a concentração dela passa para Mather e os outros invernianos ao meu redor. Quando se volta para mim, arregala os olhos, a preocupação cede lugar ao temor.

— Raelyn matou Simon. — Eu me ouço dizer. — E Noam...

A música para no meio, os violinos arranham notas quando os músicos param subitamente. O mesmo tipo de ruído deliberado de Lekan batendo à porta do escritório de Jesse, do galho se partindo sob as botas de Sir quando ele cambaleou de volta para o acampamento. É o som das coisas começando, e me viro na direção de Raelyn no palco dos músicos, no canto, as mãos dela estão fechadas na saia, a seda verde da máscara brilha à luz.

Arquejo, em pânico. Como ela voltou tão rápido? Não fomos muito rápidos correndo sobre os telhados de Rintiero — e Raelyn tinha cavalos, liberdade pela cidade. Além disso, tem o controle da situação, provavelmente planejou cada momento depois que soube que Ceridwen foi confrontar Simon.

Ceridwen. Meu pânico se revolta, latejando selvagem e caótico. O que Raelyn fez com ela? Onde está?

— Raelyn! — O nome dela dispara de minha garganta e avanço, meus olhos recaem sobre a atadura quase imperceptível no ombro da rainha. Instinto corre até meus dedos, preenche meus músculos com a necessidade de pegar o chakram e cortar o pescoço de Raelyn, sem errar o alvo dessa vez. Mas há muita gente no caminho agora, e me tranquiliza o fato de que ela não deixará esse salão com vida. Não permitirei.

Raelyn dá um sorriso torto conforme abro caminho pela multidão para que meus invernianos sigam. Sinto-os se moverem atrás de mim, o silêncio que recai sobre todos quando alcanço o palco.

— Rainha de Inverno — entoa Raelyn, inclinando a cabeça. — Não está gostando da comemoração?

A multidão murmura, confusa, ondas de desconforto devido à interrupção nada ortodoxa. Nem tento esconder o grunhido. Não posso mais me dar o luxo da polidez.

— Deveria ter fugido, Raelyn. — Indico o braço dela. — Não errarei uma segunda vez.

A multidão se mexe, desconfortável, ao meu lado, e Jesse abre caminho. Ele ainda usa as roupas de mais cedo, não se incomoda em combinar com a esposa dessa vez. Os cabelos pretos brilham em um rabo de cavalo apertado, e Jesse volta a atenção de mim para Raelyn, então de volta.

— O que está acontecendo?

Raelyn suspira.

— Ah, imagino que não há mal em você saber agora, querido. — As palavras dela escorrem veneno, feitiços peçonhentos que fazem Jesse dar mais um passo adiante, e a multidão dá um passo igualmente grande para trás.

Raelyn encara a multidão, o sorriso dela é tão mortal quando o tom de voz.

— Obrigada a todos por se juntarem a nós. A rainha inverniana, a família real veraniana e o príncipe cordelliano se reuniram em uma viagem de paz. Unificação é realmente um feito a se celebrar.

Ela vê algo nos fundos do salão e sorri. Viro a cabeça por cima do ombro.

Noam.

Mather me segura quando avanço, evitando que eu comece um massacre no salão do trono. Noam vê minha reação, os olhos dele brilham por trás da máscara cordelliana, os lábios se contraem no sorriso que passei a conhecer muito bem. Condescendente, controlador.

Vou cortar aquele sorriso do rosto dele.

— E hoje, celebraremos ao saber que essa unificação foi alcançada. — A voz de Raelyn ecoa. — Rei Noam, pode, por favor, se juntar a mim no palco?

Noam, ainda de olhos em mim, recua. Confusão afugenta o sorriso dele, e aquela mudança de emoção deixa meus instintos mais aguçados. Noam não estava esperando que Raelyn o chamasse. Por que ele está aqui?

Onde está Theron?

Noam caminha entremeando a multidão, acompanhado por dois dos homens dele. Ele chega ao palco, fica de pé diretamente diante de mim.

— O que é isso? — pergunta ele, olhando ao redor. Ele também consegue sentir agora. Algo errado.

— Raelyn — chamo, puxando a atenção dela para mim. — Por que não chama o rei de Verão para o palco também?

A multidão, observando, murmura curiosamente. Raelyn inclina a cabeça e assim que os olhos dela brilham de prazer, horror embrulha meu estômago.

Raelyn se volta para uma porta aberta logo abaixo do palco, gesticula para alguém nas sombras dela. Um soldado sai com uma sacola de lona marrom em uma das mãos. Ele joga a sacola no palco, e com um ruído pesado e úmido, a cabeça de Simon sai de dentro, os olhos castanhos sem vida arregalados em meio às gavinhas dos cabelos vermelho-chama dele.

A multidão fervilha. Gritos ecoam nas paredes cor de pêssego, copos se quebram na confusão e a aglomeração explode em caos conforme as pessoas disparam para as portas. Mas nós apenas ficamos ali — meus invernianos, Jesse, Noam, Raelyn e os soldados deles. Incapazes de nos mover diante dos olhos vazios e fixos na cabeça do rei de Verão.

Jesse acorda do estupor primeiro. Ele sobe ao palco e, nos momentos antes de alcançar a esposa, cada imagem que tenho do fraco, desesperado rei ventralliano se desfaz. Esse homem é músculo e poder, o corpo dele fica tenso e se estica, os olhos são mais chamas do que visão.

Jesse agarra os ombros de Raelyn e a ergue do chão.

— O que você fez com Ceridwen? — rosna Jesse. Cada palavra é uma flecha que deveria perfurar o coração da mulher.

Mas Raelyn apenas gargalha. O barulho faz com que uma inquietude percorra meu corpo, mais um rompante de instinto, e sem saber por que, eu me viro para a porta atrás de mim.

— Theron — digo.

Ele entra no salão de baile. Não está usando máscara, então nada me impede de ver a preocupação que o deixa cinzento, e quando Theron chega até mim, não parece reparar em nenhum dos demais invernianos ao meu redor. Quando a boca de Theron se abre, Raelyn interrompe.

— Sua vadia está viva, por mais um pouco, pelo menos — dispara ela para Jesse.

Expiro aliviada. Parte da preocupação diminui ao saber que Raelyn ainda não cumpriu a ameaça. Mas no momento em que meus pulmões relaxam, soldados ventrallianos marcham pela porta pela qual o outro soldado entrou — os homens que acompanhavam Raelyn mais cedo.

Jesse pisca algumas vezes antes de perceber que o puxam para longe dela, que os seus próprios homens o colocam de joelhos.

— Soltem-me! — ordena o rei, sem efeito, o olhar que Jesse lança a Raelyn está cheio de ódio. — O que estão fazendo? Soltem-me!

— Não obedecem mais a você. — Raelyn alisa o vestido, a voz está levemente perturbada pela irritação. — Agora, onde eu estava... Ah, sim. Unificação. Unificação *verdadeira*. Liderança fraca não será mais tolerada, e os reinos Estação não podem mais se chamar reinos, bem, pelo menos três deles. Verão, Outono e... — Raelyn para e olha para Noam. — Inverno. Posso contar a eles ou o segredo era seu para que revelasse?

Noam parece tão chocado quanto eu. Mas Raelyn se dirige a ele, os olhos do rei disparam para ela, recuperando uma pequena faísca do poder dele.

— Cordell não é parte de nenhuma trama maior. Inverno é nosso, e vim aqui informar a rainha desse acontecimento.

Theron se coloca na minha frente enquanto o pai dele fala, de costas para mim, com os ombros curvados de forma que não consigo ver o rosto dele.

— Os reinos Estação estão, por fim, onde pertencem — cantarola Raelyn. — Não é maravilhoso? Inverno e Outono foram subjugados por Cordell...

Cordell tomou Outono também?

— ...Verão foi limpo e Primavera... bem, Primavera é o único reino Estação que se provou digno do status de reino. Será o emissário de um novo mundo, e pelo exemplo, purificaremos Primoria da insuficiência. Não precisamos mais dos Condutores Reais; não precisamos das alianças de linhagens fracas. Formaremos nossos governos e reinos com base em liderança adequada. — Devagar, Raelyn dá um passo adiante e se agacha no palco para chegar ao nível de Theron. — E Cordell é parte dessa trama maior. Não é?

— De forma alguma! — grita Noam.

Theron se vira para ele.

— Você não sabe nada sobre isso!

Não sei se Theron quer fazer uma pergunta ou uma afirmação... Deveria ser uma pergunta, ele forçando o pai admitir que não sabe sobre aquilo. Mas a forma como paira diante do príncipe...

Não. *Só pode* ser uma pergunta.

O controle de Noam falha, o maxilar dele se contrai. O rei de Cordell se volta para Raelyn.

— Cordell não precisa das coisas que você oferece. Temos magia verdadeira, não esse mal infeccioso.

Theron fecha as mãos em punhos.

— Essa magia não é apenas de Cordell. Pertence ao mundo, todos merecem poder. É o que venho tentando alcançar nesta viagem, unir todos para mostrar a você como o mundo poderia realmente ser. Redigi um tratado, sabia disso? Um tratado unindo o mundo em *paz*.

O ódio chocado de Noam o faz cuspir ao falar.

— Seu menino ingênuo e egoísta! Saiu pelas minhas costas para formar alianças pelo mundo com aquela cadela inverniana sussurrando a política fraca dos reinos Estação ao seu ouvido!

Theron hesita por um momento de incerteza antes de avançar grunhindo.

— É claro que se recusa a compartilhar poder. Sempre foi seu problema. Cordell é importante, mas você não pode se comportar como se fôssemos as únicas pessoas dignas de vida!

Noam retorna o ódio de Theron, as mãos dele se fecham em punhos.

— Sempre faço o que nosso reino precisa. Sabe o que acontece quando um governante não faz o que o reino precisa? Acaba daquele jeito. — Com um gesto enojado, Noam gesticula para a cabeça de Simon, ainda silenciosamente observando o caos se desenrolar. — Acaba como um pária do qual outros reinos tiram vantagem, e morrerei antes de ver Cordell se rebaixar tanto.

Evito olhar para Simon, meu corpo se curva quando entendo o que Noam quer dizer. Verão não está melhor do que Outono esteve por muito tempo — impotente para usar o condutor sem o gênero certo como herdeiro. Supondo que Raelyn simplesmente não destrua o condutor de Verão agora, enquanto nenhum herdeiro do sexo masculino existir para fornecer um hospedeiro para a magia, e que ela mate

Ceridwen para acabar com a linhagem de Verão. Pensar nisso me faz cambalear.

Theron ri com escárnio, a risada contida e aguda de um homem prestes a chorar.

— Foi por isso que minha mãe morreu, porque você era arrogante demais para admitir que Cordell precisava de ajuda de qualquer forma. Ela *não era* cordelliana, e não importa o quanto tenha tentado...

— Pare! — grita Noam. — Ordeno...

— ...não pôde curá-la. Cordell não bastava, mas em vez de admitir isso e deixar que ela voltasse para Ventralli para ser curada pelo condutor da linhagem dela, você a deixou...

O rosto de Noam assume um tom violento de vermelho, saliva dispara da boca do rei quando ele grita com Theron de cima do palco.

— Silêncio!

— Você a deixou morrer! — grita Theron. — E destruiu nossa chance de paz ao fazê-lo, porque só quero que todos nós estejamos seguros.

Acho que Raelyn diz algo, ou Jesse luta para chegar até ela, mas só vejo, ouço, sinto o olhar que Theron me lança por cima do ombro. O rosto dele se contrai com uma expressão doentia... Sobrancelhas arqueadas, lábios contraídos, dentes expostos. E por trás de tudo isso, erguendo-se junto com o ódio, como a luz que vem com a manhã, está cada momento em que Theron enfrentou o pai. Cada segundo em que foi um peão, em que quis uma coisa e viu o pai fazer outra, de estar tão tentadoramente perto de mudar o mundo, apenas para que tudo fosse arrancado por pessoas com interesses mais fortes.

Esse é o garoto que vi em minhas visões, agachado na prisão de Angra, chorando devido ao poder que o pai empunhava. Era tudo que Theron queria — que todos estivessem seguros por meio da unificação.

Raelyn disse essa palavra especificamente, como se soubesse o peso que tem.

Hoje, celebraremos ao saber que essa unificação foi alcançada.

A compreensão percorre meu corpo.

A magia da chave disse que deveria preparar quem quer que as tivesse para algo. E se as cenas que vi fossem coisas que eu, pessoalmente, precisava para me preparar para abrir o abismo de magia? O próprio Theron disse, antes de isso começar, que se tivesse algo tão poderoso assim trancafiado, teria feito de forma que apenas os dignos pudessem ter acesso.

E se as chaves devessem ajudar quem quer que as encontre a se tornar digno de acessar a magia?

As chaves me mostraram a visão de minha mãe para que eu soubesse que havia mais a respeito da magia do que governantes a transformando nos próprios condutores. Assim eu saberia que deveria fazer a pergunta maior e aprender a saída de que *eu* precisava.

Aquelas chaves possuíam magia que se curvou a mim especificamente, porque agora sei que a única forma de salvar todos é me atirar ao abismo...

E que Theron, *Theron*, esse tempo todo, foi uma ameaça.

— Desculpe, Meira — resmunga ele. — Desculpe mesmo.

Pânico me lacera, irrompendo em resposta a toda a emoção que Theron me mostra. Só vi alguém desmoronar uma vez antes. No momento exato e terrível em Bithai, quando Mather decidiu que preferiria se sacrificar a Angra a nos deixar lutar infinitamente. Encarei-o exatamente como encaro Theron agora, observando enquanto ele compreendia a realidade diante de si e chegava à única solução possível.

— Theron... — Estendo a mão até ele e Theron estende o braço para me tocar também... Não, não para me tocar.

Ele passa a mão por cima de meu ombro para segurar meu chakram.

— Não! — grito.

Mas Theron me empurra para trás quando tento pegar a arma da mão dele e, no segundo entre eu cambalear para trás e avançar para cima dele, Theron mira o chakram no pai e deixa que a arma dispare.

A lâmina voa pelo ar, girando por tanto tempo que acho que talvez todos ficaremos ali para sempre, a postos entre o nada e tudo.

Mas a arma alcança Noam. Ela o alcança e desliza pelo pescoço dele, um golpe perfeito.

Todos se movem. Mather avança para mim, mas é segurado por soldados cordellianos; Garrigan desvia por eles, mirando na minha direção; ventrallianos protegem Jesse e Raelyn, mas cordellianos seguram Noam quando ele cai, mergulhando para trás com o olhar incrédulo.

E eu ainda disparo na direção de Theron, minha mente determinada a impedi-lo, mas impedi-lo de fazer o *quê*? Ele já atirou a arma.

Meus dedos se conectam ao braço de Theron, que se vira para mim, ódio deformando as feições dele. Nunca esteve tão irritado, tão sobrenaturalmente lívido, e segura meus braços, me empurrando para trás até que eu me choque contra a parede, a moldura dos painéis fere meus ombros.

O baque por Theron me tratar daquela forma me deixa entorpecida, quando um movimento atrás dele me chama a atenção. Garrigan se desvencilha dos soldados, passando para o lugar que Theron ocupava antes de me forçar para longe.

Só pode ser um sonho. Um pesadelo. Porque quando olho para Garrigan, os olhos azuis nítidos dele brilham com urgência...

E meu chakram retorna.

O mundo inteiro se dissolve e se refaz nos segundos entre Garrigan se virar e reparar na lâmina. Não consegue pegá-la, não tão rápido.

O chakram se enterra no corpo de Garrigan com um ruído sólido.

O olhar dele desliza para baixo, puxado pelo peso da arma que desponta de seu peito. Mesmo quando Sir caiu durante a batalha de Abril, os ferimentos não foram tão definitivos.

Garrigan está morto antes que eu sequer consiga pensar em usar magia para salvá-lo.

Ele cai de joelhos, para o lado, nada além de um corpo agora.

O mundo se acelera de novo, um rompante de ruído e movimento que me sacode para o presente. Alguém diz palavras que não fazem sentido, um balbuciar incoerente.

— Ele está morto. O rei de Cordell está morto...

Olho para Theron, com as mãos trêmulas, os braços trêmulos, tudo treme no terremoto daquele momento.

Ele me encara com ódio. Os olhos dele estão quase tão sem vida quanto os daqueles que matou.

Meira

Raelyn e os soldados sorriem, as únicas pessoas no salão que não estão abaladas pela incredulidade. Estão *satisfeitos* com o caos.

Meu corpo enrijece com o choque, aquela única emoção afasta as demais, de modo que tudo que sou, tudo que sinto, é ação. Empurro o joelho para cima e acerto Theron no estômago, empurrando-o para longe de mim, e mergulho na direção de Raelyn. Angra não está aqui, e esse fato constante me deixa zonza, porque se ele está causando tanta dor e nem mesmo está presente, o que está acontecendo com o restante do mundo? Posso não poder combater Angra agora, mas Raelyn... Raelyn morrerá. Alguém sofrerá por isso...

Salto para ela, mas o salão de baile muda, se retrai, e antes que meus pés toquem o palco, uma força maligna puxa minhas pernas sob meu corpo. Eu caio sobre os cotovelos, a dor reverbera pelos braços já feridos devido à perseguição de mais cedo, sobre os telhados de Rintiero.

Confusa, minha mente gira ao ver como é errado os soldados abaixando o corpo de Noam até o chão e tirando o condutor de Cordell do cinto dele. Como é errado que Mather e o Degelo dele tentem chegar até mim, mas lutem contra soldados, que Conall e Nessa estejam ajoelhados sobre Garrigan, Nessa aninhando a cabeça do irmão no colo e murmurando uma canção de ninar em meio ao tumulto.

— *Deite a cabeça na neve* — diz ela, aos soluços, tropeçando nas palavras, e quanto mais Nessa tenta forçar as palavras a saírem, mais meu corpo se enche de tristeza.

A força que me jogou no chão me chama a atenção, mas não consigo entendê-la em meio a todo o resto. Só vejo aquela palavra pulsando por meu corpo: *errado, errado, errado,* e o manto entorpecedor e vazio de choque que se agarra a mim, que se torna eu.

Theron inclina a cabeça e me observa como se eu fosse um animal que ele abateu na caça, algum troféu precioso que está decidindo como esfolar. A própria expressão não é o que me faz tremer — é ver aquele semblante em Theron, que jamais, durante todo o tempo em que o conheço, me olhou com tanta posse.

— Meu rei!

A voz precede um objeto sendo atirado no ar. Theron o pega, os olhos dele não deixam os meus, os dedos se fecham no cabo da adaga em meio ao brilho púrpura que ela emite. O condutor de Cordell — o condutor *dele*.

Theron é o rei de Cordell agora.

Só essa ideia seria o suficiente para me deixar sem ação, mas quando outra imagem aparece em meus olhos, eu me dissolvo por completo. Cada ímpeto de lutar, cada última faísca de vontade — tudo evapora quando outra pessoa surge à porta ao lado do palco, saindo das sombras para a luz como se estivesse ali o tempo todo.

Eu quase poderia ignorá-lo como outra visão ou algo em minha cabeça, exceto pela forma como Raelyn também olha para ele. E Jesse, e meus invernianos, todos encarando com alegria ou horror o rei de Primavera.

— Convincente, rei Theron — ronrona Angra, encarando Theron.

— Convincente mesmo.

Não consigo olhar de volta para Theron. Pela primeira vez, decido me concentrar em Angra, continuar olhando-o boquiaberta em vez de encarar a realidade apavorante de que Theron está tão possuído pela Ruína de Angra quanto Raelyn. E agora que Angra também o conduz, a Ruína não tem limites.

Sem pensar, busco a magia dentro de mim e desejo que se estenda para os invernianos no salão, preenchendo-os com um rompante de frio gélido. Foi isso que impediu a Ruína há tanto tempo — a proteção de magia pura de condutor.

Mas Angra pegou Theron. Começou a trabalhar nele há muito tempo, em Abril, quando ele usou a Ruína para invadir a mente de Theron e encontrar as fraquezas dele. Aquelas fraquezas são tudo que o rei é agora, que tem sido há meses. Eu deveria ter visto a mudança nele... Deveria ter insistido mais sobre o motivo pelo qual ele estava tão magoado, deveria tê-lo *ajudado*...

Mas será que ele sequer sabe que a Ruína o tem? Será que percebe que é isso o que é? É aquele que empunha o condutor de Cordell agora, mas se a Ruína já está profundamente arraigada na mente de Theron, e ele não sabe como usar magia para bloqueá-la ou lutar...

A magia é escolha. Não vai salvar Theron a não ser que ele queira.

Grito de novo e tento correr até o palco para Angra. Não resta nada dentro de mim a não ser instinto puro e desesperado, meus dedos estão curvados em ganchos mortais e os dentes mordem como os de um lobo raivoso. Vou impedir isso, ainda posso consertar isso, ainda posso...

Alguém me agarra com os dedos apertados sobre o tecido de minha blusa, e me contorço, sabendo de quem são essas mãos, o quanto tão abominavelmente diferente isso é de todas as outras vezes que ele me segurou. Vejo de relance a adaga de Cordell presa ao cinto dele conforme Theron me puxa de pé e Raelyn se vira para Jesse, o qual observa tudo isso acontecer com os olhos vazios de um homem completamente incrédulo.

— Por favor, impeça isso — murmura Jesse, com a voz triste e falhando.

— Se quer que seus soldados obedeçam, *obrigue-os*. — A afirmação de Raelyn é um desafio. — Mas não vai, porque é fraco. E nós não aceitaremos mais governantes fracos.

Ela sinaliza para que um dos homens arranque o condutor de Ventralli do cinto de Jesse. O soldado atira a coroa a Raelyn, que a pega. O objeto é impotente nas mãos dela, no entanto — esse objeto condutor apenas reage a Jesse. Mas Raelyn não precisa mais de Condutores Reais. Tem a Ruína de Angra.

— Um pendurricalho tão bonito — cantarola a rainha, fechando os dedos sobre as espirais da coroa. — E tão frágil também.

Escancaro a boca. Não pode querer dizer o que acho que quer — Angra não permitiria que ela a *quebrasse*. Jesse se tornaria como nós, infinitamente poderoso.

Raelyn estica os ombros.

— Algo incrivelmente fantástico acontece quando um Condutor Real se quebra em defesa de um reino, me disseram. Mas se quebrasse por *acidente*...

Jesse avança, observando a esposa com um terror entorpecido.

Ela se vira para Jesse e se aproxima. Antes que qualquer um possa interferir, a rainha golpeia Jesse no maxilar com a coroa. Jesse cai para trás, sangue explode no rosto dele quando o salão de baile ressoa com o som delicado de duas das safiras da coroa se soltando e atingindo o chão.

Ele se quebrou. O condutor de Jesse se quebrou.

O brilho cinza imediatamente se extingue.

Encaro Jesse, esperando, torcendo para que Raelyn estivesse errada. O condutor dele não foi quebrado em defesa do reino, porque Jesse está parado ali, sem sequer reagir, mas talvez a magia ainda o tenha procurado...

Jesse olha das espirais quebradas do condutor para Raelyn, o sangue pingando em fios vermelho-rubi da boca. Esse é um homem que não estava defendendo nada, se importando com nada, quando o condutor dele se quebrou. Nenhuma emoção para impulsionar a magia.

O que acontece com a magia quando um condutor é quebrado irresponsavelmente? Quando quem empunha o condutor não tem emoção nos olhos, nenhum ato de altruísmo ou sacrifício na forma como ele encara a esposa, os olhos vítreos com uma derrota dolorosa?

A magia é escolha. E se Jesse escolheu não se importar, talvez a magia tenha apenas... sumido.

Meu corpo desaba nas mãos de Theron.

O controle de Angra está se expandindo.

Um estalo ilumina minha mente, deixando que uma única pergunta escape.

Por quê?

Por que agora? Se Angra tem planejado essa tomada desde que caiu em Abril, por que esperar tanto tempo para executá-la? Por que não apenas varrer o mundo imediatamente?

Angra sai do palco, sorri para mim como se fosse um amigo há muito separado.

— De fato, por que agora, Alteza? — provoca ele, e me sobressalto, incrédula, batendo em Theron.

Angra me ouviu. Ele ouviu meus pensamentos. Possuímos... *somos* o mesmo tipo de magia agora, no entanto, então talvez estejamos conectados? Essa ideia é perturbadora demais para considerar.

Angra se aproxima de mim.

— Você tem um controle tão frágil dessa magia, não é? Esperava mais depois do caos que lançou sobre Abril. Mas não importa.

— Meira! — O grito sofrido de Mather vem das fileiras de soldados que pegaram ele e os demais invernianos. Um clangor de armaduras se segue quando Mather se debate para se libertar.

— Tem um plano agora, não tem, rainha de Inverno? — murmura Angra. Ele estende a mão, passando um dos dedos por minha bochecha, e me preparo para uma enxurrada de visões...

Mas nada vem.

Angra sorri.

— Sim, planos tão amplos.

Angra viu algo, mas eu não?

Ele... me bloqueou.

Tremo, cada músculo em meu corpo é um terremoto de horror.

Angra pode controlar a magia dele mais do que eu posso.

Isso — a carnificina aos meus pés, o sorriso vitorioso de Angra diante de mim — é tudo que temi a vida inteira.

E não posso me mover, não posso combatê-lo, cada nervo está inerte ao saber que apesar de tudo que fiz, tudo que sofremos, ainda falhamos.

Eu falhei com Inverno.

— Sempre fui mais poderoso do que você — dispara Angra. Theron ajusta o toque em meus braços, os dedos se apertam. — Mas acha que tem uma forma de me derrotar se matando, hmm? Não, Alteza. Vou me certificar de que permaneça viva por muito, muito tempo, o suficiente para me ver matar todos em seu reino. Depois que todos em Inverno estiverem mortos, depois que eu tomar posse de cada floco de neve naquela terra miserável... — Angra para, leva a mão ao meu bolso e pega a chave envolta no quadrado de tecido. Ele mantém os olhos em mim conforme leva a mão ao bolso do casaco de Theron e pega a chave que ele guardava, segurando as duas, triunfante, diante de meu rosto. — Farei com que me veja destruir suas minas de uma vez por todas. Derrubarei aquelas montanhas.

Minha boca se abre, um lampejo de esclarecimento surge em meio a meu desapontamento. Nossas minas?

Os olhos verdes de Angra se semicerram sobre os meus e todas as perguntas se resumem em uma resposta que eu espero há anos.

Quando Primavera tomou Inverno, Angra jamais usou nossas minas. Ele as fechou e deixou que apodrecessem, apesar das riquezas que possuíam.

Sempre que outro reino tentava tomar as minas de Angra — por força, como Yakim e Ventralli tentaram, ou por tratado, como Noam fez —, ele retaliou. Retaliação violenta e destrutiva, massacrando os exércitos que invadiam ou marchavam para o reino que ousava negociar com ele.

Angra tomou a única pessoa no mundo que queria dar magia pura a todos — Theron, o qual, por sua vez, matou a outra única pessoa que queria abrir o abismo — Noam.

As minas. O abismo de magia.

Foi esse todo o motivo da guerra. Por isso Angra massacrou Inverno durante séculos — porque sabia que um dia o encontraríamos. Angra até mesmo deixou que Theron continuasse a busca pelas chaves, esperando tomar o mundo para que estivesse de posse da única forma de abrir o abismo.

Essa é a fraqueza dele. É isso que Angra teme.

Magia pura de condutor para combater a Ruína.

Angra percebe minha revelação — vejo na forma como o rosto dele fica tenso de fúria antes de se suavizar em um sorriso forçado. Ele passa os olhos para Theron e se aproxima, sibilando palavras para mim.

Não quer que Theron ouça o que quer que vai dizer.

Contenho o pensamento, não quero que Angra veja mais revelações que eu possa ter.

— Jamais me derrotará — sussurra Angra. — Destruirei tudo muito antes de você ter a chance. Você não é nada nesta guerra, não importa o quanto pense que é grandiosa, mas fico satisfeito em permitir que seja aquela a quem culpo por cada momento que precisei esperar por esse momento. Você é incapaz de impedir isso, Alteza, entenda isso agora.

Não importa que caminho tome, vai acabar da mesma forma para você, morte e fracasso.

Dou um puxão na mão de Theron, força inesperada corre por minhas veias. Angra tem uma fraqueza, ainda. Ele teme algo.

— O que oferece é maligno. O mundo saberá disso... Não cairá sob seu controle.

O sorriso doentio de Angra retorna.

— Rei Theron — anuncia ele, ainda de olhos em mim. — Amarre nossos convidados. Podem precisar de tempo para aprender o que você aprendeu.

— Theron. — Eu me contorço nas mãos dele e Theron dá um passo para trás, me puxando consigo. — Theron, *pare*. Viu o que Angra fez com o mundo! Pode combater... Tem magia agora!

Minha voz ecoa pelo salão de baile, todos estão imóveis, como se estivessem tão desesperados pela resposta de Theron quanto eu.

Ele me olha, a expressão lampeja uma variedade breve de emoções. Resolução, luto, esperança.

— Você verá — diz ele para mim. — Essa é a melhor forma de unir o mundo. Passei meses repassando isso, Meira... Passei meses buscando outras opções. Angra está oferecendo esse poder a *todos*. Chega de condutores, chega de limitações. Você verá. *Precisa* entender.

Eu me sentiria melhor se ele soasse louco. Se as palavras saíssem irritadas e grosseiras, tagarelando planos para fazer com que o mundo se curvasse a ele, como Angra. Mas Theron parece... ele mesmo.

Angra o observa conforme tenta me convencer, o sorriso se desfaz. Ele me pega tão desprevenida que quase perco. Mas não, Angra de fato *sorriu* para Theron.

Há mais acontecendo aqui? Será que perdi algo nas visões da memória de Theron em Abril?

Na superfície da mente, estou ciente de soldados cordellianos arrastando Nessa e Conall para longe do corpo de Garrigan, o grito cortante de Nessa quando chutam o corpo dele ao passarem.

— Você verá — diz Theron de novo, distraído, e me puxa até a porta. O restante dos soldados segue o comando não dito, os homens que seguram Jesse o levam na direção da outra ponta do salão de baile, provavelmente para que Raelyn lide com ele depois.

Theron me arrasta para longe, o restante de meu grupo está nas mãos dos soldados dele. Nem mesmo consigo oferecer algum encorajamento a eles, minha mente está fixa na forma como tudo desabou tão rapidamente. Por que não vi acontecer? Por que não senti o mal de Angra se infiltrar em um de meus aliados mais próximos... Um de meus *amigos* mais próximos?

E agora Angra tem as duas chaves. Theron tinha a chave de Verão; Angra tomou aquela de Yakim, e a de Ventralli...

Eu me sobressalto nas mãos de Theron.

Onde está a terceira chave?

Theron me puxa pelos corredores decorados em dourado até chegarmos a uma porta. Perto das belezas ventrallianas, essa porta parece lisa e vazia, apenas uma porta simples de ferro, com fechaduras simples, pairando em um nicho. A porta do calabouço do palácio.

O brilho colorido do palácio desaparece e dá lugar a pedras cinza pesadas que tremeluzem à luz bruxuleante do candelabro. Uma escada dispara para baixo, nos levando para as profundezas do palácio, mais longe do que qualquer chance de escapar. Chegamos a um corredor comprido e reto ladeado por portas, cada uma do mesmo ferro pesado que aquela acima. Mas essas têm janelas, pequenas aberturas com barras. Celas.

— Tranque-os — comanda Theron.

Os gritos de Nessa se abafam quando ela, Conall e Dendera são trancados. Os Filhos do Degelo são encurralados em uma cela ao lado deles. Mather é enfiado na última. Ele luta contra os soldados cordellianos, luta com cada gota de força que eu não mais tenho, chutando a porta e chocando os homens que o seguram na parede oposta. Meu corpo estremece nas mãos de Theron quando um soldado acerta a bochecha de Mather.

— Pare. — Theron abre uma cela e me enfia lá dentro. — Coloque-o aqui, então nos deixe.

Cambaleio para a frente, girando a tempo de ver Mather quando os soldados o atiram para dentro da minha cela. Ele se endireita e gira diante de mim, mantendo uma das mãos em meu braço para me segurar atrás de si enquanto ambos encaramos a porta. Eu me agarro a Mather, usando-o para me equilibrar, usando a forma como ele se agacha defensivamente, a bochecha vermelha.

Os soldados cordellianos saem, conforme instruídos, marchando de volta para cima da longa escada. Theron inclina a cabeça e assim que a porta acima bate, entra na cela.

— Se tocar nela, mato você — grunhe Mather, dando um passo para trás, na minha direção.

Mas Theron passa por nós, para à parede à direita.

Deixando livre o caminho até a porta.

Mather repara ao mesmo tempo que eu, e cada um dos músculos dele, antes prontos para o ataque, relaxa, e Mather me puxa até a porta sem hesitar. Chegamos à metade do caminho, tão perto de sairmos, de ter alguma vantagem, quando um ruído me faz parar.

O clique pesado e sólido de uma tranca.

Eu me desvencilho da mão de Mather. Ele se vira, o pânico contrai suas feições, mas me viro para Theron, que está diante da parede. Theron, cujas mãos pendem ao lado do corpo, um dos punhos preso às correntes penduradas nos tijolos.

Ele se acorrentou à parede?

Theron se coloca de joelhos, de rosto virado para o piso de pedra sujo. Tremores agitam o corpo dele, o fazem oscilar para a frente e para trás.

— Theron? — digo, hesitante, certa de que o desespero que me atravessa torna minha voz aguda.

Os olhos de Theron pulsam com uma brevíssima e frágil faísca sobre o ombro.

— Não posso aguentar por mais muito tempo.

Disparo em sua direção quando Mather se atira até mim.

— Pare! O que está fazendo? Precisamos ir!

— Não! — grito, a palavra ecoando das paredes vazias. — Não vou deixá-lo aqui...

— Vai, sim — grunhe Theron, com os dedos enterrados na argamassa entre as pedras. Os nós dos dedos dele ficam brancos, o suor brota na testa. Luz do corredor se reflete em seu corpo, pintando-o com raios irregulares de luz. — Não deveria deixar que vá. Deveria mantê-la aqui, mas eu... Precisa ir, *agora*.

Reconheço isso. Um último rompante de clareza da Ruína. Um último arquejo antes que a Ruína o enterre de vez.

Dou um passo na direção de Theron.

— Não, você virá conosco. — Dou um passo adiante. — Tem um Condutor Real agora... Pode usar a magia dele para tirar a Ruína de dentro de você. Só precisa querer, Theron, só precisa...

— *Não* quero. — Ele tira a adaga do cinto e a atira para longe como se fosse uma chama viva e Theron fosse uma pilha de lenha seca. — Eu... Eu concordo com ele. Quero essa magia, não os condutores. *Chega de condutores.* Quero que o mundo seja livre, *igual*, mas não quero... Não vou ferir você. *Não vou* ferir você. — A força de vontade de Theron se liberta em um soluço que toma o corpo dele inteiro. — Não vou ferir você como feri meu...

Theron se agacha com as mãos no cabelo, soluços se misturando com gemidos irregulares.

Abro a boca, mas nada vem. O que posso dizer? O que posso fazer?

Eu me ajoelho diante de Theron, estou com a mão sobre a dele, onde Theron segura a cabeça.

Ele é um condutor agora. E sempre que toco um deles, pele a pele, estamos conectados, a magia inexplicável nos une. Cenas percorrem minha mente, e eu as observo, os músculos congelados de angústia.

Theron em Inverno antes de partirmos, dando a ordem para que os homens tomem Cordell em minha ausência. O que quer que Noam tenha feito, ou pensou que tivesse feito, ele não estava no controle. Era Theron — e o próprio Theron não sabia que estava fazendo aquilo. Momentos inteiros e ordens e desejos se projetam e se dissipam, chamas que se acendem, então se extinguem.

Theron em Verão, falando com um homem na adaga de vinho. Um escravo ventralliano com um sorriso malicioso e sobrenatural que falava de uma posse mais profunda.

— *Lembra o que aconteceu, não lembra?* — *pergunta o homem, saindo das sombras.* — *Lembra o que ele mostrou a você?*

A adaga some com um lampejo, um rompante de memória toma o lugar dela.

— *Pai, pare!*

Angra, pouco mais velho do que eu, grita com o pai, um homem que se parece com o próprio Angra agora, mas é mais alto e mais gordo. Eles estão de pé à entrada do Palácio de Abril, sombras e luz bruxuleante tornam a cena difícil de enxergar. Um braço se ergue, se abaixa, osso estala contra pedra, Angra grita. O pai dele sai em disparada, batendo os pés pela escuridão, deixando-o agachado sobre um corpo no chão.

Cabelo loiro desce pelos ombros da mulher, um lado da cabeça dela é uma confusão de sangue coagulado. Eu a reconheço das pinturas que pendiam no Palácio de Abril, retratos de um menino, Angra, e essa mulher.

Ela olha para Angra da mesma forma como Hannah me olhava — essa mulher é a mãe dele.

A cena some e Theron cambaleia para trás, chocando-se nas prateleiras da adega de Verão, mãos nas têmporas.

— Não...

Mas a voz é hesitante, fraca, como se parte dele realmente se lembrasse. Como se parte dele latejasse com a memória, vivesse nela.

O pai de Angra matou a mãe dele — e Angra usou essa semelhança para destruir Theron.

— Não! — grita Theron.

— Você é igual — encoraja o escravo. — Ele está vindo. Ele sempre virá atrás de você.

O brilho de uma lâmina. Theron está de pé sobre o homem, o cadáver, sangue pulsa por um ferimento no pescoço do homem.

Theron não se lembrava de nada daquilo, a Ruína o puxando de um lado para outro conforme tentava devorar a mente dele. Parte daquilo ele queria — como um poder forte o bastante para se espalhar pelo mundo. Parte ele não ousava admitir que queria — como tomar Inverno, forçar meu reino por um caminho que achou que o tornaria seguro. Para mim.

Theron se lembra de tudo agora, no entanto. Ele vê como eu vejo, minha conexão com a magia ligada ao sangue dele atrai as lembranças de como, momento a momento, segundo a segundo, a Ruína rastejou para a mente de Theron e se acomodou dentro dele como um sonho que conseguia sentir, mas do qual não podia se lembrar.

E agora, depois de semanas de jogos inconscientes, Theron não pode mais combater. Ele resistiu — lutou contra isso quase tanto quanto queria que o abismo fosse aberto. Mas um desejo sobrepujou todos, um ao qual Angra se agarrou, com o qual lutou até a submissão.

O desejo de Theron por um mundo unificado, igualitário.

Theron geme e recuo de perto dele com a garganta seca.

— Preciso de você aqui — murmura ele. — Isso está certo. Isso *está* certo, isso salvará todos...

— Theron?

Ele se vira para Mather, a voz grossa e ressoando.

— Tire-a daqui!

Mather obedece. Ele me segura sob os braços e me levanta, colocando a adaga de Cordell no cinto ao fazer isso. Eu me debato junto a Mather, cercada pela certeza irrefreável de que jamais verei Theron de novo. Angra o consumirá, a Ruína destruirá qualquer coisa boa nele. Acabado, como tudo mais que Angra tomou, todas as outras partes de nossas vidas que foram levadas.

A não ser que eu salve todos.

Não posso viver em um mundo onde Theron é o brinquedinho de Angra. E essa é minha única outra opção, não é? Não viver nesse mundo.

Mather me empurra para o corredor e tranca a porta da cela de Theron, descendo a tranca pesada. Assim que a fechadura está no lugar, os gemidos de Theron se transformam em gritos, a corrente chacoalha em uma cacofonia de ruídos.

— Me soltem! — grita Theron. — Soldados! Os prisioneiros escaparam... Me soltem!

Desabo na porta da cela de Theron, ouvindo-o gritar, perdido para a loucura da Ruína de Angra. A indiferença me consome, confunde cada pedaço de mim, e só consigo olhar boquiaberta e inexpressiva para o corredor.

Mather corre para as celas diante de nós. Os soldados não trancaram as portas com chaves, apenas desceram trancas que não podem ser abertas por dentro. Ele puxa essas trancas agora, e elas rangem, mas só cedem um pouco enquanto Mather grita palavras de pânico para mim.

— Não temos muito tempo! Precisamos...

Ele para.

Um homem está na base das escadas. Cabelos pretos finos se enroscam no alto da cabeça em molas, estampas douradas espiralam pelo tecido vermelho espesso do manto dele, o colarinho se ergue, alto em torno das orelhas.

E uma cicatriz se estende da têmpora do homem até o queixo.

Quando o homem dá um passo adiante, Mather dispara para ele, erguendo a única arma que tem: o condutor de Cordell. Gesticulo com a mão para impedi-lo antes mesmo de saber o motivo.

Rares. O bibliotecário residente de Yakim.

— Você... — É tudo que consigo dizer. A presença dele aqui não faz sentido, confunde minha mente com detalhes que não se encaixam.

Como a forma que me observava em Yakim, atento, interessado. Como a roupa que usa agora e o quanto é semelhante a outra coisa, algo que...

A tapeçaria na galeria do Palácio Donati. Os mantos pesados, a pele escura.

Ele não é yakimiano.

Rares é *paisliano*.

Ele sorri, um lampejo breve de reconhecimento.

— A mentira era necessária, coração. Não conhecia você; você não me conhecia. É claro que ainda não me conhece, mas se quiser minha ajuda, precisamos correr. — Rares dispara escada abaixo, me deixando boquiaberta atrás dele, Mather o encara com a testa enrugada, e Theron grita por liberdade da cela dele.

Dou um salto adiante.

— Espere! O que você...

Rares se vira.

— Você queria ajuda — afirma ele, como se estivesse me dizendo que é frio no inverno.

Sacudo a cabeça. Os olhos de Mather se voltam para a escada, esperando que a porta se abra, esperando que sejamos pegos e que o sacrifício de Theron não signifique nada.

— Eu... Por que *você*? — arquejo.

Rares leva a mão ao bolso e puxa uma chave. *A* chave. A última.

Era *ele* que a tapeçaria queria que encontrássemos?

Rares dá um passo adiante e coloca a palma da mão em minha bochecha.

Mather avança e Rares estaria morto se eu tivesse piscado em vez de impedir Mather.

Não consigo respirar enquanto olho para os olhos de Rares, a pele dele aquece meu rosto. Uma imagem dispara até mim, a montanha, brilhando cinza e roxa, banhada em um raio de luz amarela.

O símbolo da Ordem dos Ilustres.

Rares puxa a mão de volta.

— Precisei me certificar de que você era de confiança.

— Como... — exclamo em meio ao choque.

Ele sorri.

— Explicarei tudo, coração, prometo. Você virá comigo agora?

Minhas sobrancelhas se unem enquanto tento inutilmente juntar todas as peças. Isso só acontece com aqueles que empunham condutores, ver imagens quando os toco pele a pele. Ninguém mais em Primoria tem magia, nem mesmo a Ruína habitando alguém poderia causar tal reação, ou eu saberia que algo estava errado com Theron muito antes. Mas Rares tem uma chave — então talvez a magia da chave tenha me mostrado uma imagem de novo? Mas não, isso só funciona quando *eu* estou tocando a chave.

Quem quer que seja esse homem, ele tem magia. É um membro da Ordem. E é *paisliano*.

A Ordem é paisliana?

Minha mente pensa naquele reino misterioso, as montanhas Paisel cercando-o.

Ventralli, Yakim, Verão.

Nossas montanhas Klaryn.

Os reinos onde as chaves estavam escondidas eram aqueles que levavam de Paisly até as Klaryn. A Ordem até o abismo de magia. Era por isso que as chaves estavam lá? Mas por que foram encontradas tão facilmente? Tantos porquês...

Mas sei como obter respostas.

E agora sei aonde as chaves estavam me levando todo esse tempo.

— Meira — diz Mather, um aviso.

Meus braços tremem. Soube o tempo todo as coisas certas a fazer. Se tivesse feito escolhas melhores, se tivesse ouvido meu coração em vez da cabeça e feito o que eu *sabia* que meu reino precisava desde o início, poderia ter impedido tudo aquilo.

Então assinto para Rares. Se ele tem magia, se é parte da Ordem dos Ilustres, se há sequer uma *chance* de que Rares saiba de coisas que podem me ajudar a impedir essa confusão horrível e mortal ao meu redor, preciso ir com ele. Qualquer ameaça que ele possa abrigar, qualquer perigo que a Ordem possa representar — *preciso de respostas*.

Ficar asseguraria a escravização do mundo nas mãos de Angra. Partir ao menos dá uma possibilidade de esperança.

Mather empaca, a adaga de Cordell fica inerte na mão dele.

— O quê?

Eu me viro para ele.

— Precisa libertá-los e ir para o mais longe possível. E Ceridwen, a princesa veraniana, precisa libertá-la de Raelyn, e...

— Está maluca? Não vou deixar...

— Não estou pedindo, Mather. — Estou completamente louca por fazer isso. — Estou *ordenando*. Como sua rainha.

Isso faz com que Mather desmorone. Qualquer que fosse a força a qual ele se agarrava, ela se desfaz, os olhos dele são cobertos com o brilho que me arrasou semanas antes, quando Mather estava em meu quarto no Palácio de Jannuari e cortou os laços que nos uniam; quando ele partiu, derramando lágrimas que deixaram vazias todos os pedaços do que eu um dia fui.

Mas sou eu quem está indo embora dessa vez.

Essa diferença não facilita nada. Eu cambaleio para a frente, meus braços envolvem o pescoço de Mather, um resquício do abraço de quando o vi no telhado. Tocá-lo... foi como voltar para casa. Mesmo agora, segurando-o por esse momento breve...

Mather manterá meu reino em segurança. Manterá *nosso* reino em segurança, e saber disso, sentir isso faz com que eu me agarre ainda mais forte a Mather.

Ele também era uma escolha que eu deveria ter feito.

Os dedos de Mather apertam minhas costas, me segurando com o mesmo fervor, e durante esse momento, somos nós de novo. Meira e Mather, sem complicações.

Determinação afasta minha tristeza, deixando nada além de resolução pura e intocada. Rares corre escada acima sem dizer mais uma palavra e eu me afasto conforme Mather trabalha para abrir as celas de novo e Theron ainda grita para que alguém o liberte. Caos, apenas caos, e estou fugindo de tudo.

Não... Não estou fugindo. Estou *correndo na direção* de algo, na direção de ajuda.

Vou consertar isso, prometo a eles. *O que quer que seja preciso. Quem quer que eu precise ser.*

Não deixarei que este mundo desabe.

AGRADECIMENTOS

Sequências são difíceis. Juro que sofrem de alguma forma literária de síndrome do filho do meio, e é por isso que devo a vida deste livro a MUITA. GENTE.

Primeiro, sempre primeiro, à minha agente, Mackenzie Brady, e a todas as pessoas da equipe New Leaf (principalmente Danielle, que me fez observações INCRÍVEIS). Se todo autor pudesse ter uma agente tão maravilhosa quanto Mackenzie, o mundo imploriria com felicidade.

A Kristin Rens, o farol de meu transatlântico errante de palavras. Este livro DOEU (repito, sequências, blergh), mas, de alguma forma, ela me ajudou a superar a dor e a angústia e me ajudou a criar um romance coerente a partir de minha agonia. Ela é eternamente gloriosa.

À fabulosa equipe da Harper — Erin Fitzsimmons (seus projetos são absurdamente lindos); Caroline Sun (extraordinária relações públicas — agradeço eternamente por organizar toda minha loucura de agenda) e a Joyce Stein (extraordinária relações públicas II — sua paciência e persistência não têm preço); e a toda a equipe da Epic Reads por apoiarem meus livros com carinho, graciosidade e ousadia generalizada.

Para Jeff Huang. Cara. Esse chakram. Suas habilidades continuam me deixando sem fôlego.

Para Kate Rudd, por não apenas dar voz a Meira, mas por se sentir tão animada por fazer isso.

Para Kelson, o marido mais apoiador, paciente e orgulhoso que uma autora poderia pedir. Sou infinitamente feliz por nosso romance ter se revelado bem menos conturbado do que o de Meira.

E porque não consegui incluí-los nos agradecimentos de *Neve e Cinzas*: devo um duplo obrigada àqueles que são agora meus parentes. Anette, Dan, Trenton e Caro — vocês tornam muito divertido ser casada com Kelson. E para Mike, o não parente que é parente — obrigada vezes infinito por aturar meu grupo maluco de amigos autores. Sua casa é linda e você também.

Para meus pais, de novo e sempre. Sua animação e seu apoio constantes me fazem pensar na Sara de 12 anos e em como ela ficaria delirantemente feliz ao saber que as palavrinhas esquisitas se transmutaram em um livro. Para Melinda, irmã do ano — desculpe por sua personagem não estar neste livro, mas prometo que será muito importante no Livro 3.

Para o resto da família. Vovó e vovô, Debbie, Dan, tia Brenda, Lisa, Eddie, Mike, vovó Connie, Suzanne, Lillian, William, Brady, Hunter, Lauren, Luke, Delaney, Garret, Krissy, Wyatt, Brandi, Mason e Kayla, a bibliotecária. Também a Kelsey e Kayleigh — meninas, vocês tornaram meu dia de autógrafos cem por cento mais especial.

Para meus amigos escritores (mesmo que eu tenha abandonado a maioria ao me mudar para o leste, espero que ainda me amem!): J. R. Johansson, Kasie West, Renee Collins, Natalie Whipple, Bree Despain, Michelle D. Argyle (seus desenhos são lindos), Candice Kennington, LT Elliot, Samantha Vérant, Kathryn Rose, Jillian Schmidt e Cousin Nikki (e seus filhos, cada um deles).

Para meus novos amigos escritores, de todas as variantes. Claire Legrand (nossos livros se encaixam tão bem), Jodi Meadows (suas habilidades caligráficas são ÉPICAS), Morgan Rhodes (ainda dou gritinhos pela sua frase sobre *Neve e Cinzas*), Anne Blankman (vizinhas! Mais ou menos), Lisa Maxwell (Mais! Café! Encontros!), Martina Boone (sempre uma YASI de coração), Joy Hensley e Kristen Lippert-Martin (estreias de outono UNAM-SE), Sabaa Tahir (ELIAS), Sarah J. Maas (Costa Leste é a melhor!), e todos os YADCs (muito,

muito, MUITO honrada por ser parte de vocês. E não apenas por causa de Pocket Jamie).

Este deve ser o parágrafo mais importante de toda a seção de agradecimentos: a meus fãs. Vocês. VOCÊS. Não consigo expressar adequadamente com palavras coerentes o quanto adoro cada um de vocês. A excitação e a aceitação com as quais acolheram Meira, Mather, Theron e toda a galera de *Neve e cinzas* é espantosamente incrível. Embora eu adoraria colocar o nome de cada pessoa aqui, sei que vou esquecer alguém, e me sentiria terrível quanto a isso, mas tentarei. OBRIGADA, OBRIGADA: às contas de fãs do Twitter de *Neve e cinzas*, Wesaun Palmer (sua análise de *Neve e cinzas* sempre terá um lugar especial em meu coração), Masha, junapudding, Ri, Iris, Celeste, Marguerite, Dessy, Stephanie, Katie, Eli, Crystal, Carol, Morgan & Fallon, Amanda, Kristy, Gaby, Jess, Julia Nollie, Sarah K, Jackie Larrauri — e sei que estou esquecendo pessoas, mas estou cheias de lágrimas e CARAS, EU AMO TODOS VOCÊS.

E, é claro, aos muitos, muitos blogueiros que tornaram esses livros um sucesso tão grande (de novo, sei que vou esquecer alguém — se esquecer, sinta-se livre para me repreender seriamente no Twitter): Lisa Parkin (Uppercase e HuffPo à vitória!); Nikki Wang do Fiction Freak (sempre. SEMPRE); Rockstar Blog Tours; Valentines; Jen do Hypable Books; Nova do Out of Time; Awkwordly Emma; Jenny do Supernatural Snark; Tween 2 Teen Books; Chyna; Ariana do Bookmark; Karolina; e a todos os fabulosos blogueiros que me entrevistaram, fizeram reviews dos meus livros e, no geral, tornaram o mundo editorial um mundo maravilhoso de se viver.

Eu disse que devo este livro a MUITA gente. Mas *Gelo e Fogo* ainda não seria nada sem VOCÊ, mais querido de todos os leitores. Você, para todo o sempre, é mais forte e melhor e muito mais glorioso do que qualquer condutor. Obrigada, obrigada, mil vezes obrigada por continuar a compartilhar a história de Meira comigo. Fico felicíssima por estar aqui com você nesse lugar agridoce entre o início e o fim.

Vamos acabar essa guerra juntos, pode ser?

Publisher
Omar de Souza

Editora
Giuliana Alonso

Coordenação de Produção
Thalita Aragão Ramalho

Tradução
Mariana Kohnert

Copidesque
Der Texter

Revisão
Janilson Torres Junior
Iris Figueiredo

Diagramação
Ilustrarte Design e Produção Editorial

Design de capa
Erin Fitzsimmons

Adaptação de capa
Julio Moreira

Este livro foi impresso no Rio de Janeiro,
em 2016, pela Edigráfica, para a Editora HarperCollins Brasil.
A fonte usada no miolo é Venetian, corpo 12,75/15,2.
O papel do miolo é Chambril Avena 80g/m²,
e o da capa é cartão 250g/m².